한 권으로
백 권읽기

한 권으로
백 권읽기

초판 1쇄 발행 ┃ 2020년 1월 10일

지은이 ┃ 다니엘 최
펴낸이 ┃ 최대석
펴낸곳 ┃ 행복우물
마케팅 ┃ 최 연
편 집 ┃ 홍은정
표지디자인 ┃ 서미선

등록번호 ┃ 제307-2007-14호
등록일 ┃ 2006년 10월 27일

주 소 ┃ 경기도 가평군 가평읍 경반안로 115
전 화 ┃ 031)581-0491
팩 스 ┃ 031)581-0492

이메일 ┃ danielcds@naver.com
홈페이지 ┃ www.happypress.co.kr
ISBN 987-89-93525-73-1(03810)
정 가 14,400원

※이 책의 국립중앙도서관 출판예정도서목록(CIP)은 서지정보유통시스템 홈페이지(http://seoji.nl.go.kr)와 국가자료공동목록시스템(http://nl.go.kr/kolisnet)에서 이용하실 수 있습니다.(CIP 제어번호 CIP2019052585)

한 권으로
백 권읽기

다니엘 최 지음

고고학–문사철–사회과학–자연과학–미래학까지!

행복우물

"폭넓은 지식을 사모하는 독자들에게!"

책을 시작하며…

제니퍼 리, 권오현, 빌 게이츠, 손정의… 이들의 공통점은?

《겨울왕국Ⅱ》의 CCO(Chief Creative Officer)인 제니퍼 리는 국내 한 언론과의 인터뷰에서 자신의 성공비결을 "어린 시절 책으로 가득찬 집에서 살았기 때문이었다"라고 하였고, 소프트뱅크의 설립자이자 일본 최고의 부자인 손정의 회장 역시도 "40대 때 간암 판정 후 병원에 입원하였던 3년 동안 3천 권의 책을 죽기 살기로 읽었기에 오늘의 자신이 있게 되었다"라고 고백하였다. 삼성의 권오현 회장은 2019년 자신의 저서 《초격차》에서 "자기 주변의 성공한 사람들은 모두가 다 다독가(多讀家)였다"라고 밝힌 바 있다. 그뿐인가? 빌 게이츠는 "하버드 졸업장보다 더 중요한 것은 독서습관이었다"라고 했으며, 오프라 윈프리도 "현재의 자신을 만든 것은 독서였다"라고 밝힌 바 있다.

어떻게 읽을 것인가? 분야횡단적 독서와 위대한 고전 읽기

유발 하라리는 다양한 분야의 독서 필요성을 역설하였다. 그는 옥스퍼드에서 전쟁사로 박사학위를 받은 것에 만족하지 않고 자기 전공분야 밖으로 영역을 넓혀서 인류학, 고고학, 문화학, 인공지능 등의 다양한 지식을 꾸준히 축적하였다. 그 결과 지금은 '세계 최고의 지성'이라는 찬사를 받게 된 것이다. 그는 현재의 자신이 있게 된 원동력을 '분야횡단적 접근'이라는 다양한 독서경험에서 찾는다. 또한 동원그룹의 창립자인 김재철 회장도 "300종의 양서(良書)를 읽되 그 중 150종 이상을 문사철(文史哲) 위주로 읽으라"고 하였다. 지금껏 전 세계에서 가장 많은 노벨상 수상자를 배출한 미국 시카고대학교의 비결도 다름 아닌 '위대한 고전읽기 프로젝트(The Great Books Program)' 덕분이라고 한다.

노벨상의 산실 미국 시카고 대학교의 비밀

석유재벌 존 록펠러가 세운 시카고대학교는 설립 초기에는 크게 두각을 나타내지 못하다가 1929년 로버트 허친슨 교수가 총장으로 부임하면서 일대 전기를 맞는다. 그는 취임 초기부터 '시카고 플랜 추진위원회'를 통하여 총 200종의 명품도서를 선정하고 그중 100종을 읽지 않은 학생은 졸업을 시키지 않았다. 처음에는 반발도 거셌지만 총장이 일관되게 밀고 나가자 그로부터 20년, 30년이 지나면서 시카고대학교의 교수진과 졸업생들 중에서 노벨상 수상자가 눈에 띄게 증가하기 시작하였다. 지금은 '시카고대학교' 하면 곧 '노벨상'이라는 등식이 성립하는 단계에까지 이르렀다. 우리에게 잘 알려진 폴 사뮤엘슨, 밀턴 프리드먼, 칼 세이건, 에드윈 허블, 제임스 왓슨 등이 모두 시카고대학교 출신이다.

한 권으로 백 권을 읽는다

독자들은 과연 다니엘 최가 시카고대학교의 위원회처럼 좋은 책을 선정할만한 경륜이 있는지를 의심할 것이다.

나는 모 서적, 출판 그룹의 책임자로 있으면서 전 세계의 유명도서를 수입하여 국내의 대학과 연구소 들(서울대, 카이스트, 삼성전자 등)에 공급하는 업무를 총괄 지휘하였다. 이 일을 위하여 미국, 독일, 영국 등, 수많은 외국 도서전시회에 참가하여 상담을 벌였다.

여기에 소개된 100종은 나의 서적/출판 경력 30년의 노하우와 60년의 독서경험을 총동원하여 가려 뽑은 책들이다. 나도 나 자신의 명예를 이 책에 걸었음으로 이 프로젝트를 '노벨상지원 프로젝트'라고 이름 붙였다. 그러니까 이 책은 총 3년에 걸쳐 300종을 선정하여 3권으로 압축 소개하는 시리즈의 첫 번째 책인 셈이다.

한 종의 책 해설에 꼬박 한 달이 걸리기도

완벽한 해설을 하기 위하여 혼신의 힘을 다하였다. 재레드 다이아몬드의 '문명의 붕괴'를 해설하기 위하여 그의 다른 작품들《어제까지의 세계》《총균쇠》《제3의 침팬지》를 모두 다시 읽었다. 함부로 평가를 하여 책에 흠집을 내는 우를 범하지 않기 위하여 책에 달린 수백 개의 댓글을 모두 검색하기도 하였다. 그 대표적인 경우가 정유정 작가의 '7년의 밤'이었다. '고도를 기다리며'라는 짧은 책을 놓고는 한 달 동안을 끙끙대기도 하였다. 또한 3천~4천 페이지에 달하는 세트물들을 단 4~5페이지로 압축하는 일은 엄청난 집중력이 요구되는 작업이었다. 이 책은 그런 노력의 산물이다.

폭넓은 지식에 자신의 전공 연구 분야가 더해진다면

물론 나는 대학 총장도 아니다. 따라서 특별한 권위도 없다. 내가 추천한 책을 읽지 않는다고 해도 강제할 방법이 없다. 그러나 그 대신, 내가 온 힘을 다하고 읽고 또 읽어서 독자들이 감동할 만한 내용으로 해설한 '정성'이라는 무기가 있다. 독자들이 이 책을 읽고 해설에서 감동을 받아 "아, 이 책은 꼭 사서 읽어야 하겠구나"라는 생각을 갖고 실제로 그 책을 사서(최소한 150종) 통독을 한다면 나로서는 더 이상 바랄 것이 없다. 그 결과 독자들의 지식과 사고의 폭이 넓어지고, 그동안 자신이 파고들었던 전문 분야에 폭넓은 독서지식이 추가되어 서로가 시너지효과를 일으킬 때, 대한민국 최초의 노벨상 수상(문학상이든, 생리의학상이든, 화학상이든, 물리학상이든)이라는 쾌거를 이룰 수 있다는 게 나의 생각이다.

자, 지식탐구 여행을 떠나자!

　꼭 노벨상 수상만을 목표로 둘 것도 없다. 사실 이 책의 더 큰 목적은 독자들로 하여금 폭넓은 지식을 쌓게 하는 데에 있다. 우리 인생을 길게 잡아 100년이라고 한들 직접경험으로 얻을 수 있는 지식은 아주 한정되어 있다. 책이라고 하는 도구는 인류의 가장 위대한 발명품이다.

　여기 소개되는 100종의 명품도서를 선정하는 데에도 엄청난 신경을 썼지만, 한 작가의 책을 단 한 종으로 가려 뽑는 일은 정말 힘든 작업이었다. 한 가지 아쉽게 생각하는 것은, 책의 두께, 가격 등 여러 가지 제약 때문에 선정된 책들을 좀 더 자세히 설명하지 못하고 4~5 페이지의 해설로 한정하였다는 점이다.

자, 이제 동서양의 엄청난 지식이 숨겨져 있는 보물섬으로 여행을 떠나보자!

＊다니엘의 '한 권으로 백 권읽기' 프로젝트는 2021년과 2022년에도 II권과 III권으로 계속됩니다.

contents

Group 01

신화 - 고고학

1. 이윤기의 그리스 로마 신화 세트

이윤기 저 / 웅진지식하우스 / 2,075쪽(전5권)

내가 고른 100종의 명품도서 중 단 한 종을 고르라면 나는 주저 없이 이 책을 선택하겠다. 출판사를 운영하는 사람의 입장에서 이 책은, 보면 볼수록 탐나는 책이다. 책의 내용, 편집, 장정, 이 세 박자가 아주 잘 어우러진, 그야말로 '명품도서'이다.

사진만도 한 3천 장쯤 실려 있지 않나 싶다. 그것도 박물관에서 찍은 사진, 건물의 돋을새김을 찍은 사진, 풍경사진, 인물사진, 명화를 찍은 사진 등등, 글을 읽기 싫은 사람은 그냥 사진과 거기 따른 해설만 감상해도 책값은 충분히 빠지는 책이다. 여기 실린 사진들을 보고 감탄한 사람은 나뿐만이 아닌 모양이다. 예스24의 어느 독자가 '회원리뷰'에 올린 서평은 이렇다.

"지하철에서 우연히 누군가 이 책을 읽고 있는 걸 발견하고 조용히 옆으로 다가간 순간, 그 화려한 책 속의 사진들에 압도당하고 말았다."

책의 내용은 또 어떤가? 우선 글이 재미있다. 이 책을 한두어 차례 정독하면 그리스 로마 신화에 일가견을 갖게 된다고 할 정도로, 같은 내용이 (전혀 지루하지 않게) 반복하여 다른 설명으로 나오는 것도 이 책만의 묘미이다. 저자는 이 책에 그리스 로마 신화만 나열해 놓은 것이 아니라 간간히 동양의 신화나 옛이야기도 곁들여 놓았다.

예를 들어보자면 이런 식이다. 1권의 앞부분에 이아손의 모노산달로스 이야기가 나온다. 모노산달로스는 영어로 말하자면 외짝 신(mono + sandal)이다. 외짝 신 사나이 이아손이 자기 아버지의 왕좌를 강탈한 삼촌을 몰아내고 다시 왕이 되는 이야기이다. 저자는 이 대목에서 외짝 신 소녀 신데렐라가 왕비가 되는 이야기와 잃어버린 꽃신 한 짝을 찾는 원님과 콩쥐팥쥐의 이야기도 등장시킨다.

2권의 주된 테마는 사랑이다. 그것도 이루어져서는 안 되는 사랑이야기가 거의 대부분이다. 예를 들면 제우스와 헤라, 크로노스와 레아와 같은 오누이간의 사랑이야기에서부터, 암염소를 사랑한 신 헤르메스, 황소를 사랑한 파시파에

와 같은 동물과 신의 사랑, 전 처 소생 히폴뤼토스를 사랑한 계모 파이드라, 아비를 죽이고 어미와 동침한 오이디푸스와 같은 불륜의 이야기, 동성인 어머니 클뤼타이메스트라를 미워하고 이성인 아버지 아가멤논의 사랑을 갈구한 엘렉트라 이야기, 그리고 자신을 사랑한 나르키쏘스 등등, 아주 다양한 사랑 이야기들이 등장한다.

2권에는 오이디푸스 이야기가 나오는데 그걸 아주 간단히 요약하면 이런 내용이다.

"그리스 신화에 나오는 테바이의 왕 오이디푸스는 원래 테바이 왕의 아들로 태어났지만 아버지를 죽이고 어머니와 결혼하게 되리라는 신탁 때문에 세상에 나오자마자 산속에 버려졌다. 하지만 목동에게 발견되어 요행히 살아남았고 이웃나라의 왕자로 성장하여 결국 신탁의 예언대로 아버지를 죽이고 테바이의 왕위에 올라 어머니와 결혼하게 된다."

3권에는 천상에서 불을 훔쳐 인간에게 전해 주었다는 프로메테우스의 이야기가 나온다.

"프로메테우스는 짐승보다는 우월하되 인간보다는 열등하여 아래로는 짐승을 다스리고 위로는 신들을 섬길 줄 아는 인간을 만들기로 하고 (…) 재료에 물을 부어 이기고 신들의 형상과 비슷한 인간을 빚어 이레 동안 볕에다 말린 다음에 여

기에 생명을 불어 넣으려고 했다." (3권 pp248~249)

어떤가? 하나님이 흙을 빚어 사람을 만들고 거기에 생기를 불어 넣었다고 하는 성경의 내용과 너무나 흡사하지 않은가? 나는 '이윤기의 그리스 로마 신화'를 읽으면서 셰익스피어의 로미오와 줄리엣이나 심지어는 성경의 내용도 상당부분 그리스 로마 신화에서 차용한 것이 아닌가하는 의구심을 지울 수 없었다.

4권은 헤라클레스의 12가지 미션이야기가 주를 이룬다. 지면상 그 12가지 미션 소개는 생략한다. 헤라클레스의 이야기는 신화로 끝나는 것이 아니라 후일(BC300여 년)에 마케도니아 출신의 알렉산드로스(영어 명 알렉산더)라는 사람에게 지대한 영향을 미쳐서 그가 중동과 아시아 땅을 휘저으면서 커다란 정복전쟁을 치르게 만든다. 알렉산드로스는 전쟁터마다 항상 '헤라클레스의 잔'이라는 커다란 술잔을 가지고 다녔다. 그가 인더스 강가의 아오르노스라는 곳을 고생고생 하면서도 기어코 점령한 이유는 헤라클레스의 해묵은 한을 풀어주기 위함이었다. 또한 자신의 아들 이름을 '헤라클레스'라고 지었을 만큼 그에게 헤라클레스는 그야말로 '신'이었다.

5권은 다시 1장에서 소개되었던 금양모피를 찾아 떠나는 아르곤 원정대 이야기가 나온다. 금양모피를 찾는 이유는 이아손의 숙부인 펠리아스가 아버지로부터 왕위를 찬탈하고 다시 돌려달라는 이아손에게 이렇게 명령하였기 때문이다.

"내가 너에게 왕좌를 돌려주기 싫어서 이러는 게 아니다. 너도 알다시피 우리 친척인 프릭소스는 머나먼 콜키스 땅에서 세상을 떠나셨고, 이 나라에 있었더라면 국보가 되었을 금양모피도 지금은 콜키스에 있다. 어떠냐? 먼저 콜키스로 가서 금양모피와 프릭소스의 유골을 수습해 오지 않겠느냐?" (5권 p80)

이렇게 해서 이아손은 헤라클레스를 비롯한 50명의 영웅들을 모아서 아르곤 원정대를 꾸리고 콜키스 지방으로 떠난다. 여기에서 우리들이 자주 들었던 아마존의 여전사들 이야기도 나온다. 그리스 로마 신화를 읽지 않은 사람들은 '아마존' 하면 브라질 밀림 속을 상상할 수도 있겠지만, 우리 지식인들은 그곳이 바로 지금의 흑해 연안의 어느 지방임을 아는 것이다.

결론적으로 그리스 로마 신화와 성경을 이해하지 못하고는 서양의 음악, 미술, 문학, 역사, 철학을 이해 할 수 없다는 것이 나의 지론이다.

2. 인류의 기원

리처드 리키 저 / 황현숙 역 / 사이언스북스 / 302쪽

어느 날, TV에서 '동물의 세계'를 보면서 이런 생각이 들지는 않았는가?

"왜 이구아나는 지구에서 수억 년을 살았다는데 헬리콥터를 타고 이 섬 저 섬 돌아다니지 않고 아직도 그렇게 힘들게 배를 바닥에 대고 엉금엉금 기어 다니고 있을까?"

이 책은 그러한 의문에 아주 근본적인 대답을 해 주는 책으로 고고학자 가문의 2대째인 리처드 리키의 작품이다. 아버지와 어머니 모두 위대한 고고학자인 가정에서 1944년 출생한 그는 1984년 발견한 호모 에렉투스 화석으로 인류의 진화사를 새롭게 쓴 사람이다. 1993년 비행기 사고로 다리를 잃은 이후에도 케냐 야생청 감독관으로 일하며 자연보호 운동과 연구를 계속하고 있다. 지은 책으로는 《제6의

멸종》,《오리진》등이 있다.

　잠시 지은이의 가족사를 살펴보자. 아버지 루이스 리키는 케냐에 파견된 영국인 기독교 선교사 부부의 아들로 찰스 다윈의 진화론을 신봉하여 한 평생을 고고학에 바친 사람이다. 그는 여러 차례 고고학사에 길이 남을 발견을 하였는데, 그 중 가장 대표적인 발견으로는 1963년 탄자니아 올두바이 협곡에서 발견한 호모 하빌리스라고 할 수 있다. 어머니 메리 리키, 아내 미브 리키, 그리고 형 조너선 리키 역시도 모두가 고고학자이자 인류학자이다.

　불과 300쪽 밖에 되지 않는 얇은 책이지만, 이 책의 가장 큰 장점은 고고학자, 인류학자, 생화학자, 언어학자, 신경생물학자, 동물행동학자, 박물학자 등, 다양한 전문가들의 연구 성과를 자신의 주장과 곁들여 설명하고 있는 점이라고 하겠다. 응당 그래야 할 이유는, 우선 고고학 또는 인류학이라는 학문이 사실 아주 조그마한 유물 파편 한두 점을 가지고 수백 만 년 ~ 수 만 년 전의 사건을 추측해 보는 학문이라는 데에 있지 않을까 싶다. 그렇게 빈약한 자료를 가지고 과거를 해석해 내는 작업이니 당연히 어느 한 사람의 성과만을 가지고 '이것은 이렇다.'라고 결론 내리기는 어려울 것이다.

　저자는 인류의 진화과정을 네 단계로 구분하여 설명하고

있다.

첫 번째는 사람과(科)의 유인원 출현인데, 그는 이 시기를 대략 750만 년 전으로 추정하고 있다.

두 번째는 그 후 200만 년 전까지의 사이에 여러 유인원 종들로 분화해 나간 단계를 들고 있다.

세 번째는 본격적으로 뇌의 크기가 커진 사람속(屬)이 출현한 단계이다.

마지막 네 번째 단계는 현생인류의 기원으로 볼 수 있는 호모 에렉투스로 진화해가면서 비로소 언어, 의식, 예술, 상상력, 기술이 발달한 단계이다.

현생인류의 조상인 호모 사피엔스(약 20만전 전)와 현생인류의 바로 직계조상이라고 할 수 있는 호모 사피엔스 사피엔스(약 5만 년 전)는 750만 년이라는 세월과 비교해 보면 참으로 짧은 연륜을 가진 종이라고 할 수 있다.

재미있는 주장들이 많아서 그중 몇 개만을 소개해 본다.

유인원의 종들 중에서 오늘날까지 살아남은 종은 고릴라, 침팬지, 그리고 피그미침팬지, 단 3종뿐이다. (…) 인류학자들은 인간 진화에서 차지하는 두 발 보행의 중요성을 다음 두 가지 면에서 생각하는 경향이 있다. 하나는 물건을 옮길 수 있도록 손이 자유로워진 점을 강조하는 학파이다. 다른 하나는 두

발 보행이 에너지 사용에서 훨씬 효율적인 보행 방식이라는 점을 강조하는 학파이다.(pp53~54)

1950년대에 인류학자들은 호미니드 종에 포함될 가능성이 있는 많은 종들을 분별해서 두 가지 종만 인정했다. (…) 두 종의 주요한 차이는 턱과 치아에 있었다. 둘 다 턱과 치아가 큰 편이지만 한쪽이 다른 쪽보다 더 컸다. 둘 중에서 작은 쪽에 오스트랄로피테쿠스 아프리카누스라는 이름이 붙여졌다. (p66 '최초의 사람' 중에서)

아버지는 오스트랄로 피테쿠스 종이 인간 조상에 속하며, 이 새로운 종이 결국은 현생 인류의 계통을 나타낸다는 결론을 내렸다. 그리고 동료 인류학자들의 떠들썩한 반대에도 불구하고 그 종에 호모 하빌리스라는 이름을 붙여 (…) 호모 하빌리스는 '손을 쓰는 사람' 이라는 뜻이다. (p70 '인류의 조상들' 중에서)

사람의 성장과정에서 나타나는 가장 중요한 측면 가운데 하나는 사람의 아이가 혼자 힘으로는 아무것도 할 수 없는 무기력한 상태에서 태어나 오랜 유년기를 거친다는 점이다. 아이를 길러 본 부모라면 누구나 알겠지만, 아이들은 청소년기에 빠른 속도로 성장한다. 사람은 이러한 면에서 독특하다. 즉, 유인원을 포함한 대부분의 포유류는 유수(幼獸)에서 곧바로 성수(成獸)로 성장한다. 사람의 경우에는 빠른 성장이 시작되는 청소년기에 무려 25%의 성장이 이루어진다. 반면, 침팬지의 성장곡선은 청소년기를 거쳐 성수가 될 때까지 겨우 14%의 성장을 나타낸다.

세계적 언어학자인 노엄 촘스키의 '언어의 발생은 역사의 우연한 산물'이라는 주장을 반박하는 대목도 흥미롭다.

그러나 MIT의 스티븐 핑커와 마찬가지로 나 역시 이런 견해에 반대한다. 핑커는 "한마디로 촘스키가 문제를 거꾸로 보고 있다." 라고 지적한다. 뇌가 발달한 다음 언어가 탄생한 것이 아니라, 언어 발달의 결과로 뇌의 용적이 커졌다는 것이다. 그는 '언어를 탄생시킨 것은 뇌의 크기나 형태, 뉴런의 집적도가 아니라 뇌 속에 들어 있는 미세회로의 정확한 배열이다.' 라고 주장했다.(p227 '언어라는 예술' 중에서)

3. 문명의 붕괴

재레드 다이아몬드 저 / 강주헌 역 / 김영사 / 788쪽

왜 어떤 문명은 계속 역동적으로 성장하고 또 다른 문명은 쇠퇴하여 역사 속으로 사라졌는가? 과연 두 문명 사이에는 어떤 차이점이 존재하는가? 이러한 궁금증을 예리하게 파고들어가 지난 13,000년 동안의 문명을 샅샅이 분석하고 그 결과를 한 권의 책《Collapse》에 집약한 사람이 있다. 그가 바로《총.균.쇠》로 유명한 재레드 다이아몬드이다.

그가 꼽은 문명붕괴의 원인은 다양하지만 다음과 같은 10가지로 압축하여 본다.

① **생태적(삼림파괴,토양, 물) 문제**
② **지나친 사냥과 고기잡이**
③ **외래종의 영향**

④ 인구폭발

⑤ 적대적인 이웃(전쟁 등)

⑥ 정치, 종교적인 문제

⑦ 유해물질의 방출

⑧ 에너지 부족

⑨ 기후변화

⑩ 광합성을 극한까지 사용하려는 인간의 욕심

이 책에서 가장 인상적인 대목은 이스터 섬의 문명붕괴 사건 추적이다. 이스터 섬 하면 가장 먼저 떠오르는 게 모아이 석상이다. 폴리네시아의 망망대해에 떠 있는 서울 강남3구 정도의 작은 섬에 있는 800여 개의 석상들. 그 거대한 석상을 세운 위대한 문명은 왜 흔적도 없이 사라졌을까? 모아이 석상의 평균 높이는 4m에 무게는 10톤 정도이다. 그러나 큰 석상은 10m 높이에 80톤까지 나간다. 인근 채석장에는 무려 21m 키에 무게가 270톤짜리 석상도 세워지지 못한 채 방치되어 있다.

지금 이스터 섬에는 나무도 없고 새도 없다. 모두 절멸된 것이다. 저자는 끈질긴 연구를 통하여 1100년 ~ 1600년 사이에 이 섬에는 높이 20m가 넘는 야자나무들이 숲을 이루었고 그 속에 왜가리, 뜸부기, 올빼미 등 동물 군도 다양하게 서식했다고 추정한다. 탄소측정법과 화분학을 이용한 조사를 통하여 과거 이 섬에서 살았던 부족들 간에 종교적인 경쟁이 치열하게 벌어져서 거대한 석상을 더 크고 높게 세우는 작업이 반복되었다는 것이다. 마치 이렇게 말하고 있는 것만 같다.

"그래, 네가 10m짜리 석상을 세웠단 말이지? 하지만 나를 봐. 나는 12m 높이의 석상 위에다가 12톤짜리 푸카오(모자)까지 올려놓았어. 이제는 더 이상 흉내내지 못하겠지?" (p151)

한 부족 당 대략 1,500명의 인원이 있었는데 이들이 부족 간에 서로 종교적인 의식을 치르면서 거대한 석상을 만들기 시작하였고, 그것이 경쟁에 경쟁을 불러와서 더 큰 석상을 세우는데 모든 부족 구성원들이 동원되었고, 그러다보니 새와 물고기 들을 닥치는 대로 잡아먹었다. 거대한 석상을 깎고 다듬는 일에 또 그것들을 옮기는 일에 섬의 나무란 나무는 닥치는 대로 베어서 그걸로 석상 밑바닥에 깔아 바퀴로 활용하고 밧줄을 만들어 끌어서 수백 개의 석상을 완성했다는 것이 연구진의 결론이다.

편의상 이스터 섬의 문명붕괴 사건을 자세히 다루기는 했지만, 그 이외에도 미국 산타페 근처에 산적해 있는 아나사지 문명의 붕괴(가뭄과 삼림파괴), 마야 문명의 붕괴(외적의 침입), 그린란드의 종말(기후의 변화), 소련의 몰락(정치체제), 르완다의 대량학살(적대적인 이웃) 등, 풍부한 사례가 무려 800쪽에 달하는 책에 자세하게 설명되어 있다.

저자는 이 책의 마지막 150페이지 정도를 할애하여 앞으로 우리가 이 푸른 별을 살리려면 어떻게 해야 할까를 친절하게 설명하고 있다. 환경파괴의 원인이 주로 '나만 잘살면 된다.'는 이기주의에서 비롯되기 때문에, 이해충돌의 가장 전형적인 사례인 공유의 비극(죄수의 딜레마 또는 집단행동의 논리와 비슷한 개념)을 막으려면 어떻게 해야 하는가에 대한 해법도 제시하고 있다.

저자는 군중심리의 대표적인 사례로 십자군 원정, 네델란드의 튤립 광풍, 마녀사냥, 나치의 선전술과 유대인 학살 등을 예로 들면서 독일 극작가 실러의 말을 인용하였다.

"사람은 홀로 있을 때는 현명하고 이성적이 되지만, 일단 군중의 일부가 되면 멍청이가 되고 만다."

여기서 특히 주목을 끄는 대목이 있다. 596쪽에 나와 있는 '심리적 거부'라는 이론이다. 댐이 있고 그 밑에 거주하는 사람들이 있다고 가정해 보자. 댐에서 멀리 떨어져 사는 사람들은 공포감이 상대적으로 적고 댐의 위쪽으로 올라갈수록 공포감은 점점 증가하는데, 놀랍게도 댐의 바로 밑에 사는 사람들의 공포감은 거의 제로에 가깝다고 한다. 왜일까? 날마다 댐을 보면서 살아가는 사람들이 마음에 평정심을 유지할 수 있는 유일한 방법은 댐이 무너지지 않는다고 생각하면서 사는 길뿐이라는 이야기이다. 마치 우리 대한민국 국민들이 북한의 핵을 머리 위에 얹고 살면서도 전혀 핵무기의 위협을 느끼지 않고 사는 것과 유사하다고 생각돼서 다시 한번 이 책의 묘미를 느끼게 된다.

《총·균·쇠》와 《어제까지의 세계》 그리고 이 책 3종을 놓고 어느 것을 명품도서에 넣을까 고민하다가 결국은 이 책을 선택하였다. 《총·균·쇠》는 총, 세균, 철이 (그리고 '돈'이) 세계문명에 미친 영향을 다룬 책으로 자타가 공인하는 제레드 다이아몬드의 대표작이다. 나는 그것 못지않게 《어제까지의 세계》도 재미있게 읽었는데, 고고학과 연관지어서는 이 책 《문명의 붕괴》가 더 좋겠다 싶어 이것으로 선정하였다. 한 작가의 책을 한 종 이상 소개하지 못하는 것이 아쉬울 뿐이다.

4. 모든 것의 기원:
예일대 최고의 과학 강의

데이비드 버코비치 저 / 박병철 역 / 책세상 / 296쪽

저자인 데이비드 버코비치는 미국 예일대학교 지구물리학과 교수로 재직 중이다. 이 책은 내용의 대부분을 우주의 탄생원리와 비밀, 그리고 지구와 다른 행성들을 둘러 싼 은하 이야기로 채우고 있다. 고고학과 관련한 부분은 마지막에 조금 나온다. 그래도 이 책을 추천한 이유는 이 책이 우리 인류 탄생의 배경을 아주 폭넓게 설명해 주고 있기 때문이다.

우리 인간의 역사는 이 책에서도 대략 700만 년 전부터 시작된 것으로 추정하고 있다. 앞서 소개한《인류의 기원》과 거의 비슷한 주장이다. 그렇다면 인간은 또 어떻게 700만 년이라는 짧은 기간에 이토록 엄청난 비약을 이룰 수 있었을까? 이러한 질문에 답이라도 하듯이, 저자는 그 요인을 엄지손가락, 직립보행 등, 몇 가지로 소개하고 있다. 책의 내용을 인용하여 보자.

기후변화로 열대 우림이 많아지면서 우리 선조들이 나무에서 땅으로 내려왔고, 나뭇가지를 움켜잡았던 엄지손가락을 다른 용도로 쓸 수 있게 되었으며, 손가락의 섬세한 사용은 훗날 두뇌의 발달로 이어졌다.

직립보행의 기원에 대해서는 다양한 가설이 제시되어 있는데, 그중 몇 가지만 소개하면 다음과 같다. 첫째, 음식을 손으로 운반하면 많은 이득을 볼 수 있다. 기린처럼 키가 커서 높은 곳의 음식을 먹을 수 있는 것도 큰 장점처럼 보이지만, 이런 동물은 음식을 오직 입안에만 보관할 수 있기 때문에 배가 고프면 또다시 먹이를 찾아 나서야 한다. 그러나 음식을 손으로 운반하면 은밀한 곳에 저장해놓을 수 있으므로 끼니 때마다 돌아다닐 필요가 없다. 둘째, 두 발로 서면 먼 곳까지 볼 수 있으므로 포식자를 피하고 식량을 찾는데 훨씬 유리하다.(pp246~247)

저자는 인류의 진화 과정을 이렇게 요약하고 있다. 저자의 독창적인 주장이라기보다는 수많은 학자들의 학설을 저자 나름대로 요약한 것으로 보인다.

모든 영장류의 선조는 아마도 공룡이 멸종하던 무렵에 등장한 나무두더지(tree shrew)일 것이다. 이들은 손가락과 발가락으로 물건을 쥘 수 있었고 안구 근처의 골격 구조가 특이했으며, 주로 과일을 먹고 살았다. 아프리카와 동아시아, 그리고 아메리카 등지에 서식했던 꼬리 없는 원숭이는 꼬리가 긴 원숭이 류로부터 약 5천만 년 전에 분화된 것으로 추정된다. 그 후 꼬리 없는 원숭이의 가계는 대략 1,800만 년 전에 대형 유인원과 소형 유인원으로 분류되었으며, 대형 유인원은 오랑우탄, 고릴라로 분리된 후 700만 년 전에 최종적으로 침팬지와 인간으로 분리되었다. (p243)

'예일대 최고의 과학강의'라는 부제목처럼 저자는 지구물리학과 우주물리학의 이론들을 아주 쉽게 설명해주고 있다. 빅뱅 이론의 하위 이론인 인플레이션 이론을 설명하는 부분이다.

원래 빅뱅 이론은 논란의 여지가 다분한 가설이었다. 그러나 인플레이션 이론이 앞서 언급했던 우주배경복사의 분포를 설명함으로써 우주가 시작된 시점을 명확하게 밝혀준 덕분에 우주 탄생의 정설로 자리 잡을 수 있었다.

예를 들어 우주배경복사는 우주 전체에 걸쳐 온도가 거의 같다. 빅뱅이 일어나고 140억 년이 지났는데 우주 반대편에 있는 두 지점의 온도가 아직도 같다는 것은 태초에 이 지점들이 꽤 긴 시간 동안 접촉 상태에 있었음을 의미한다. 만일 두 지점이 접촉 상태에 있지 않았다면 아무런 정보도 교환되지

않았을 것이므로, 오늘날 온도가 같은 이유를 설명할 방법이 없다.(pp27~28)

지구에 생명이 탄생된 타당한 이유를 설명하는 부분이다.

희귀지구가설에 의하면 지구는 은하수의 적절한 위치에 자리 잡은 덕분에 생명체 탄생에 적절한 환경을 확보할 수 있었다. 만일 우리의 태양계가 은하수의 중심에 조금 더 가까웠다면 초대형 블랙홀이 내뿜는 가공할 복사에너지에 초토화되었을 것이다. 지구는 탄생 시기도 적절했고(생명에 필요한 모든 원소들이 만들어진 후에 탄생했다), 물이 고체, 액체, 기체 상태로 모두 존재할 수 있을 정도로 태양과의 거리도 적당했다. 천문학적 조건 외에도 지구는 지질 구조판을 갖고 있어서 안정된 기후를 확보할 수 있었으며 달의 조력(潮力)에 의한 조수현상 덕분에 수상생물이 육지생물로 진화할 수 있었다.(p178)

2020년에 소개할 이 책의 후속작품 《한 권으로 백 권읽기 Ⅱ》에서는 정통 고고학 도서인 《판다의 엄지》를 소개하려고 한다.

Group 02

종 교

5. 세 종교 이야기

홍익희 저 / 행성B잎새 / 484p

이 책은 세계 역사에 지대한 영향을 미쳤던, 그리고 지금도 여전히 큰 영향을 미치고 있는 기독교, 유대교, 이슬람교의 뿌리가 이스라엘과 그 인근 지역에서 한 사람을 통하여 나왔다는 점에 주목하여 집필한 책이다. 우리가 다 알듯이 이 세 종교는 아브라함이라는 공통의 시조를 갖고 있다. 그는 갈대아 우르 사람으로 지금의 지명으로 이라크의 티그리스 강과 유프라데스 강이 하나로 합쳐져서 걸프 해로 들어가는 지역이다. 과거에 인류문명의 발상지라고 알려졌던 수메르 지역이기도 하다.

① **유대교**: BC721년 북이스라엘이 아시리아에 의해 멸망당하고 BC597년 남유다가 바빌로니아에 의해 멸망당하자

유대인들은 엄청난 충격을 받으며 영적인 딜레마에 빠졌다.

"예루살렘 성전은 하느님의 집인데 어떻게 이방인들이 파괴할 수 있을까? 그렇다면 우리가 믿는 하느님은 전지전능한 분이 아니란 말인가?" (p117)

이 때부터 유대인들은 성전 제사보다는 생활 속에서 하느님의 가르침인 율법을 지키는 것이 더 중요하다는 사실을 깨닫게 된다. 그리하여 율법학자들을 중심으로 할례(남아의 경우 출생 7일 만에 성기의 표피를 자르는 일)와 율법을 철저히 지키고 전통을 고수하고자 하는 '유다이즘'이 탄생하였다.

기독교도들은 오랜 기간 동안(종교개혁 전까지) 대다수가 문맹이었다. 성직자들만 글을 읽고 쓸 수 있었으며 이를 어길 경우 종교재판에 회부되어 화형에 처해지기까지 했다. 그러나 유대교 가정에서는 부모가 자식들에게 부지런히 토라와 탈무드를 가르쳤기 때문에 모두가 글을 읽고 쓸 줄 알았다.

토라 이외에 그들이 생활신조로 삼는 것은 우리가 흔히 탈무드로 알고 있는 '미쉬나'이다. 농사, 축제, 여자와 가정, 시민법, 성결, 의식법으로 구성되어 있는 미쉬나는 하루 한 페이지씩 공부하면 7년이 지나야 다 배울 수 있는 방대한 분량이다. 언제 어디서나 토라와 탈무드를 공부한 결과 1천5백 년의 디아스포라 기간에도 유대인들은 그들의 정체성을 유지할 수 있었으며, 이처럼 읽고 쓸 수 있는 능력은 타민족들의 끝없는 압박과 탄압 속에서도 그들을 뛰어난 민족이 되도록 만들어 주었던 것이다.

② **기독교**: 기독교는 예수의 탄생과 부활을 믿는 종교이다. 로마의 압제 때에는 기독교도들이 심한 박해를 받았으나 기독교도들은 카타콤이라는 지하 동굴에서 생활하면서도 끈질기게 그 믿음을 지켜 나갔다. 마침내 콘스타티누스 황제의 밀라노 칙령에 의해 정식 종교로 공인받기에 이른다.

종교가 거의 모든 것을 지배하던 시절이 계속 되어 오던 중, 1517년 로마 가톨릭 사제였던 독일의 마르틴 루터가 95개 조의 반박문을 발표하면서 종교개혁이 시작되었다. 종교개혁은 부패한 교회를 성경의 권위와 하느님(기독교에서는 '하나님' 그러나 여기서는 '하느님'으로 통일)의 은혜와 믿음을 강조함으로써 새롭게 변혁시키고자 했던 신학운동이다. 루터에 이어서 츠빙글리와 칼뱅에 의하여 종교개혁이 더욱 확장되어 결국은 구교는 가톨릭이라는 이름으로 그대로 남고, 신교는 프로테스탄트라는 현재의 기독교로 완성되는 것이다. 기독교인들은 근본적으로 '유대인들이 예수님을 죽였다.'라는 생각을 갖고 있기 때문에 유대인들을 적대시한다.

③ **이슬람교**: 이슬람교의 창시자 무함마드는 570년 메카에서 태어났다. 그는 가난해서 정규 교육을 받지 못했으나 유대교 경전 이야기에 푹 빠져 지낸다. 무함마드가 청년시절, 카디자라는 15살 연상의 부유한 미망인과 결혼하여 얼마 후 딸을 하나 갖게 된다. 그러나 그는 사치한 생활에 빠지지 않고 메카 부근의 동굴에 들어가 단식을 하며 인생의 진리를 찾기 위해 15년의 세월을 수행한다. 그의 나이 40세 때인 610년 9월, 그는 하느님의 사자인 가브리엘 천사가 들려준 말을 그대로 듣고 외웠다. 문맹이던 그가 52살이 될 때까지 계속하여 계시를 받고 구술한 내용을 제자들이 받아 적은 것이 《코란》이다.

이슬람교에서는 신의 계시를 받은 자들을 예언자로서 존경하는데 아브라함, 모세, 다윗, 예수, 무함마드가 모두 여기에 속한다. 따라서 예수는 그냥 예언자 중의 한 사람이다.

무함마드는 박해를 피해 동굴 속에 은신해 있다가 70여 명의 제자들과 함께 622년 9월 24일 메카에서 북쪽으로 400km 떨어진 메디나로 활동무대를 옮긴다. 이 역사적인 이동을 헤지라(聖遷)라고 하는데 그들은 이 날을 기려 이슬람력의 기원으로 삼는다. 즉, 9월 24일이 이슬람력으로는 1월 1일이다.

《코란》은 무함마드 사후 20년 경에 완성되었으며 신약성
경의 80% 분량이다. 코란은 번역을 절대 허용하지 않는다.
따라서 아랍어로 된 것만이 코란이다. 아랍어를 모르는 일반
신도들은 그냥 아랍어로 된 내용을 암송하여 읊조린다.

이슬람 교도들은 5행을 아주 중요하게 생각하는데, 5행이
란 "알라 외에는 다른 신이 없다."는 신앙고백, 하루 다섯 번
씩 메카 방향을 향하여 기도하는 것, 가난한 사람들을 위하
여 소득의 5%~10%를 기부하는 것, 라마단 기간에 금식하
는 것, 평생에 한 번은 성지인 메카를 순례하는 것, 성전(지하
드)에 참여하는 것이다. 여기서 문제가 되는 것이 성전(聖戰)
이다. 그들은 알라를 위하여 이교도와 싸우다 죽으면 곧바로
하늘나라에 들어간다고 믿기 때문에 폭력적인 경우가 많다.

끝으로 이슬람의 분파인 수니파와 시아파를 알아보자.
수니파는 사우디아라비아를 주축으로 하여 전체 무슬림의
80%를 차지하며, 시아파는 이란을 맹주로 하여 나머지 20%
의 신도가 여기에 속한다. 시아파는 무함마드의 사위인 알리
와 그의 차남 후세인을 추종하는 파벌이다.

저자인 홍익희는 중동문화 전문가이다. 유대인의 경제관
을 더 깊이있게 해부한 그의 또 다른 저서 《유대인 이야기》
도 읽어 볼 만하다.

6. 불타 석가모니

와타나베 쇼코 저 / 법정 역 / 문학의 숲 / 446쪽

앞에서 유대교, 기독교, 그리고 이슬람교에 대하여 소개하였으므로 이제 힌두교와 불교를 소개할 차례다. 참으로 신기한 것이, 세계의 5대 종교가 단 두 나라를 중심으로 발생하였다는 사실이다. 유대교-기독교-이슬람교가 모두 이스라엘과 그 인근지역에서 시작되었다면, 힌두교와 불교는 인도와 그 인근지역에서 시작되었다.

먼저 간단하게 힌두교를 살펴보자. 전통적으로 인도는 카스트 제도가 지배하는 계급사회이다. 신화에서는 신이 인간을 만들 때 자신의 머리에서 지혜를 가진 브라흐만 사제 계급을, 가슴에서는 용기를 가진 크샤트리아 무사계급을, 배에서는 욕망을 가진 바이샤 계급을, 그리고 마지막으로 팔다리

에서는 노동력을 가진 수드라 계급을 창조했다고 한다. 이들 계급은 신이 결정한 것이므로 절대로 바꿀 수 없으며, 사람은 태어날 때부터 각자 계급이 정해진다고 한다. 왜 그런가? 그것은 자신이 전생에 지은 카르마 때문이다.

그러나 고대(BC1000년 이전)의 브라흐마니즘은 베다(우파니샤드)에 근거하여 단 한 치의 오차만 있어도 신의 노여움을 받는다는 등, 지나치게 제식 위주로 되어 있어서 후일의 자이나교(불살생 위주)와 불교(노력에 의한 해탈)의 사상이 일부 가미되기에 이른다. 여기에 마우리아 왕조(BC400년~)에서 굽타 왕조(AD300년~)로 바뀌면서 통치자들의 왕권강화 욕구와 맞아 떨어져 결국 현대의 힌두이즘으로 발전하게 되는 것이다. 고대 브라만교와 현대 힌두교의 가장 큰 차이는 브라만교가 《베다》에 근거하여 희생제를 중심으로 하며 자연신을 숭배하는 데 비해, 힌두교에서는 신전·신상이 예배의 대상이 되고 인격신이 신앙된다는 점이다.

이제 본격적으로 《불타 석가모니》라는 책으로 들어가 보자. 이 책은 일본의 저명한 불교 학자인 와타나베 쇼코 박사 필생의 역작이다. 그는 힌두어, 산스크리트어, 팔리어에 능통한 학자로 평생을 불교 연구에 매진한 분이다. 그런 그의 저

작물을 한국을 대표하는 승려인 법정 스님이 번역하였고, 그 문장을 류시화 시인이 다시 다듬었다.

현재의 네팔 남부와 인도 국경 사이에 카발라카스투라는 도시국가의 슛도다나왕과 마야왕비 사이에 한 아기가 태어난다. 대략 BC560년경이다. 고대의 인도에서는 연도를 기록하는 풍습이 없었던 관계로 현대의 고고학자들이 연구를 통해 추측한 연대이다. 아기가 태어나자 그 이름을 싯다르타라고 지었는데, 이는 '모든 것이 다 이루어진다.'는 뜻이다. 주변의 예언자들은 아기의 장래를 점치면서, 왕이 되면 전쟁 없이 세계를 정복하는 전륜성왕(轉輪聖王)이 되고, 만일 출가수행을 한다면 반드시 부처(깨달음을 얻은 자)가 될 것이라고 예언한다.

여기서 잠시 부처님의 전생에 관한 이야기를 살펴보자.

보살(보리살타菩提薩埵의 준말로 깨달음을 얻은 자, 즉 후일의 부처님)은 도솔천에서 신들에게 법을 설한다. 신과 천녀들은 머지 않아 보살과 작별할 것을 슬퍼한다. 보살은 자신의 후임자로 미륵보살을 정한다. 미륵보살은 언젠가는 지상에 내려가 부처가 될 날을 기다린다. 도솔천에 모인 신들은 보살과의 이별을 아쉬워하면서 지상에서 보살을 지키고 보호할 책임을 정한다. 그중에서 브라흐만, 인드라, 사천왕 등은 보살이 어머니

의 태 안에 들어가는 일부터 탄생, 성장, 출가, 고행, 깨달음, 설법을 거쳐 입적에 이르기까지 그 신변을 보호하기로 한다. (pp29~30)

아기는 태자로 성장하면서 첫째 비로 아쇼다라를 맞이한다. 그러나 화려한 궁전 생활에도 불구하고 태자의 마음속에는 생노병사에 관한 의문이 끊임없이 맴돌았다.

"이 괴로움을 면할 길은 없는가?"

마침내 태자는 출가를 결심한다. 우리나라에서 출가라고하면 인생에 실패하였거나 또는 세상의 무상을 느끼는 등 주로 좋지 않은 이유 때문이지만, 인도에서의 출가는 오히려더 높은 이상을 추구하려는 행동으로 주위의 존경을 받는다. 이렇게 하여 태자는 6년 간 수행하며 보드가야의 보리수 아래에서 죽기 직전까지 가는 극한 수행의 결과 마침내 득도에 성공한다.

부처님의 깨달음을 가리켜 무상정등각(無上正等覺)이라 한다. 최고의 바르고 완전한 깨달음이라는 뜻으로 부처님만이이룰 수 있는 경지이다. 여기서 그 유명한 연기설(緣起說: 원인이 없으면 결과도 없다는 설)이 등장한다. 즉, 모든 인간의 고뇌의 원인을 찾아 올라가면 그 근원에는 무명(無明)이 있다는사상이다.

부처님의 득도 과정에서 마귀와 대결하는 장면을 보면 마치 성경에서 예수님이 악마로부터 시험받는 장면을 보는 듯하다.

마라는 딸들을 시켜 보살을 유혹하는 일에도 실패하고, 또한 폭력을 동원한 공격에서도 아무런 효과를 거둘 수 없었다. 그래서 이번에는 세속적인 권력을 주겠다고 달콤한 말로 접근한다. (p156)

득도한 부처님은 갠지스 강 중류의 도시 바라나시의 녹야원(사슴동산)에서 최초의 설법을 한다. 부처님은 35세에 득도해 45년 동안 지상에서 법을 전하며 제자들과 함께 생활하다 80세에 열반에 든 것으로 많은 학자들이 추정하고 있다. 《전법륜경》에 나오는 부처님의 말씀 중 8정도(八正道)을 읽어보면 공자(의 손자)의 중용(中庸)과 유사하다는 느낌을 받게 된다. 결국 모든 종교나 학문은 하나로 수렴되기 마련인가?

"수행승들이여, 중도란 무엇인가? 그것은 여덟 가지 부분으로 이루어진 성스러운 길이다. 즉, 올바른 견해(政覺), 올바른 결의(正思), 올바른 말(情語) 올바른 행위(正業), 올바른 생활(定命), 올바른 노력(正精進), 올바른 생각(情念), 그리고 올바른 명상(正定)이다." (p204)

7. 만들어진 신

리처드 도킨스 저 / 이한음 역 / 김영사 / 604쪽

리처드 도킨스는 베스트셀러 제조기이다. 그의 책들은 출판되는 족족 예외 없이 베스트셀러의 반열에 오른다. 《이기적 유전자》가 그렇고 《눈먼 시계공》이 그렇다. 영국 옥스퍼드 대학의 석좌교수이기도 한 그는 노엄 촘스키, 움베르트 에코에 이어 세계 최고의 지성으로 꼽히기도 하는 사람이다.

이 책의 헤드 카피인 "신을 의심하라, 그리고 인간의 능력에 주목하라."라는 문구가 암시하듯, 이 책의 주된 내용은 신이 인간을 만든 것이 아니라 인간이 신을 만들었다는 주장으로, 성직자들이나 신학자들에게는 매우 껄끄러운 책이기도 하다.

도킨스는 모든 종교를 싸잡아 비판하지만 그중에서도 가

장 극렬하게 비판하는 종교는 기독교이다. 그는 성서 중에서도 구약, 그중에서도 레위기와 신명기를 가장 나쁘다고 주장한다. 그는 하느님을 "시기하고, 불공평하고, 복수심에 불타고, 인종청소부일 뿐만 아니라, 여성을 혐오하고, 유아를 살해하고, 대량학살을 자행하는 변태성욕자이다."라고 썼다.

그는 토머스 제퍼슨의 "기독교는 여태껏 인간이 갈고 닦은 가장 비뚤어진 체제다."라는 말, 벤저민 플랭크린의 "등대가 교회보다 더 유용하다."라는 말, 그리고 존 애덤스의 "가능한 모든 세계들 중에서 최상의 것은 종교가 없는 세계일 것이다."라는 말을 인용하며 기독교를 비판한다. 또한 간디의 "나는 힌두교도이며, 이슬람교도이며, 유대교도이며, 기독교도이며, 불교도이기도 하다."라는 말을 인용하면서, 차라리 종교가 없는 세상이 더 정의롭고 더 공평하다고 주장하기도 한다.

그의 책에서 눈여겨 볼 대목이 있다. 바로 '기도의 힘'이라는 장에서 그가 예로 든 중보기도의 효과이다. 그는 여러 사람들이 함께 힘을 합하여 기도를 하는 것이 그렇지 않은 경우와 전혀 차이가 없거나 오히려 정반대의 역효과까지 있다고 혹평한다. 그중 대표적인 연구는 찰스 다윈의 사촌인 프랜시스 골턴이라는 사람이 수행한 연구가 있다. 골턴은 매주 영국 전역에서 왕실의 건강을 비는 공개기도를 한다는 점에 주목했다. 그렇다면 왕실 사람들은 일반 사람들에 비하여 더 건강해야 되지 않을까? 그러나 골턴이 통계적으로 밝혀낸 바에 의하면 왕족과 일반인들의 건강에는 아무런 차이가 없었다.

또 다른 연구는 미국의 심장학자 허버트 벤슨 박사가 심장병 수술을 받고 회복 중인 환자 1,800명을 대상으로 한 실험이 있다. 그는 그 결과를 2006년 4월《미국 심장학회지》에 발표했는데 결론은 "기도를 해주든 안 해주든 결과는 아무런 차이가 없다."는 것이었다. (기독교 측에서는 완전히 상반된 내용으로 중보기도의 효과를 설명한다. 심장병 환자들을 예로 든 것도 똑같다!) 오히려 어느 환자들은 상태가 더 나빠지기까지 하였는데, 벤슨 박사는 그 이유를 "기도를 받은 환자들 중 어떤 사람들은 '기도단을 불러야 할 정도로 내 병이 심해졌단 말인가?'라는 불안감을 느꼈을 수도 있다."라고 설명하였다.

동물행동학자인 도킨스는 책의 곳곳에 동물의 행동을 비이성적인 종교인의 행동과 비교하여 설명하였다. 나방이 촛불을 향하여 뛰어드는 행위를 사람들은 '자살행위'라고 생각한다. 그러나 도킨스에 의하면 그건 나방들이 별빛이나 달빛을 보고 날아가도록 진화했기 때문이며 촛불을 보고 날아가는 행동은 그런 행위의 본능적인 반복일 뿐이라는 것이다. 그러면서 종교가 어린 아이들에게 이런 행동을 하도록 '진화'시킨다고 주장한다. 즉, 종교의 교리를 어릴 적부터 '주입'하여 죽음도 두려워하지 말고 종교의 계명을 수행하라고 가르친다는 것이다. 9.11사건 같은 것도 그런 맥락에서 이해하면 쉽게 의문이 풀린다고 한다. 지금 현세에서 신을 위하여 죽으면 내세에 더 큰 복과 영광이 기다리고 있다는 식의 교리를 신봉하는 광신자들 때문에 그런 비극이 되풀이된다는 주장이다.

그는 종교적 밈(문화적인 믿음의 단위)이 우리를 잘못된 세계로 인도한다고 주장하기도 하는데, 대표적인 교리를 나열하면 이런 것들이다.

"당신이 순교한다면 천국에서 72명의 처녀들과 행복하게 살 수 있다."

"삼위일체, 성육신, 부활 같은 것들에 대하여 '왜?'라는 질문을 하지 말고 그냥 그대로 믿어라."

따라서 이런 맹목적인 종교의 교리들로 인하여 세상이 폭력적이 되기 때문에 도킨스는 인간이 신을 믿지 않고 그냥 그대로 살면 더 선량해 질 수 있다고 주장하는 것이다.

그는 신약성서에 나오는 '선한 사마리아 인'의 예화로 인하여 인간이 선해졌다는 주장에 대하여도 이의를 제기한다. 우리가 결코 본 적도 없고 다시 만날 가능성도 없는 지구 반대편의 어린이나 과부에게 돈을 보내는 행위는 성경의 교훈 때문이 아니라, 인간에게는 원래부터 이타주의적인 본성이 있기 때문이라고 주장한다. 벌, 개미, 두더쥐, 딱따구리 같은 생물들에게도 가까운 친족을 돌보고 자원을 서로 나누는 이타주의적인 유전자가 있다는 것이다. 그는 이 이론을 '호혜적 이타주의'라고 부르며 지구 반대편의 고아나 과부도 큰 틀에서 보면 인류라는 한 종족이기 때문에 인간의 이런 행동은 본성이라고 주장한다.

언뜻 보면 이 책이 마치 종교를 죄악시하고 비난하는 교본처럼 보이기도 하지만, 나는 이 책의 핵심을 오히려 "종교만을 맹신하지 말고 과학과 종교를 적절히 수용하라."는 교훈으로 받아들였다. 종교를 믿어서 착해진 사람들이 얼마나 많으며 죽음의 길에서 돌이켜 생명의 길로 돌아선 사람들이 또 얼마나 많은가. 그런 의미에서 이 책은 오히려 종교인들이 더욱 열심히 읽어야 할 책이라고 생각한다.

8. 내가 죽도록 사랑한 말씀

김서택 저 / 이레서원 / 940쪽

이 책은 서울대 공대와 경영대학원에서 수학한 후 총신 대학교에서 신학을 공부하여 목사가 된, 좀 특이한 이 력을 가진 김서택 목사의 '잠언 해설집'이다.

잠언은 성경 66권을 구성하는 하나로 '지혜의 글'이라고 알려져 있다. 잠언의 맨 처음 시작도 그래서 '다윗의 아들 이 스라엘 왕 솔로몬의 잠언이라.'라는 말로 시작한다.

사실 잠언은 쉬운 문장으로 되어 있어서 굳이 해설이 필 요 없는 책이기도 하다. 그러나 김서택 목사는 무려 950 페 이지에 걸쳐서 잠언을 한 절, 한 절씩 아주 친절히 해설해 주 고 있다. 그의 해설을 읽어나가다 보면 '아하!'하고 무릎을 치고 싶은 대목들이 많이 나온다.

잠언의 전체적인 윤곽부터 먼저 소개해야 하겠다. 잠언은 총 31장, 915절로 되어 있다. 즉, 915개의 서로 상반되는 대구(對句 versus)로 되어 있다는 말이다. 모든 문구가 다 그런 것은 아니지만, 대구가 거의 주를 이룬다. 예를 들면 이런 구절이다.

"어리석은 자는 자기의 노를 다 드러내어도 지혜로운 자는 그것을 억제하느니라." (어리석은 자 vs 지혜로운 자)

잠언이 우리들에게 중요한 이유는 그야말로 주옥같은 지혜의 글들로 빼곡하기 때문이다.

"이는 지혜와 훈계를 알게 하며 명철의 말씀을 깨닫게 하며, 지혜롭게, 공의롭게, 정의롭게, 정직하게 행할 일에 대하여 훈계를 받게 하며, 어리석은 자를 슬기롭게 하며 젊은 자에게 지식과 근신함을 주기 위한 것이니…" (1:2~4)

내가 이 해설서를 읽을 만한 가치가 있다고 보고 '명품도서'의 반열에 넣은 이유는 이 책의 군데군데에 아주 좋은 내용들이 많이 들어가 있기 때문이다. 예를 들면 이런 부분이다.

"존 스타인 벡이 쓴 소설 중에 《진주》라는 작품이 있습니다. 이 소설을 요약하면 이렇습니다. 바닷가에서 조개를 캐면서 사는 키노와 주아니라고 하는 가난한 인디언 부부가 있

는데, 어느 날 어마어마하게 큰 진주를 캐내게 됩니다. 이 부부는 이제 이 진주를 팔아서 도시로 나가려고 여기저기를 알아보고 있는데, 이 가난한 부부가 엄청나게 큰 진주를 가지고 있다는 소문이 퍼지게 됩니다. 결국 이 인디언 부부는 한밤중에 진주를 빼앗으려고 하는 사람들의 공격을 받게 됩니다. 그들을 피해서 야반도주를 하던 중, 이번에는 아기가 죽고, 나중에는 추격자를 살인까지 하게 됩니다. 그래서 키노는 이 진주는 자기들에게 불행만 가져왔고 자기들은 감당할 수가 없다고 하면서 도로 바다에 던져버리게 됩니다.

사람들은 누구든지 이 세상에 값진 보물이 있으면 어떻게 해서든지 그것을 가지려고 합니다. 그러나 세상의 보물은 사람들의 육체만 편하게 하지 정신까지 가치 있게 만들지는 못합니다. 그런데 성경은 우리에게 진정한 보물은 하나님의 말씀을 내 마음 속에 가지는 것이라고 합니다. 우리가 하나님의 말씀을 내 속에 담으면 내 자신이 살아있는 보물이 되기 때문입니다." (pp72~73)

바로 잠언 3장15절(지혜는 진주보다 귀하니 네가 사모하는 모든 것으로도 이에 비교할 수 없도다.)을 명쾌하게 해석해 놓은 대목이 아닌가. 또 잠언 30장 9절 (혹 내가 배불러서 하나님을 모른다 여호와가 누구냐 할까 하오며, 혹 내가 가난하여 도적질하고 내 하나님의 이름을 욕되게 할까 두려워함이니이다.)을 이렇게 해설해 놓은 곳도 눈에 들어온다.

"지혜자(잠언의 저자)는 너무 가난하게 되어서 도적질할까 두렵다고 했습니다. 물론 하나님의 백성이 가난하게 되었다고 해서 실제로 남의 것을 훔치지는 않겠지요. 그러나 하나님을 믿으면서 너무 가난하면 마음속으로 도둑질하는 생각을 하게 되고, 때로 너무 먹고 사는 문제에 매여서 자신감을 잃어버릴 수도 있습니다." (pp897~898)

이 책을 꼼꼼히 읽다보면 예수님이나 사도 바울도 이 잠언에서 자신들의 설교나 편지의 상당부분을 차용해 왔다는 사실을 깨닫게 된다. 한마디로 이 책은 성경에 대한 우리의 지평을 넓혀 줄 뿐만 아니라, 진정한 지혜가 무엇인지를 깨닫게 해 주는 좋은 책이다.

Group 03

철 학

9. 철학 vs 철학

강신주 저 / 오월의 봄 / 1,492쪽

연세대학교에서 철학박사 학위를 받고 활발한 저술 및 강연활동을 하고 있는 철학자 강신주가 동서양 철학자들의 사상을 단 한 권의 책으로 집대성한 작품이다. 그는 이 책을 집필한 동기를 이렇게 밝히고 있다.

"집필을 하면서 나는 내가 만난 독자들과 청중들, 그리고 수많은 학생들의 초롱초롱한 눈망울을 잊지 않으려고 했다. 그들의 철학적 욕구를 충족시켜 줄 수 있는 철학사, 동서양의 중요한 철학자들의 속앓이를 직접 보여주는 철학사, 읽자마자 철학사들의 텍스트를 넘기도록 유혹하는 철학사, 나는 바로 이런 철학사를 쓰고 싶었다."

그는 또 이렇게 썼다.

"서양철학에도 치우치지 않고 동양철학에도 치우치지 않

아야 한다. 이런 균형감이 없다면, 특정 사유 전통에 대한 종교적 맹목이 싹트게 될 것이다. 이런 균형감을 유지하려고 나는 때때로 동양과 서양, 혹은 과거와 현재를 부단히 충돌시켰고, 때로는 그 사이의 대화를 집요하게 시도했다."

동서양 철학자들의 사상을 단 한 권의 책 속에 담으려고 시도한 것 자체가 무모하다고 할 수 있다. 그래서 이 책은 엄청 두껍다. 무려 1,500쪽에 달하는 정통 '벽돌책'이다. 그래도 이 책이 술술 읽히는 이유는 두 명의 철학자들을 하나의 장(章) 속에 넣어서 독자로 하여금 서로 사상적 대비와 비판을 할 수 있게 만들었기 때문이다.

예를 들면, '무엇이 본질인가?' 라는 문제는 플라톤 vs 아리스토텔레스 (여기서 vs는 versus라는 단어로 우리말로 하면 … 대 … 가 적당할 것이다.)에게, 역사는 무엇이 움직이는가? 하는 문제는 헤겔 vs 마르크스의 이론을, 또 사유재산은 정당한가? 의 문제는 로크 vs 루소의 대결로 토론의 장을 마련하여 놓았다.

행복문제에 대하여는 에피쿠로스학파 vs 스토아학파의 주장들을, 인간은 어떤 존재인가? 하는 문제는 파스칼 vs 데카르트의 논쟁을, 인간의 선악 문제는 흄 vs 칸트에게 대결의 장을 마련해 주었으며, 사유재산의 정당성 문제는 로크 vs 루소에게 공을 넘겼다.

이렇게 해서 66명의 서양철학자들에게 33개의 주제를 맡긴 후, 이 책은 2부 격인 동양철학으로 넘어간다. 동양철학에서도 저자는 똑같은 구조로 두 명의 철학자의 사상을 하나의 주제로 대비하는 방식을 취했다.

몇 가지 예를 들어 보면, 전쟁에서의 승리는 무엇이 결정하는가? 라는 문제에 대하여는 손자 vs 오자의 대결로, 인간의 선악의 문제에 대하여는 맹자의 성선설과 순자의 성악설을 알기 쉽게 요약해 놓았으며, 불교에서 말하는 집착 또는 해탈의 문제에 대하여는 신수 vs 혜능의 사상으로 해답을 찾아보려고 시도하였다.

우리나라 조선시대를 뜨겁게 달구었던 이기(理氣) 이론에 대하여는 정약용과 최한기를 내세웠으며, 문학의 철학적 사유에 대한 토론은 이어령 vs 김수영의 문학담론들을 통하여 접근해 보려고 시도하였다.

이 책에서 특히 나의 주목을 끄는 대목은 바로 같은 철학자의 사상을 청년기와 장년기로 구분하여 비교한 부분이다. 강물에 두 번 발을 담그는 것이 불가능하다(헤라클레이토스)는 말도 있듯이 청년기의 생각과 장년기의 사상이 같을 수는 없다는 점에 착안하여 서로 비교하여 놓은 것이리라. 청년 신채호 vs 장년 신채호에게는 민족주의 문제를, 그리고 청년 비트켄슈타인 vs 장년 비트켄슈타인에게는 언어의 문제를 내맡겼다.

나는 독자들에게 이 책을 꼭 사서 읽고 소장하기를 권한다. 그 이유는 그 수많은 철학자들 중 인류역사에 아주 큰 영향을 끼쳤다고 생각되는 사람들의 사상은 이 책 속에 (거의) 다 포함되었다고 생각하기 때문이다.

그리고 가능하다면 적어도 세 번 정도는 읽을 것을 권한다. 1,500쪽이나 되는 분량이니 책을 잘 읽는 사람이라도 한 달은 족히 걸릴 것이다. 물론 소설책 같으면 닷새 만에도 충분히 독파가 가능하겠으나, 이 책은 철학자들의 사상을 압축하여 놓은 것이기 때문에 천천히 읽으면서 곱씹고 음미해야 그 내용이 들어온다. 따라서 속도전은 금물이다.

10. 차라투스트라는 이렇게 말했다

니체 저 / 장희창 역 / 민음사 / 588쪽

철학을 이야기하는 모든 책들이 다 이해하기 어렵지만 특히 이 책은 매우 어렵다. 그러나 여러 사람들이 쓴 해설서들과 함께 곁들여 읽다보면 마침내 니체(1844~1900)라는 철학자의 위대함을 깨닫게 되는, 그야말로 '진짜 철학 책'이다.

차라투스트라(조로아스터)라는 가상(?)의 인물을 내세워 자신의 사상을 대변하는 니체는 이 책에서 몇 가지 의미심장한 단어들을 선보인다. 즉, ①신 ②초인 ③말종 인간 ④낙타 ⑤사자 ⑥어린아이 ⑦사랑 ⑧죽음 등이 그것들이다.

니체는 책의 곳곳에서 '신은 죽었다.'라는 말을 반복한다. 신이란 억측에 지나지 않는다고도 말한다. 신은 모든 것을 구부러지게 하고 비틀거리게 하는 사상이라고도 주장한다.

왜 일까?

니체에게 있어서 신은 인간의 도덕과 가치, 그리고 삶을 규정하는 존재였다. 니체 이전의 삶은 모든 것을 신의 뜻으로 돌리며 사람들은 거기에 만족하며 살아 왔다. 그러나 이제껏 신에게 복종만을 해 오던 인간은 마침내 노예생활을 청산하고 자기가치의 주인이 되어야만 한다. 현상세계를 긍정하지 못하는 약한 영혼들이 가상세계(신)를 만들어 거기에 집착하는 한, 더 이상의 발전이 없다고 본 것이다. 그래서 신은 죽었거나 아니면 죽어야만 한다고 주장하는 것이다. 책의 곳곳에 이를 암시하는 문장들이 등장한다.

"인간은 극복되어야 할 그 무엇이다." (p57)

"정신은 신이 되었다가 다음에는 인간이 되었고…" (p63)

"형제여, 자신을 넘어서 창조하려 하고, 그럼으로써 파멸하는 자를 나는 사랑한다." (p111)

"신은 죽었다. 이제 우리는 초인이 등장하기를 바란다." (p136)

"모든 것을 보았던 신, 그러므로 인간도 보았던 신, 이 신은 죽어야만 했다! 인간은 그러한 목격자가 살아있음을 참을 수 없었던 것이다." (p466)

그렇다면 니체가 주장하는 '초인'과 그 대척점에 있는 '말종 인간'이란 누구누구를 말함인가? 니체에 의하면, 인간이 추구하는 것은 힘의 고양과 지식의 증대이다. 초인은 어떤 힘든 상황이 와도 그것을 달갑게 받아들이며 그 시련의 과정을 통해 자기를 극복하고 행복을 느끼는 존재를 말한다. 말종 인간이란 초인의 반대 개념이다. 모든 현상을 있는 그대로 받아들이려 하는 자들, 모든 상황을 자기 책임이라기보다는 신의 뜻으로 돌리는 자들 말이다.

나는 니체가 말하는 행복이라는 개념도, 저절로 찾아오는 편안함보다는 고독과 반항과 투쟁을 통하여 얻은 결과물이며, 그러한 행복만이 진정으로 그가 원하는 행복이라고 이해하였다.

"그러나 언젠가 나는 그 나무들을 뽑아내어 하나하나 따로 심으려 한다. 나무들 제각각이 고독과 반항과 예지를 배우도록. 그들은 불굴의 삶의 살아있는 등대로서, 옹이로 울퉁불퉁하고 휘어진 채, 부드러우면서도 굳건하게 바닷가에 서 있어야 한다." (p286)

이 책에는 낙타와 사자와 어린아이가 함께 등장한다. 이것들은 또 무슨 말일까? 니체에 의하면 사람들은 지식과 진리에 목말라한다는 것이다. 아래의 문구가 대표적이다.

"더 영리해지고 싶다. 나의 뱀처럼 송두리째 영리해지고

싶다."(p34)

그래서 사람들은 무거운 짐을 지고 가는 낙타가 된다는 말이다.

"혹은 깨달음의 도토리와 풀로 연명하면서 진리를 위해 영혼의 굶주림을 참고 견디는 것, 이것이 가장 무거운 짐인가?"(p36)

그러나 그 낙타는 이제 사자가 되어야 한다. 새로운 가치의 창조를 위해서이다.

"형제들이여, 정신은 사자에 있어서 무엇 때문에 필요한가? 왜 무거운 짐을 지는 짐승으로 만족하지 못하는가? 새로운 가치의 창조, 이것은 사자도 아직 이루지 못하는 일이다. 그러나 새로운 창조를 위한 자유의 획득, 이것은 사자의 힘이 할 수 있는 일이다."(p37)

그렇다면 사자는 이제는 왜 어린 아이로 변해야만 한다는 말인가?

"그것은 어린 아이는 순진무구함이며 망각이고, 새로운 출발, 놀이, 스스로 도는 수레바퀴, 최초의 움직임이며, 성스러운 긍정이 아닌가. 그렇다, 형제들이여, 창조라는 유희를 위해서는 성스러운 긍정이 필요하다."(p38)

니체의 철학은 인생을 '극복해야 할 대상'으로 본다. 다섯 살 때 아버지(목사)를 여의고 평생을 독신으로 지내며 정신분열증에 시달리던 니체에게 삶이란 고통과 상처였다. 그는 자신의 사랑이 이루어지지 않자 절망했고, 종교로부터도 위안을 받지 못하자 '신은 죽었다.'고 외쳤다. 그래도 우리 후세 사람들을 위하여 끊임없이 고뇌하고 사색했던 대 철학자임에는 분명하다. 다음과 같은 유명한 말을 남긴 것을 보면.

"등산에 걸리는 시간이 산의 높이를 재는 척도는 아니다." -'인간적인 너무나 인간적인' 중에서

어쩌면 근 150년 전에 대한민국의 현재 상황을 예견하고 이런 경고를 했는지도 모르겠다.

"정치가가 아닌 사람들까지 정치를 염려하는 국가는 구조적으로 모순된 국가이다. 이런 국가는 다수를 쫓는 정치가들 때문에 결국 몰락하게 된다." -'반시대적 고찰' 중에서

니체 철학을 개괄적으로 읽고 싶은 사람은 《니체의 숲으로 가다(지훈 출판사)》를 읽으면 도움이 될 것이다.

11. 하늘 호수로 떠난 여행

류시화 저 / 열림원 / 265쪽

"**인**도여행을 한 번도 안 간 사람은 있지만, 단 한 번만 가 본 사람은 없다."라는 말이 있다. 그만큼 인도는 한 번 빠져들면 헤어나기 어려운 신비롭고 매혹적인 나라라는 말이다.《하늘 호수로 떠난 여행》은 류시화 작가가 네 번째로 인도여행을 다녀온 후 쓴 여행기라고 한다.

시중에 수많은 인도여행 에세이집이 있지만 류시화 시인이 쓴 이 책만큼 아름다운 글로 가득 찬 책을 나는 아직 보지 못했다. 원래 이 책은 1997년에 처음 나와서 지금까지 롱런하며 독자들의 사랑을 받고 있는 책이다.

나는 이 책을 서너 차례 읽었는데 한마디로 '영혼이 맑아지는 책' 또는 '가슴이 따뜻해지는 책'이라고 정의해 보고 싶다. 책의 시작부터 끝까지가 다 아름다운 구절들로 가득 차 있지만 특히 다음의 대목들이 나의 마음을 사로잡았다.

"나는 부서지기 직전인 나무침대에 누워 천장에 뚫린 큼지막한 구멍으로 하늘을 바라보았다. 그 구멍으로 별들이 유성처럼 뿌려졌다. 우주 전체가 쿠리 마을과 바난나무와 5루피(150원)를 떼어먹은 노인의 집 위로 흘러가고 있었다. 가진 게 없지만 결코 가난하지 않은 따뜻한 사람들의 토담집 위로 별똥별이 하나둘 빗금을 그으며 떨어져 내렸다. 지상에서 살아가고 있는 우리들 역시 저 하늘 호수로부터 먼 여행을 떠나온 별들이 아닐까 하는 생각이 들었다. 잠들 때까지 별을 구경할 수 있는 구멍 뚫린 방이 나는 너무 좋았다." (p30 '하늘 호수로 떠난 여행' 중에서)

"이게 왜 그대의 돈이란 말인가? 그대는 지금 그까짓 5루피를 갖고 자신의 소유라고 주장하는 것인가? 그대는 그것이 자기가 잠시 보관하고 있는 돈이라는 사실을 모른단 말인가?"

나는 말문이 막혔다. 인도를 여행하면서 이런 일을 당한 적이 한두 번이 아니었다. 언젠가 뭄바이에선 한 남자가 내 가방을 뒤져 물건을 갖고 가버린 적도 있었다. 그때도 내가 왜 남의 허락도 없이 가져가느냐고 항의하자 그 남자는 당당하게 내 어리석음을 훈계하는 것이었다.

"당신은 무슨 이유로 이것이 당신의 소유라고 생각하는가? 당신이 잠시 이것을 보관하고 있을 뿐이다. 주인이 모자를 벗어 잠시 벽에 걸어 놓는다고 해서 그 모자가 벽의 소유란 말인가?"

인도인들의 막힘없는 논리는 논리학의 아버지라는 아리스토텔레스가 와도 당해 낼 재간이 없다. (p 34 '480원 어치의 축복' 중에서)

"모든 인간은 보이지 않는 밧줄로 스스로를 묶고 있지. 그러면서 한편으론 자유를 찾는 거야. 그대는 그런 어리석음을 저지르지 말게. 그대를 구속하고 있는 것은 다른 어떤 것도 아닌 바로 그대 자신이야. 먼저 그대 자신으로부터 자유로울 수 있어야 해. 그렇지 않으면 결코 어떤 것으로부터도 자유로울 수가 없어. 난 이 사실을 20년 동안 그대의 귀에 대고 속삭여 왔네. 바로 곁에서 말이야."

갠지스 강 위에 달이 떠올랐다. 수면에도 달이 비쳤다. 상점들은 하나들씩 문을 닫고 화장터의 불꽃도 사그라들었다. 인도인들은 거룻배를 타고 강 건너 딴 세상으로 가버렸는지 주위가 고요했다. 미치광이 구루와 나는 강에 비친 달을 응시하며 오래도록 앉아 있었다. (p69 '우리는 어디에서 왔으며 어디로 가는가?' 중에서)

"산스크리트 어로 인간을 '둘라밤'이라고 하죠. 둘라밤은 얻기 힘든 기회라는 뜻입니다. 인간으로 태어나는 건 매우 드문 기회니까요. 생물체가 인간으로 환생하려면 8천4백만 번의 윤회를 거듭해야죠."

여든 네 번도 아니고 8천4백만 번의 윤회라! 그 말을 들으니 유명한 인도설화가 생각났다. 한 사람이 염소를 신에게 바치기 위해 신전으로 끌고 갔다. 제사장이 목을 치려고 칼을 높이 쳐든 순간 염소는 깔깔거리며 웃기 시작했다. 제사장이 염소에게 이유를 묻자 염소는 말했다.

"이제 난 서른 번만 더 죽으면 인간이 될 수 있기 때문이라오." (p189 '전생에 나는 인도에서 살았다' 중에서)

수많은 인도여행기에서 작가들이 공통적으로 지적하고 있는 것은 그들 인도인들에게는 시간에 대한 관념이 별로 없고, 또 네 것과 내 것에 대한 개념도 없으며, 빈부에 대하여도 거의 달관한 것 같다는 것이다. 우리들의 냉정한 시각으로 보면 분명 그들에게는 부정적이고 불결한 면이 많다. 아주 흔한 예를 들자면, 강의 위쪽에서는 시체를 태우고 있는데 바로 그 아래쪽에서는 빨래를 하고 목욕을 한다는 사실 같은 것이 있겠다. 그러나 류시화 시인은 그런 인도인들의 인생관을 그만의 아주 위트 넘치는 문장으로 책 속에 녹여 놓았다. 바로 그런 이유 때문에 이 책이 22년이라는 결코 짧지 않은 시간 속에서도 꾸준히 독자들의 사랑을 받고 있는 것이리라.

그러나 지금의 현실은 어떤가? 우리들이 잘 알고 있듯이, 인도 IIT(인도공과대학)에 들어가기가 미국 MIT에 들어가기보다도 더 어려운 형편이 되어 버렸다. 그만큼 인도도 출세지향적인 사회로 변모하여 가고 있으며 더 이상 과거의 전통에만 머물러 있지 않다. 우리들에게 아주 친숙한 예가 바로 마힌드라 그룹이 운영하고 있는 쌍용자동차 아닌가. 그럼에도 불구하고 우리가 이 책을 꾸준히 사랑하는 이유는 바로 우리들의 마음속에 변하지 않는 인도, 변하지 말았으면 하는 인도, 그리고 과거를 그대로 간직하고 있는 인도를 그리워하고 있는 마음이 존재하기 때문은 아닐까?

12. 독서의 역사

알베르토 망겔 저 / 정명진 역 / 세종서적 / 464쪽

이 책은 그야말로 '거의 모든 것의 역사이자 철학이다.' 저자인 알베르토 망겔(1948~)은 학창시절 부에노스 아이레스의 서점에서 점원으로 근무하던 중 호르세 루이스 보르헤스를 만난다. 시력을 잃어가던 세계적인 대 문호 보르헤스에게 책을 대신 읽어주는 일을 하면서 점점 더 책의 세계에 빠져서 평생을 책을 '연구'하면서 사는 사람이다. 그는 보르헤스와의 경험을 이렇게 이야기 한다.

"눈먼 늙은이에게 큰소리로 책을 읽어주는 일은 아주 기묘한 경험이었다. (…) 나는 운전기사였고, 풍경, 다시 말해 시원스레 펼쳐지는 공간은 운전기사에게 몸을 맡긴 그의 것이었다. 그에게는 창밖의 풍경을 살피는 일 외에는 다른 책임이 지워지지 않는다. 책도 보르헤스 자신이 선택했고, 나에게 책

읽기를 멈추거나 계속하라고 지시하는 사람도 보르헤스였다. 물론 책에 대한 논평을 하는 사람도 보르헤스였다. 나는 그의 의식세계에는 결코 인식되지 않는 존재였다." (p36)

이 책은 인류 전 역사에 걸친 문자, 책, 독서 행위와 관련된 이야기를 묶은 책이다. 저자는 책의 원조를 1984년 이라크 전쟁 당시 시리아에서 발견된 두 개의 점토 조각일 것이라고 조심스레 추정한다. 기원전 4천 년 경에 만들어졌을 것으로 보이는 이 점토 덩어리들에는 염소 10마리와 양 10마리를 뜻하는 음각이 새겨져 있다.

독서의 행태에 대한 연구도 재미있다. 우리들이 요즘 흔히 하는 묵독(黙讀)은 1200년경까지만 해도 그리 보편화되지 않았었다. 그 전까지는 책이란(지금과 같은 모양의 책이 아니다.) 큰 소리로 읽어야 하는 것이었다. 그들은 "책 속에 씌어 진 단어는 아무런 움직임도 없이 죽어있는데 반해, 큰소리로 외쳐지는 단어는 날개를 달고 훨훨 날아갈 수 있다."고 믿었다.

또한 1200년경까지는 필기가 보편화되지 않았다는 사실도 지적한다. 옛날 삽화(어디서 그렇게나 많은 삽화를 구해냈을까?)에 나타나는 학교수업 광경을 보면, 학생들은 펼쳐진 코덱스(책) 앞에 앉아서 그것을 뚫어지게 바라보면서 암기하고 있다. 그들의 책상이나 손에는 일체의 필기도구가 없다.

그렇다면 책은 우리에게 무엇일까? 망구엘은 프란츠 카프카가 1904년 친구에게 보낸 편지를 예로 들면서 이 질문에 대답하고 있다.

"요컨대 나는 우리를 마구 물어뜯고 쿡쿡 찔러대는 책만을 읽어야 한다고 생각해. 만약 읽고 있는 책이 머리통을 내리치는 주먹처럼 우리를 흔들어 깨우지 않는다면 왜 책 읽는 수고를 해야 할까? (…) 우리를 행복하게 만드는 책들은 우리가 궁지에 몰린 상황에서도 쓸 수 있단 말이야. (…) 책은 우리 내부에 있는 얼어붙은 바다를 깰 수 있는 도끼여야 해." (p141)

이 책을 보면, 책의 수난사는 우리가 흔히 알고 있는 그 옛날 진시황의 분서갱유(焚書坑儒)나 또는 최근 이슬람 정통주의자들이 저지른 살만 루시디의 《악마의 시》 사건이 전부가 아니다. 그것들은 빙산의 일각일 뿐이다.

1933년 독일에서는 나치의 선전부장이던 파울 요셉 괴벨스가 환성을 지르는 10만 군중 앞에서 이렇게 연설했다.

"오늘 밤 여러분들이 과거로부터 내려온 이 외설스러운 것(책)들을 불길 속으로 집어던지는 건 너무나도 당연합니다. 오늘이야말로 전 세계를 향하여 낡은 정신은 죽었다고 선포하는 거룩한 날이 될 것입니다." (p407)

요약하면, 시대를 막론하고, 또 동서양의 구분 없이 통치자들은 그들의 백성들이 현명해지는 것을 원치 않았으며, 부모들은, 특히 아버지들은 딸이 글을 알고 책을 읽는 것을 못마땅해 하였다. 플라톤의 제자인 테오프라스토스는, 여자들에게 교육을 많이 시킬 경우 공연히 말다툼을 하거나 쓸 데없는 쑥덕공론을 벌이게 되기 때문에 여자들은 책을 읽으면 안 된다고 하였다.

이 책의 169 페이지에는 재미있는 삽화가 하나 등장한다. 한 사람의 독사(讀師)가 담배를 만드는 담배공장 근로자들에게 책을 읽어주는 장면이다. 바로 1870년대 미국의 뉴올리언스 담배공장에서 생산성을 높이기 위하여 운영하였던 독사제도에 대한 설명인데, 1960년대에 우리나라의 공장에서 유행했던 여공들에게 라디오를 들려주는 모습의 판박이이다.

이 책 곳곳에는 독자들이 무릎을 치고 감탄할 내용들이 넘쳐난다. 유명한 펭귄문고의 탄생에 추리소설가 애거사 크리스티가 관여했다는 이야기(p212), 1400년대 최대의 도서관이었던 아비뇽 도서관의 장서 수가 겨우 2천 종이었는데 반해, 그보다 1500년이나 앞선 기원전 100년경의 알렉산드리아 도서관에 무려 50만 종의 두루마리 책들이 소장되어 있었다는 사실(p273)이 그 좋은 예이다.

1250년에 채택한 도서분류법을 보면 당시까지만 해도 '철학이 모든 학문의 거의 전부였다.'라는 사실을 알게 된다.

① 철학(문법, 논리학, 수사학, 기하학, 산수, 음악, 천문학, 물리학, 형
　　이상학, 윤리학, 시학)

② 돈벌이가 되는 학문(의학, 민법, 교회법)

③ 신학

　이 책은 다 좋은데 조금 꺼림칙한 부분이 한 군데 있다. 바로 470 페이지에 나오는, 책을 사랑했던 사람들 대다수가 근시, 그리고 나중에는 거의 실명 상태로까지 갔다는 이야기이다. 그가 예로 든 유명인사들은 아리스토텔레스, 쇼펜하우어, 워즈워스, 단테, 예이츠, 타고르, 제임스 조이스, 루이스 보르헤스, 등등 수없이 많다. 그래서 조금은 겁난다.

Group 04

한국사

13. 징비록: 지옥의 전쟁 그리고 반성의 기록

류성룡 저 / 서해문집 / 320쪽

징비록은 서책으로는 드물게 국보 제132호로 지정되어 있다. 다른 국보급 서책으로는 《홍길동전》,《삼국사기》 등이 있다. 후세에 임진왜란(정유재란을 포함하여)에 관한 책들은 모두 징비록을 모티프로 하여 씌어졌다고 하여도 결코 지나친 말이 아니다.

서애 류성룡(柳成龍 1542 ~ 1607)은 경상도 의성 출신으로 임진왜란이 일어났을 당시에 좌의정 겸 병조판서였다. 그는 전쟁 중 도체찰사가 되어 군무를 총괄한다. 선조가 피란을 떠났을 때에는 그를 호종했으며 임진왜란 내내 영의정의 자리에서 나라를 실질적으로 통솔하였으므로, 전란의 과정을 가장 넓게 경험한 사람이다. 이 책은 그가 틈틈이 기록하여 놓았던 사료들을 전쟁이 끝난 후 낙향하여 정리한 것이다.

징비(懲毖)란 《시경》에 나오는 말로 '내가 징계해서 후환을 경계한다.'라는 뜻이다. 이런 목적에서 집필되었기 때문에 저자는 자신의 잘못은 물론 조정 내의 분란, 임금에 대한 백성들의 원망, 그리고 전란과 관련하여 발생한 일들을 최대한 사실과 가깝게 기록하였다.

1586년 일본 사신 야스히로가 도요토미 히데요시의 서신을 들고 조선을 찾아왔다. 징비록은 당시의 상황을 이렇게 적고 있다.

그가 서울에 도착하자 예조판서가 잔치를 베풀었다. 술이 취한 그가 호추를 한 주먹 꺼내더니 자리에 뿌렸다. 그러자 기생들과 악사들이 달려들어 호추를 줍느라고 금세 아수라장이 되었다. 이를 물끄러미 바라보던 야스히로는 숙소로 돌아 와 통역에게 말했다.

"너희 나라가 망할 날이 멀지 않았다. 아랫사람들의 기강이 이 모양이니 어찌 나라가 온전하기를 바라겠느냐." (p23)

조정에서도 답방 사절을 보내는데 정사는 황윤길, 부사는 김성일이다. 그런데 그들이 10개월 간 일본을 보고 돌아와서 보고하는 내용이 정반대였다. 황윤길은 곧 전쟁이 일어날 것이라고 하였고 김성일은 전혀 전쟁준비의 기미를 느끼지 못했다고 하였다. 다음은 류성룡이 김성일에게 묻고 그가 답하는 내용이다.

"그대 의견이 정사의 의견과 다르니 만일 전쟁이 나면 어쩌려고 그러오?"

"저 역시 일본이 절대 쳐들어오지 않으리라고 생각하지는 않습니다. 다만 황윤길의 말이 너무 강경해서, 잘못하면 나라 안 인심이 동요할까 봐 일부러 그렇게 말한 것입니다." (p33)

조선의 명장이라고 소문이 자자하던 신립이 충주의 탄금대에서 전멸하는 전투의 전후사정도 나와 있다.

류성룡이 신립이 명을 받고 떠나기 전 걱정이 되어 그와 대화하는 내용이다.

"그래 적을 충분히 막아낼 자신이 있소?"

"그까짓 것, 걱정할 필요 없소이다."

"과거에 왜군은 짧은 무기만을 가지고 있었소. 그러나 지금은 조총(鳥銃)을 가지고 있답니다. 만만히 볼 상대가 아닌 것 같소."

"아 그 조총이란 것이 쏠 때마다 맞는답디까?" (p43)

이리하여 신립의 8천 병사는 모두 몰살당하고 신립 자신은 충주 탄금대 앞을 흐르는 남한강 물로 말을 몰아 스스로 죽고 말았다.

피란 할 때의 무질서한 광경도 고스란히 기록되어 있다.

저녁 8시경, 동파역(파주 부근)에 도착하자 파주목사 허진 일행이 임금접대를 위하여 음식준비에 한창이었다. 하루 종일 아무 것도 먹지 못한 호위병들이 주방으로 들어가 닥치는 대로 음식을 먹어치우기 시작했다. 급기야 임금께 드릴 음식마저 모자라게 되자 허진 일행은 그대로 도망가 버렸다. (p72)

위기일발의 순간 기적이 일어나는 일도 기록하였다.

그 뒤로도 계속 파견된 사신들이 위급함을 알리고 구원병을 요청하였다. 심지어 우리나라에서는 명에 합병할 것을 청하기까지 하였다. 이미 평양까지 함락되었으니 하루 이틀 사이에 압록강도 안전치 못하리라는 생각에서 이렇게 서둘렀던 것이다. 그런데 다행스럽게도 왜적은 평양성에서 며칠 동안을 꼼짝도 하지 않았다. 이렇게 되니 민심도 차츰 수습되고 명나라의 구원병을 맞이할 태세를 갖추게 되었다. 참으로 천우신조라고 아니 할 수 없다. (p122)

전쟁 발발 2년째 되던 해의 참상을 가감 없이 기록하고 있는 대목이다.

온 국토가 쑥대밭이 되어 농사지을 땅도 남아있지 않은 까닭에 백성들은 굶어죽는 것이 다반사였다. (…) 때마침 전라도에서 겉곡식 천 석이 당도하였다. 나는 즉시 임금께 장계를 올려 이를 굶주린 백성들에게 나누어 먹이기로 하였다. 군수 남궁제에게 명하여 솔잎을 따다 가루를 낸 후 솔잎가루 열 푼에 쌀가루 한 홉을 섞어 물에 타서 마시게 했다. 그러나 곡식은 적고 사람은 많아 큰 효과를 거두지는 못하였다. (p165)

이순신이 모함으로 옥에 갇혀 죽기 직전의 상황도 나온다. 참으로 영웅의 운명이 바람 앞의 등불 같은 상황이 아닐 수 없다.

"이순신은 명장이오니 죽여서는 안 되옵니다. (…) 그 또한 짐작하는 바가 있어 나가서 싸우지 아니한 것이라 생각됩니다. 바라건대 너그러이 용서해서 후에 대비토록 하십시오."

조정에서는 한 차례 고문을 한 다음 사형을 하는 대신 삭탈 관직만 시켰다. (…) 옥에서 나온 이순신은 아산을 지나는 길에 상복을 입고는 권율 휘하에 들어가 백의종군하게 되었는데 그 소식을 들은 사람들이 모두 안타깝게 생각했다.(p190)

이 책은 많은 것을 생각나게 하는 책이다. 고려 말기에는 무가 너무 강하고 문이 약하여 문제가 되었더니, 반대로 조선 시대에는 문이 너무 강하고 무는 허수아비가 되어 나라를 무방비 상태로 만들어 버렸다는 생각도 그 중 하나이다. 문무(文武)의 적절한 안배도 중요하지만, 나라의 장래를 걱정하는 국민의 안보관도 그 못지않게 중요하다고 본다.

14. 여우사냥

다니엘 최 저 / 행복우물 / 816쪽

우 리나라 2천 년 역사에서 가장 격동기는 언제였을까? 나는 그것을 두 시기로 본다. 하나는 1900년대를 전후한 고종과 순종 시대요, 또 하나는 1945년을 전후 한 해방과 건국, 그리고 6.25로 이어지는 시대이다. 물론 고구려, 신라, 백제시대에도 격동의 시기는 있었고 고려시대나 조선시대에도 파란만장한 시대는 있었다. 그러나 지금으로부터 1천~2천 년 전의 역사는 지금 현재를 살고 있는 우리에게 단지 참고사항일 뿐이다.

이 책은 고종, 그의 아내 민비, 그리고 아버지 대원군의 시대, 외세는 밀려오고 나라는 500년 동안의 극심한 당파싸움의 결과로 거의 멸망 직전의 시대를 가장 정확하게, 그리고 가장 재미있게 그린 역사소설이다. 나는 지금껏 내가 읽어

본 수많은 역사서나 역사소설 중에 이 책만큼 가독성이 뛰어나고, 역사적인 사실에 충실한 책은 없었다고 생각한다. 그렇기 때문에 자신 있게 '명품도서' 반열에 이 책을 포함시켰다.

이 책의 뼈대는 《이등박문 연구(2005 광운대)》라는 박사학위 논문이다. 일본 대사관에서 공사를 지내고 귀국한 송영걸 박사는 자신의 박사학위 논문이 통과되자마자 운명을 달리하였으니 참으로 애석한 일이 아닐 수 없다.

우리가 흔히 알고 있는 1895년의 을미사변의 핵심인물인 일본공사 미우라 고로(三浦梧樓)는 송영걸 박사에 의하면 명성황후 시해를 주도한 핵심3인방 중의 한 명일뿐이라는 것이다. 나머지 두 명이 바로 전임 조선공사였던 이노우에 가오루(井上馨)와 다섯 번이나 일본의 총리대신을 역임하였던 이토 히로부미(伊藤博文)라는 것이다.

송영걸 박사의 연구논문에서 큰 틀을 잡은 나는 《여우사냥》의 시작을 1862년 일본 에도에서 터진 존황파(尊皇派) 청년들의 영국공사관 습격사건으로부터 시작하였다. 당시 일본은 개항을 지지하는 막부를 중심으로 한 개국찬성파와 천황을 중심으로 한 외세배척파가 치열한 내분을 벌이고 있을 때였다.

이문열 원작의 뮤지컬 '명성황후'로 널리 알려져 있는 민비가 이 책의 주인공이다. 총 810페이지에 달하는 이 책은 원래 1, 2권으로 나왔다. 1권에서는 대원군 이하응의 아들 명복과 민치록의 딸 민자영의 성장과정에서부터 그들이 왕위(고종)에 오르고 왕비로 간택되기까지의 과정, 아버지 대원군의 그들에 대한 기대, 그리고 당시의 국내외 사정이 이러저러한 소제목으로 재미있게 소개된다. 그리고 대원군이 청국의 군함에 실려 평택 앞바다에서 천진으로 납치되면서 끝을 맺는다.

1권이 다분히 역사적인 사실에 초점을 맞춘 정통 역사소설이었다면, 2권 '원수 찾아 삼만리'는 추리소설과 무협소설의 형식이 많이 가미된 퓨전 역사소설의 형식으로 바뀐다.

임오군란(1882) 당시 왕비를 호종하고 청주까지 피신시킨 홍계훈 별감의 딸과 을미사변(1895) 당시 왕비를 끝까지 지근거리에서 보좌했던 이경직 궁내부 대신의 아들을 주인공으로 내 세웠다. 그들이 황해도 구월산과 중국 등지에서 10여 년에 걸쳐 혹독한 무술수련을 받은 후 일본에 잠입하여 작전명 '여우사냥'에 참여하였던 일본의 낭인들(실은 상당한 수준의 엘리트들)을 하나하나 찾아다니며 처단한다는 이야기이다.

이 책의 기본 구성인 시해범 3인방(이토 히로부미, 이노우에 가오루, 미우라 고로) 모두 일본 극우 존황파의 행동대원들이었다는 사실은 전술한《이등박문 연구》뿐만 아니라 수많은 자료에 등장하는 역사적인 사실이다. 또한 이토 히로부미가 명성황후의 시해범이었다는 사실은 안중근 의사가 밝힌 이등박문 암살의 주된 동기 중 제1번에 해당하는 내용이다. 그는 여순 감옥 시절, 검찰관의 신문조서에 자신이 이토 히로부미를 살해한 이유를, 첫째는 명성황후를 시해한 죄요, 둘째는 고종황제를 폐위한 죄요, 셋째는 을사보호조약과 정미합방 조약을 강제로 체결한 죄요… 라고 하면서 15가지로 요약하여 진술한 바 있다.

과거에 1권과 2권으로 나뉘어 있던 것을 독자들의 요청에 의하여 합본개정판으로 2016년에 다시 발행하였다. 나는 이 책이야말로 대한민국 국민이라면 반드시 읽어야 할 필독도서라 생각한다. 그렇지만 내가 쓴 책이라 약간은 쑥스럽기도 하다. 자화자찬이라니!

15. 이승만과 김구

손세일 저 / 조선뉴스프레스 / 5,582쪽(전7권)

한 마디로 엄청난 대작이다. 서울대를 졸업하고 일본과 미국에서 수학한 후 조선일보, 동아일보 기자를 거쳐 ㈜서울언론인재단 이사장을 역임한 손세일 전 의원이 일생의 역작으로 만들은 작품으로 무려 5,582쪽에 달하는 대하 다큐멘터리이다. 원래 2001년 8월부터 12년 동안《월간조선》에 연재했던 것을 조선뉴스프레스에서 모두 일곱 권의 책으로 발행하였다.

역사의식을 갖고 있는 독자라면 이 책을 읽으면서 많은 생각을 하게 될 것이다. 나 역시도 그랬다. 조선왕조가 다 망한 상태에서, 그 무지몽매한 백성들을 계몽하며 온갖 역경을 극복하고 마침내 자유민주주의를 바탕으로 대한민국을 건국하였다는 사실은 정말로 기적이라고 밖에는 할 수 없다고 하겠다.

이 책은 우리 대한민국사의 큰 거목인 이승만 대통령과 김구 주석을 번갈아 가면서 설명하고 있는데, 내용상으로는 이승만에 60%, 김구에 40% 정도를 할애하고 있다.

우선 제1권에서는 이승만이 한학을 배우며 과거에 도전하여 실패한 이야기와 배재학당에 입학하여 신식학문을 접하는 이야기, 매일신문을 창간하면서 언론인으로 첫발을 디디는 이야기, 만민공동회에서의 활동과 왕정전복을 꾀하였다는 혐의로 한성감옥에 갇히고 그곳에서 기독교를 접하게 되는 이야기가 펼쳐진다. 김구의 이야기는 동학군으로 가담하고 나서 해주성을 공략하는 이야기, 해주의 명문가인 안중근의 부친 안태훈과 인연을 맺는 이야기가 소개된다. 또한 해주 치하포에서 변복한 일본 상인을 살해한 이야기, 그 후 인천 감옥에 갇히게 되는 이야기, 탈옥하여 공주 등지를 방랑하는 이야기가 실려 있다.

2권에서는 이승만이 고종의 밀서를 가지고 미국으로 건너가서 국무장관과 대통령을 만나는 이야기, 미국까지 따라온 외아들 태산의 죽음, 일본 YMCA를 방문하여 한국 유학생들에게 기독교정신과 독립정신을 강조하는 이승만의 모습, 하와이 한인사회에 한인학교를 설립하고 새로운 기풍을 조성해 나가는 이야기 등이 실려 있다. 아무런 직함도 없는 31살의 청년이 임금의 밀서를 가지고 미국 국무장관과 대통령을 만났다는 사실만 해도 엄청난 일이다. 그러나 을사조약을 무력화해 달라는 고종의 요청은 애당초 성사될 수 없는 일이었다. 그것은 극도로 친일파였던 루스벨트 대통령의 발언들을 보면 확연히 드러난다.

"나는 일본이 한국을 손에 넣는 것을 보고 싶다. 일본은 러시아에 대한 견제가 될 것이고…" (2권 p186)

한편 김구는 기독교에 입문하여 황해도에서 학교를 개설하고 학생들을 가르쳤는데(양산학교 교장), 안명근 사건과 서간도 이주계획을 주도하였다는 혐의로 일본 경찰에 연행된다.

"김구는 검찰로 송치될 때까지 여덟 차례 신문을 받았는데 한 번을 빼고는 매번 기절하였다." (2권 p357)

3권은 거의 다가 이승만에 관한 이야기이다. 이승만이 상해임시정부에서 대통령으로 추대된 후 내부 분란을 해소하기 위하여 과감히 상해 행을 결정하고 중국인들의 시체를 실은 배에 몰래 숨어서 타고 상해로 밀항하는 이야기는 그야말로 한편의 드라마라고 하겠다. 일본은 이승만을 잡기 위해 혈안이 되어 있었는데 이미 30만 불이라는 거액의 현상금까지 걸어놓은 상태였다.

4권에는 1931년 초 이봉창의 일본천황 저격사건 사건과

윤봉길의 홍구공원 폭파사건의 전말이 소상하게 나온다. 이를 주도한 인물은 우리 모두가 다 알고 있듯이 김구 선생이다. 그리고 임시정부 가족들이 중국 정부의 피란을 따라 더 깊숙한 내륙 오지로 '만리장정'을 하는 이야기는 눈물겹기 그지없다.

5권에는 이승만이 일본이 미국을 상대로 중일전쟁과 태평양전쟁을 일으키리라고 예견한 놀라운 책, 《일본내막기 – Japan Inside Out》의 집필과정이 소상하게 나온다. 인터넷도 없고 통신수단도 변변치 않던 1930년대에 어떻게 그렇게 전 세계의 정세를 한 눈에 꿰고 있었는지 그저 신기하기만 할 따름이다. 특히 눈길을 끄는 것은 8.15해방을 맞이하면서 일본으로부터 나라를 인수하려는 독립운동가들의 치열한 물밑 암투 장면이다. 국내파의 송진우, 미국의 이승만, 중국의 김구, 소련의 김일성/여운형/박헌영 등등이 눈에 띄는데, 여기서 주도권을 잡는 세력은 공산주의 계열이다.

6권에서는 해방 후 소련과 미국으로 양분된 한반도의 긴박했던 상황과 신탁통치에 대한 찬반논쟁으로 전국이 들끓는 장면들이 고스란히 노출된다. 애당초부터 한반도를 집어삼키려는 야심을 갖고 있던 소련은 김일성(본명 김성주)이라는 새파란 소련군 대위를 전면에 내세워 순식간에 북한 지역을 접수한다. 또 33년 만에 한국 땅을 밟은 노정객 이승만(77세)이 독립촉성중앙회를 결성하고 우후죽순처럼 생겨 난 수십 개의 정치단체들을 그 기치 아래 하나로 결집시키려는 노력이 소개된다.

마지막 7권에서는, 결국 우리의 독립문제가 유엔총회로 옮겨가게 되는 과정과 남한만의 단독정부 수립을 주장하는 이승만 계열과 '삼팔선을 베고 자살이라도 하겠다.'는 순진한 민족주의 계열의 활동이 소개된다. 그러나 소련 극동군 사령관 슈티코프(후일 북한대사 역임) 등의 회고록에서 다 밝혀졌듯이, 이미 북한은 소련을 등에 업고 나라로서의 형태를 다 갖춘 상태였으므로 당시로서는 통일정부를 수립한다는 것은 아예 불가능한 일이었다. 당시의 남한이 얼마나 풍전등화 같은 상황이었는지는 책의 후반부에 나오는 대구 폭동, 제주 4.3사건, 여순반란 등과 같은 좌익 주도의 사건들로 충분히 이해할 수 있을 것이다.

많은 분들이 모두가 다 나라의 독립을 위하여 애 쓰셨지만, 만약 다른 민족 지도자들(조만식, 김구, 여운형 등)의 순진한 주장대로 남북 통일정부를 끝까지 추진하였더라면 한반도는 이미 75년 전에 김일성과 소련의 공산주의에 흡수되고 지금의 북한과 똑같은 형편이 되었을 것이다.

16. 내가 물러서면 나를 쏴라

백선엽 지음 / 중앙일보사 / 1,408쪽(전3권)

이 책은 6.25한국전쟁을 온 몸으로 겪은 산 증인이자 대한민국의 참 군인 백선엽 대장이 쓴 자서전이다. 나는 이 책 3권(1,200쪽)을 단 사흘 만에 읽었다. 그만큼 가독성도 좋고 귀중한 사진자료도 많이 수록되어 있다.

백선엽은 1920년 평양 근교에서 태어나(올해 100세) 평양사범과 만주 봉천 군관학교를 졸업하고 월남하였다. 그 후 군사영어학교를 마치고 나서 대대장으로 군 생활을 시작하였다.

6.25한국전쟁은 큰 틀에서 보자면 스탈린의 '한반도 공산국가화'라는 구상과 모택동의 지원에 힘입은 김일성의 오판에서부터 시작한다. 그러나 이 책은 정치적인 내용은 많이 나오지 않고, 본인이 20대 때 영관급 지휘관에서부터 육군참모총장으로 군사정전 협상에 임할 때까지의 일을 사진들과

곁들여가면서 자세히 설명한다.

이 책은 4개의 큰 단락으로 설명할 수 있는데, 첫째는 저자가 지휘하던 1사단이 주축이 되어서 치열한 방어전을 치렀던 낙동강 전선의 다부동 전투, 둘째는 장진호 전투보다는 덜 알려졌지만 바로 그 옆에서 치러진 운산전투, 그리고 세 번째는 세계적으로 가장 큰 토벌작전이었던 지리산 빨치산 토벌작전, 그리고 마지막으로는 10개 사단에 불과했던 국군을 20개 사단으로 확대하는 국군 증강사업이다.

다부동 전투는 국군 1사단(나도 1사단 출신)이 절체절명의 순간에서 대한민국을 구해낸 6.25한국전쟁의 대표적인 전투이다. 김일성은 전쟁 60일 만에 부산을 점령하려고 '8.15는 부산에서!'라고 큰소리를 친다. 그러나 그것이 불가능하자 대구만이라도 점령하려고 다부동 일대에 모든 병력과 물자를 총동원한다. 여기에 맞서는 미군(유엔군 포함)과 한국군도 필사적이다. 만일 다부동이 무너지면 대구가 적의 포격 사정권내에 들어가고 대한민국은 역사에서 사라지기 때문이다.

아군은 최후의 저항선으로 포항과 대구 위쪽의 마산을 잇는 「자 형태의 방어선을 설정한다. 「자 끝이 포항이고 다른 끝이 마산이라면 그 꺾인 부분이 다부동으로 현재 경북 칠곡군에 속한 대구 북방 22km의 작은 동네이다. 가로 쪽은 국군이 맡고 세로 쪽은 미군을 포함한 유엔군이 맡도록 큰 틀이 정해진 상황에서 백선엽의 1사단이 맡은 지역이 바로 그 모퉁이로 가장 취약한 부분이기도 했다. 다부동의 고지쟁탈전이 얼마나 치열했던지 당시 입대하여 그저 두어 시간 총기조작법만을 배운 신병들이 부대에 배치되어 불과 2~3일이 지나면 고참병이 되었다고 한다. 여기에서 숱한 젊은이들이 죽어갔다. 그중에는 16살~17살의 학도병들도 있었고 일본으로부터 건너 온 재일교포들도 있었다.

또 하나 저자가 심혈을 기울여 기록한 부분은 1950년 10월 말부터 개입한 중공군과의 운산 전투장면이다. 9월 15일의 인천상륙작전을 성공적으로 마친 국군과 유엔군은 파죽지세로 침략군을 몰아붙이며 북진을 거듭하고 있었다. 백선엽의 1사단은 '평양입성 제1호'라는 명성을 얻고 청천강을 건너 운산까지 갔는데 거기서 중공군과 맞닥뜨리게 된다. 미 1군단의 6전차대대에서 다섯 대의 전차가 전방수색에 나갔다 온 장면을 당시 1사단 12연대 김점곤 연대장의 말을 빌어서 기록하였다.

"전방으로 수색을 나갔던 전차가 시간이 꽤 지나서 완전히 빨간색 피범벅이 되어서 돌아왔다. (…) 산악지역에서 몰려나온 중공군이 새까맣게 달려나와 전차에 우르르 몰려들었

다. 이들은 전차의 해치를 열고 수류탄을 넣으려고 필사적으로 매달렸으나 미군들 상당수는 2차 대전 참전 경험이 있었던 터라 침착하게 대응했다. 이들은 무전을 주고받으며 앞뒤 전차가 서로 상대방에게 포탑을 돌려서 기관총으로 중공군들을 사살하였다."(p31)

1951년 연말부터 실시된 지리산공비토벌작전은 그가 호남지구전투사령부의 사령관이 되어 3개 사단으로 지리산의 패잔병들을 소탕하는 작전이다. 당시 지리산 일대에는 3만에서 5만으로 추정되는 패잔병과 게릴라 들이 있었다. 그들은 1948년의 여수순천의 제14연대의 반란세력 중 잔여병력, 북으로부터 직접 침투한 강동정치학원 출신의 게릴라 병력, 인천상륙작전 후 고립된 패잔병들, 그리고 자의 반 타의 반으로 가담한 인근의 주민들이다.

당시의 상황을 저자는 '낮에는 대한민국, 밤에는 인민공화국'이었다고 기술하고 있다. 연대장이나 경찰서장 같은 고위 간부들까지도 부하를 위장한 공산당원들에게 사살당하는 일이 흔하게 벌어지던 시기였다. 백선엽 사령관은 무고한 양민들의 귀순을 독려할 목적으로 일본으로부터 인쇄해 온 320만 장의 삐라를 뿌려서 산속의 사람들을 투항하도록 권유하였으며 일부 끝까지 저항하는 세력들은 모두 소탕하였다.

또 하나 책의 핵심 내용인 국군증강사업은 저자가 육군참모총장이 되어 당시 10개 사단에 불과했던 국군을 20개 사단으로 증강하는 사업을 진두지휘하는 내용이다. 그는 이를 위하여 1952 겨울 방한한 아이젠하워 대통령을 이승만 대통령과 면담하게 하고, 그 후 미국 측의 적극적인 지원을 받아 현재의 편제와 거의 비슷한 20개 사단을 만들게 되는 것이다. 그는 참모총장 직을 수행하던 1952년 가을에 우리나라 최초의 4성 장군(대장)이 되는데 당시 겨우 33세였다.

우리가 결코 잊지 말아야 할 것은 미군을 비롯한 우방의 도움이다. 자기 일처럼 한국을 도와주고 인천상륙작전으로 전세를 단번에 뒤집은 맥아더 사령관의 공적은 새삼 강조할 필요조차 없다. 그밖에도 한국전쟁에 참가한 아들의 전공을 축하하러 가다가 교통사고로 숨진 월튼 해리스 워커 대장(워커 힐은 그의 이름을 딴 것이다.), 공군조종사로 참전한 아들을 잃은 밴 플리트 중장, 본인이 직접 바주카 포를 쏘면서 북한군에게 대항하다 실종되어 2년 동안을 포로로 지냈던 윌리엄 딘 소장, 1952년 한국 전장으로 떠나는 아들에게 미리 '포로가 되면 자결하겠다.'는 유서를 받아 놓은 아이젠하워 대통령 당선자의 이야기, 등등은 자기부터 희생하는 미국 장성들의 면면을 들여다 볼 수 있는 대목이다.

Group 05

동양사

17. 사마천 사기

사마천 지음 / 이성규 편역 / 서울대출판부 / 694쪽

동양역사는 사마천(BC145~BC86)의 《사기》를 빼놓고는 이야기가 되지 않는다. 그만큼 사기가 차지하는 비중이 크다는 말이다. 국내에 나와 있는 '사기'라는 제목의 책만도 수백여 종은 족히 되리라고 본다. 그 많은 책들 중에서 내가 읽은 것은 마인드북스의 사기열전, 민음사의 사기열전, 그리고 서울대출판부의 사마천 사기이다,

그중에서 나는 서울대출판부에서 나온 '사마천 사기'를 추천한다. 그 이유는 사기라는 책이 '130편에 52만 6500자'라고 저자 스스로가 밝혔듯이 원체 엄청난 분량인지라 다 읽을 수도 없으려니와, 한 번 읽었다고 해서 그 내용을 온전히 이해할 수도 없기 때문이다.

사기는 왕과 황제에 대한 기록인 본기(本記) 12편, 연대별로 정리한 표(表) 10편, 제도와 문물에 대한 기록인 서(書) 8편, 왕과 제후들의 흥망성쇠에 관한 기록인 세가(世家) 30편, 그리고 당시 천하에 이름을 떨쳤던 영웅호걸들에 관한 이야기인 열전(列傳) 70편으로 구성되어 있다.

우리들이 흔히 '사기를 읽었다.'라고 말할 때 지칭하는 사기는 다름 아닌 사기의 '열전' 부분이며 나머지 책들은 전문 학자들이나 정말로 마니아가 아니라면 여간해서 읽지 않는다. 마인드북스의 사기열전(전2권 1,275쪽)이나 가장 많이 팔리는 책인 민음사의 사기열전(전2권 1,798쪽)은 너무 긴 분량 때문인지 읽기는 읽었어도 오히려 머릿속에 잘 들어오지 않았다. 반면 서울대출판부에서 나온 책은 그다지 분량이 많지도 않고(700쪽) 내용도 중요한 것들만 발췌하여 소개하고 있다. 그런데 이 3종의 '사기' 모두가 한 가지 흠을 가지고 있었다. 그것은 책에 등장하는 시대가 고사성어의 전성기라서 독자의 입장에서는 당연히 책의 곳곳에 고사성어가 나왔으면 하는 바람이 있었지만, 위 3종의 도서 모두가 다 이 부분은 소홀히 하고 있다는 점이었다. 예를 들면 다음과 같은 부분들이다. 진시황이 죽고 2세 황제 때의 일이다.

조고는 모반을 일으키려고 하였으나 군신들이 자기 말을

듣지 않을 것이 걱정되어 먼저 시험해 볼 생각으로 사슴을 2
세에게 바치며 말하였다.

"이것은 말입니다."

2세는 웃으면서 말하였다.

"승상이 잘못 본 것이 아닌가? 사슴을 말이라고 하다니!"

좌우에게 물었더니 침묵을 지키는 사람도 있었고 말이라고
답변하여 조고에게 아부하는 자도 있었으나, 사슴이라고 대
답한 사람도 있었다. 조고는 사슴이라고 말한 사람들을 은밀
히 법에 걸어 처단하였다. 그 후 군신들은 조고를 더욱 무서워
하였다.(pp293~294 '진시황본기' 중에서)

여기서 지록위마(指鹿爲馬)라는 말이 나왔다고 하면서 한
자를 넣어주었으면 좋았을 터인데 책에는 그런 고사성어가
없다. 항우가 진나라를 정벌하고 나서 고향으로 돌아가고 싶
어 하는 대목에서도 마찬가지이다.

"부귀를 얻은 후 고향으로 돌아가지 않으면 마치 밤에 비
단옷을 입고 다니는 것과 같다. 누가 그것을 알아주겠는가?"
(p385 '항우본기' 중에서)

여기에서 금의야행(錦衣夜行)이라는 고사성어가 탄생하였
다고 하면 좋았을 것이다. 이런 부분에 아쉬움을 느끼는 독
자들이 있다면 이수광 님이 쓴 '소설 춘추전국시대'(대산출판

사 2003 전10권)를 읽어 보라고 권하고 싶다. 이 책은 소설가가 쓴 책답게 우선 책의 내용도 재미있을 뿐만 아니라, 고사성어들이 무궁무진하게 넘쳐난다.

다시 《사기》이야기로 돌아가야겠다. 독자들이 사기가 탄생하기까지의 과정만큼은 꼭 알아두었으면 하는 마음에서 다음과 같이 설명하고자 한다.

BC99년 한의 장군 이릉이 대 흉노 전투에서 중과부적으로 흉노에 투항하였다. 이 소식이 전해지자 한무제(조선 땅에 한4군을 설치한 황제)는 진노하였고, 대신들도 이릉을 비난만 할 뿐 누구하나 나서서 변호해주는 사람이 없었다. 그런데 당시 아버지의 뒤를 이어 천문지리를 기록하는 태사령이라는 직분에 있던 사마천은 이릉을 적극적으로 변호하고 나서서 황제의 노여움을 샀다. 그에게 내려진 죄목은 황제를 기망하였다는 것으로 요참(腰斬: 허리를 자르는 처형법)에 해당하는 중죄였다. 그 화를 피할 수 있는 방법은 단 두 가지였다. 즉, 50만 전 정도의 돈을 바치든가 아니면 스스로 궁형(宮刑)을 감수하는 길이었다. 그러나 사마천에게는 그런 어마어마한 거금이 없었다. 그래서 사마천은 자신의 성기가 거세당하는 치욕을 감수하면서 살아남는다. 그가 이렇게 하면서까지 자신의 목숨을 보존하려고 한 이유는 아버지 사마담의 유업을 완성하려고 하였기 때문이다. 그렇다면 사마천은 왜 그렇게도 아버지를 의식했을까? 그 이유는 태사공자서(太史公自書)에 기록되어 있는 아버지 사마담의 발언을 보면 이해가 될 것이다.

"주공이 죽고 5백 년 후에 공자가 나왔다. 공자가 죽은 지 이제 5백 년이 되었으니 누군가는 그 뒤를 이어 세상을 밝히기 위하여 역사를 바로잡고 춘추의 정신을 계승하여 시경, 서경, 역경, 예, 악의 정신을 찾는 사람이 나와야 하지 않겠는가?" (p18)

이렇게 하여 사마천은 죽음의 문턱에서 살아남았을 뿐만 아니라 2년 후에는 오히려 전의 태사령(600 석)보다 직급이 더 올라가서 중서령(1천 석)에 중용된다. 그리고 그때부터 본격적으로 집필에 전념한다. 그는 사기를 집필하는 과정에서 황실에 소장되어 있는 춘추(春秋), 육경(六經) 등의 서적을 참고하였으며, 금석문, 회화, 건축 등에서도 자료를 찾았다. 그뿐 아니라 중국 천지를 유람하면서 민담과 전설을 수집했다.

사기열전을 읽다보면 영웅호걸들이 마치 눈앞에서 꿈틀거리며 움직이고 있는 것 같은 생동감을 느낄 수 있는 것도 다 이와 같은 사마천의 치욕을 이겨내는 인내와 노고가 있었기에 가능하였다는 사실을 우리가 알아야만 하겠다.

18. 중일전쟁

권성욱 지음 / 미지북스 / 916쪽

역사학계에서 공식적으로 중일전쟁을 인정하는 시기는 1937년 7월의 노구교(蘆溝橋 마르코폴로 다리) 사건부터 1945년 8월의 항복선언까지인 8년 1개월이다. 그러나 실제적으로 중국과 일본 간의 전쟁 기간은 이보다 훨씬 더 길다. 즉, 1931년 9월의 류조호(柳条湖) 사건을 만주사변의 시발점으로, 중일전쟁의 역사는 8년 전쟁이 아닌 15년 전쟁이라 하겠다.

이 책은 유럽 전 대륙보다도 더 넓은 광활한 지역에서 벌어진 전쟁, 무려 2천만 명이라고도 하고 3천만 명이라고도 하는 엄청난 사망자를 낸 15년 전쟁의 전반부에 속하는 중일전쟁을 전체적으로 조망하였다.

책에서는 관동군이라는 용어를 이렇게 설명하고 있다.

"일본은 여순과 다련의 조차지를 합쳐 관동주(關東州)라고 불렀다. 여기서 관은 만리장성의 관문인 산해관(山海關)을 가리킨다. 일본은 관동주와 남만주철도(만철: 장춘 - 여순 - 봉천)의 경비를 위하여 군대를 주둔시켰다. (…) 남만주 곳곳에 일본 자본으로 건설한 지선들이 관통하면서 만철은 만주사변 직전에는 2,200km에 달했다. 관동군은 만철을 보호한다는 명목으로 철로 1km 당 15명의 비율로 병력을 배치했다." (p27)

책을 읽다보면 우리가 일반적으로 알고 있는 군대의 원칙인 상명하복은 관동군에게는 통용되지 않는 개념이었다는 사실도 깨닫게 된다. 이러한 병폐로 터진 것이 1931년의 만주사변(지나사변)이었고 1937년의 중일전쟁(7.7사변)이었다.

1931년 9월 18일 밤 10시, 봉천 외곽 북쪽으로 7.5km 떨어진 류조호라는 농촌에서 정체불명의 폭음과 함께 봉천 - 장춘을 잇는 철도가 폭파된다. 몇몇 위관급, 영관급 장교들이 고의적으로 계획한 자작극을 구실로 일본군은 순식간에 만주 지역을 점령하게 된다. 이 사건 당시 일본 관동군은 불과 1만, 이에 대항하는 중국 동북군은 무려 30만에 달했다. 그러나 훈련되지 않고 지휘체계가 통일되지 않는 군대는 그저 하나의 오합지졸 집단일 뿐이었다.

일본이 본격적인 군국주의의 길로 들어서면서 미국이라

는 거인과의 한 판 싸움으로까지 번지는 태평양전쟁으로 전장을 확대하게 되는 배경이 되는 일본의 '2.26사건'의 발단은 다음과 같다.

1936년 2월 26일 새벽, 도쿄 주둔 근위사단의 중위와 대위들이 주축이 된 '황도파' 군인 1,500여 명이 반란사건을 일으킨다. 이들은 전쟁을 반대하는 온건적인 인물들인 총리를 비롯한 정치인들을 사살하고 정권을 탈취한다. 이때부터 내각이 군부로 완전히 넘어가고 한국, 중국은 물론 태평양 전 지역을 피로 물들이는 엄청난 대재앙이 본격화되는 것이다.

1936년 초에 일본에서 군부 쿠데타가 있었다면 그해 말에는 중국에서 쿠데타가 일어난다. 중국은 땅도 넓고 인구도 많지만 각 지역마다 장학량, 양호성 등, 군벌들이 득세하고 있었다. 지역 파벌간의 싸움도 모자라 12월 12일에는 최고 지도자로 추앙받던 장개석이 서안(西安)에서 감금되는 사건이 발생한다.

이 사건을 겪은 후 공산당을 철저히 토벌해야겠다는 장개석의 의지에 따라 정부군은 국공내전을 벌였고, 모택동의 공산군은 기나긴 도주를 시작한다. 1년 동안 무려 18개의 산맥과 17개의 강을 건너 소련 근처의 산시성(陝西省)에 도착했을 때는 처음 출발 당시 10만에 달하던 군대가 겨우 8천 명만

남았다는 사실이 그 참상을 말해준다.

본격적인 중일전쟁의 시발점인 노구교(Marco Polo Bridge) 사건도 일본군이 꾸민 자작극이었다. 일본군은 훈련 중 한 병사가 설사가 나서 잠시 대열에서 이탈한 것을 '중국군이 선제공격하여 아군 병사 1명이 실종되었다.'고 본국 정부에 보고하였고, 이것을 평계삼아 전면전으로 확대하는 것이다.

나는 900쪽에 달하는 이 책의 방대한 분량을 제대로 압축하지 못하고 단지 몇몇 중요한 사건들의 발단만을 요약했을 뿐이지만, 이 책은 중일전쟁사는 물론이고 1900년대의 동북아(멀리는 필리핀 - 버마까지)는 물론 미국, 독일, 영국 등, 다른 열강들의 당시 상황을 알 수 있게 해 주는 좋은 참고서임에 틀림없다.

19. 이야기 인도사

김형준 저 / 청아출판사 / 518쪽

이야기 역사서 시리즈는 청아출판사의 대표적인 출판물이다. 웬만큼 책을 읽는다는 가정이라면 《이야기 한국사》 또는 《이야기 중국사》가 서가에 한 권 정도는 꽂혀 있으리라. 이 책 《이야기 인도사》는 총 10개의 장으로 구성되어 있다.

① 인도라는 나라
② 선사 시대 - 인더스 문명
③ 베다 시대
④ 비 베다 시대
⑤ 마우리아 왕조 시대
⑥ 굽타 왕조 시대

⑦ 남인도 시대

⑧ 이슬람 정권 시대

⑨ 무굴 제국 시대

⑩ 영국의 진출과 식민통치 시대

저자 김형준은 델리 대학교(University of Delhi) 철학 박사 출신으로 현재 한국 외국어대학교에서 연구교수로 재직 중이다. 인도에서 오랜 세월 공부한 사람의 저술답게 책에는 인도에 관한 훌륭한 정보가 넘쳐난다.

먼저 '인도'라는 말의 어원을 알아보자. 아래의 설명대로라면 원래의 인도는 카슈미르로부터 발원하여 아라비아 해로 빠지는 인더스 강 유역을 말하는 것이므로, 지금의 지리적 개념으로 보면 아마도 아프가니스탄에 가까운 북인도 지역을 주로 지칭했던 것이 아닌가 싶다.

오늘날 우리가 사용하고 있는 인디아(India)라는 말은 그리스인들이 처음 사용했던 용어로 페르시아인들이 사용했던 힌두(Hindu)라는 말과 일치한다. 힌두 또는 인디아라는 용어는 인도인들에게 원래 신두라고 불리는 인더스 강을 가리킨다. 이처럼 신두라는 단어가 페르시아를 거쳐 그리스로 흘러 들어가는 과정에서 각기 힌두 그리고 인도로 바뀌었다. (p20)

이야기를 중심으로 써나가는 역사서인 만큼 재미있는 이야기도 많다. 무굴제국(1526~1857)의 창시자인 바부르에 대한 이야기이다. 아내의 무덤으로 타지 마할이라는 걸출한 건축물을 남기고 죽은 샤 자한의 4대 조(샤 자한 → 자항기르 → 악바르 → 후마윤 → 바부르)이기도 하다.

이제 북인도 전역의 지배권을 확보한 바부르는 실질적인 인도의 통치자로 군림할 수 있게 되었다. 바부르는 인도의 지배를 머릿속에 그리며 부푼 가슴을 안고 카불로 되돌아오던 중 뜻하지 않게 라호르 근처에서 죽음을 맞이했다.

그의 죽음에는 당시 악성 고열병으로 신음하던 사랑하는 맏아들 후마윤이 관련된 것으로 전해진다. 바부르는 후마윤의 병간호를 위해 온갖 노력을 다 했지만 아들의 병세는 더욱 악화되기만 했다. 그는 아들 곁에 무릎을 꿇은 채 눈물을 흘리며 아들 대신 자신이 고통을 받게 해 달라고 간절하게 기원했다.

"신이시여, 자식을 잃은 부모에게 더 이상의 삶이란 존재하지 않습니다. 이 순간 아들의 고통소리를 들어야만 하는 저의 귀를 차라리 막아 주십시오. 저의 목숨이 필요하다면 그렇게 하시고 제발 저로 하여금 평생 가슴에 못이 박힌 아버지로 만들지 말아 주십시오."

그러자 아버지의 애절한 호소가 정말로 신의 마음을 흔들리게 했는지 후마윤은 얼마 후 기적적으로 자리에서 일어나 건강을 되찾았다. 하지만 기쁨도 잠시, 이번에는 바부르 자신이 중병에 걸리고 말았다. 결국 그는 다시 일어나지 못한 채 47세의 나이로 파란 많은 일생을 마치고 말았다. (pp378~379)

인도의 영국 통치시대에 벌어진 세포이 항쟁에 대하여도 무려 12쪽을 할애하여 자세히 설명하고 있다. 1857년에 일어난 세포이 저항운동은 좁은 의미에서는 벵갈에 있던 인도인 용병(세포이)들의 영국에 대한 무장 투쟁을 의미하지만, 넓게 보면 영국의 식민지 정책에 대한 저항 운동이었다. 저자는 그 원인을 크게 다섯 가지로 들고 있다. 첫째, 영국의 무자비한 경제적 착취에 대한 반발, 둘째, 영국에 의해 만들어 진 과도한 규제와 법 체제 및 행정 제도, 셋째, 영국인들의 인종적 우월감에 대한 반발, 넷째, 기독교로 개종시키려는 영국 측의 강압적인 종교 정책, 다섯째, 인도 총독 달하우지의 영국에 인도를 합병시키려는 음모이다.

책은 마지막을 간디의 비폭력운동을 소개하면서 끝맺는다. 1920년 주간지 《영 인디아》에 기고한 간디의 논설 중 일부이다.

"비폭력은 우리 모든 인류의 법이며 폭력은 야수들의 법이다. (…) 내가 주장하고 싶은 유일한 덕은 진리와 비폭력이다. 나는 초인간적인 힘을 주장하지 않는다. 나는 아무것도 원하지 않는다." (p496)

이 책을 읽으면 아프가니스탄과 파키스탄, 그리고 인도의 역사까지도 알게 된다는 이점이 있다. 왜냐하면 아프가니스탄은 과거 북인도와 계속 맞닿아 있었고 파키스탄은 제2차 세계대전이 끝나면서 인도가 독립할 때 이슬람교 측은 파키스탄으로, 그리고 힌두교 측은 인도로 국명을 달리하여 독립하였기 때문이다. 이 책에서 계속 등장하는 북인도 이야기는 따지고 보면 아프가니스탄과 파키스탄의 역사이기도 하다.

20. 사카모토 료마와 메이지유신

마리우스 잰슨 저 / 손일 이동민 역 / 푸른길 / 632쪽

일본 근대사의 고전이자 손정의가 가장 존경하는 인물이라는 사카모토 료마의 전기라고 해도 무방할 정도로 그의 일대기를 잘 기록한 책이다. 손정의는 사카모토 료마를 흠모하여 어려운 일이 있을 때마다 《료마가 간다》라는 소설을 꺼내서 읽었다고 하는데, 바로 이 책이 시바 료타로가 《료마가 간다(동서문화사 간 전8권)》라는 불후의 명저를 쓸 때 참고했다고 알려진 원전이기도 하다.

마리우스 잰슨은 1922년 네델란드에서 태어났으며, 2000년 78세를 일기로 사망한 미국의 저명한 동양사학자이다. 프린스턴에서 서양사를 공부하고 하버드에서 박사학위를 받았으며, 프린스턴대학교의 교수로 재직하였다. 그는 1955년부터 일본에 머물면서 저명한 향토사가 히라오 미치오의 지도

아래 자료를 수집했으며, 일본에 관하여 20여 편이 넘는 저작물을 발간한 공로를 인정받아 일본정부로부터 외국인 최초로 문화공로 표창을 받기도 하였다.

출판사에서 제공한 책 소개로 책의 내용을 대략 알아보자.

일본 역사에서 메이지 유신은 300년 막부 체제를 무너뜨리고 천황친정 형태의 중앙집권적 근대 국가를 이룬 정치·사회적 대변혁이었다. 이 변혁의 중심에 선 많은 인물들 가운데 봉건 체제의 뿌리 깊은 계급의식과 신분의 벽을 깨고 시대의 한 획을 긋는 역할을 한 인물이 사카모토 료마이다.

이 책은 에도 막부의 말기적 상황, 서구 열강들의 개항 요구, 권력다툼과 계급 간 갈등, 정치, 사회 개혁 등 유신 이전의 시대 상황을 보여 주면서 메이지 유신의 발생과 과정, 결과를 폭넓게 풀어 나간다. 저자는 이 책을 통해 사카모토 료마와, 료마의 친구이자 메이지 유신의 중요한 조력자인 나카오카 신타로 및 유신 주역들의 업적과 사상을 살펴보면서, 메이지 유신이 가져온 변화 자체보다는 그 의미와 원동력에 더 큰 관심을 두고 유신의 전개 과정에 초점을 맞추어 이야기하고자 하였다.

또한 역사적 배경뿐 아니라 지금까지 보존되어 온 인물들

의 서신 등 섬세한 기록을 통해 그의 가치관을 살펴볼 수 있
으며, 아울러, 앞 시대를 살아간 인물들의 면면을 들여다보
는 즐거움도 느낄 수 있다.

막부시대의 근본 원인은 1600년의 세키가하라 전투로부
터 시작된다. 세키가하라 전투는 도요토미 히데요시가 죽고
그의 어린 아들을 대신하여 도쿠가와 이에야스가 섭정 회의
를 주재하며 실권을 장악하자, 같은 섭정회의의 일원이었던
이시다 미츠나리가 반발하며 벌인 싸움이었다. 마침내 양측
봉건 영주의 대군들이 나고야 사이에 위치한 전략적 요충지
세키가하라에서 맞붙게 되었다. 결과는 도쿠가와가 이끄는
동군의 승리로 끝났는데, 전투 이후 이시다 미츠나리를 비롯
하여 코니시 유키나가, 안코쿠지 에케이 등, 서군의 지도부
는 처형당했다.

이때부터 무려 268년(1600~1868) 동안 천황은 허수아비로
모셔둔 채, 쇼군(將軍)이라는 실권자가 일본 전체를 통솔하는
막부(幕府) 시대가 지속되는 것이다. 에도 막부가 들어 선 후
오랜 세월이 흐르자 점차 내부에서 불만이 나오기 시작하였
다. 그것은 주로 신분 간의 불평등에서 오는 불만이었다. 우
리는 흔히 사무라이라는 계급을 하나의 계급으로 알지만 거

기에도 여러 계층이 있어서, 연공이 1만 석을 넘는 가로(家老)가 있는가 하면 불과 3~7석 짜리 아시가루(足輕)라는 사무라이도 있었다. 이 책의 주인공(소설은 아니지만)인 사카모토 료마가 바로 아시가루 보다 조금 높은 고시(鄕士)라는 계급의 사무라이 집안 출신이었다.

이 책에서 눈여겨 볼 대목은 사카모토 료마가 태어난 도사 번(土佐 藩)이라는 지명이다. 사카모토 료마는 검술 수련을 통하여 파벌을 형성하면서 점차 근왕론에 대한 그들의 행동을 적극적으로 드러낸다. 그는 교토와 에도를 오가면서 지사로서 근왕양이론(勤王洋夷論: 천황을 떠받들고 외세를 배격하는 주장)을 지지하기 시작한다. 료마로 대표되는 도사 번과 나중에 뜻을 합하여 막부 타도의 위업을 이루어 내는 지역이 바로 도사 번 아래쪽으로 있는 조슈 번과 사쓰마 번이다.

우여곡절 끝에 1867년 사카모토 료마가 작성한 국가구상인 '선중팔책(船中八策)'이 번주 야마우치 도요시게를 통해서 쇼군 도쿠가와 요시노부에게 제출되어 대정봉환(大政奉還)이 실현되었다. 이렇게 하여 메이지유신(明治維新)이 시작되어 일본은 근대국가의 기틀을 다지게 되는 것이다. 여기서 사카모토 료마가 암살당하기 바로 직전에(료마는 1867년 7월에 선중8책을 제시하고 12월에 암살당했다. 그리고 유신이 선포된 것이 1868

년 1월이었다.) 신정부를 위하여 제시한 8개의 강령, 즉, 선중 8책의 내용을 살펴보자. 참고로 이 내용은 나중에 신정부의 강령에 그대로 반영되었다. 우리가 사카모토 료마를 메이지 유신의 주역이라고 하는 이유가 바로 여기에 있는 것이다.

① 천하의 정권을 조정에 봉환하며, 모든 정령(政令)은 조정에서 내린다.

② 상하의정국을 설치하고 의원을 두며, 정무에 관한 모든 사항은 공의에 부쳐 결정할 것.

③ 재능 있는 인재를 고문으로 삼고, 기존의 유명무실한 관직을 폐지할 것.

④ 외국과의 교섭은 널리 공의를 모아 새로이 정해진 합당한 규약에 따라 수행할 것.

⑤ 고래의 율령을 절충하고 새로이 무궁한 대전(大典)을 선정할 것.

⑥ 해군을 확장할 것.

⑦ 어친병(御親兵)을 두어 제도(帝都)를 지키게 할 것.

⑧ 금은물화의 가치는 외국의 가치와 일치시킬 것.

Group 06

세계사

21. 대항해시대

주경철 저 / 서울대학교출판부 / 581쪽

서울대학교 출판부에서 나온 책 중에서도 아주 뛰어난 책이다. 이 책에 쏟아진 찬사만 보아도 이 책이 얼마나 훌륭한 책인지를 짐작하기에 충분할 것이다.

「2009년도 대한민국 학술원 기초학문육성 우수학술도서」

「삼성경제연구소 선정 대한민국CEO 필독도서」

「2008 KBS 책을 말하다 '책문화대상' 선정도서」

지금까지의 세계사가 대륙중심, 유럽중심, 농경문화 중심의 세계사였다면, 이 책은 해양중심, 탈 유럽중심, 유목문화 중심의 시각에서 접근한 연구서이다.

저자인 주경철은 서울대학교에서 경영학을 공부한 뒤 프랑스 사회고등연구원에서 역사학으로 박사학위를 받은 사람이다.

책은 우선 중국 명나라 시대 정화 함대의 아프리카 원정(1405 ~ 1433)으로 이야기를 시작한다. 혹자들은 정화를 내시라고 알고 있지만, 사실은 요즘말로 하면 '황제특명전권대사' 정도의 직함이 적당할 것이다. 일곱 차례에 걸친 정화의 원정은 연 2만여 명의 인원에 160여 척의 함선을 거느린 대규모 선단이었다. 기함은 길이 150미터에 폭 60미터로 당시로서는 전 세계에서 제일 큰 배였다. 이들의 목적은 정복이나 정벌이 아닌 황제의 위용을 인도, 아프리카 등지의 나라들에 과시하려는 것이었다고 한다. 그렇게 보는 이유는 당시 함선에 실려 있던 물품들이 대부분 황제의 하사품이었기 때문이다.

그러나 중국의 해양 진출은 여기서 멈춘다. 내부적으로 북방 이민족들이 쳐들어오고, 농민봉기, 북경으로의 천도 등, 여러 가지 상황이 해양으로 계속 눈을 돌릴 수 없게 만들었기 때문이다. 만약(역사에 만약이라는 가정이 가능하다면) 이때에 중국이 계속 해양 방면으로 확장해 나갔더라면 신대륙을 발견하는 공로도 고스란히 중국으로 넘어갔을 것이며, 세계의 판도는 중국 중심으로 재편되었을 것이다.

인구와 국내 총생산 규모를 추정하여 본 도표도 의미심장한데, 여기에 따르면 중국과 인도가 1820년대까지만 해도 전 세계 부의 50%를 차지하였다고 한다. 그러나 유럽에서 산업 혁명의 효과가 본격적으로 나타나기 시작하면서 급격히 유럽 쪽으로 부의 쏠림이 있었다는 분석이다.

서구세력의 팽창을 다루는 부분도 눈여겨 볼만하다. 그들이 아프리카, 멕시코, 페루, 서인도 제도의 정복 당시 얼마나 잔인한 행동을 하였는지 다른 학자들의 연구논문을 통하여 자세히 기술하고 있다. 아래의 글은 이스파뇰라 섬에서 있었던 학살극을 살아남은 현지인이 증언한 것이다.

"기독교도(에스파냐 인)들은 말과 찰, 창을 사용해 학살을 시작했고, 원주민들에 대하여 이상할 정도의 잔혹성을 보였다. 마을을 공격하면서 어린이, 노인, 임산부, 혹은 출산 중인 여인까지도 살려두지 않았다. 그들은 머리를 단번에 잘라낼 수 있는가, 혹은 찰이나 창을 한 번 휘둘러서 내장을 쏟아낼 수 있는가 등에 내기를 걸었다. 어머니가 안고 있는 아기를 낚아채서 바위에 던지고는 깔깔거리며 웃음을 터뜨렸다. 심지어 예수와 열두 제자를 기념한다면서 열세 명을 십자가에 매달고 산채로 불태워 죽였다." (p65)

이런 섬뜩한 기록을 보고 있노라면 마치 1938년의 남경대학살이 떠오르기도 하고, 이러한 잔혹성은 인류공통인가 하는 의구심이 생기기도 한다.

이 책은 또 네델란드와 영국의 동인도회사의 활동상황에 대하여도 자세히 기술하고 있다. 이것들은 말만 회사일 뿐, 사실은 거대한 해군 + 행정기관 + 무역회사의 복합체였다는 주장이다.

동인도회사들이 다투어서 면직물을 인도 등지에서 대량으로 수입함에 따라 유럽 전체의 생활양식 자체가 바뀌었다는 사실은 주목할 만하다. 그러나 당시의 해상무역이라는 것이 얼마나 위험이 많은 것인지(따라서 이익이 많이 생기는 것인지)를 고발하는 내용도 눈여겨 볼만하다. 1500년대 ~ 1600년대의 항해선박들의 평균 톤수가 300톤 정도였다니 그저 놀랍기만 하다. 이는 마치 현재의 한강유람선 규모의 배를 타고 유럽을 떠나 인도나 미국을 다녀오는 경우에 해당한다고 볼 수 있다. 그것도 화물을 잔뜩 실은 채로 말이다.

이 책에는 중세시대 이래로 극성을 부렸던 해적들의 생활상도 잘 나타나 있다. 저자의 연구에 의하면, 해적선의 선장은 일반 배의 선장처럼 절대적인 권력을 가진 자가 아니었다. 모두 10여 개에 달하는 선원규약을 보면 당시 해적들이 오히려 민주적으로(?) 업무에 종사하였다는 생각마저 들 정도이다. 이러한 해적들이 점차 수입이 가장 많이 발생하는 노예무역 쪽으로 방향을 틀었다는 것이 저자의 주장이다.

저자가 가장 심혈을 기울여 쓴 부분은 노예무역을 고발하는 '노예무역: 근대 세계의 비극'이라는 제6장이 아닐까 하는 생각이다. 저자는 다양한 삽화와 통계를 인용하며 서구인들의 비인간성을 비판한다. 그에 따르면, 1500년부터 1860년의 기간 동안 대략 매년 5~6만 명의 노예들이 아프리카에서 유럽과 미국 지역으로 송출되었다고 한다.

노예들은 해도 달도 볼 수 없는 선창 밑바닥에서 여섯 명씩 긴 체인에 발에 족쇄가 채워진 채 먹고 자야 했다. 용변을 보러 가려면 여러 명이 함께 이동을 해야 했기 때문에 대개의 경우 그냥 그 자리에서 싸고 그 위에서 다시 잠을 자는 생활이 반복되었다고 한다. 얼마나 빽빽하게 짐(노예들)을 실었는지 촛불을 켜서 들고 들어가면 산소부족으로 촛불이 꺼질 정도였다고 하니 더 이상 무슨 설명이 필요할까. 이들이 두 달 ~ 세 달씩 걸리는 항해에 성공하여 목적지에 도착하면 질병과 영양부족으로 대개 30% 정도가 사망하였다고 한다.

나는 이 책을 두 차례나 읽었는데도 여기서는 제대로 요약을 하지 못하고 책의 중요부분 몇 군데를 인용하는 선에서 책 소개를 마쳤다. 그러나 580쪽에 달하는 이 책 속에는 놀라운 내용이나 자료들이 넘쳐난다.

22. 실크로드 세계사

피터 프랭코판 저 / 이재황 역 / 책과 함께 / 1,024쪽

저자인 피터 프랭코판은 역사가이자 영국 옥스퍼드 대학 비잔틴연구소의 소장이다. 이 책은 본문이 장장 900쪽, 각주만도 100쪽에 달하는 방대한 양의 도서로 책만 두꺼운 게 아니라 내용도 상당히 충실하다.

이 책에 주된 배경으로 등장하는 땅은 지금의 터키, 이라크, 이란, 흑해와 카스피해 사이의 '스탄'이란 이름이 붙은 나라들, 몽골, 그리고 지금 중국의 일부인 신장자치구 등이다.

우리가 흔히 이야기하는 실크로드를 통해서 신앙이 퍼졌고(유대교 기독교 이슬람교 불교 힌두교 조로아스터교), 저 멀리 스칸디나비아로부터 모피가 들어왔고, 아프리카와 터키의 노예들이 유럽과 북구로 팔려갔으며, 황금과 향신료가 교역되었다. 1200~1300년대에는 몽골의 기병들이 모든 유라시아

대륙을 휩쓸었으며, 정복과 함께 흑사병도 전파하였다. 이 거대한 땅덩어리에서 1차 대전과 2차 대전이 벌어졌으며, 20세기에 들어와서는 검은 황금인 석유를 둘러싼 분쟁이 여러 차례 발생하였다.

이 책을 통하여 러시아인들의 조상이 다름 아닌 바이킹족이었으며, 절멸에서 살아남은 주민들의 입을 통하여 칭기즈칸으로 대표되는 몽골족들을 처음 본 느낌을 '네 발 짐승이 두발로 서 있는 듯한 모습(어려서부터 말을 타서 심한 안짱다리가 되었다는 뜻)'이라는 충격적인 증언도 듣게 된다.

책 속의 내용을 실제로 살펴보는 것도 이해에 도움이 될 것이다.

대쪽과 나무쪽에 쓰인 이 문서들은 중국으로 들어가는 방문자들이 반드시 지정된 경로를 이용해야 했고, 나중에 한 명도 빠짐없이 자기 나라로 돌아갈 수 있도록 정기적으로 접호를 받았음을 보여준다. 요즘 호텔의 숙박부처럼 방문자에 대한 기록도 남겼다. 식비로 얼마를 썼고, 어디에서 왔으며, 직위는 무엇이고, 목적지는 어디인지 등을 기록했다. 이런 조치들은 감시하기 위한 것이 아니었다. 누가 중국에 들어오고 나갔으며 그들이 그곳에서 무슨 일을 했는지를 정확하게 기록하고, 특히 관세 징수의 목적에서 거래되는 물건의 가치를 적

기 위한 수단이었다. (pp38~39)

몽골의 정복이 유럽에 미친 영향은 교역이나 전쟁, 문화나 통화뿐만이 아니었다. 그것은 세계를 연결하는 대동맥을 따라 흐른 흉포한 전사나 상품과 귀금속, 사상과 패션에 비할 바가 아니었다. 실제로 혈류 속으로 들어온 완전히 다른 어떤 것이 훨씬 더 치명적인 영향을 미쳤다. 바로 질병이었다. 페스트가 발생하여 아시아, 유럽, 아프리카를 휩쓸면서 수백만 명이 몰살당할 위험에 처했다. 몽골인들은 세계를 파괴하지 않았지만, 페스트는 그럴 가능성이 매우 높아 보였다. 유라시아 스텝 지대는 수천 년 동안 가축과 유목민들의 근거지였을 뿐 아니라, 세계에서 가장 큰 축에 속하는 페스트의 웅덩이였다.(p314)

그래도 이 책의 가장 압권은 책의 후반부에 있다. 책의 650쪽에서부터 850쪽을 보면, 이 지역이 지정학적인 중요성과 석유라는 자원 때문에 민족주의자들과 강대국들, 그리고 강대국들과 강대국들 간의 싸움이 그치지 않던 곳이라는 사실을 알 수 있다.

오사마 빈 라덴 제거작전 당시의 긴박했던 상황을 설명한 대목을 보자.

1998년 봄이 되자 CIA는 한 가지 생포 계획에 공을 들이고 있었다. 기획자들은 완벽한 작전이라고 표현했고, 이를 위해서는 아프가니스탄 부족들의 지원과 협력을 얻을 필요가 있었다.

(…) 빈 라덴과 거래하기 위한 분명한 시도가 이루어지기 전에 일이 꼬였다. 1998년 8월 7일 알카에다는 케냐, 탄자니아의 최대 도시인 나이로비와 다르알살람에 있는 미국 대사관을 동시에 폭파하여 224명이 죽고 수천 명이 다쳤다." (p815)

무려 100여 쪽에 이르는 참고문헌 목록이 말해주듯이 저자는 이 책 한 권의 집필을 위하여 엄청난 양의 기록물들을 참고하였음에 틀림없다. 이 책을 읽으면서 저자의 노력과 수고를 함께 생각해 본다면 더욱 깊은 감동을 느끼면서 읽을 수 있을 것이다.

23. 그림과 함께 읽는 로마제국쇠망사

에드워드 기번 저 / 데로 손더스 편집 / 황건 역 / 까치 / 610쪽

영국의 윈스턴 처칠이 이 책을 여러 차례 읽고 자신의 설교에 많이 참고했다는 이야기는 널리 알려져 있다. 에드워드 기번(1737~1794)이 장장 12년에 걸쳐서 집대성하였다고 알려진 '로마제국 쇠망사'는 모두 5권 분량이다. 우리나라에서는 민음사가 원문 그대로 모두 5권에 4,150쪽의 분량으로 2010년에 출간한 바 있다. 그러나 여기에 소개할 책은 까치에서 2010년에 한 권으로 펴낸 608쪽 분량의 《그림과 함께 읽는 로마제국쇠망사》로 축약본이다.

내가 이 책을 선정한 이유는 이 책을 축약 편집한 미국 브라운대학의 고전학 교수인 데로 손더스가 "기번의 '로마제국쇠망사'의 중요한 내용은 1~3권에 다 들어 있다."라고 했기 때문이다.

손더스의 로마제국쇠망사는 주로 서로마제국의 역사를 다룬 것인데 대략 아우구스투스 황제(BC27~AD14)로부터 시작하여 트라야누스(98~), 하드리아누스(119~), 타투스 안토니누스(138~), 마르쿠스 안토니누스(161~)의 황금시대를 거쳐 마침내 고트족에게 포위되어 멸망한(AD410년) 로물루스 황제의 시대까지를 다루었다.

이렇게 한 권으로 된 책이라고 하더라도 큰 판형의 책 610페이지를 짧게 요약하는 것은 쉽지 않은 작업이다. 그래서 책의 내용 중에 크게 주목할 만한 용어나 내용 몇 개를 발췌하여 간단하게 소개하고자 한다.

① **아우구스투스**: "악티움 해전의 승리 이후 로마 세계의 운명은 옥타비아누스의 뜻에 좌우되었다. 카이사르의 조카로서 양자가 되어 그의 이름을 상속한 옥타비아누스는 나중에 원로원의 아첨으로 아우구스투스(존엄자)라는 칭호를 받았다."(p89)

② **라틴**: "라티움은 원래 로마 동남쪽 '라티나' 족이 살던 지방인데 기원 전 5세기경부터 로마와 동맹관계를 맺고 시민권을 부여받아 로마시민과 같은 특권을 누렸다."

③ 노예 또는 해방노예: "천재적 소질이 있는 젊은이에게는 예술과 학문을 가르쳤는데 이런 노예의 값은 그 기술과 재능에 따라서 결정되었다. 부유한 원로원의 집에는 학예 분야이건 기능 분야이건 거의 모든 분야의 전문직 노예를 찾아볼수 있었다. 상인이나 제조업자에게는 일꾼을 고용하는 것보다 노예를 사는 것이 이익이었으며, 농촌에서는 노예가 가장값싸고 일 잘하는 농기구였다. 아우구스투스 황제 치세에 어떤 해방노예는 내전 중에 재산상의 손실을 입었음에도 불구하고 유산으로 3만마리의 소와 25만 마리의 작은 가축, 그리고 4,116명의 노예를 남겼다." (pp69~70)

④ 마르쿠스 아우렐리우스 안토니누스: "그의 미덕은 소박, 근면하다는 데에 있었다. 그는 수많은 학자들과 만나고, 부지런히 강의를 듣고, 오랫동안 형설의 공을 쌓았다. 열두 살의나이에 경도되었던 엄격한 스토아철학은 그에게 육신을 정신에, 열정을 이성에 복종시키도록 가르쳤으며 또한 덕망을 유일한 선으로, 사악함을 유일한 악으로 생각하고, 외형적인 것에 관심을 가지지 말도록 가르쳤다. 그가 야영지에서 쓴 《명상록》은 지금도 남아 있거니와 그는 한 걸음 더 나아가서 친

히 철학에 관한 강의를 하기도 했다." (p107)

⑤ 철권시대: "트라야누스와 안토니누스의 황금시대에 앞서 타락한 완벽한 철권시대가 있었다. (…) 음험하고 가혹한 티베리우스, 광포한 갈리쿨라, 나약한 클라우디우스, 음탕하고 잔인한 네로, 짐승같은 비텔리우스, 그리고 소심하고 비인간적인 도미티아누스는 모두 변함없는 지탄의 대상이 되고 있다." (p111)

⑥ 프랑크: "그들은 프랑크족(Franke), 즉, 자유인(Freeman)이라는 명예로운 이름을 가질만한 사람들이었다." (p151)

⑦ 서로마 동로마: "이제 로마 제국은 콘스탄티누스와 리키니우스가 양분하여 전자는 서로마를, 그리고 후자는 동로마를 지배하게 되었다. (…) 종교적 관용에 대한 대헌장인 밀라노칙령(313년)은 모든 시민에 스스로 종교를 선택하고 신봉할 수 있는 특권을 주었다." (p234~242)

⑧ 그노시스파: "그노시스파는 천지창조와 인간의 타락에 관한 모세의 계명을 신성모독적 조롱으로 여기면서, 하느

님이 6일 동안 일한 후 쉬었다는 이야기라든가, 아담의 갈비뼈, 에덴동산, 생명과 지혜의 나무, 말하는 뱀, 금단의 열매, 그리고 최초의 조상들의 경미한 과오로 인해서 내려진 형벌 등과 같은 이야기에는 좀처럼 귀를 기울이려고 하지 않았다."

(pp249~250)

⑨ 콘스탄티노플: "풍광이 아름답고 안보가 확보되고 부가 이처럼 한 곳에 집중되어 있으니, 콘스탄티누스의 선택은 실로 당연한 것이었다." (p304)

⑩ 멸망: "이렇게 해서 인류의 대부분을 정복하고 교화시켰던 제국의 수도는 로마 건국 1163년 만에 마지막 황제 로물루스 아우구스툴루스(재위 475~476)를 끝으로 게르마니아와 스키타이의 흉포한 부족들의 손에 들어가고 말았다." (p537)

24. 철도의 세계사: 철도는 어떻게 세상을 바꿔놓았나

크리스티안 월마 저 / 배현 역 / 다시봄 / 540쪽

원래는 윈스턴 처칠의 《제2차 세계대전》을 소개하려고
했다. 그런데 그렇게 하다보면 《한 권으로 백 권읽기
I》에 너무 많은 전쟁사가 소개되기 때문에 이 책으로 바꾼 것
이다.

저자인 크리스티안 월마는 세계적인 교통·운수 전문가
이자 저널리스트이다. 이 책은 철도의 기원에서 현대까지 세
계의 주요 철도가 언제 어떻게 놓이고 어떻게 발전해왔으며,
철도가 만든 변화는 어떤 것들이 있는지 등등을 역사적인 기
록을 중심으로 설명하고 있다.

철도는 1800년 ~ 1900년에 이르는 한 세기 사이에 세상
을 완전히 바꿔놓았다. 삶의 터전을 거의 벗어나지 않던 사
람들이 철도가 놓인 뒤에는 단 며칠 만에 대륙을 횡단하게

되었다. 철도가 발달한 덕분에 대규모 제조업이 가능해졌고, 산업혁명이 전 세계에 걸쳐 거의 모든 사람의 삶에 영향을 끼쳤다. 휴가를 즐기는 것부터 도시 근교 지역의 팽창 그리고 신선한 우유와 우편 주문에 이르는 온갖 것들이 철도가 등장하면서 가능해졌다.

독자들은 특별히 1장 '철도의 등장'을 주목할 필요가 있다. 최초의 철도가 놓인 때는 워털루 전투(1815)가 끝난 지 15년이 되었을 때인 1830년 9월 리버풀-맨체스터 노선이 놓인 때였다고 한다. 저자는 여기서 만약 철도라는 저렴한 교통수단이 발달하지 않았다면, 산업혁명이 촉발한 경제발전은 오랫동안 영국에 한정된 채 머물렀을 것이라고 썼다. 또한 '철도' 하면 빼 놓을 수 없는 인물, '스티븐슨'에 대하여도 설명하고 있다. 그가 없었다면 전 세계의 철도 표준이 되는 1435mm '표준궤간'이라는 용어도 등장하지 않았을 것이고, 각 나라마다 다른 궤간을 사용하여 서로 왕래할 수도 없었을 것이라고 말한다.

여기서 철도의 다른 이름인 스티븐슨에 대하여 잠시 살펴보자. 조지 스티븐슨에 대한 설명은 책의 이곳저곳에서 자주 소개되지만 간단히 요약하면 다음과 같다.

그는 1871년 가난한 가정에서 태어나 정규 교육을 받지 못하고 열두 살 때부터 일했다. 당시 탄광에서 배수펌프용 증기 기관에 불을 때는 화부였던 아버지의 조수 노릇을 하면서 일을 배웠다. 1814년 그가 첫 번째로 만든 증기 기관차가 상업적인 가능성을 보였다. 우리가 스티븐슨을 흔히 '증기기관차를 만든 사람'으로 부르지만, 사실은 '철도의 아버지'로 부르는 게 타당하다고 본다. 왜냐하면 리버풀-맨체스터 노선을 건설한 것도 그였고 표준궤간을 정착시킨 것도 그였기 때문이다.

2장 '유럽의 철도'에서는 라이프치히-드레스덴 철도(총 연장 240km)의 준공(1839년)을 설명하는 대목이 눈에 띈다. 저자는 이 철도가 지방 국가 시스템으로 분할되어 있던 독일을 하나의 연방으로 통일시켰다고 주장한다.

통일에 대한 열망은 19세기 독일의 지적 운동으로 커졌지만, 국경을 넘나드는 철도의 등장으로 훨씬 쉽게 현실적인 희망이 됐다. 각각 자국 국경을 관리하며 관세를 부과하던 것이 철도로 통합되고, 그 결과 1871년 독일을 구성하는 39개 지방 국가가 마침내 하나의 나라가 된 것이다. (pp70~71)

3장 '영국의 영향'에서는 조지 스티븐슨의 아들 로버트 스티븐슨이 당시 식민지였던 인도의 철도건설에 지대한 영향을 미치면서 관여하였다는 사실을 소개하고 있다.

4장 '미국의 방식'에서 저자는 이렇게 주장한다.

간단히 말해 철도가 없었으면 미국은 지금과 같은 하나의 나라, 즉, 미합중국이 될 수 없었을 것이다. 미국 역사에서 철도의 역할이 잊힌 것은 자동차와 비행기를 사랑한 탓이다. 오늘날에도 철도는 광대한 미국 전역으로 화물을 운송하는 데 중요한 역할을 맡고 있지만, 이를 간과하고 있는 실정이다. (p121)

6장 '아메리카 대륙횡단'에도 흥미로운 내용들이 많다.

중국 출신 노동자들이 일을 매우 잘 한다는 게 드러나자 바로 100명을 더 고용했고, 공사가 정점에 달한 1866년 무렵에는 1만 명에 이르는 전체 인력의 95퍼센트를 차지했다. 철도건설이 끝난 뒤 많은 중국 출신 노동자가 미국에 남으면서 캘리포니아에 중국인 지역 사회가 만들어지는 계기가 되어 여러 지역에서 차이나타운이 생겨났다. (p215)

유니언 퍼시픽 철도의 주주들 또한 그에 못지않게 부정축재를 일삼았다. 릴런드 스탠퍼드는 팔로알토에 스탠퍼드대학교를 설립해 후세 사람들이 오늘날에도 그 이름을 기억한다.

어릴 때 죽은 그의 아들을 기리기 위해 설립한 이 대학은 미국 최고 대학 가운데 하나이다. (p218)

이 책에는 추리소설에도 자주 등장하는 오리엔트 특급 이야기, 1킬로미터 당 120명이 사망하였다는 파나마 철도 건설, 해발 3,185m의 산꼭대기에 3.2킬로미터의 터널을 뚫은 아르헨티나 철도 이야기, 페루-볼리비아 사이의 해발 4,600미터의 철도 건설 이야기 등, 흥미진진한 이야기들도 있다.

이 밖에도 크림반도-아프가니스탄을 연결하는 철도건설을 결정할 당시 러시아 황제가 고려했던 수많은 변수들, 예를 들면 영국, 인도, 아프가니스탄, 일본 등과의 이해관계, 군사이동의 신속성 등등은, 철도의 건설이 단지 인력이나 물자의 수송뿐만이 아니라 해당 지역의 안보까지도 고려해야 할 사항이었음을 시사해 준다. 한마디로 이 책은 철도의 건설, 또는 발달이라는 원래의 주제보다 훨씬 더 폭넓게 전 세계의 역사를 서술하고 있는 훌륭한 책이다.

Group 07

심리학-문화학

아마도 이 책을 설명하는 데에 제일 잘 어울리는 말은 다음 구절이 아닐까 싶다.

"일본인들의 국민성을 가장 잘 파헤친 책!"

태평양전쟁이 한창이던 1944년 6월 미국 국무부는 심각한 고민을 해결하기 위하여 컬럼비아대학교의 인류학 교수인 루스 베네딕트 여사에게 일본 연구를 의뢰한다. 전쟁은 1941년 12월에 일본이 하와이를 공습하면서 시작되었다. 전쟁 발발 후 2년 반이 지나서 이제 전황은 서서히 미국 쪽으로 기울기 시작하였다. 그러나 미국 입장에서는 앞으로 얼마를 더 싸워야 할지, 얼마나 더 많은 미국의 젊은이들이 죽어야 할지 전혀 예측할 수가 없었다. 또 전쟁이 종결되고 나서 얼마 동안은 일본을 통치하여야 할 터인데, 지금까지 전쟁에서 보여준 일본인들의 태도로 보면 수도 없이 많은 폭동이나 저항이 일어날 것은 불을 보듯 자명한 일이었다.

보통 서구의 국가들은 상대국과 전쟁을 벌일 경우 선전 포고를 하고 전쟁을 시작한다. 그러나 일본은 선전포고도 없이 기습으로 전쟁을 시작하였다. 또 전투 도중 부대병력의 20%~30% 정도가 손실을 입으면, 즉, 100명의 병사 중 20~30명 정도가 죽거나 부상당하면 더 이상 전투를 계속할 수 없다고 판단하여 항복을 한 후 나머지 인력을 보존하는 것이 일반적인 상식이다. 그러나 어찌된 일인지 그들이 생전 처음 벌이고 있는 일본과의 전쟁은 전혀 그런 양상을 보이지 않는, 그야말로 지금껏 경험해 보지 못한 전쟁이었다.

루스 베네딕트 여사에게 일본 연구를 의뢰하기 전의 상황을 보면 이러한 미국의 난감한 처지를 십분 이해할 수가 있다. 1944년 6월, 사이판 섬에서 벌어진 전투에서 일본군 수비대 병력 4만여 명 전원이 몰살당하였다. 포로도 거의 없는 상황이었다. 포로가 된 자들도 자의적으로 항복하여 포로가 된 것이 아니고 심하게 부상을 당하여 움직일 수가 없거나 아니면 포격 등으로 기절하여 사로잡힌 경우뿐이었다. 사이판 옥쇄로 잘 알려진 이 전투에서 마지막에는 사이판 서쪽 절벽에서 민간인들마저도 몸을 던져 자살하는 참사까지도 벌어졌다.

도대체 어떻게 이런 일이 일어날 수 있을까?

미국 국무부 전쟁국에서는 앞으로 일본 본토에 상륙하여 점령을 하는 문제와 또 점령 후의 일본국민 통치 문제를 심각하게 고려하지 않을 수 없었다. 그리하여 루스 베네딕트 여사가 본격적으로 일본을 파헤치기 시작하였는데, 흥미로운 점은 베네딕트 여사는 일본을 단 한 차례도 방문한 적이 없는 학자였다는 사실이다. 그러나 그녀는 미국 내에서 활용할 수 있는 모든 자료를 수집하고, 미국 내에서 살고 있는 일본인들을 인터뷰하고, 또 일본을 방문하였거나 현지에서 살아 본 서양 사람들을 만나서 그들과 대담을 하면서 정보를 축적하여, 마침내 2년 후인 1946년에 이 책을 완성하였다.

이 책은 1974년에 국내에 번역본 초판이 나왔다. 나는 이 책 제3판을 1990년대에 사서 두 차례 읽었다. 그리고 이번에 독자 여러분들에게 좀 더 상세히 설명하기 위하여 5판을 2019년 4월에 다시 구입하여 또 한 번을 읽었다. 과거의 3판이나 현재의 5판이나 책의 내용상 바뀐 곳은 없으나 단지 좀 더 편하게 읽도록 줄 수를 28줄에서 23줄로 줄였다는 정도의 변화(과거 28줄 334p, 현재 23줄 406p)만이 있을 뿐이다.

저자는 일본 국민들의 국민성에는 앞뒤가 맞지 않는 모순이 많다고 지적한다. 그래서 책 제목도 평화와 전쟁을 상징하는 '국화와 칼'로 정하였다. 국화는 일본 국민들이 벚꽃과 함께 가장 사랑하는 꽃이다. 칼은 일본인들의 정신세계인 무(武)를 상징하는 도구이다. 평화를 사랑하지만 또한 전쟁도 사랑하는 국민, 참으로 아이러니 아닌가?

저자가 밝힌 여러 가지 일본인들의 특성 가운데에서도 가장 심혈을 기울여 파헤친 부분은 명예 또는 체면에 관한 부분이다. 일본에서는 명예를 잃으면 체면을 잃는 것이고, 그런 사람은 사회에서 죽은 자로 치부된다는 것이다. 그래서 항복을 하는 행위는 곧 명예를 잃는 행위이고 그것은 차라리 죽음만도 못하다는 인식이 깔려 있다고 보았다.

현대 일본인이 자기 자신에게 행하는 가장 극단적인 공격행위는 자살이다. 그들의 신조에 따르면 자살은 적절한 방법으로 행한다면 자신의 오명을 씻고 죽은 후 평판을 회복하는 역할을 한다. 미국에서는 자살을 죄악시하여 절망 끝에 포기하여 굴복한 것으로 치부하지만, 자살을 존경하는 일본인에게는 명확한 목적을 지니고 행하는 훌륭한 행위가 된다. 자살이 이름에 대한 의리에서 당연히 선택할 수밖에 없는 가장 훌륭한 행동방식이 되는 경우도 있다. 설날에 빚을 갚지 못하여 자살하는 채무자, 어떤 불운한 사건에 대하여 책임을 지고 자살하는 관리, 끝내

이루지 못할 연애를 동반자살로 성취하는 젊은이들, 정부의 대
중국 전쟁지연 정책에 죽음으로 항의하는 지사, 시험에 낙제한
학생이나 포로가 되지 않으려고 자살하는 병사… 이들은 최후
의 폭력을 자기 자신에게 가하여 명예를 지키는 것이다. (p217)

저자는 천황숭배 사상에 대하여도 날카롭게 지적하였다.
천황은 일본 종교의 근본인 신도(神道)의 핵심이자 최고 존
엄이다. 그들이 믿는 천황은 신, 그 이상이다. 그것을 이해하
면 비로소 천황이 하사한 사케 한 잔을 받고 감격해 하며 동
쪽을 바라보고 절을 한 후, 유유히 비행기에 몸을 싣고 적의
함정으로 돌진하는 가미카제 비행사의 행동을 이해할 수가
있다. 천황이 항복을 하자 그 전까지만 해도 죽기 살기로 달
려들었던 일본인들이 갑자기 태도를 180도 바꾸어 점령군에
게 고분고분하게 나온 이유도, 그렇게 하는 것만이 천황폐하
의 마음을 편안케 해 드리는 길이었기 때문이다.

국내에 '일본은 있다'거나 '일본은 없다'거나 하는 책들이
많이 있지만 그런 책들에 비하면 이 책은 정말로 빼어난 작
품이다. 또한 이 책은 현지를 방문해 보지 않고 자료만을 가
지고도 얼마든지 훌륭한 연구보고서를 쓸 수 있다는 산 증거
를 보여 준 책이기도 하다.

26. 우리 본성의 선한 천사: 인간은 어떻게 폭력성과 싸워왔는가

스티븐 핑커 저 / 김영남 역 / 사이언스북스 / 1,408쪽

19 54년 캐나다 몬트리올의 유태인 가정에서 태어난 스티븐 핑커는 MIT 교수를 거쳐 현재 하버드대학교 교수로 재직하고 있다. 언어심리학자이자 인지과학자로 세계 100대 사상가, 세계에서 가장 영향력 있는 100인, 세계 100대 지식인에 선정되었다. 그의 책《언어본능》《빈서판》《마음은 어떻게 작동하는가》는 모두가 다 베스트셀러이다.

이 책은 무려 1,400쪽에 달하는 대표적인 '벽돌책'이다. 이 책에 다른 부제목을 붙인다면 아마도 '폭력 감소의 역사'가 적당하지 않을까 싶다. 그는 수많은 철학자, 사상가, 통계학자 들의 연구결과를 인용해 가면서 과거 5천 년 동안에 인류의 행동양식, 그중에서도 특히 폭력이 어떻게 감소하여 왔는가를 자세히 설명해 준다.

많은 도표 중에서도 특히 나의 눈길을 끈 것은 351쪽에 나와 있는 '사망자 수로 집계한 대형사건 일람표'였다. 여기에는 과거에 일어났던 21개 큰 사건(주로 전쟁)에서 사망한 숫자를 1950년대의 인구 수로 조정하여 순위를 매겨 놓았다. 인류 역사상 가장 많은 사망자를 기록한 사건은 무엇이었을까?

놀랍게도 1위는 중국 당나라 현종과 양귀비 시절에 있었던 안록산의 난이었다. 당시 당나라 군대의 절반을 장악하고 있던 터키 혈통의 안록산이 반란을 일으키고 고구려 유민 고선지 장군이 토벌군으로 나서기도 한 9년 전쟁이다. 이 난을 전후하여 3,600만 명이 죽었다고 되어 있는데 이를 1950년대의 인구로 환산하면 무려 4억 3천만 명이나 된다는 것이다. 2위는 몽골의 정복전쟁으로 4,000만명(2억 7천 8백만 명)이다.

저자는 책의 곳곳에서 토마스 홉스가 1651년 저술한《리바이어던》을 인용한다. 리바이어던은 구약성서 욥기에 나오는 죽지 않고 영원히 산다는 거대한 괴물인데, 책에서 홉스는 괴물 리바이어던을 국가에 비유해 국가 유기체를 설명한다. 스티븐 핑커는 소규모의 집단이 국가라는 형태로 발전하자 습격과 복수로 인한 사망자가 1/5 수준으로 떨어졌으며,

유럽의 작은 나라들이 큰 왕국으로 통합되자 다시 사망자 숫자가 1/30로 줄었다고 결론을 내렸다. 그의 주장이 맞는 것은, 현재에 와서는 우리가 남을 죽인다는 생각을 아예 할 수 없는 상태로까지 발전하여 왔고, 사람이 사람을 죽인다면 그게 커다란 뉴스거리가 되는 시대가 되었다. 그러나 조금만 과거로 눈을 돌려 보면 불과 몇 달 만에 30만 명을 죽인 남경 대학살(1937. 12~1938. 2) 같은 사건이 있지 않았던가.

저자는 제8장 '내면의 악마들'에서 사람들이 폭력을 휘두르는 이유를 ①도덕적 간극 ②우세 충동 ③복수심 ④가학성 ⑤이데올로기의 다섯 가지로 분류하였다.

과거에는 폭력이 일상화 하였는데 어떻게 해서 현대로 내려올수록 그런 현상이 점점 줄어들었을까? 결론 부분인 10장 '천사의 날개를 달고'에서 저자가 요약한 부분을 내 나름대로 재해석하면 다음의 여섯 가지로 압축 할 수 있을 것이다.

⑴ 세상은 덜 폭력적인 방향으로 발전해 왔다.

⑵ 핵전쟁의 공포가 전쟁을 막아준 것이 아니라 호혜주의 또는 상호주의가 전쟁을 막아주었다.

⑶ 종교를 믿으면 선해진다는 식의 일반적인 믿음과는 달리, 폭력성의 감소와 종교는 크게 관계가 없다. 공산주의는

무신론이지만 나치즘은 기독교를 차용한 이론이었다. 둘 다 엄청난 생명을 살상하였다.

(4) 인류는 작은 부족 집단 → 부족 국가 → 봉건제후 국가 → 큰 왕국 → 민주주의 국가 순으로 발전하여 왔다. 집단이 커질수록 폭력을 더 잘 통제할 수 있게 되었다. 책에서 그 예를 찾아보면 276쪽에 나와 있는 '유럽국가들의 사형 폐지 연표'를 들 수 있을 것이다. 이 표에는 1775년에는 사형제도가 있는 유럽국가 수가 52개국이였는데(아마도 거의 전부?) 2005년이 되자 3개국을 제외하고는 모든 유럽국가들에서 사형제도가 폐지되었다.

(5) 폭력이 감소한 이유 중 하나로 '여성화'를 든다. 현대로 오면서 여성의 권리가 많이 신장되었는데, 아무래도 여성이 남성보다는 덜 폭력적이라는 것이다. 그러면서 두 발의 원자폭탄을 맞고도 93세까지 살아남은 야마구치의 말을 인용한다. "핵보유국을 다스리는 일은 젖먹이를 가진 엄마에게 맡겨라."라는 말을 남긴 야마구치의 경우를 간략하게 이야기하면 이렇다. 그는 1945년 8월 6일 히로시마에 원폭이 투하되자 자기가 살던 땅을 떠나 피난길에 오른다. 그런데 그가 피난지로 선택한 곳이 바로 나가사키였다. 그는 사흘 후인 8월 9일에 나가사키에서 또 다시 원자폭탄 세례를 받는다.

⑹ 문명과 계몽의 힘이다. 곧 교육과 통신의 발달이라고
할 수 있을 것이다.

과거의 사람들은 얼마나 잔인하였나? 저자는 책의 끝부분
에서 칭기즈칸(1162~1227)의 말을 인용하면서 전쟁의 부도덕
성을 고발한다.

**"남자가 누리는 최고의 즐거움은 적을 정복하여 눈앞에서
쓸어버리는 것이다. 그들의 말을 타고, 그들의 소유물을 훔치
는 것이다. 그들이 소중하게 생각했던 사람들의 얼굴이 눈물
로 얼룩지는 것을 보고, 그들의 아내와 딸을 제 팔로 움켜 안
는 것이다."** (p352)

27. 설득의 심리학

로버트 치알디니 저 / 김호 역 / 21세기북스 / 1,084쪽(전3권)

모두 3권 총 1,084쪽에 달하는 이 책은 가히 마케팅심리학의 교본이라고 해도 좋은 책이다. 대표저자인 로버트 치알디니는 미국 애리조나대학교 심리마케팅학과 교수이다. 다른 두 명의 학자들과 공동으로 집필한 이 책은 전 세계적으로 수백 만 권이 팔린 베스트셀러로, 심리학도는 물론 상대방의 마음을 알고자 하는 일반 대중들도 반드시 읽어야만 하는 필독서로 자리 잡았다.

설득의 달인들이 상대방으로부터 '네'라는 응답을 이끌어내기 위해 사용하는 책략은 수천 가지에 이르지만, 대부분의 책략이 아래의 여섯 가지 범주에 속한다고 한다.

① 상호성의 원칙: 호의는 호의를 부른다.

② 일관성의 원칙: 하나로 통하는 가치를 만들어라.

③ 사회적 증거의 원칙: 다수의 행동이 선이다.

④ 호감의 원칙: 끌리는 사람을 따르고 싶은 이유.

⑤ 권위의 원칙: 전문가에게 의존하려는 경향.

⑥ 희소성의 원칙: 부족하면 더 간절해진다.

책은 1권과 2권에서는 이러한 분류에 따라 하나하나 케이스를 설명하고 있는데, 3권으로 넘어가면 최소의 변화로 최대의 효과를 이끌어내는 이른바 스몰 빅(small Big)의 개념으로 설득 방법을 설명하고 있다.

첫째, 상호성의 원칙

상대방에게 주면 언젠가는 반드시 되돌려 받게 되어 있다는 것이 이 원칙의 기본 개념이다. 상호성의 원칙에는 기본 원칙 아래로 몇 개의 하위 전략들이 나오는데, 그중 하나가 '거절 후 양보 전략'이라고 하는 것이다. 이것을 또 다른 말로 '문전박대 전략'이라고도 하는데, 사람은 누구나 큰 부탁을 거절하고 나면 뒤이어 하는 작은 부탁마저 거절하기가 어렵다는 것이다. 예를 들면, 어느 소년이 다가와서 "보이스카우트 연례총회 입장권($5)을 팔고 있는데 사 줄 수 없겠느냐?" 물어 와서, "토요일은 약속이 있어서 곤란하다."고 하니 곧바로 "그러면 초콜릿 바($1) 하나만 사 달라."고 부탁을 하더란다. 이것과 유사한 것이 또 있는데 그것은 바로 '대조 원리'라는 개념이다. 쉽게 말해서 비싼 양복을 산 사람은 같은 매장에서 넥타이나 와이셔츠를 권할 경우, 그것을 (양복과 비교해서) 몇 푼 안 된다는 생각으로 쉽게 구매한다는 것이다.

둘째, 일관성의 원칙

사람들은 경마장에서 일단 마권을 구입하게 되면 자기가 베팅한 말의 우승확률을 베팅하기 전보다 더 높게 전망한다고 한다. 이런 일관성을 유지하려는 성향은 정치인들을 뽑을 때도 동일하게 작용한다는 것이다. 그래서 자기가 투표한 후보자의 당선확률을 (투표하기 전보다) 더 강하게 지지한다고 한다. 이 이론은 좀 더 확장하면 해병대 출신들이 왜 그렇게도 자기네들의 부대를 자랑스러워하는지도 쉽게 설명이 된다. 학자들의 연구결과에 따르면, 엄청난 어려움과 고통을 이겨내고 뭔가를 얻은 사람은 최소한의 노력으로 같은 것을 획득한 사람보다 그것을 더 가치 있게 여기는 경향이 있다는 것이다.

셋째, 사회적 증거의 원칙

이 원칙은 쉽게 이야기하면 사람은 누구에게나 남이 하는 대로 따라하려는 경향이 있는데, 그 이유는 그래야만 자신이 사회 (또는 조직) 속에서 편안함을 느끼기 때문이라는 것이다. 저자들은 이 이론으로 1977년 전 세계를 경악케 한 남아메리카 가이아나의 존스타운 사건을 설명한다. 인민사원이라고 밝혀진 곳에서 발생한 이 희대의 집단 참극에서 사람들은 그들의 영적 지도자인 짐 존스가 집단자살을 명령하자 신도들 910명이 질서정연하게 죽었다고 한다. 즉, 최초의 여성이 독약을 마시고 죽자 (그 사회적 증거에) 따라 나머지 대다수가 추호의 망설임도 없이 따라 죽었다는 것이다.

넷째, 호감의 원칙

"설득하고 싶으면 친구가 되어라."라는 구호처럼, 이 원칙은 '친한 사람에게는 차마 거절하기가 쉽지 않다.'는 인간의 심리를 이용한 전략이라고 할 수 있다. "남녀를 불문하고 외모가 매력적인 사기꾼이 많다."라는 말이 왜 그렇게 사실과 부합되는지 쉽게 이해시켜 주는 원칙이기도 하다. 여기에는 칭찬, 사랑, 접촉, 협조, 동향, 같은 이름, 스포츠 스타와 같은 것들이 포함된다. 호감의 원칙을 이해하면 대기업에서 스포츠 스타에게 거액의 후원금을 내는 이유가 곧 설명된다. 또한 피라미드식의 판매 전략에 걸려들면 쉽게 빠져나가지 못하는 이유도 쉽게 납득이 된다.

다섯째, 권위의 원칙

연구자들의 연구결과를 종합해 보면, 인간은 권위적인 사람의 명령이라면 아무리 극단적인 수준이더라도 기꺼이 따르려 한다는 것이다. 양복을 입은 사람이 횡단보도를 무단으로 건넜을 때 따라서 무단횡단한 사람들의 비율이, 허름한 옷차림의 사람이 무단횡단했을 때 따라서 무단횡단한 사람들의 숫자보다 두 배가 넘는다는 사례가 대표적인 예이다.

여섯째, 희소성의 원칙

사람들은 희소한 것, 또는 없는 것을 더 갖고 싶어 한다는 이론이다. 이 이론을 활용하여 홈쇼핑 같은 곳에서 시간제한과 물량제한과 같은 전략을 이용하는 것이다. 콜로라도 주에서 140쌍의 연인들을 대상으로 한 조사 결과에 따르면, 결혼에 대한 부모의 반대가 강하면 강할수록 연인들의 사랑이 더 강렬해진다는 연구결과가 있다. (1권 p362)

28. 문화가 중요하다

새뮤얼 헌팅턴 저 / 이종인 역 / 책과함께 / 512쪽

이 책은《문명의 충돌》로 너무나 유명한 하버드대 종신
교수인 새뮤얼 헌팅턴과 세계 석학 23인이 함께 저술
한 책이다. 정확하게는, 2000년대 초반 하버드대학교에서 주
최한 '문화적 가치와 인류발전 프로젝트'에 참가한 인사들이
자신의 연구논문을 발표한 것인데, 그 발표문들을 하나의 책
으로 묶은 것이다.

당시 세미나의 공통 주제는 문화적인 논쟁이었다. 즉, 왜
어떤 나라는 높은 경제 성장을 일구어내고 어떤 나라는 끼
니 걱정을 해야 할 정도로 극심한 가난에 시달리는가? 왜 어
떤 민족은 열악한 환경에서도 부를 일구어내고 어떤 민족은
풍부한 자원을 갖고 있음에도 빈곤을 대물림하여야 하는가?
도대체 이런 부와 가난의 격차, 발전과 정체의 차이는 왜 생

기는 것일까? 등등의 의문점에 대한 해답을 '문화적 차이'라는 요소에서 찾아보고자 하였다.

이 책이 출간 당시 (특히 한국인들에게) 큰 감동을 주었던 이유는 책의 서문에 헌팅턴 교수가 아프리카의 가나와 아시아의 한국을 비교한 대목 때문이었다. 그 구절이 유명세를 타면서 한국인들에게 커다란 자부심을 안겨주었던 것이다. 원문을 그대로 옮겨 본다.

1990년대 초 나는 한국과 가나의 60년대 초반 경제적인 자료들을 검토하게 되었는데, 1960년대 당시 두 나라의 경제상황이 아주 비슷하다는 사실을 발견하고는 깜짝 놀랐다. 무엇보다 양국의 1인당 국민총생산(GNP) 수준이 아주 비슷했으며, 1차 제품(농산품), 2차 제품(공산품), 그리고 서비스의 분포도 비슷했다. 특히 농산품의 경제 점유율이 아주 비슷했다. 당시 한국은 완제품으로 생산하는 2차 제품이 별로 없었다. 게다가 양국은 상당한 경제 원조를 받고 있었다. 30년 뒤 한국은 세계 14위의 경제규모를 가진 산업 강국으로 발전했다. 유수한 다국적기업들을 거느리고 자동차, 전자 장비, 고도로 기술집약적인 2차 제품 등을 수출하는 나라로 부상했다. 국민총생산은 5천억 달러대에 육박했다. 더욱이 한국은 민주제도를 착실히 실천하며 다져나가고 있는 중이다.

반면 가나에서는 이런 발전이 이루어지지 않았다. 가나의 1인당 국민총생산은 한국의 1/15이다. 이런 엄청난 차이를 어떻게 설명할 수 있을까? 물론 여러 가지 요인이 작용했겠지만, 내가 볼 때 '문화'가 결정적 요인이라고 생각한다. 한국인들은 검약, 투자, 근면, 교육, 조직, 기강, 국가정신 등을 하나의 가치로 생각한다. 가나 국민들은 다른 가치관을 가지고 있다. 그러나 간단히 말하면 문화가 결정적으로 중요하다고 생각한다. (pp8 ~9)

여기에 등장하는 소논문의 발표자 하나하나는 가히 경제학, 인류학, 국제법, 사회학, 군사학, 정치학, 여성학, 언론학 등등, 각 분야의 학문을 이끌고 있는 세계 최고의 리더들이다. 목차의 일부를 소개한다.

01 문화가 결정적 차이를 만들어낸다(데이비드 랑드)

02 태도, 가치, 신념, 그리고 번영의 미시경제학(마이클 포터)

03 경제 발전의 새로운 사회학을 위한 소고(제프리 삭스)

09 부패, 문화, 그리고 시장(시무어 마틴 립셋 외)

10 전통적인 믿음과 관습들, 어떤 것이 다른 것보다 더 나은가(로버트 에저틴)

총 22개의 주제이지만 한 연구주제는 두 명의 학자들이 공동 발표한 것이고 또 서론 부분은 새뮤얼 헌팅턴이 썼기 때문에 모두 24명이다. 국가발달사나 문화사를 연구하고자 하는 독자라면 반드시 읽어 보아야 할 필독서이다.

단 하나 조심스러운 점은, 헌팅턴의 지적이 고맙기는 하지만, 아프리카의 가나가 비록 가난하기는 할망정 그들은 나름대로 행복하게 살고 있다는 사실이다. 그러므로 헌팅턴의 한국에 대한 찬사는 행복지수와 연결시켜서 해석하면 안 된다는 것이 나의 생각이다. 단지 한국인들의 문화(나는 그것을 국민성이라 부르겠다.)가 가나 국민들의 문화보다는 더 경제발전에 적합했다는 정도로 이해하면 좋을 것이다. 2019년 현재 한국과 가나의 경제지표는 30배로 더 많이 벌어졌지만(대략 한국 $30,000 : 가나 $1,000) 행복지수 면에서는 어떨지 모르겠다.

Group 08

성장소설

29. 앵무새 죽이기

하퍼 리 저 / 김욱동 역 / 열린책들 / 544쪽

성경 다음으로 많이 팔렸다고 자주 비교되는 책이 2종 있다. 하나는 이 책이고 또 다른 하나는 《천로역정》이다. 하퍼 리(1926 ~ 2016)는 미국 앨라배마 주에서 변호사의 막내로 태어났다. 그런 그녀의 성장 배경 때문인지 이 책에는 변호사 가족의 심리묘사와 재판과정이 아주 잘 표현되어 있다.

1960년에 출간된 《앵무새 죽이기》는 출간 즉시 미국에서 폭발적인 인기를 얻으며 100주 연속 베스트셀러 1위를 기록하였고 다음 해에는 하퍼 리에게 퓰리처상의 영예를 안겨 주었다. 1962년에는 영화화되어 아카데미 시상식에서 8개 부분 노미네이트 되었고, 애티커스 변호사 역을 맡았던 그레고리 펙은 남우주연상을 수상하였다.

1930년대 미국의 앨라배마 강의 어느 작은 가상의 마을 메이콤을 배경으로 펼쳐지는 이 소설은 그 시대의 명암을 그대로 드러낸다. 주인공 스카웃과 항상 붙어 다니는 오빠 젬과 친구 딜, 변호사인 아빠 애티커스 핀치, 이웃에 사는 은둔자 부 래들리의 이야기를 중심으로 구성한 이 책은 출간된 지 60년 가까이가 된 현재에도 정의, 양심, 그리고 용기를 말할 때면 항상 등장하는 작품이다.

"젬 오빠의 팔이 심하게 부러진 것은 오빠가 열세 살이 다 되었을 무렵이었습니다."

이렇게 시작되는 이 책은 주인공 진 루이즈(스카웃)가 어른이 된 후에 자신의 어린 시절 3년(6살 ~ 9살) 동안을 회상하면서 자신과 주변 인물들의 이야기를 풀어나가는 형태로 되어 있다.

스카웃은 변호사인 아빠와 네 살 위인 오빠, 그리고 흑인인 캘퍼니아 아줌마와 함께 산다.

초반에는 스카웃과 젬, 그리고 젬의 친구 딜이 이웃에 있는 은둔자 부 래들리의 집에서 장난을 치며 지내는 장면이 그저 천진난만하기도 하고 아슬아슬하기도 하다. 마치 우리들이 어린 시절 귀신 나오는 집이라고 소문난 폐가 근처를 누가 더 배짱 좋게 기웃거리느냐를 두고 내기했던 장면을 연상시킨다. 이 작품에서는 부 래들리의 집이 바로 1년 내내 문이 굳게 닫혀 있는 '유령의 별장'인 셈이다.

놀이의 하이라이트는 언덕 위에서 폐타이어 속에 스카웃을 들어가게 해 놓고 그걸 밑으로 굴리는 대목이다. 타이어는 굴러가는 힘에 의하여 점점 더 가속도가 붙고 마침내 언덕 밑에 있는 담벼락을 받고 멈추어 선다. 그런데 그 집이 바로 부 래들리의 집이었던 것이다. 하늘이 빙빙 돌아가는 상황에서 겨우 타이어를 빠져 나오는 스카웃, 그런 동생을 닦달하는 오빠 젬, 타이어는 찾아 와야 하지만 겁이 나서 '유령의 별장'에는 접근을 하지 못하는 자매….

개구쟁이들의 이야기가 책의 도입부라면 본격적인 이야기는 애티커스 변호사가 백인 소녀를 강간했다는 혐의를 받고 있는 흑인 톰 로빈슨의 국선변호인으로 활동하면서부터 시작된다. 단지 흑인을 변호하려고 한다는 이유로 마을 사람들은 애티커스를 '깜둥이의 애인'이라고 비아냥거리며 욕을 한다. 많은 메이콤 시민들의 부정적인 시선에도 불구하고 애티커스는 자신의 능력을 최대한 발휘하여 톰을 변호한다.

애티커스가 톰 로빈슨 재판의 방청을 허락하지 않았기 때문에 스카웃과 젬과 딜은 몰래 흑인 구역에서 재판을 구경하였다. 재판에서 변호사 애티커스는 고소인인 메이엘라와 그녀의 아버지이자 마을의 술주정뱅이인 밥 어웰이 거짓말을 하고 있다는 것을 입증한다. 메이엘라가 톰에게 성적으로 접근했고, 그러자 그것을 본 그녀의 아버지가 그녀를 폭행했다는 사실을 밝혀낸 것이다. 그러나 배심원들은 무죄를 입증할 증거가 충분함에도 불구하고 유죄를 선고한다. 판결에 절망한 톰은 감옥에서 탈출하려다가 총에 맞아 죽는다.

재판에서는 이겼지만 재판 과정에서 창피를 당한, 밥 어웰은 복수를 계획한다. 그는 학교 할로윈 축제 행렬에서 벗어나 집으로 돌아가던 무방비 상태의 젬과 스카웃을 공격한다. 싸우는 과정에서 젬의 팔이 부러지지만, 이 혼란의 한 복판에서 누군가가 나타나 아이들을 구한다. 이 알 수 없는 남자는 젬을 집으로 옮겨서 구해준다. 스카웃은 오빠를 구해준 사람이 바로 세상과 단절한 채 살아온 '유령의 별장'의 주인인 부 래들리임을 깨닫는다.

래들리 집의 현관에 서 있는 동안, 스카웃은 부 래들리의 입장에서 그의 삶을 상상해보게 된다. 그리고 자신과 오빠에게 보내준 부 래들리의 선물에 대해 보답하지 못한 것을 미안해한다.

왜 책 제목이 '앵무새 죽이기'인가?

앵무새는 인간에게 아름다운 노래를 선물할 뿐, 해를 끼치지 않는 동물이다. 그러나 우리의 편견이나 오해로 인하여 앵무새를 죽일 수도 있다. 당시의 미국 사회가 바로 그랬다. 이 책에는 미국 사회의 흑인에 대한 폭력이 법정이라는 장소를 통하여 고스란히 드러난다. 메이엘라를 강간했다는 죄를 뒤집어쓰고 있는 톰 로빈슨이라는 흑인 청년은 사실 아무런 잘못이 없다. 그러나 백인들의 흑인에 대한 심각한 편견이 그를 결국 죽음으로 몰고 간다. 그래서 작가는 어린 소녀의 입을 통하여 당시의 심각했던 인종차별을 고발하고 있는 것이다.

"물론이죠, 아빠. 전 이해하고 있어요."

"이해하고 있다니, 그게 무슨 뜻이냐?"

"글쎄요, 말하자면 앵무새를 쏴 죽이는 것과 같은 뜻이죠." (p509)

미국 독립선언문에는 '모든 인간은 평등하게 창조되었다.'라고 명시되어 있다. 그러나 여기에서 말하는 '인간'에는 흑인과 유색인종은 말할 것도 없고 여성도 빠져 있었다. 작가는 그런 모순에 과감히 도전장을 던졌고, 그녀의 도전은 멋지게 성공하였다.

30. 연을 쫓는 아이

할레드 호세이니 저 / 이미선 역 / 열림원 / 564쪽

이 소설은 아프가니스탄 출신 미국 이민자인 할레드 호세이니가 2003년 미국에서 발표하자마자 미국을 비롯한 전 세계 40여 개국의 언어로 번역되어 돌풍을 일으켰을 뿐만 아니라, 2008년에는 영화로도 만들어진 소설이다. 우선 책의 내용을 간략하게 살펴보자.

주인공 아미르는 1963년에 카불에서 태어난 파쉬툰족(수니파)이다. 그의 모친은 아미르를 낳으면서 죽었고 아버지 바바는 부유한 상인이다. 아미르의 어렸을 적 가장 친한 친구 하산은 아미르 집안의 하인의 아들로 하자라족(시아파)이다. (이 책에서는 어느 부족인가 하는 혈통이 굉장히 중요하며 그런 이야기가 계속하여 나온다.)

아미르는 충실한 하인 하산과 친형제 이상으로 가깝게 지내지만 전통축제인 연날리기 대회가 끝나는 어느 날, 하산이 동네의 불량배로부터 강간을 당하는 장면을 숨어서 목격하면서도 모른 척 한다. (내가 중동과 아프리카에서 5년을 지내보았는데 그곳에서는 남자가 남자를 강간하는 일이 아주 흔하게 벌어진다.)

소련의 아프간 침공(1979년) 후, 아미르 가족의 행복했던 삶은 끝이 난다. 그의 아버지는 아홉 살의 아미르를 데리고 파키스탄을 거쳐 미국으로 도망친다. 카불의 화려한 저택도, 그가 심혈을 기울여 지은 고아원도, 재산도 모두 버려두고 간신히 몸만 빠져나오는 것이다. 미국 샌프란시스코 근교에 정착하여 벼룩시장에서 함께 고생을 하며 살게 되자 부자간의 관계도 회복되어간다. 아미르는 벼룩시장에서 만난 아프가니스탄 전직 장군의 딸 소라야와 결혼한다. 그리고 얼마 후 아버지 바바가 암으로 세상을 떠난다.

아미르가 결혼까지 하고 이제 작가로서의 삶으로 어느 정도 기반을 잡아가던 어느 날, 파키스탄에 있는 라힘 칸으로부터 한 통의 전화가 걸려온다. 라힘 칸은 아버지의 친구이자 사업 동반자였고 아미르가 어린 시절 그의 글쓰기 솜씨를 칭찬해 주며 어린 아미르에게 꿈을 심어주었던 사람이다. 라힘 칸의 전화에 이끌려 아미르는 파키스탄으로 떠나고, 거기에서 하산이 이복동생이었다는 충격적인 사실을 알게 된다. 그리고 하산과 그의 아내가 탈레반으로부터 비극적인 죽임을 당했다는 이야기를 듣고, 혼자 남겨진 하산의 아들 소랍을 구해달라는 라힘 칸의 마지막 부탁을 받는다.

천신만고 끝에 아미르는 아프가니스탄에 들어가 소랍을 찾아내어 파키스탄으로 데리고 나온다. 그러나 미국으로 데려가는 일이 그야말로 첩첩산중이다. 이 과정에서 소랍은 자신이 고아원에 다시 버려질지도 모른다는 두려움에 면도칼로 손목을 긋는 극단적인 선택을 한다. 또다시 엄청난 소동과 희생을 치른 후 마침내 아미르는 소랍을 미국으로 데려와 양자로 삼는다. 그러나 파키스탄에서부터 시작된 소랍의 무언증은 회복될 줄을 모른다.

소랍을 미국에 데려오고 일 년쯤 지난 어느 겨울날, 아미르가 살고 있는 지역에서 아프가니스탄 동향인들의 연싸움 대회가 진행된다. 아미르는 소랍이 연싸움을 구경하면서 눈에 생기가 돌아오는 것을 발견한다. 마침내 상대의 연을 잘라낸 아미르는, 소랍을 위해 떨어진 연을 쫓아 달려가며 이 책은 대단원의 막을 내린다.

우연히 연을 날리면서 하산과 연 날리던 이야기를 소랍에

게 했다. 그리고 실력을 발휘해서 녹색연과 싸워 이겼다. 소랍의 한쪽 입가에 미소가 스치는 듯했다.

"저 연을 잡아다 줄까?"

소랍이 침을 삼키자 후골이 오르락내리락했다. 바람에 그의 머리가 들어 올려졌다. 고개를 끄덕이는 것 같았다.

"너를 위해서라면 천 번이라도 그렇게 해주마."

나는 몸을 돌려 달리기 시작했다. (p556)

그런데 이말은 소랍의 아버지인 하산이 30여 년 전에 주인인 아미르에게 자주 했던 말이었다.

"하산, 꼭 연을 잡아 와!"

내가 소리쳤다. 고무장화로 눈을 걷어차며 이미 길모퉁이를 돌아가던 그가 멈춰서 뒤를 돌아보며 두 손을 동그랗게 만들어서 입에 대고 소리쳤다.

"도련님을 위해서라면 천 번이라도 그렇게 할게요."

(p105)

이 책을 읽은 독자들은 하나같이 550페이지를 언제 다 읽었는지도 모를 정도로 몰입감이 뛰어나다는 찬사를 아끼지 않는다. 왜 그럴까를 생각해 보았다.

첫째, 나이 많은 독자들은 이 책에 상당히 공감하는 부분이 많을 듯하다. 겨울철에 연을 날리며 연싸움을 하고 줄이 끊어져 팔랑거리며 떨어져가는 연을 쫓아 달음질하던 어린 시절을 떠올릴 수 있다.

둘째, 젊은 독자층의 경우에도 어린 시절 부모로부터 인정받고 싶어 하던 자신의 모습을 떠올릴 수 있기 때문이다. 책에서, 아버지 바바는 무뚝뚝하고 남자다움만을 강조하는 성격이다. 아들은 소심하고 내성적이며 글쓰기를 좋아하지만 그런 아들을 인정해 주지 않는다.

셋째, 우리들이 언론과 방송을 통하여 대략 알고 있는 아프가니스탄의 공산화 과정이 저자의 경험을 통하여 자세히 소개되고 있다는 사실이다. 섬뜩한 장면도 많이 등장한다.

넷째, 이 책의 전체를 관통하고 있는 주제인 인간의 양심과 그로 인한 고뇌의 문제이다. 아미르는 어렸을 때 하산이 성폭행당하는 장면을 몰래 숨어서 지켜보며 모른 척 하고, 그런 자신을 정당화하기 위해서 하산이 돈을 훔쳤다고 오히려 거짓말을 하여 하산을 집에서 쫓아냈다. 그로 인해 아미르는 평생 동안 죄책감의 고통에 시달린다.

그런데 이 책 중국작가 루쉰의 《고향》과 많이 닮았다. 배경, 주종관계, 하인의 아들, 어린 시절을 회상하는 것, 등등이 똑같다. 아마도 루쉰으로부터 많은 영향을 받은 것 같다. 뭐, 그래도 표절이라고 할 정도는 아니라고 본다.

31. 젊은 베르테르의 슬픔

요한 볼프강 폰 괴테 저 / 안장혁 역 / 문학동네 / 216쪽

독일을 대표하는 대문호 괴테, 특히 프랑크푸르트는 도서박람회로 유명한 도시이기도 하지만 괴테로 대표되는 도시라고도 할 수 있다.

이 작품은 괴테가 25세 때인 1774년에 14주 만에 완성하여 세상에 내 놓은 작품이다. 스토리 전개는 친구 빌헬름에게 사랑하는 여인에 대한 실연과 상실을 토로하는 내용이 주를 이루는 편지를 묶은 형식으로, '베르테르 효과'라는 용어까지 탄생시킨 작품이다.

소설의 주인공 베르테르는 약혼자가 있는 로테라는 여인을 사랑하지만, 그녀가 자신의 사랑을 받아들여주지 않자 깊은 실의에 빠진다. 결국 베르테르는 로테와의 추억이 깃든 옷을 입고 권총 자살을 한다.

내용을 조금만 더 깊이 들어가 보기로 한다.

베르테르는 어느 무도회에서 로테라는 아가씨와 파트너가 되어 춤을 추게 된다. 베르테르는 그녀에게 한눈에 반하게 되고 내가 사랑하고 그리워하는 아가씨는 다른 어떤 남자와도 왈츠를 못 추게 해야겠다고 마음으로 다짐한다. 그러나 그녀에게는 이미 알베르트라는 아주 점잖고 씩씩하고 잘난 신사가 있으니 어찌하랴? 로테를 사랑하고 그녀의 동생들을 귀여워해 주었던 베르테르는 결국 자살로 자신의 이룰 수 없는 사랑을 영원히 간직하려고 마음먹는다.

이 이야기는 괴테 자신의 이야기와 친구인 예루살렘의 이야기를 합쳐놓은 것이라고 한다. 한 때 약혼자가 있던 여인을 사랑했던 괴테. 그는 결국 그녀를 피해 다른 곳으로 도망치듯 떠난 경험을 가지고 있었고, 또 그의 친구인 예루살렘 역시도 남편이 있는 부인을 사랑했고 결국 자살로 사랑을 마감하고 만다.

내가 1980년대와 1990년대에 이 책을 두세 차례 읽을 때까지만 해도 이해하기 힘든 부분이 많이 있었다. 즉, 결혼을 해서 가정을 꾸리고 남편을 사랑하면서도 계속 베르테르의 왕래를 허락하고 교우관계를 계속하는 로테, 그런 아내나 베르테르를 계속 허용하는 남편 알베르트가 이해하기 힘들었다. 그러나 진짜 이해하기 힘들었던 부분은 베르테르가 자살을 하는 도구로 알베르트 소유의 권총을 선택했다는 점이었다. 우리네 상식 같으면 산에 가서 목을 매고 죽거나 투신자살을 할 일이지, 어떻게 하여 애인의 남편에게 권총을 빌려서 그것으로 자살을 할 생각을 하였을까?

"알베르트가 당신의 남편이라는 것, 그것이 무어란 말입니까? 남편! 그것은 오직 이 세상에서만의 이야기가 아닙니까? 이 세상에서는 죄가 될는지도 모릅니다. 내가 당신을 사랑하고 당신을 남편의 팔에서 내 팔 속으로 빼앗아 온다는 것이 말입니다. 좋습니다. 나는 스스로 나 자신에게 벌을 주겠습니다. 나는 그 죄의 천국같은 기쁨을 남김없이 맛보는 동시에 생명의 그윽한 향기와 힘을 내 가슴속 가득히 들이마셨습니다. 당신은 이 순간부터 저의 것입니다. 오오, 로테, 나는 먼저 갑니다. 하늘에 계신 아버지의 곁으로. (…) 여행을 하려고 하는데, 선생의 권총을 빌려주시겠습니까? 그럼 안녕히 계십시오." (pp200~201)

그러나 그것을 자기의 명예를 유지하며 삶을 마감한다는 서구인의 시각에서 바라보면서 마침내 이해되기 시작하였다. 즉, "권총자살은 상대방이 없는 결투에서 자신이 진 것이기 때문에 자신의 명예를 끝까지 지킬 수 있다"(한석천 2011)

자살 연구자들의 위와 같은 해석을 염두에 두고 아래 베르테르의 마지막 편지를 찬찬히 훑어보면서 베르테르의 편에 조금 더 가까워지는 기분을 느낄 수 있었다.

"알베르트 씨, 나는 당신의 호의를 악으로 보답하였습니다. 그러나 당신은 나를 용서해 주겠죠. 나는 당신의 평화를 방해했고, 당신들 부부 사이에 불신과 의혹의 씨를 뿌렸습니다. 안녕히 계십시오! 나는 이제 끝내려 합니다. 오오, 나의 죽음으로 해서 그대들이 부디 행복해지기를 바랍니다. 알베르트! 알베르트! 저 천사를 제발 행복하게 해 주십시오!" (p207)

그러니 이 작품이 숭고한 사랑의 바이블이라고 후세 사람들로부터 두고두고 칭송을 받는 것이 아니겠는가. 그래서 오늘도 괴테를 그리워하는 세상의 모든 사람들이 괴테의 책을 읽고, 프랑크푸르트의 괴테하우스를 방문하고(나도 두 번 가 보았다.), 또 이런 저런 모양으로 그의 삶을 추억하려고 하는 것이 아닐까. 우리들에게 이룰 수 없는 사랑을 끝까지 고이 간직하려면 어떻게 해야 되는지를 알려주고 떠난 아름답고 순수한 사람이기에.

"로테! 될 수만 있다면 당신을 위해서 목숨을 바치고 싶었

습니다. 당신을 위해 이 몸을 바치는 행복을 누려봤으면 했던 것입니다. 로테! 당신이 손을 대고 만져서, 거룩하고 정결해진 이 옷을 입은 채로 나는 묻히고 싶습니다. (…) 이 분홍색 리본은 내가 처음으로 당신을 만났을 때, 당신이 가슴에 달고 있었던 것입니다. 그때 당신은 어린애들에게 둘러싸여 있었습니다. 아아, 어린애들에게 천 번이라도 키스를 해 주십시오. 그리고 이 불쌍한 친구의 운명을 이야기해 주십시오." (p210)

32. 호밀밭의 파수꾼

J. D. 샐린저 저 / 공경희 역 / 민음사 / 280쪽

19 51년에 발표된 J. D. 샐린저의 장편으로 자신의 체험을 소재로 쓴 성장소설이다. 그가 본 세상은 허위와 위선으로 가득 차 있는 곳이다. 그래서 콜필드는 자신이 다니던 학교마다 적응하지 못하고 결국 네 번째 고등학교에서도 퇴학당하고 뉴욕의 밤거리를 헤매는 신세가 된다. 이 책은 세상에 마음 붙일 곳이라고는 없는 어느 고등학생이 자신이 성장해 가는 과정을 10대들 특유의 비속어를 사용하며 사실적으로 고발하는 내용이다.

주인공 콜필드의 퇴학 사유는 성적불량이지만 그 심층에는 소년에서 성인으로 넘어가는 성장과정의 혼란이 자리하고 있다. 감수성이 예민한 소년 콜필드에게는 변호사인 아버지도, 교장선생님도, 바텐더나 엘리베이터 보이나 창녀도 모

두가 하나같이 돈만 좇는 위선자들일 뿐이다. 현대사회의 추악한 속물근성에 염증을 느낀 그는 공부에 대한 의욕을 완전히 상실해 버린다. 그리고 남들이 다 명문 사립학교라고 말하는 펜실배니아의 펜시 고등학교에서도 적응하지 못한 채 대학에 가기를 거부한다. 마음을 털어놓을 친구조차 없는 낙제아 홀든 콜필드는 집으로 돌아갈 용기가 나지 않아 낯선 뉴욕의 뒷골목을 떠돌며 오염된 현실세계에 직면하고 더욱 큰 상실감을 맛보게 된다. 그는 호텔 엘리베이터 보이가 소개해 준 창녀로부터 세상의 비정함을 맛본다. 짧은 밤은 5달러라고 알고 여자를 받았지만 창녀 서니는 10달러를 요구한다. 뚱쟁이 모리스도 자신은 5달러를 말한 적이 없다고 이야기한다. 이런 경험을 하면서 콜필드는 '세상이 돈만 안다.'는 생각을 더욱 굳히고 세상을 더 냉소적으로 보게 된다.

뭐니 뭐니 해도 이 책의 압권은 거의 마지막 부분, 콜필드가 동생 피비와 나누는 대화에 있다. 동생은 오빠에게 "과학자는 머리가 나빠서 될 수가 없고, 변호사는 아빠와 같은 위선이 싫어서 되고 싶지 않다."라고 말한다. 그때에 콜필드가 "내가 뭘 하고 싶은지 알고 싶어?"라면서 자신의 꿈을 이야기하는 대목이다.

"나는 늘 넓은 호밀밭에서 꼬마들이 재미있게 놀고 있는

모습을 상상하곤 했어. 어린애들만 수천 명이 있을 뿐 주위에 어른이라고는 나밖에 없는 거야. 그리고 난 아득한 절벽 옆에 서 있어. 내가 할 일은 아이들이 절벽으로 떨어질 것 같으면, 재빨리 붙잡아 주는 거야. (…) 말하자면 호밀밭의 파수꾼이 되고 싶다고나 할까. 바보 같은 얘기라는 건 알고 있어. 하지 만 정말 내가 되고 싶은 건 그거야."(pp229~230)

그리고 피비가 놀이공원에서 회전목마를 타는 광경을 비에 흠뻑 젖은 채로 바라보면서 자신이 느끼는 행복을 이야기 한다. 다음의 독백을 통해서 우리는 10대 오빠가 여동생으로 인해서 느꼈을 법한 행복을 간접 경험해 볼 수 있을 것이다.

피비가 목마를 타고 돌아가는 걸 보며 불현 듯 난 행복함을 느꼈으므로, 너무 행복해서 큰소리를 마구 지르고 싶을 정도 였다. 왜 그랬는지는 모르겠다. 그냥 피비가 파란 코트를 입고 회전목마 위에서 빙글빙글 도는 모습이 너무 예뻐 보였다. 정 말이다. 누구한테라도 보여주고 싶을 정도로. (p278)

주인공 콜필드가 방황 속에 만난 많은 사람들은 한결 같 이 신뢰할 수 없는 사람들뿐이었다. 이 같은 기성세대의 위 선과 비열함에 절망한 주인공은 어린아이들에게 애정을 갖 게 되고, 호밀밭에서 뛰어노는 아이들의 안전을 지켜주는 파 수꾼이 되고 싶어한다는 것이 이 책의 주된 메시지이다. 질

식할 것 같은 뉴욕을 벗어나 한적한 숲속에서 살고자 먼 곳으로 떠나려고 결심한 주인공은 그러나 여동생 피비의 믿음과 사랑 속에서 희망을 발견하고 떠나기를 포기한다. 피비의 맑은 영혼이야말로 고독한 호밀밭의 파수꾼 콜필드를 지켜주는 진짜 '파수꾼'이었던 셈이다.

이 책의 맨 마지막 장면은 주인공이 정신병원에서 느끼는 감상이다. 의사들은 콜필드가 9월부터 학교로 돌아가면 학교생활에 잘 적응하며 열심히 공부 할 것인지를 물어본다. 그런데 주인공의 태도는 유보적이다. '실제로 해 보기 전에 누가 어찌 알겠는가?'라는 게 그의 답변이다.

세계명작 I

33. 바베트의 만찬

이자크 디네센 저 / 추미옥 역 / 문학동네 / 83쪽

" **이** 상은 나보다는 다음의 세 사람, 칼 샌드버그, 버나
드 베렌슨, 그리고 아름다운 작가 이자크 디네센에
게 돌아갔어야 한다."

이 말은 1954년 노벨문학상 수상자인 어니스트 헤밍웨이
가 한 말이다. 헤밍웨이가 자신이 노벨문학상 수상자로 선정
되었다는 사실을 미안해 할 정도로 이자크 디네센은 실력있
는 작가이다. 그녀는 두 차례나 노벨문학상 후보로 올라갔지
만 상을 받지는 못했다.

이자크 디네센은 덴마크의 작가로 영화《아웃 오브 아프
리카》의 원작자로 잘 알려진 인물이다.《바베트의 만찬》이라
는 작품은 단편이라고 하기에는 좀 길고 중편이라고 하기에
는 좀 짧은 소설이다.

노르웨이 피오르 지역의 조그만 산골 베르레보그라는 마을에 사는 마르티네와 필리파 두 자매의 아버지는 노르웨이 전역에서 인정을 받고 있는 독실한 목사이자 마을 사람들의 정신적 지도자였다. 하지만 목사가 죽은 후, 신도 수는 줄고 그나마 남은 늙은 신도들도 서로 다투는 일이 잦아졌다. 그럼에도 자매는 아버지를 대신해 늙은 신도들을 돌보며 조용하고 금욕적인 삶을 살아간다. 젊은 시절, 언니 마르티네는 잘생긴 청년 장교 로벤히엘름의 사랑을 받았으며, 아름다운 목소리를 가진 동생 필리파는 유명한 가수 아실 파팽에 대한 추억을 지니고 있다.

이렇듯 가난하게 살아가고 있는 그들 자매에게 비 내리는 어느 날 밤, 집 앞에 거의 다 쓰러질 정도로 지친 여인, 바베트가 찾아온다. 그녀는 이때부터 이들 자매와 한 집에서 살게 되는데 아무런 보수도 바라지 않을뿐더러 두 자매가 살림하는 것보다 오히려 살림을 더 알뜰하게 잘 꾸려 나간다.

12월 15일은 죽은 아버지 목사의 100번째 생일이 되는 날이다. 그해 여름, 프랑스로부터 한 통의 편지가 당도한다. 프랑스어로 되어 있는 편지를 읽은 바베트는 담담한 어조로 자신이 1만 프랑의 복권에 당첨되었다는 사실을 밝힌다. 그러면서 그녀는 두 자매에게 소원이 있는데 들어달라고 부탁한다. 바베트의 부탁이란 다름이 아니라 돌아가신 목사의 100번째 생일잔치를 자기가 차리겠으며, 그 요리는 프랑스 요리로 할 것이고, 거기에 드는 비용은 자기가 다 부담하겠다는 것이었다.

무보수로 12년 동안 일해 준 것만도 미안한데 그럴 수는 없다고 자매가 완강하게 거절하자 바베트는 이런 말로 자매를 설득한다.

"마님들, 지난 12년 동안 제가 무슨 부탁을 해 본 적이 있나요? 마님들은 날마다 기도하시지요? 그렇다면 이번에는 제 기도를 기쁘게 받아주세요."

바베트는 자매의 허락이 떨어지자 열흘 간 휴가를 내고 프랑스를 왕복하는 선편에 부탁하여 최고급 재료를 주문하는데, 화물이 도착하여 보니 거기에는 갖가지 식재료는 물론 커다란 거북까지도 눈을 껌뻑이며 들어 있는 것이 아닌가. 바베트는 이 재료를 가지고 보조 요리사까지 초청하여 최고의 요리를 만들기 시작한다.

이렇게 하여 마침내 일요일 저녁, 흰 눈이 온 대지를 수북이 덮은 가운데 만찬이 시작되었다. 만찬에 초대되어 온 12명의 마을 사람들은 그렇게 훌륭하고 맛있고 아름다운 요리를 생전 구경해 본 적이 없었다. 이날의 만찬으로 작은 산골

마을에는 목사가 떠나고 감돌던 갈등도 모두 사라지고 사람들은 오랜만에 손에 손을 맞잡고 찬송을 부르며 진정한 화해의 기쁨과 평화를 맛보게 된다.

만찬이 다 끝난 후 바베트는 비로소 진실을 고백하기 시작한다. 자신은 프랑스 파리 카페 앙굴렘의 최고의 요리사였으며 혁명 때 불쌍한 민중들을 위하여 그들 편에 서게 되었고, 그리하여 모든 것을 다 잃고 여기에 정착하였노라고. 그리고 자신은 결코 여기 두 마님의 곁을 떠나지 않을 것이라고도 덧붙였다. 오늘 저녁의 만찬을 위하여 1만 프랑을 다 써버렸지만 자신은 결코 후회하지 않는다면서, 파리 최고의 요리사는 최고의 예술가이며 또 최고의 예술가에게는 세상 사람들이 모르는 그 무엇이 있노라고 덧붙인다.

성경, 북유럽의 전설, 그리고 동화의 세계를 자유로이 오가는 이자크 디네센의 대표 단편 《바베트의 만찬》은 한 편의 우화 같다. 그런 의미에서 이 책은 '성인들을 위한 동화'라고 해도 무방할 듯하다.

34. 제인에어

샬롯 브론테 저 / 동서문화사 / 643쪽

샬롯 브론테의 《제인 에어》는 영국을 대표하는 문학작품이다. 모두가 다 알고 있는 내용이지만 우선 줄거리를 아주 짧게 요약해 본다.

제인 에어는 애정 없는 외숙모 리드 부인에게 몸을 의지하고 있는 고아이다. 제인은 외숙모의 냉혹한 대우에 반항하다 로우드 자선학교로 쫓겨나게 된다. 제인은 학생에서 교사가 되기까지 로우드 자선학교에 머물렀고, 그 다음에는 사회에 나와 에드워드 로체스터의 양녀 아델라의 가정교사가 된다. 냉소적이고 신비한 매력을 지닌 로체스터는 손필드 저택의 주인이다. 제인은 미인은 아니지만 아무것도 두려워하지 않는다. 그녀의 강인한 정신과 날카로운 재능에 로체스터는 마음을 빼앗기고 두 사람은 사랑에 빠진다. 그러나 두 사람의 결혼은 제단 앞에서 중단된다. 로체스터에게는 손필드 저택 다락방에 갇혀 있는 버사라는 미친 아내가 있다는 사실이 밝혀졌기 때문이다. 제인은 저택을 도망쳐 나와 리버스 집안의 도움으로 구조된다. 세인트 존 리버스는 제인에게 자신의 아내가 되어 인도로 전도하러 가는데 함께 가달라고 제안한다. 그러나 무언가에 홀리듯 제인이 손필드로 돌아와 보니 저택은 불탔고 로체스터의 아내는 죽어 있었다. 로체스터 자신도 아내를 구하려고 하다가 화상을 입어 맹인이 되고 말았다. 제인은 절망에 빠져 있는 로체스터와 재회하고, 두 사람은 결혼하여 행복한 삶을 시작한다.

이상이 아주 간단한 줄거리이지만 여기에는 작가인 샬롯 브론테의 비참한 가정사가 녹아있다. 샬롯은 1816년 영국 요크셔의 손턴에서 가난한 목사의 딸로 태어났다. 아버지 패트릭 브론테는 당시로서는 상당한 인텔리 축에 속하는 사람으로 케임브리지 대학교의 세인트 존스 칼리지를 졸업하고 하워스 교구의 목사로 부임하였다.

샬롯이 어린 시절을 보냈던 하워스는 황량한 들판으로 250미터 정도의 작은 언덕에 위치한 이 시골 마을은 겨울철이면 끝없는 습기와 거세고 차가운 바람, 마을을 온통 덮어 버리는 폭설에 시달리는 곳이었다. 이런 자연적인 배경은 제 인 에어의 전편에 이런 저런 모양으로 자주 묘사된다. 그래 서 《제인 에어》에는 첫 문장에서부터 이런 장면이 등장한다.

"그날은 더 이상 산책을 할 수 없는 날씨였다. 겨울의 차가 운 북풍이 먹구름을 몰고 와 피부를 찌르는 듯한 비가 쏟아져 밖에서 운동 같은 건 할 수 없었기 때문이다." (p11)

샬롯 브론테의 작품을 관통하는 또 하나의 큰 주제는 비 참한 가족사이다. 당시 요크셔의 손턴 지방에서 살던 주민들 의 평균 수명은 그저 30세 정도였고 여섯 살을 넘겨서까지 생존한 아이들은 절반 정도밖에 되지 않았다. 샬롯 브론테의 가족도 예외는 아니어서 샬롯의 나이 여섯 살 때 어머니를 여의고 이어서 두 언니들(10살~11살)을 잃었다. 또 살아남았 던 두 여동생 에밀리와 앤, 그리고 남동생 브런웰 브론테도 모두 30살을 전후하여 한꺼번에 죽는다. 《제인에어》의 음울 한 분위기는 바로 이런 가족들의 죽음과 무관치 않다.

《제인 에어》에 많은 분량으로 소개되는 기숙학교의 이야 기와 가정교사 이야기도 실제로 저자의 어린 시절 경험에 바 탕을 두고 각색한 것이다. 샬롯은 코완 브리지 기숙학교에 2 년 동안 다녔고 미스 울러의 학교에도 다녔으며, 미스 울러의 학교에서는 교사로 일하기도 했으며, 그 후 몇 군데에서 가정교사를 하기도 했다.

이런 여러 가지 열악한 환경 속에서도 샬롯 브론테가《제인 에어》라는 불후의 명저를 쓸 수 있었던 원인은 어린 시절 동생들과 함께 책을 읽고 이야기를 나누며 꿈을 키웠기 때문이었다. 그녀가 읽었다고 알려진 작품들로는《천로역정》《실낙원》《지리학총람》《이솝 이야기》《아라비안 나이트》등의 도서류와《레이디스 매거진》《블랙우드 에딘버러 매거진》등의 잡지류가 있다. 어린시절 독서의 경험이 후일 샬롯 브론테의《제인 에어》는 물론 동생 에밀리 브론테의《폭풍의 언덕》그리고 막내 앤 브론테의《아그네스 그레이》라는 대작들을 탄생시킨 자양분이 된 것이다.

그래도 독자들에게는 "교육을 많이 받지 못한 것 같은데 그런 책 몇 권 읽고 이야기 좀 나누었다고 그런 훌륭한 작품을 쓸 수 있을까?"라는 질문이 남아 있을 것이다. 거기에는 당시 영국의 가정교사라는 직업을 이해하여야만 한다. 당시 그 집에 얹혀서 살며 아이를 가르치는 가정교사는 상당한 지식수준을 요구하는 직업이었다. 샬롯의 정규교육은 기숙학교 두 군데에서의 배움과 교사생활, 그리고 브뤼셀에서의 유학경험이 전부였지만, 그녀는 유능한 가정교사가 되기 위하여 프랑스어, 영어, 음악, 지리, 문학, 재봉 등, 다양한 분야에 많은 지식과 경험을 쌓으려고 끝없이 노력하였다.

《제인 에어》가 불후의 명작으로 두고두고 사람들에게 사랑받는 이유는 무엇보다도 주인공 제인이 불우한 환경에서도 좌절하지 않고 마침내 행복을 찾기 때문이 아닐까 싶다.

"물론이죠, 당신의 간호사, 당신의 하녀가 되겠습니다. 당신의 말 상대가 되어 책도 읽어드리고 같이 산책도 하고 같이 놀기도 하고, 당신 곁에서 시중도 들고 눈이 되고 손이 되겠어요. 제 목숨이 붙어 있는 한 당신을 버리지 않겠어요." (p543)

그 후의 이야기는 우리가 다 아는 대로, 남편을 데리고 런던으로 가서 유명한 안과 의사에게 수술을 받아 눈의 시력을 어느 정도 회복하고 행복하게 산다는 이야기이다.

샬롯 브론테의 기본 뼈대 역시도 성경이다. 다음 성서 구절은 이 책의 제일 끝 문장으로 성경의 요한계시록 22장 20절에 나오는 말씀이다.

"주님은 나에게 이미 알려주셨습니다. '그렇다. 나는 속히 가리라.' 그러면 나는 언제나 더 열의를 가지고 '아멘! 주여 어서 오시옵소서.' 라고 대답합니다." (p565)

35. 동물농장

조지 오웰 저 / 박경서 역 / 열린책들 / 193쪽

거의 600년 가까운 전통을 자랑하는 세계 최고의 명문 학교 이튼 칼리지를 졸업한 조지 오웰(본명 에릭 아서 블레어)의 《동물농장》을 다시 읽으면서 나는 그의 고뇌를 생각해 보았다. 이튼의 올곧은 학풍에 영향을 받아 스페인 내전에까지 참전했던 그가 이런 소설을 쓰면서 얼마나 많은 고민을 했을까? 당대에 우방국인 소련을 비난한다는 것은 엄청난 위험이 따르는 일이었겠기에 하는 말이다.

이 책은 러시아 혁명과 스탈린주의를 비난한 책이라고 알려져 있지만, 지금 다시 읽어보면 바로 북한의 김일성-김정일-김정은으로 이어지는 폭압정권의 등장을 예견한 것 같기도 하다는 생각이 든다. 바로 책의 마지막 대목이 나의 그런 생각을 대변해주는 장면이다.

창밖의 동물들은 돼지를 한 번 보고 인간을 한 번 보고, 인간을 한 번 보고, 돼지를 한 번 보고, 번갈아 자꾸만 쳐다보았다. 그러나 이미 어느 쪽이 인간이고 어느 쪽이 돼지인지 분간할 수 없었다. (p154끝)

　민중들의 눈으로 보아서는 과거의 독재자나(인간) 현재의 독재자나(돼지) 구분할 수가 없다는 말이다. 또 다른 의미로는 권력을 잡은 자는 아무리 순수한 이상을 갖고 출발했더라도 결국은 타락하게 마련이라는 말이다. 나도 북한 정권이 초창기에는 아주 순수한 열정을 갖고 출발했다고 믿는다. 계급의 차별도 없고 모두가 다 잘 사는 낙원을 만든다는 것, 그러나 세월이 지나면서 점점 더 권력에 아부하는 집단이 생기고 그런 집단을 잘 챙겨주어야만 자신의 권력을 유지할 수 있기에 결국은 끼리끼리만 잘 먹고 잘 사는 '그들만의 낙원'이 등장하는 것이다.

　내가 위에서 북한의 예를 들었지만, 이것은 비단 북한에만 적용되는 말은 아니다. 오늘날 자유민주주의를 실천하고 있다는 대한민국에서조차도 얼마든지 나올 수 있고, 또 진행되고 있는 시나리오이다. 즉, 집권층 또는 힘 있는 자들이 똘똘 뭉쳐 서로서로 적당히 보아주기를 하면서 자신들에게 유리한 잔치를 벌이는 2019년의 행태 역시 조지 오웰이 75년 전에 경고했던 그런 세상과 크게 다르지 않다고 본다.

　본격적으로 책 속으로 들어가 보자. 이 책의 줄거리는 아주 간단하다.

　영국의 한 농장에서 동물들이 농장 주인이 자신들을 착취한다고 생각해서 힘을 모아 인간을 몰아냈다. 동물들이 착취당하지 않고 일하는 만큼 보상받는 평등한 세상을 만들겠다고 혁명을 일으킨 것이다. 하지만 농장의 관리를 맡은 돼지들에게 권력이 주어지자 그들은 서서히 특권층이 되고 다른 동물들을 착취하기 시작한다. 이와는 정반대로 다른 동물들의 처우는 점차 나빠지기 시작하며, 결말부에는 돼지가 숫제 사람을 몰아내기 이전 사람들이 하던 역할을 똑같이 하게 되는 상황까지 놓이게 된다.

　작가는 애초부터 소련의 상황을 염두에 두고 아예 등장인물 자체도 그렇게 설정했다.

① 존스(인간): 니콜라이 2세를 상징하는 농장주인
② 나폴레옹(돼지): 혁명가이자 독재자인 스탈린
③ 스노볼(돼지): 나폴레옹의 대변인

④ 메이저 영감(돼지): 사상가 마르크스

⑤ 스퀼러(돼지): 선전의 명수

⑥ 복서(숫말): 무지한 노동자들

⑦ 벤저민(숫말): 지식인이지만 현실에는 참여하지 않는 방
    관자

⑧ 클로버(암말): 민중계급 또는 모성을 대표

⑨ 몰리(암말): 부르주아 또는 몰락한 귀족

⑩ 모세(까마귀): 러시아 정교회 라스푸틴

⑫ 뮤리엘(늙은 염소): 지식인

책의 시작 부분에서 메이저 영감(돼지)이 자신의 꿈 이야기로 동물들을 선동하고는 돌연 12살을 일기로 세상을 뜬다. 그러자 스노볼(돼지)이 동물들을 또다시 선동하여 주인 존스가 집을 비운 사이 혁명을 계획하며 일곱 가지의 계명을 써 붙인다. 이때부터 '매너농장'이라는 이름도 '동물농장'으로 바뀌게 된다. 일곱 계명이 재미있다.

① 두 발로 걷는 자는 누구나 적이다.

② 네 발로 걷거나 날개가 있는 자는 누구나 친구다.

③ 어떤 동물도 옷을 입어서는 안 된다.

④ 어떤 동물도 침대에서 자서는 안 된다.

⑤ 어떤 동물도 술을 마셔서는 안 된다.

⑥ 어떤 동물도 다른 동물을 죽여서는 안 된다.

⑦ 모든 동물은 평등하다.

이것이 동물공화국의 헌법인 셈인데 어찌된 일인지 이런 헌법이 시간이 지남에 따라 구성원들이 제대로 알아차리지 못하는 사이 야금야금 바뀌어가면서 독재가 시작되는 것이다. 예를 들면 이런 식이다.

"어떤 동물도 시트를 깔고 침대에서 자서는 안 된다."

"모든 동물은 평등하다. 그러나 어떤 동물은 다른 동물보다 더 평등하다."

이 소설은 많은 것을 생각나게 하지만 조지 오웰의 말년 작품 《1984》와 함께 대비하여 읽어보면 더욱 실감이 난다. 《1984》에서는 주인공 윈스턴이 애인 줄리아를 모른 체하고, 독재자 빅 브라더에게 굴복하는 장면을 맨 마지막에 배치함으로써, 역설적으로 사랑과 정의는 결코 지배할 수 없다는 진리를 말하려고 하였다.

36. 멋진 신세계

올더스 헉슬리 저 / 이덕형 역 / 문예출판사 / 338쪽

올더스 헉슬리(1894~1963)의 대표작이다. 그는 이튼 학교와 옥스퍼드의 베일리얼 대학을 졸업하였다. 그 후 제1차 세계대전 후 지식인 사회의 최상층에 속하게 되었지만 그 사회에 만족하지 못하고, 자신이 속한 사회를 해부하고 분석했다. 이 소설은 풍자와 공상과학소설을 결합한 것으로 미래의 유토피아(또는 디스토피아)를 다룬 작품 중 조지 오웰의《동물농장》과 쌍벽을 이루는 작품이다.

헉슬리의 작품에서는 유독 과학, 특히 생물학 쪽의 이야기가 많이 나오는 데 그것은 그의 집안 내력 때문이다. 그의 할아버지인 토마스 헉슬리는 찰스 다윈과 동시대의 사람으로 '불가지론'이라는 말을 만들어낸 영국의 유명한 생물학자였으며 찰스 다윈의 열렬한 후원자이기도 하였다.

이 책에는 공상소설답게 우리가 들어 보지 못한 낯선 용어나 시스템 들이 많이 등장한다.

- 사람들은 단거리를 이동할 때는 콥터택시를 타고 장거리를 이동할 때는 로켓을 탄다.
- 아기를 병 속에서 대량 생산한다.
- 태어나기 전에 '수면시 교육법'에 의하여 6만2천 회의 교육을 받는다. 따라서 개인적인 사고나 행동은 있을 수 없다.
- 아무하고나 섹스를 하지만 아무런 감흥을 느끼지 못한다. 왜냐하면 감정도 모두 통제되기 때문이다.
- 병속에서 이미 사회적 신분이 몇 개의 계층으로 구분된다. 이렇게 하여 화학공장에 적합한 인간이 생산되고, 로켓 조종사로 적합한 인간이 생산된다.
- 알파 계급은 회색 옷, 델타 계급은 카키색 옷, 감마 계급은 초록색 옷 등, 계급에 따라 입는 옷이 다르다.
- 종교는 없고 '포드'라는 총통이 교주이다. 그가 세계를 지배한 때로부터 기원이 시작되며, 포드 기원 150년, 하는 식으로 연도를 계산한다.
- 열 살 때나 육십 살 때나 인간의 능력, 성격, 기호, 감정은

전혀 다를 게 없다.

이상 몇몇 가지 책의 특징을 언급하였는데, 이번에는 인간이 탄생하는 과정을 살펴보자. 책의 맨 처음에는 미래의 어느 시점(여기서는 포드 기원 632년)에 인공부화기가 가득 찬 공장에서 인간이 '생산'되는 과정을 소개하고 있다.

생산공장의 소장에 의하면 난자 하나로 최대 96명의 일란성 쌍둥이들이 태어난 기록까지도 있다고 한다. 유리병 속에 들어 있는 태아는 컨베이어 벨트를 통해 하루 8m의 속도로 267일 동안, 1층, 2층, 3층을 두루 돌아서 마침내 267일째 되는 날 아침에 출산실에서 햇빛을 본다.

그런데 아기가 태어나기 전에 '수면시 교육전문가'에 의하여 계급에 따른 교육을 받기 때문에 모두가 체제에 적합한 인간으로 태어난다. 생산과정에 산소의 주입을 조절해서, 하위계급은 뇌의 용량이나 신체의 특성을 상위 계급보다 부족하게 생산한다.

이 미래사회의 사람들은 노화를 억제하고 슬픔이나 죄책감을 느끼지 않는 '소마'(아편과 비슷한 환각제)라는 약을 수시로 복용하며 원하는 누구와도 자유로운 섹스를 즐길 수 있다.

그런데 여기에 문제가 발생한다. 문명국에서 사는 자들 중에서 반항아들이 출현하는 것이다. 이 책에서는 배양 병에서 태어난 아이를 '문명인'이라고 하고, 인간의 성교에 의해서 태어난 아이를 '야만인'이라고 한다. 아직도 약 6만의 야만인들이 '야만인 보호구역'에서 살아가고 있다. 첫 번째로 등장하는 인물은 버나드 마르크스라는 청년이다. 이 청년은 상층계급에 속하면서도 환경에 적응하지 못하고 반사회적 사상을 품고 있다. 또 다른 반역자는 전체주의 사상에 불만을 가진 헬름홀츠 왓슨이라는 청년이다.

위의 두 사람이 문명국의 이단아라면, 야만국에서 이 문명권을 방문하는 반항아가 있다. 그는 린다라는 문명국의 여성이 실수로 임신을 하여 낳은 아들, 존이다. 아래는 문명인인 레니나가 야만인 보호구역을 방문하였을 때 야만인 린다가 들려주는 이야기이다.

"그것 물론 나의 과실은 아니었어요. 나도 맬더스식 훈련을 받았는데 어째서 그런 일이 나에게 일어났는지 아직도 모르겠어요. 하지만 임신이 된 것은 사실이에요. 여기에는 유산국(流産局) 같은 것이 없어요. 저, 아직도 첼시아에 유산국이 있나요?" (P150)

존은 우연히 셰익스피어의 책을 손에 넣게 되고 그것들을 탐독하면서 인간의 회로애락을 알게 된다. 이 책에서는《베니스의 상인》《햄릿》《오셀로》《리어왕》《로미오와 줄리엣》《불사조와 비둘기》등, 셰익스피어의 작품들이 많이 등장한다. 멋진 신세계라는 제목도 셰익스피어 말년의 작품인《템페스트》5막1장에 나오는 대사이다. 책에서는 이렇게 소개된다.

"인간이란 얼마나 아름다운 존재인가! 오, 멋진 신세계여!" (P265)

결론적으로, 올더스 헉슬리는 이 책을 통하여 우리들에게 문명과 기술의 발달에 맹목적인 추종을 하지 말 것을 강력히 권고하고 있다. 기계문명의 발달은 인간을 노예화하며, 농업기술의 발달은 대지의 풍요함을 고갈시킨다는 것이 그의 주장이다. 우리가 지금 시험관 아기를 만들어 내고 있는데, 헉슬리는 그러한 현상이 도래할 것을 무려 87년 전인 1932년에 예견하였으니 가히 '선견자'라는 찬사를 받기에 충분하다고 하겠다.

Group 10

세계명작 II

37. 데미안

헤르만 헤세 저 / 전영애 역 / 민음사 / 240쪽

이 책은 처음 도입부부터 두 개의 세계를 대비하며 이야기를 시작한다. 어두운 세계와 밝은 세계, 아버지와 어머니, 주인과 하녀, 밝은 가정과 어둡고 침침한 직공소, 그리고 더 나아가서는 유신론과 무신론, 두 도둑 이야기, 선신이면서 동시에 악신이기도 한 아프락사스, 엄마와 에바 부인, 알을 중심으로 본 내면 세상(inner circle)과 바깥 세상(outer ircle)….

여기에서 이 책의 가장 유명한 구절인 "새는 알에서 나오려고 투쟁한다. 알은 세계이다. 태어나려는 자는 하나의 세계를 깨뜨려야 한다."라는 문구가 등장한다. 사람들이 '데미안' 하면 가장 먼저 떠올리는 대목이다.

그러나 내가 보기에 이 책을 관통하는 진정한 주제는 '자기 자신을 찾아가기 위한 한 사람의 여정'이라고 생각한다. 그러기 위해서는 의미 없는 연대 안에 있어서는 안 되고, 절대적으로 고독함 속에서 자기 자신을 들여다보아야 한다는 것이다.

"지금 도처에 만발해 있는 것은 전혀 연대가 아니야. 진정한 연대는 개개인들이 서로를 앎으로써 새롭게 생성될 것이고, 한동안 세계의 모습을 바꾸어 놓을 거야. 지금 연대라며 저기 저러고 있는 것은 다만 패거리 짓기일 뿐이야. 사람들이 서로에게로 도피하고 있어. 서로가 두렵기 때문이야. 신사들은 신사들끼리, 노동자는 노동자끼리, 학자는 학자들끼리! 그런데 그들은 왜 불안한 걸까? 자기 자신과 하나가 되지 못하기 때문에 불안한 거야." (p182)

어떤 사람들은 이 책을 성장소설로 분류하여 놓았으나 이 책은 성장소설이라기 보다는 오히려 종교 서적이나 철학 서적에 가깝다는 생각이 든다. 성장소설이라고 보기 힘들다는 이유는 우선 책의 내용이 10대의 아이가 생각하고 느낄 수 있는 내용이 아니라는 데에 있다. 물론 10대의 화자 싱클레어와 같은 또래의 데미안이 대화하는 형식을 띄고 있지만, 그 내용이 가히 70년은 족히 살아야보아야만 느낄 수 있는 통찰력을 담고 있다는 사실이다.

"사람들은 말했지. 이 표적을 가진 녀석들은 무시무시하다고. 또 그들이 실제로 그렇기도 했어. 용기와 나름의 개성이 있는 사람들은 다른 사람들한테 늘 몹시 무시무시하거든. 겁없고 무시무시한 족속 하나가 돌아다닌다는 것은 몹시 불편한 일이었지. 그래서 이제 이 족속에게 별명 하나와 우화 하나를 덧붙여 놓은 거야. 복수하려고. 견뎌낸 무서움을 모든 사람들을 위해서 약간 해롭지 않게 억제해 주기 위해서. 이해되니?" (p41)

이것이 10살의 싱클레어 보다 한 학년이 높은 데미안이 하는 말이라는 사실을 우리는 어떻게 받아들여야 할까? 그러니까 우리나라로 치면 초등학교 고학년의 아이가 하는 이야기라고 생각할 수 있을까?

이 책을 종교소설에 가깝다. 그 이유는 책의 내용 중에 카인과 아벨의 이야기, 예수 옆에 매달린 도둑 이야기, 야곱의 싸움 이야기, 특히 선과 악을 한 몸에 지녔다는 신, 아프락사스 이야기가 나오기 때문이다.

10대 후반이 된 싱클레어는 봄날 공원에서 어느 소녀를 만난다. 그녀와 이야기를 나눈 것도 아니고 그냥 먼발치에서 보고 마음속으로만 연모하는 정도이다. 이 소녀에게 싱클레어는 '베아트리체'라는 이름을 붙여서 상상하며 마음의 안정을 찾는다. 그전까지 그는 술에 쩌들은 생활을 하면서 반항의 세월을 보내고 있었다. 베아트리체가 누구인가? 단테의 《신곡》에 나오는 여인이다. 단테가 사랑했던 여인, 먼저 떠나 보냈던 여인, 그리고 연옥편이 끝나갈 무렵에 10년 만에 다시 재회하는 여인이다.

이 책을 철학에 관한 서적이라고 생각해 보는 것은, 책의 내용 중에 자꾸만 니체를 생각나게 하고 하이데거를 생각나게 하는 구절들이 나오기 때문이다.

그러나 책의 구분이야 어느 쪽에 속하면 어떤가. 이 책 속에는 내가(독자들도) 충분히 공감할 수 있는 내용이 나온다. 바로 베이트리체라는 가상의 여인을 만나고 나서부터 싱클레어의 삶이 180도 바뀌게 된다는 내용이다.

베아트리체와 단 한마디도 말을 나눈 적이 없다. 그럼에도 그녀는 당시 나에게 지극히 깊은 인상을 주었다. 자신의 영상을 내 앞에 내세워 보여준 것이다. 나에게 성소를 열어 주었다. 나를 사원 안의 기도자로 만들었다. 그날로 나는 술집 출입과 밤에 나돌아 다니는 일로부터 멀어졌다. 나는 다시 혼자 있을 수 있었다. 다시 즐겨 책을 읽었고, 즐겨 산책하였다. (p107)

이외에도 공감할 부분은 많이 있다. 어렸을 때 주변의 친구들로부터 느꼈던 폭력의 두려움, 그리고 마치 영원히 끝나지 않을 것만 같았던 공포…. 아마도 그런 저자의 솔직한 표현이 이 책을 100년의 세월 동안 베스트셀러의 반열에 오르게 한 원동력이 아닐까 싶다.

위와 같이 《데미안》을 아주 짧게 평하면서 솔직한 말을 좀 해야 하겠다. 내가 몇 차례 데미안을 읽으면서 매번 '참 어려운 책이구나.'라는 똑같은 느낌을 지울 수 없는 것은 왜일까? 같은 헤세의 책이라도 '수레바퀴 아래서'는 별다른 어려움이 없는데 유독 '데미안'만큼은 정말 어렵다. 오랜 세월을 수없이 많은 책을 읽고 책을 업으로 하면서 살아온 나에게도 이 책이 어렵다면 일반 독자들은 어떨까? 한 가지 이해가 되지 않는 부분은, 인터넷 공간을 보면 천여 개의 댓글이 달려 있는데(초등생부터 노년까지) 과연 그들은 어떻게 이 책을 그렇게 잘 이해하고 그런 댓글들을 달아 놓았는가 하는 점이다. 어쨌든 그건 그 사람들의 역량이니 내가 그들의 독서 실력을 함부로 평가해서는 안 될 것이다.

38. 대위의 딸

알렉산드르 세르게비치 뿌쉬낀 저 / 석영중 역 / 열린책들 / 216쪽

책을 통하여 먼 곳에 있는 사람들의 습관과 생각을 접할 때면 늘 가슴이 설렌다. 그것이 바로 책이 갖는 이야기의 힘이고 기록의 위대함이다. 이 책《대위의 딸》은 그런 면에서 독자들을 과거 제정 시절 러시아로 여행시켜 주는 고마운 책인데, 이 책에는 우리네 상식과 다른 장면들이 여러 곳에서 나타난다.

주인공 뻬뜨루샤의 아버지는 중령으로 퇴역한 군인이다. 뻬뜨루샤는 어머니의 배 속에 있었을 때 세묘노프스끼 연대에 중사로 등록된다.

아버지는 뻬뜨루샤가 열일곱 살이 되었을 때 자기의 옛 동료에게 편지를 써서 자기 아들을 그 부대에 받아 달라고 한다. 그리고는 하인에게 필요한 물품들을 모두 챙기게 해서

아들과 함께 그 부대로 떠나보낸다. 그렇게 하여 도착한 곳이 벨로고르스끄 요새라는 곳이다

그런데 이 요새라는 곳이 또 기가 막힌다. 대위가 사령관인데 모든 일을 그의 부인이 척척 처리한다. 주인공이 하인과 함께 막 요새에 도착하여 신고를 하고 숙소를 배정받는 장면이다.

"젊은이, 이런 벽촌에 처박히게 되었다고 너무 상심하지 말구려. 참고 지내다 보면 정이 들게 거구면."

이때 젊고 건장한 까자끄 하사가 들어 왔다.

"막시미치! 이 장교님을 숙소로 안내하게. 좀 깨끗한 데로 골라서 말이야. (…) 참 젊은이, 이름과 부칭이 어떻게 되우? 뾰뜨르 안드레이치라고?" (p39)

이렇게 하여 뻬뜨루샤는 하인 사벨리치와 함께 영내에서 생활한다.

신기하고 이상한 것은 위의 장면만이 아니다. 그렇지만 이제 본격적으로 책과 저자를 소개해 보기로 하자.

이 소설은 러시아 근대 역사의 한 획을 그었던 '뿌까쵸프의 반란'(1773~1775)을 배경으로 하고 있다. 예카테리나 2세의 귀족 정치에 환멸을 느낀 농노들을 선동하여 농민봉기를 일으키고 그 총 대장이 된 사람이 뿌까쵸프이다. 이 소설은

시인 푸시킨의 유일한 소설이라고도 알려져 있는데 분량도 불과 200여 페이지로 아주 짧은 편이다. 톨스토이와 숄로호프 등, 후대 러시아 문필가들에게 커다란 영향을 끼친 작품으로도 알려져 있다.

푸시킨은 주인공 뻬뜨루샤를 정의롭고 낙천적인 인물로 묘사하는 한편, 평생, 심지어는 전쟁터에서도 내내 그를 수행하는 하인 사벨리치를 충직스러운 종자로 묘사한다. 그래서 시종일관 유유자적하고 희극적이다. 물론 부분 부분은 잔혹한 장면들이 등장한다. 예를 들면 반란군이 요새를 점령하고 사령관인 대위와 그 아내를 살해하는 장면 같은 곳이 대표적이다.

그녀는 불현 듯 교수대 쪽에 시선을 던졌다가 처형당한 남편을 발견했다. 그녀는 완전히 머리가 돌아 고래고래 소리치기 시작했다.

"저이한테 무슨 짓을 한 거냐? 아이고, 내 생명 같은 이반 끄즈미치, 용감하신 우리 대장님! 프로이센의 총검도 터키의 총알도 막아내시더니, 명예로운 전장도 아니고 하필이면 도망자 악당 놈 손에 돌아가셨구려!"

"저 할망구 주둥이를 닥치게 해라!"

뿌까쵸프가 말했다. 그러자 젊은 까자끄 놈이 그녀의 머리

를 장검으로 내리쳤다. 그녀의 시신이 층계 위로 풀썩 떨어졌
다. 뿌까쵸프는 말을 몰아 자리를 떴다. 군중은 그의 뒤를 따
랐다. (p100)

아마도 푸시킨(열린책들의 번역에서는 뿌쉬낀)은 이 작품을
통하여 인연의 소중함을 강조하려고 했던 것 같다. 여기서
전편을 관통하는 가장 큰 인연의 끈은 주인공 뻬뜨루샤와 하
인이 함께 눈보라 속에서 길을 잃고 그야말로 삶과 죽음의
기로에 섰을 때, 어떤 농부로부터 길안내를 받게 되고 주인
공은 거기에 대한 감사의 표시로 자신의 털 외투를 선물로
주는 대목이다. 그런데 나중에 반란군에게 잡히고 보니 바로
그 털외투를 준 사람이 반란군의 괴수 뿌까쵸프가 아닌가!
그때의 호의로 인하여 뻬뜨루샤는 생명을 건지게 되고 사랑
하는 여인 마샤(대위의 딸)도 구출하게 된다.

인연은 또 있다. 마리아 이바노브나(마샤)가 약혼자 뻬뜨
루샤의 구명운동을 위하여 뻬쩨르부르끄에 가서 황녀에게
탄원을 하려고 할 때의 일이다. 그녀는 우연히 공원에서 어
느 여인과 마주치게 되고 그녀에게 자신의 기구한 운명과 약
혼자의 형편을 털어놓게 되는데, 나중에 궁중으로 초대받고
보니 바로 그 여인이 여제(女帝) 예카테리나 2세였던 것이다.

러시아 국민시인으로 칭송받는 푸시킨은 1799년 모스크바 근처에서 태어났다. 어린 시절 푸시킨은 프랑스어에 접할 기회가 많아 프랑스어로 된 책들을 엄청나게 많이 읽었다. 1811년 귀족학교 리쩨이에 들어가서 6년간 수학하였으며, 리쩨이를 졸업하고 1817년부터 1820년까지 외무성에서 근무하다가, 체제 저항적 시들이 문제가 되어 러시아 남쪽으로 유배되어 1827년까지 페테르부르그에 돌아오지 못했다. 푸시킨은 위험인물로 간주되었으므로 페테르부르그(작품 속에서는 '뻬쩨르부르끄'로 표시됨)에 돌아온 다음에도 황제의 검열 없이는 작품 발표도 할 수 없었고 여행도 불가능했다. 1830년 미인 나탈리아 곤차로바와 결혼했으나 아내의 추문은 그에게 정신적인 타격을 주었다.

푸시킨은 아내의 연인으로 여겨진 프랑스인 당테스에게 결투를 신청했고, 결투에서 부상한 뒤 이틀 만인 1837년 1월 29일 사망했다. 시인의 안위를 걱정하는 인파가 집 앞에 인산인해를 이루었다고 한다. 그의 서재에는 총 3,500여 권의 책이 소장되어 있었는데, 그는 마지막으로 책들에게 눈길을 던지며 이렇게 말했다고 한다.

"안녕, 친구들!"

39. 고리오영감

오노레 드 발자크 / 이동렬 역 / 을유문화사 / 440p

두 딸을 위하여 모든 것을 다 바치고 초라하고 쓸쓸하게 세상을 떠나는 고리오 영감! 서머싯 몸이 '세계 10대 소설' 중의 하나로 꼽은 작품이자 빅토르 위고가 '가장 위대한 인물 중에서도 으뜸'이라고까지 극찬한 발자크의 대표작이 《고리오 영감》이다.

고리오 영감은 딸들에게서 쫓겨나 파리 뇌브 생트 주느비에브 거리에 있는 '보케르의 집'이라고 하는 하숙집에 사는 늙은이로, 비록 지금은 겨우겨우 몸만 의탁하고 사는 처지이지만 한 때는 그도 잘 나가던 사업가였다. 그는 절대왕정이 지배하던 프랑스의 앙시앵 레짐 하의 그 혼란한 틈을 이용하여 한 밑천을 잡는다. 대혁명의 물결에 휩쓸려 희생당한 자기 주인의 재산을 물려받아서 제면업자로 승승장구하며 부와 명성을 거머쥔 행운아이다. 그는 아내가 죽자 자기의 모든 애정을 두 딸에게 쏟았는데 결국에는 두 딸로부터도 배척을 당하여 말년에는 아주 쓸쓸하고도 초라하게 외젠이라는 젊은 청년이 지켜보는 가운데 이 세상을 떠난다.

이 소설의 가장 큰 주제는 돈과 출세이다. 몇몇 중요한 대목들을 소개해 본다. 백작 드 레스토의 부인인 나지와 자작 드 뇌싱겐의 부인인 델핀이 평생 동안 아버지를 빨아먹은 것도 모자라서 마지막에 또 아버지에게 와서 자기네들의 어려운 장면을 하소연하는 대목이다. 마치 셰익스피어의 희곡 《리어왕》의 고네릴과 리건을 보는 것만 같다. 내용을 일부 축약하여 적어 본다.

"내 사랑하는 천사들아, 이게 어찌된 일이냐! 너희들이 괴로운 때에만 너희들을 볼 수 있으니. 아, …"

"우리에게 좋은 시절은 그때뿐이었어요. 넓은 곳간의 밀가루 포대 꼭대기에서 우리가 미끄럼타고 놀던 때는 어디로 갔는지."

"다이아몬드는 10만 프랑에 팔린 것이 아네요. 막심은 고소를 당했어요. 우리는 1만 2천 프랑만 갚아주면 돼요. 그는

더 이상 도박을 하지 않겠다고 저에게 약속했어요."

"하지만 어디서 1만 2천 프랑을 갚지? 다른 사람 대신 군대에 가겠다고 할까? 도둑질이라도 하러 갈 데라도 있으면 좋으련만. 나는 더 이상 아비가 아니야." (pp334~340 축약)

법과대학생 외젠은 처음에는 자신의 출세를 위하여 의도적으로 두 딸에게 접근하였으나 나중에는 고리오 영감의 진정한 부성애에 감동하여 그를 진심으로 보살피게 된다. 책의 거의 후반부에 하숙집 여주인이 그를 닦달하는 장면이다.

"이보세요. 고리오 씨와 당신은 2월 15일에 나갈 예정이었어요. 15일이 지난 지 사흘째로, 오늘이 18일이에요. 당신과 그 사람의 한 달 치를 지불해야 하는데, 만약 당신이 고리오 영감의 보증을 선다면, 당신의 구두 약속으로도 좋겠어요." (p349)

고리오 영감이 사경을 헤매며 마지막으로 딸들을 보고 싶어서 헛소리를 하는 장면이다.

"딸들아, 딸들아, 아나스타지야, 델핀아! 오! 그 애들을 보았으면, 무슨 말을 하든 그 애들의 목소리를 들었으면, 그 애들 목소리를 듣기만 해도 내 고통이 가라앉을 텐데. 특히 델핀이 보고 싶구나." (p379)

이처럼 애타게 자식들이 보고 싶어 사람을 보냈건만, 큰

딸은 남편이 가지 못하게 한다고 해서 안 오고, 작은 딸은 무도회에 다녀와서 감기가 걸려 못 온다고 하고는, 빈 자가용 마차만 보낼 뿐이다. 결국 노인은 쓸쓸히 눈을 감는다.

"그렇지만, 시신이 영구 마차에 옮겨진 순간, 드 레스토 백작과 드 뉘싱겐 남작의 가문을 장식한 두 대의 빈 마차가 나타나 페르라셰즈 묘지까지 장례 행렬을 따라갔다. 6시에 고리오 영감의 시체는 무덤구덩이에 내려졌고, 그 주위에 두 딸의 하인들이 서 있다가…" (p403)

장례가 끝난 후 외젠(라스티냐크)이 파리 시내를 내려다보는 장면으로 이 소설에서 가장 유명한 '이제 우리 둘의 대결이다!'라는 대사가 나오는 마지막 문단이다.

홀로 남은 라스티냐크는 묘지의 꼭대기 쪽을 향해 몇 걸음 걸어가, 센 강 양안을 따라 구불구불 뻗어 있는, 불빛이 반짝이기 시작하는 파리 시내를 내려다보았다. 그의 두 눈은 방돔 광장의 기둥과 앵발리드의 둥근 지붕 사이, 그가 뚫고 들어가기를 원했던 아름다운 사교계가 거주하는 그곳에 거의 탐욕스럽게 고정되었다. 그는 이 윙윙거리는 벌집에 미리 그 꿀을 빨아먹는 듯한 시선을 던지고, 다음과 같은 웅장한 말을 내 뱉었다.

"이제 우리 둘의 대결이다!" (p404)

발자크를 연구한 학자들은 그가 이 작품을 4개월 만에 완성한 것으로 추정한다. 만약 그게 사실이라면, 어떻게 그렇게 짧은 시간에 1789년 대혁명 이후의 사회상을 그토록 감칠 맛나게 쓸 수가 있었을까 하는 생각이 든다.

발자크(1799~1850)는 어떤 사람인가?

돈과 명예를 중시하던 소작농 출신의 아버지는 그를 변호사로 키우고자 했으나, 그는 작가가 되기로 결심하고 생계를 위해 엄청난 양의 글을 쏟아낸다. 다른 한편으로는 일확천금을 꿈꾸며 인쇄소, 활자제조업, 은광채굴업 등, 갖가지 사업을 벌이지만, 사업은 연속적으로 실패를 거듭하여 결국 수십만 프랑의 빚만 지게 된다.

발자크의 삶을 끝까지 불행했다고 해야 할까? 그는 18년 동안 편지를 주고받았던 폴란드의 부호이자 미망인인 한스카 백작 부인과 결혼함으로써 마침내 자기의 꿈을 이루지만, 바로 그 해에 죽는다.

40. 젊은 예술가의 초상

제임스 조이스 저 / 이상옥 역 / 민음사 / 403쪽

수많은 책을 읽다보면 '세상에는 참으로 비슷한 사람들이 많다.'라는 사실에 가끔은 놀랄 때가 있다. 제임스 조이스와 버지니아 울프 이 두 사람은 크게 보면 같은 영국 사람(제임스는 아일랜드 버지니아는 영국)에다 태어나고 죽은 해가 똑같다(1882~1941). 두 사람 다 "인간의 외형 속에 감춰진 인간의 내면세계를 탐구한다."는 '무의식의 흐름'이라는 기법을 작품에 적용한 작가라는 점에서도 비슷하고, 사람들에게 외설스러운 작품이라는 평가를 받았다는 데에서도(제임스는 율리시즈 울프는 델러웨이 부인) 똑같다.

그러면 본론인 《젊은 예술가의 초상》을 이야기 해 보자. 이 작품은 스티븐이라는 아이의 성장과정에서 겪는 일들과 내면세계를 다룬 작품으로 제임스 조이스 자신의 자전적 소

설이기도 하다. 이 작품은 유년기에서 대학 시절에 이르는 동안 주인공이 겪는 지적, 종교적, 예술적 충돌을 연대순으로 기록하고 있는데, 각 사건들은 흩어져 있는 수백, 수천 개의 조각으로 여기저기에 나뉘었다가는 플래쉬백 기법에 의해 다시 하나로 조합되곤 한다.

이 책은 총 5개의 장으로 구성되어 있다. 1장에는 여섯 살(우리 나이로 일곱 살)의 어린 나이에 클롱고우스라는 기숙학교에 들어간 꼬맹이 스티븐의 고뇌와 분투가 나타난다. 그가 지리책의 여백에 써 놓은 낙서에서 우리는 그의 세계관과 미래관을 엿 볼 수 있다.

스티븐 디덜러스 - 기초반 - 콜롱고우스 우드 학교 - 샐림스 마을 - 킬데어 군 - 아일랜드 - 유럽 - 세계 - 우주

꼬마는 학교에서 몸이 아파 진료소에 누워 있으면서 어머니에게 편지를 쓴다. 그러면서 그는 자기가 죽게 되면 채플에서 영결미사를 올려줄까, 그러면 아이들에게 웃음거리가 되지 않을까를 생각한다.

사랑하는 어머니, 저는 지금 아파요. 집에 가고 싶다고요. 제발 오셔서 저 좀 데리고 가주셔요. 저는 지금 진료소에 있습니다. - 어머니의 귀여운 아들 스티븐 올림(p37)

2장에서는 아버지의 파산으로 인하여 방황하는 소년 스티

븐의 내면세계가 펼쳐진다. 그래도 그는 아주 어린 시절 자신이 품었던 세계관을 포기하지 않는다.

견디기 힘든 그런 방황의 시기에 스티븐은 결국 창녀를 찾아 자신의 동정을 잃고 마는데, 그러한 행위를 했다는 죄의식은 작품 속 내내 그를 따라다니며 괴롭힌다.

3장은 그런 죄의식 속에서 방황하는 것으로부터 시작하여 스티븐이 벨 미디어 학교에서 받는 학습내용이 주로 소개된다. 그중에서도 3장의 거의 전체라고 할 수 있는 내용은 아놀 신부의 죄와 지옥에 대한 강론이다. 무시무시한 지옥에 대한 묘사는 오히려 뒤이은 4장과 5장에서 스티븐에게 종교에 대한 냉소적인 태도를 갖게 하는 빌미가 되기도 한다.

5장에서는 청년기의 스티븐이 친구들과 치열한 논쟁을 벌이며 예술가로서의 발판을 마련하는 장면이 전개된다. 플라톤, 아리스토텔레스, 루소, 아퀴나스, 파스칼이 나온다. 철저한 가톨릭 신앙을 지배하고 있는 학교 풍토에서《종의 기원》을 어떻게 볼 것인가 하는 주제가 등장하기도 한다. 자신의 방향이랄까 목표를 가장 잘 표현한 대목은 바로 여기가 아닐까 싶다.

"이봐 크랜리, 너는 내게 무엇을 할 것이며 무엇을 하지 않을 것이냐만 물어 왔어. 내가 무엇을 할 것이며, 무엇을 하지

않을 것인지를 말해 주마. 내가 믿지 않게 된 것은, 그것이 나의 가정이든 나의 조국이든 나의 교회든, 결코 섬기지 않겠어. 그리고 나는 어떤 삶이나 예술 양식을 빌려 내 자신을 가능한 한 자유로이, 가능한 한 완전하게 표현하고자 노력할 것이며, 내 자신을 방어하기 위해서는 내가 스스로에게 허용할 수 있는 무기인 침묵, 유배 및 간계를 이용하도록 하겠어." (p379)

이 책에서는 《율리시즈》에서 만큼은 아니지만 그래도 '의식의 흐름'이라는 기법이 곳곳에 등장한다. 따라서 《율리시즈》가 너무 방대하여 읽기 힘들다면(총 1,723p) 이 책을 읽는 것도 제임스 조이스 문학을 이해하는 데 좋은 방법이라 할 수 있겠다.

Group 10

세계명작III

41. 죄와 벌

표도르 도스토예프스키 저 / 김연경 역 / 민음사 / 1,048쪽(전2권)

고매한 살인자와 성스러운 매춘 소녀와의 아름다운 결합!

내가 20여 자로 압축해 놓은 이 책의 핵심이다. 이 책은 소설이라기보다는 오히려 좀 장황하게 설명해 놓은 철학서라고 하는 게 더 타당할 것 같다. 주인공 라스콜니코프를 비롯한 여러 명의 등장인물들이 독백 또는 대화를 통하여 풀어나가는 삶과 죽음, 그리고 살인에 대한 철학서이자, 당대의 러시아 사회상을 반영하는 사회학 보고서이다.

대한민국 국민치고 이 책 내용을 모르는 사람이 있을까마는 그래도 출판사에서 제공한 줄거리를 따라가 보자.

1860년대 후반, 무더위가 기승을 부리는 7월 초, 페테르부르크를 배경으로 이야기는 전개된다. 주인공 라스콜니코프는 23세로, 법학도였으나 형편이 어려워 학업을 중단한 상태다. 어머니와 누이동생은 고향 소도시에서 그를 뒷바라지하며 그가 출세하여 집안을 일으키기를 간절히 바라고 있다. 그러나 라스콜니코프는 학교를 그만둔 후 마치 관(棺)같은 방에 틀어박혀 자신만의 완벽한 계획을 짜고, 어느 날 저녁 그것을 실행에 옮긴다.

전당포 노파와 그녀의 이복여동생 리자베타를 도끼로 내리쳐 살해한 후 그는 집으로 돌아오자마자 쓰러져 며칠 동안 열병에 시달린다. 누구의 눈에도 띄지 않은 완전 범죄, 그러나 예심판사 포르피리는 구체적 증거가 없음에도 라스콜니코프의 심리를 꿰뚫으며 그를 압박해 온다.

이성과 관념만이 가득했던 그의 마음속에는 조금씩 예상하지 못한 불안감이 싹트기 시작한다. 가족들을 먹여 살리기 위해 몸을 파는, 그러나 그 누구보다 순결한 소냐를 만나면서 그는 점점 더 혼란을 느낀다. 소냐는 재혼한 아버지 마르멜라도프, 새어머니 카체리나, 그리고 그녀의 세 아이와 함께 살고 있다. 마르멜라도프는 실직한 관리로 아내의 양말까지 팔아 술을 마시는 인물이고, 카체리나는 심각한 폐병을 앓고 있다. 열여덟 살인 소냐는 '뭘 그리 애지중지하니? 그게

무슨 보물이라고!'라는 계모 카체리나의 말에따라 몸을 팔게
되고, 그렇게 번 돈으로 가족을 먹여 살리고 있다. 이런 소냐
에게 라스콜니코프는 성경을 읽어 달라고 부탁한 후 처음으
로, 오직 그녀에게만 살인을 고백한다.

저자 자신이 '범죄에 대한 심리학적 보고서'라고 밝혔듯
이 이 소설은 '죄란 무엇인가?'에 대한 다양한 생각들이 여
러 명의 등장인물들을 통하여 나타난다. 도스토예프스키
(1821~1881)가 자신의 가장 전성기인 45세 때에 1년 간 《러
시아 통보》에 연재한 작품으로 후일 조이스, 헤밍웨이, 고리
키, 울프, 만, 밀러, 로렌스와 같은 후배 작가들에게 커다란
영감을 준 작품으로도 알려져 있다.

이 책에 가장 많이 등장하는 장면은 당시 페테르부르크의
열악한 삶에 대한 묘사이다. 특히 '주거'에 대한 묘사가 많이
나온다.

나는 만약에 '주인공의 환경이 좀 더 쾌적했더라면 애초
에 이 살인사건이 일어나지 않았을지도 모르겠다.'라는 가정
을 해 보았다. 삶에 대한 짜증, 경제적인 쪼들림, 증오, 이런
것들을 제외하면 소설에서 주인공이 노파를 죽일 이유를 찾
아 볼 수가 없었기 때문에 하는 말이다. 물론 '돈만 아는 노

파는 하나의 이에 지나지 않는다.'라는 말을 독자들이나 평론가들은 그의 살인동기라고 본다. 다음의 대화는 라스콜니코프가 어느 술집에 들렀다가 우연히 듣게 되는, 옆자리의 대학생이 친구인 젊은 장교에게 하는 이야기이다.

"그럼 들어 봐. 다른 한쪽에는 지원을 받지 못해 허무하게 스러져가는 젊고 싱싱한 힘들이 있어. 그것도 수천씩 지천에 널려 있어! 수도원에 들어갈 노파의 돈만 있으면 백 개, 천 개의 선한 일과 기획을 추진하고 손을 볼 수 있단 말이야! (…) 하나의 하찮은 범죄가 수천 개의 선한 일로 무마될 수는 없을까? 하나의 생명을 희생시켜 수천 개의 생명을 부패와 해체에서 구하는 거지." (p123)

어려운 책임에도 불구하고 수많은 등장인물들에 대한 집요하리만큼 탁월한 인물묘사는 이 작품이 갖는 절대적인 권위이다. 예를 들면, 의로운 친구 라주미힌, 돈 많은 약혼자와 오빠 사이에서 고민하는 두냐, 오로지 자식밖에 모르는 엄마, 미모와 교양을 겸비한 배우자를 손에 넣으려는 페트로비치, 자살을 통해 자신의 도덕을 증명하려는 스비드리가일로프, 어린 동생들과 엄마를 위해 '황색 감찰'을 붙인 소냐, 엄마가 힘들게 보내 준 돈을 몽땅 초면의 여인에게 장례비로 줘 버리는 라스콜니코프 등등 ….

그러나 나는 이 책의 압권을 에필로그에서 찾았다. 어떤 사람은 필요도 없이 에필로그를 왜 넣었느냐고 (그것이 없어야만 여러 가지 해석이 가능하고 궁금증이 남을 것이라는 뜻으로) 불평하기도 하지만, 나는 에필로그야 말로 도스토예프스키가 힘들게 자신의 책을 읽어 준 독자들에게 주는 선물이라고 보았다.

에필로그를 통하여 우리는 재판과정에서 운 좋게도 그의 정신병적인 면이 참고되었고 주변에서 우호적인 증언들이 많이 나왔다는 점, 그가 8년 형을 받고 시베리아로 유형 온 지 벌써 1년 반이 지났다는 점, 그리고, 이 책에서 가장 중요한 대목인데, 소냐가 그를 따라 이곳까지 와서 극진히 보살핀다는 점, 등을 알 수 있고, 그래서 편안하게 이 책을 덮을 수 있는 것이다.

칠 년, 겨우 칠 년! 이 행복이 막 시작됐을 무렵, 어떤 순간에는 그들 둘 다 이 칠 년을 칠 일처럼 바라볼 준비가 돼 있었다. (2권 p498)

죽은 나사로의 부활 이야기를 알고 있는 기독교 신앙을 가진 독자들이라면 이 책이 더욱 살갑게 다가 올 것이다.

42. 그리스인 조르바

니코스 카잔차키스 저 / 이윤기 역 / 열린책들 / 480쪽

"**카**잔차키스야말로 나보다 백 번은 더 노벨 문학상을
받았어야 했다. 그의 죽음으로 우리는 가장 위대한
예술가를 잃었다." - 알베르 까뮈

1차 세계 대전 중 석탄연료가 부족해지자 소설의 화자인
'나'는 고향인 크레타 섬으로 들어가 갈탄 사업을 시작하려
고 한다. 이 때 수프를 잘 만든다는 '조르바'라는 남자를 만난
다. '나'는 조르바를 고용하고 자연스레 두 사람의 역할이 나
누어진다. '나'는《붓다》라는 책을 집필하며 사업에 필요한
자금을 대고, 사람들과의 관계를 해결하고, 인부들을 고용하
고, 현장을 관리하는 일은 그 분야에 베테랑인 조르바가 맡는
다. 조르바는 요즘 언어로 말하면 프로젝트 매니저인 셈이다.

우여곡절 끝에 화자의 사업은 보기 좋게 실패로 끝나고 조르바와 이별하면서 책은 종반부로 치닫는다. 마지막 20여 페이지에서 조르바는 '나'에게 7년 여에 걸쳐서 트빌리시, 루마니아, 시베리아, 독일 등, 이곳저곳에서 전보, 엽서, 편지를 보내며 자신의 근황을 알린다. 화자인 '나'는 조르바의 체취가 그리워 그가 묵은 호텔에도 찾아가며 마침내 그에 대한 연대기를 완성한다. 마지막으로 세르비아에서 온 편지에는 그의 사망소식과 함께 (젊은)미망인을 통하여 자신이 평생 가지고 다녔던 산투르를 '나'에게 정표로 주고 떠난다는 내용이 적혀 있었다.

여기까지가 아주 간단한 줄거리이다. 그러나 이 소설에서는 줄거리가 별로 중요치 않은 대신, 중간 중간에 등장하는 회상과 대화가 더 중요하고, 또 실제로 책의 대부분을 구성한다.

조르바는 60대 중반이고 '나'는 40대 중반이다. 조르바는 보통 사람들과는 달리 다양한 직업을 전전하며 (광부, 행상, 옹기장이, 비정규 전투요원, 산투르장이, 볶은 호박씨 장수, 대장장이, 밀수꾼, 등등) 수없이 많은 경험을 하고 살아 온 사람이다.

책은 대부분이 조르바가 '두목'이라고 지칭하는 '나'에게 하는 말 또는 편지로 구성된다. 조르바는 인간의 기본적 욕구인 음식, 술, 여자, 춤에만 관심이 있는 사람처럼 보인다. 마을 과부를 보고 연신 군침을 흘리고, 건축 자재를 사 오라고 출장을 보냈더니 그 돈을 술과 여자에 몽땅 탕진해 버리고 오는 그런 인간이다.

"하느님, 하느님이 나 조르바를 만들면서 몇 가지 연장을 주었어요. 무슨 연장인지 당신도 알 겁니다. 그런데 이놈의 연장은 언제 어디서나 암컷만 만나면 내 대가리를 들게 만들고 지갑을 열게 한단 말입니다. 알겠어요? 그래서 거룩하신 성모님에겐 책임 이상의 의무가 있다는 것입니다." (p289)

그래서 이 책은 한 남자의 여성 편력을 소개하는 내용이 도처에 등장하는 포르노 소설 같기도 하지만, 진정으로 한 여자를 사랑했던 남자의 가슴 짠한 러브스토리이기도 하다. 다음은 조르바가 크레타의 광산 근처 작업현장에서 만나 사랑하게 되었던 여인 오르탕스의 임종 직전, 그녀를 간호하여 주고 흐뭇한 마음에서 화자인 주인공에게 하는 말이다.

"불쌍한 것, 감기에 걸렸더군요. 별것은 아닙니다. 지난 며칠 동안 제가 무슨 프랑코라고 자정 예배에 참석했다지 뭡니까. 나 때문에 갔다는군요. 그러다 감기에 걸린 겁니다. 그래서 내가 부항으로 피를 좀 빼주고 등잔의 기름을 따라 몸을 문

질러 주고, 럼주 한 잔을 먹였지요. 내일이면 거뜬히 나을 겁
니다. 하! 늙은 것, 어지간히 좋았던 모양입니다. 내가 문지르
니깐 비둘기처럼 끙끙거리는 꼴 좀 보라지. 간지럽다나요!"

(p337)

45년 동안 수많은 선원들을 상대하였고, 심지어는 프랑스,
이탈리아, 러시아, 독일의 제독들을 모두 자기 무릎 위에 올
려놓고 놀았다는 늙은 창녀를 불쌍히 여기며, 죽어가는 그녀
를 지켜주는 조르바의 행동에서 우리는 진정한 인본주의자
(人本主義者)를 만나기도 한다.

책은 또한 동서양의 가교에 해당하는 그리스라는 나라의
저자가 쓴 책답게 도처에 동양철학, 특히 부처에 관한 이야
기가 많이 나오며 부처를 흠모했던 철학자 니체의 '초인' 사
상도 엿보인다.

그러나 유대교, 이슬람교, 천주교, 기독교, 정교 등의 종교
에 대하여는, 아마도 그 종교들이 저자가 살았던 지역의 각
종 분쟁과 살상의 원인이라서 그런지, 상당히 비판적인 자세
를 취한다. 또한 책의 도처에서 그러한 폐해를 서슴없이 고
발하기도 한다. 그런 면에서 이 책은 그리스와 터키의 민족
분쟁을 다룬 잔혹한 소설이기도 하고, 코소보-세르비아의
인종, 종교분쟁을 사전에 보여주는 예고편이기도 하다.

다른 한편으로는, 조직에 흥을 불어 넣어 조직을 마음대로 움직일 줄 아는 위대한 리더의 이야기이며, 사업의 동업자이면서도 상대방의 실수에 관대한 남자의 호쾌한 이야기이기도 하다. 두목이라고 불리는 화자가 배포 큰 남자답게 조르바를 떠나보내고 난 다음 날 아침, 느낀 감회가 압권이다.

내 생애 그 같은 기쁨을 누려 본 적이 없었다. 예사 기쁨이 아닌 숭고하면서도 이상야릇한, 설명할 수 없는 즐거움 같은 모든 것과 극과 극을 이루는 그런 것이었다. 우리는 조그만 항구를 만들었지만 수출할 물건이 없었다. 깡그리 날아가 버린 것이었다. 그렇다. 내가 뜻밖의 해방감을 맛 본 것은 정확하게 모든 것이 끝난 순간이었다. (p417)

아마도 이 대목과 아래 카잔차키스의 묘비명을 함께 나란히 놓고 보면, 조르바로 대변되는 카잔차키스가 우리 후대 사람들에게 남겨주려고 했던 교훈이 무엇인지 독자들도 감이 잡힐 것이다.

"아무것도 바라지 않는다. 아무것도 두렵지 않다. 나는 자유다."

43. 돈끼호떼

미겔 데 세르반테스 저 / 김현창 역 / 동서문화사 / 1,300쪽

"**영**국에 셰익스피어가 있다면 스페인에는 세르반테스가 있다."

이것이 내가 두 사람을 평가하는 결론이다. 실제로 셰익스피어와 세르반테스는 태어난 날은 달라도 같은 해, 같은 달, 같은 날(1616년 4월 23일)에 죽었다. 또 두 사람의 작품들을 비교해 보아도 누가 더 뛰어나다고 할 수 없을 정도의 난형난제(難兄難弟)이다. 셰익스피어의 작품들이 주로 단편 위주의 희곡이라면 세르반테스의 돈끼호떼는 엄청난 장편이다.

세르반테스가 《돈끼호떼 I》을 출간한 시점은 1605년이고 그 후속작인 《돈끼호떼 II》를 출간한 시점은 1616년이었다. 하마터면 이 후속작품이 세상에 빛을 보지 못하고 묻혀버릴 수도 있었다. 그 이유는 속편을 출간하고 여섯 달 후에 세르

반테스가 세상을 떠났기 때문이다.

라만차의 어느 마을에 사는 '끼하나'라고 불리는 시골 귀족이 밤낮 기사도 이야기를 탐독하고 있는 중에, 마침내 미쳐서 스스로 이야기의 주인공이 되어 이 세상의 부정을 바로잡기 위하여 방랑기사의 길을 떠난다. 이름도 '돈끼호떼 데 라만차'라고 고치고 집안에 대대로 내려오던 낡은 갑옷으로 무장하고 늙고 비루먹은 말 로시난떼에 올라탄다. 오로지 이상만을 추구하는 미치광이 돈끼호떼를 어떤 경우에도 현실을 잃지 않는 종자 산초 빤사(뚱보)가 수행한다.

언덕위의 풍차를 거인 기사들의 무리로 착각하고 돌진하는 장면, 양떼를 몰고 오는 목동들을 군대로 착각하고 돌진하여 돌멩이에 맞아 갈비뼈가 부러지는 장면, 놋대야를 뒤집어 쓰고 호송중인 죄수들을 풀어주는 장면, 기우제를 지내려고 성모마리아상을 떼메고 가는 농부들을 악당들이 귀부인을 납치해 간다고 착각하여 습격하다가 오히려 봉변을 당하는 장면, 유랑극단 배우들에게 수작을 걸다가 로시난떼에서 떨어지고 놀림을 당하는 장면, 거대한 사자에게도 무모하게 덤벼드는 장면, 물레방아를 마법사들로 보고 달려들다가 물에 빠지는 장면, 등등은 실소를 자아내기에 충분하다. 그리고 글도 읽을 줄 모르는 산초 빤사가 마침내 주민이라야 고작 1천 명 정도의 섬(실제로는 그냥 작은 땅)에 발령을 받아 현명한 판결을 내리고 영지를 (단 열흘 동안이지만) 슬기롭게 다스리는 장면에서는 박수갈채를 보내고 싶기도 하다.

우리가 흔히 축약본이나 어린이 문고판 같은 책에서 본 것들이 바로 위와 같은 무모함을 주제로 한 돈끼호떼라면, 정작 완역본 대하소설(1,300쪽)의 돈끼호떼는 우리에게 일깨워주는 게 참으로 무궁무진한 '철학서'이다. 우선 종자인 산초 빤사가 우스꽝스러운 뚱보가 아니라 속담과 해학의 달인이라는 사실이다.

그가 수시로 인용하는 속담들은 이루 헤아릴 수 없을 정도로 많다. II권에서만 몇 개를 인용해 보겠다.

"우물에 두레박을 떨어뜨리고 줄까지 던지면 안 된다."

"생각지도 않았던 곳에서 토끼가 튀어 나온다."

"날아가는 독수리보다 손에 잠든 참새가 낫습니다."

"슬픔도 빵이 있으면 견디기 쉽거든."

"장님의 안내를 받다가는 두 사람 다 구덩이에 빠진다."

"탐욕은 자루를 찢는다고 하잖아요?"

"숫자가 많은 트럼프나 적은 트럼프나 지는 건 마찬가지."

"애를 밴 것을 보고도 처녀이기를 바라시나요?"

돈끼호떼는 또 어떤가? 그는 철학자요, 역사가요, 시인이요, 병법가요, 낙천주의자이다.

"무슨 소리를 해 봐야 너는 천체와 지구를 구성하고 있는 적도, 경도, 위도, 황도, 극점, 십이궁, 방위 측정 따위가 어떤 것인지 모를 테니 말이다." (p859)

그러나 이 책에서 내가 받은 가장 큰 감명은 가상의 여인인 둘씨네아 공주를 오매불망 그리워하며 자기의 정조와 지조를 끝까지 지키는 돈끼호떼의 애정관이다. 그리고 그는 자유를 갈망하는 자유인이었다.

"산초, 자유란 하늘이 우리 인간에게 주신 가장 고귀한 선물 가운데 하나이니라. 대지 속에 파묻혀 있는 보물로도, 바다 밑에 숨겨진 보물로도 이것을 살 수는 없느니라. 자유를 위해서라면 명예를 위한 것과 마찬가지로 마땅히 생명을 걸어야 하느니라." (p1117)

만약에 독자들 중 한 2주 정도 차분히 시간을 내어 독서를 하고 싶다면 나는 동서문화사에서 나온 이 책을 적극 추천한다. 책값도 싸고 번역도 일품이다.

44. 아라비안 나이트

리처드 버튼 저 / 고산 고정일 역 / 월드북 / 5,600쪽(전5권)

우리들이 어렸을 때 즐겨 읽었던 이야기 《알리바바와 40인의 도둑》과 《신밧드의 모험》은 모두 아라비안 나이트에 나오는 이야기들이다. 《아라비안 나이트》는 중동 지방에 전래되어 온 이야기들을 리처드 버튼이라는 영국사람(외교관, 동양학자, 탐험가)이 1850년경에 10여 년 동안에 걸쳐 집대성하고 번역하여 소개한 것이다. 리처드 버튼은 29개 나라의 언어에 능통한 사람으로 오랜 기간 중동과 아프리카 등지를 여행하며 거주하였다. 이런 그의 능력과 경험 덕분에 이 방대한 이야기들이 서구 세계에 소개될 수 있었던 것이다.

사람들이 흔히 잘못 알고 있는 경우가 있는데 천일야화라고 하면 千日夜話를 떠 올린다. 그러나 사실은 천 하루 밤의 이야기이다. 즉, 千一夜話인 것이다.

그 배경은 멀리 카이로에서부터 페르시아까지 거의 전 중동과 북아프리카를 망라한다고 보면 된다. 예를 들면 우리들이 신밧드의 모험이라고 알고 있는 《신드바드의 모험》은 아라비아 반도의 오만이라는 나라가 배경이다.

책은 처음 이야기를 이렇게 시작한다. 이것은 1001일 밤의 이야기 중에서 첫 날 밤 이야기의 '프롤로그'에 해당한다.

그 옛날 사산 왕조의 대왕에게 두 아들이 있었다. 아버지가 죽자 큰 아들 샤리아르가 페르시아의 왕이 되고 작은 아들 샤 자만은 사마르칸트의 왕이 되었다. 형은 아버지로부터 물려받은 거대한 왕국을 다스리며 바쁘게 20년을 보내던 중, 문득 동생이 보고 싶어졌다. 그래서 대신을 보내어 동생을 초대했는데 동생도 형이 보고픈 마음에 서둘러서 나라의 일을 재상에게 맡기고 길을 떠났다. 그러나 얼마 가지 못하여 형에게 주려고 했던 보석목걸이를 궁중에 두고 왔음을 알게 되었다. 서둘러 궁으로 돌아와 보니 그 사이에 자신이 사랑하는 왕비가 검둥이 요리사와 한데 뒤엉켜 정사를 나누고 있는 게 아닌가. 왕은 미친 듯이 노하여 두 연놈을 단 칼에 베어 죽였다.

마침내 페르시아 왕궁에서 형제는 만났고 반가움에 잠시도 떨어질 줄을 몰랐다. 그런데 형은 동생의 안색이 몹시 창백하고 침울한 것을 알고는 그 연유를 캐묻기 시작했다. 마지못해 동생은 자기가 떠나오던 날 밤에 궁중에서 있었던 일을 이야기했다. 그러자 형은 기분전환도 할 겸 사냥을 가자고 했다. 그러나 동생은 그럴 기분이 아니라고 하면서 형님만 다녀오라고 완곡하게 거절했다.

이튿날 아침, 사냥을 떠나는 형을 전송하고 동생은 창가에서 궁중의 정원을 무심코 내다보게 되었다. 그런데 이건 또 무슨 일인가? 형수인 왕비가 시녀들을 대동하고 숲속으로 오더니 곧 이어서 검둥이가 따라 왔다. 검둥이는 거칠 것도 없이 왕비와 뒤엉켜서 정사를 나누는 게 아닌가. 다른 시녀들도 저마다 노예들과 하나가 되고, 궁중 정원은 그야말로 발가벗은 남녀의 난장판이 되었다.

며칠 만에 사냥에서 돌아 온 왕은 아우의 얼굴색이 환해지고 식욕도 왕성한 것을 보고 깜짝 놀라 물었다. 그러자 동생이 이렇게 대답하는 것이었다.

"저만 그런 일을 당한 줄 알고 불행하다고 생각했는데 형님도 마찬가지더군요. 그런 광경을 보고 마음을 바꾸어먹자 갑자기 식욕이 동하면서 몸이 좋아졌습니다."

이 말을 들은 왕은 노발대발하여 왕비와 검둥이를 끌어와 죽이고 시녀들과 노예들도 모두 죽여 버렸다. 왕은 스스로에게, 어떤 여자든 하룻밤만 자서 처녀성을 빼앗은 뒤 이튿날 아침에는 반드시 죽여 자신의 명예를 더 이상 더럽히지 않겠노라고 다짐하였다.

얼마 뒤, 동생은 사마르칸트로 돌아갔고 샤리아르 왕은 그 때부터 전국의 처녀들을 한 명, 한 명 불러서 하룻밤을 자고 다음 날, 날이 밝으면 그대로 목을 쳐서 죽여 버렸다. 이런 일이 3년이나 계속되자 급기야 페르시아에는 처녀의 씨가 말라 버렸다는 이야기가 나돌 정도까지 되었다.

그 때 페르시아에는 현명한 대신이 있었는데, 그에게는 아주 미모도 빼어나고 영특한 두 딸이 있었다. 하루는 그중 언니가 이런 사정을 알고는 자신이 동생과 함께 자진해서 궁중으로 들어가겠노라고 아버지에게 말했다.

이렇게 하여 언니 샤라자드가 궁중으로 들어가고, 언니는 임금에게 1001밤 동안 이야기를 계속해서 들려주는 것이다. 여기서 동생의 역할은 이야기가 끝날 것 같으면 다시 다음 번 이야기를 해 달라고 조르는 것이다. 그래서 매번 이야기의 시작은 다음과 같이 된다.

4번째 밤

나흘째 밤이 되자 동생 두냐쟈드가 언니에게 말했다.

"언니, 졸리지 않거든 어젯밤 이야기를 계속해 주세요."

그래서 샤라쟈드는 또 이야기를 시작했다….

842번째 밤

샤라쟈드는 이야기를 계속했다….

수많은 이야기들 중에서 내가 제일 재미있게 읽은 이야기는 위에 소개한 제1권 첫날밤의 이야기의 서론 부분과 제4권 '바소라의 하산'이라는 이야기인데, 하산의 이야기는 무려 53일 동안이나 계속되는 굉장히 긴 이야기이다. 우리나라의 나무꾼과 선녀와 비슷한 버전이지만 그것보다 10배는 내용이 재미있고 또 10배는 구성이 복잡하다.

이 책은 모두 다섯 권으로 5,600쪽이나 되는 방대한 분량이다. 내용도 자세하고 또 주석이 엄청나게 많아서 주석만 제대로 읽어도 중동과 아프리카 회교권의 문화를 거의 다 이해할 수 있을 정도이다.

Group 12

영화도서

45. 바람과 함께 사라지다

마가렛 미첼 저 / 장왕록 역 / 동서문화사 / 1,332쪽(전2권)

19 36년 《바람과 함께 사라지다(Gone with the Wind)》가 출판되자마자 평단과 독자들의 찬사가 이어졌고 이듬해 마가렛 미첼은 퓰리처상을 받았다. 그리고 1939년에 영화로 만들어지면서 더욱 인기를 얻게 된다. 전 세계에서 40개 언어로 번역되었고 현재까지 대략 4,000만 부 정도가 팔렸다고 알려져 있다.

그렇다면 저자가 말하려는 '바람과 함께 사라진 것'은 과연 무엇이었을까? 그것은 아마도 노예제를 바탕으로 한 미국 남부의 귀족적인 전통, 신사도와 목화밭, 사별한 두 남편과 돌연 집을 뛰쳐나간 새 남편 레트 버틀러, 그리고 무엇보다도, 이제 막 다시 찾았다고 생각했는데 돌연 사라져버린 '행복'이 아닐까 싶다.

마가렛 미첼(1900~1949)은 조지아 주 애틀랜타의 변호사 부모 사이에서 출생했다. 그녀는 어려서부터 그 지방을 휩쓸고 간 남북전쟁(Civil War 1861~1865)에 관한 이야기를 들으면서 자랐다. 그녀의 오빠는 《남북전쟁 당시 애틀랜타의 산업》이라는 논문을 발표하고 애틀랜타 변호사협회 회장과 역사학회 회장을 역임하기도 하였다.

부모와 오빠의 영향을 많이 받은 미첼은 1926년부터 이 작품을 쓰기 시작하여 1936년에 출판을 하게 된다. 그리고 2년 후, MGM사에서 빅터 플래밍 감독의 지휘 아래 비비안 리(스칼렛) 주연의 장장 4시간짜리 영화로 제작되었고, 영화는 10개의 아카데미상을 받았을 뿐만 아니라 전 세계를 통틀어 가장 유명한 10대 영화의 반열에 오르게 된다.

조지아 주 타라 농장의 스칼렛 오하라는 빼어난 미모와 활달한 성격으로 청년들의 애를 태우지만 그녀가 사랑하는 남자는 애슐리 윌크스 뿐이다. 하지만 레트 버틀러가 나타나자 스칼렛은 그를 미워하면서도 또 한편으로는 자신도 모르게 그에게 이끌린다. 그러나 애슐리가 멜라니와 결혼하자 스칼렛은 홧김에 동생 인디아와 결혼하기로 되어 있던 멜라니의 남동생 찰스와 결혼한다. 그리고 남북 전쟁이 일어나는데 찰스는 입대하자마자 전사한다. 상복을 입고도 스칼렛은 애슐리에 대한 미련을 버리지 못하는데, 급기야 조지아 주 애틀랜타까지 북군이 쳐들어오고 멜라니의 출산이 임박하자 스칼렛은 계속 머물게 된다. 스칼렛은 전쟁의 불길이 거세지자 멜라니와 그녀가 낳은 아이와 함께 레트의 마차를 타고 고향 타라로 피신한다.

전쟁이 끝나고 애슐리도 타라로 돌아온다. 이후 스칼렛은 농장에 매겨진 세금을 충당하기 위해 장사꾼으로 성공한 동생의 약혼자 프랭크를 가로채 결혼하고, 억척같이 일해 재산을 모았으나 또다시 과부가 된다.

사업에 어려움을 겪던 스칼렛은 레트의 오랜 구애를 받아들여 마침내 그와 결혼한다. 레트와의 사이에서 딸 보니를 얻었지만 스칼렛은 여전히 애슐리에 대한 마음을 정리하지 못하고 있던 중 레트와의 불화로 둘째 아기를 유산하는 사고를 겪게 된다. 설상가상으로 어린 딸 보니 마저 말에서 떨어지는 사고로 목숨을 잃는다. 더구나 스칼렛과 레트 두 사람을 항상 위로해 주던 멜라니도 쓰러진 후 결국 숨을 거두자, 스칼렛은 커다란 슬픔을 겪게 된다.

애슐리가 정말로 사랑했던 사람은 자신이 아닌 멜라니임을 안 스칼렛은 뒤늦게 자신이 사랑하는 사람이 레트라는 사실을 깨닫고는 그에게로 달려오지만, 레트는 미련 없이 그녀

곁을 떠난다.

혼자 남겨진 채 슬픔에 젖어 있던 스칼렛은 타라로 돌아가 레트를 되찾을 방법을 생각하겠다고 다짐하며 일어선다.

마거릿 미첼은 이 책을 통하여 전쟁의 폐해를 자세히 묘사하고 있다. 남편과 아들을 잃은 전쟁미망인들, 물자의 궁핍, 부상병으로 가득한 야전병원, 전쟁을 틈타 배를 불리는 이들, 그리고 전쟁으로 인하여 세상의 인정, 생활 태도, 도덕관념도 변한다는 것을 들추어냈다.

이 책에서 주목해 보아야 할 또 하나는 스칼렛과 레트, 애슐리와 멜라니로 연결되는 복잡한 연애감정이다. 이러한 연정은 치정싸움으로 치닫기 십상이지만 미첼은 이 작품에서 멜라니라는 거의 성녀 수준의 여성을 등장시켜 이 작품을 아주 아름다운 러브스토리로 완성시켰다.

나는 이 책에서 여러 군데의 극적인 장면을 보았지만 그중 가장 클라이맥스는 여기가 아닐까 싶다. 바로 어린 딸 보니가 망아지를 타고 가름나무를 뛰어넘다가 죽는 승마장면이다.

"엄마, 이것을 뛰어넘을 테니 보고 있어."

아득한 옛날의 기억이 다급한 종소리처럼 스칼렛의 마음에 울려 퍼졌다. 무엇이었던가? 왜 생각이 나지 않을까? 그녀는

달리는 망아지 위에 사뿐히 앉은 딸의 모습을 내려다보았다.
순간 그녀는 차가운 것이 섬뜩 가슴을 스친 듯이 눈썹을 찡그
렸다. 보니는 굽이치는 검은 머리를 휘날리고 파란 눈을 반짝
이며 힘껏 달려왔다.

'아버지 제럴드의 눈과 똑 같다.'

그리고 아버지를 생각하게 되자 여태껏 생각나지 않았던
기억이 갑자기 번갯불처럼 심장이 멎을 만큼 뚜렷이 되살아
났다. 아일랜드 사람들의 노랫소리와 함께 아버지의 목소리
가 들렸다.

"엘렌, 이걸 뛰어넘을 테니 보고 있어!"

그녀는 소리를 질렀다.

"안 돼! 안 돼! 보니야, 멈춰!"

그 순간 나무가 부러지는 끔찍한 소리가 나고…
(pp1246~1247)

이 작품은 시간을 갖고 천천히 영화의 장면들을 떠올리면
서 읽어야 제격이다. 그러다 보면 책의 맨 마지막을 장식하
는 이 구절이 희망을 상징하는 메시지라는 사실을 깨닫게 될
것이다.

"모두 내일 타라에서 생각하기로 하자. 어쨌든 내일은 또 다
른 날(tomorrow is another day)이니까." (p1306)

46. 누구를 위하여 종은 울리나

에네스트 헤밍웨이 저 / 안은주 옮김 / 시공사 / 758쪽

영화의 전설로 남은 록 허드슨과 잉그리드 버그만이 주연했던 영화, 그 옛날 50여 년 전, 10대 때 이 영화를 처음 보았을 때는 무슨 내용인지도 몰랐다. 그 후 수차례 헤밍웨이의 소설을 읽으면서, 그리고 TV에서 영화를 다시 보고 DVD로 몇 차례 더 보고서야 내용을 온전히 이해하게 되었다.

이 책은 750여 쪽에 달하는 장편이지만 그 내용은 단 사흘 동안 있었던 일을 이야기하고 있다. 우선 책의 내용을 정리하여 보자.

1937년 파시스트와 공화정부파로 갈라져 싸우던 스페인 내전에서 미국 청년 로버트 조던(로베르토)은 정의와 자유를

위해 공화정부파의 의용군에 가담하여 게릴라 활동을 한다. 그는 미국 몬태나 주의 대학에서 스페인어 강사를 하던 사람이다. 그에게 내려진 임무는 산중의 철교를 3일 후에 폭파시켜 적의 진격을 저지하는 것이다.

다리를 폭파시키기 위해서는 정부군의 힘을 빌지 않고서는 불가능하다. 이 산악지방에서 활동하고 있는 정부군 게릴라 집단은 10여 명씩의 소규모로 이곳저곳에 숨어 활동한다. 로버트 조던이 합류한 빨치산 집단의 두목은 술을 좋아하는 파블로로 그는 이 일에 선뜻 협력하려고 하지 않는다. 다행히도 파블로는 아내와 동료들로부터 따돌림을 받아서 조직을 떠난다. 그래서 조던은 파블로의 아내 필라르의 협조를 받아 이 일을 추진하게 된다.

산중에 합류한 후, 조던은 은신처인 동굴에서 마리아라는 처녀를 만난다. 마리아는 내란 전에는 중소도시의 시장 딸이었다. 내란 도중에 부모가 모두 죽임을 당하고 자신은 여러 명으로부터 집단 성폭행을 당하고 머리도 빡빡 깎인 상태로 게릴라부대에 의하여 구조되어 동굴 속에서 허드렛일을 도우며 생활하고 있는 처녀이다. 조던은 그녀의 처지에 공감하고 마리아 역시도 조던을 사랑하게 된다. 둘의 사이는 빠르게 가까워지고 급기야 둘은 흰 눈이 소복이 쌓인 5월의 스페인 산중 동굴 밖 조던의 침낭에서 아침을 맞는다.

드디어 합류 3일째인 이른 아침, 조던 일행은 다리 폭파 작전을 떠난다. 다행히도 작전에 반대하며 겁을 집어먹고 동굴을 떠났던 파블로가 또 다른 대원 다섯 명을 데리고 동굴로 돌아온다. 파블로의 합류로 용기백배한 빨치산 게릴라들은 조던의 다리 폭파를 적극적으로 엄호하고 도와서 결국 다리는 다이너마이트에 의해 폭파되고 만다. 그러나 그는 퇴각 도중 적군의 포탄을 맞은 말이 부상을 당하는 바람에 말에서 떨어지고 말에 깔려 다리가 부러진다.

자신이 동료들과 함께 퇴각할 수 없음을 직감한 조던은 필라르에게 마리아를 데리고 떠나 줄 것을 요청한다. 마리아는 쓰러진 그의 몸에 매달려 울며 떠나지 않으려고 하지만 조던은 그녀에게 떠날 것을 설득하고, 필라르는 강제로 그녀를 끌고 떠난다. 마지막 남은 조던은 뒤쫓는 적군들과 탱크를 향하여 총탄을 퍼붓는다.

이 책의 가장 감동적인 장면은 사랑하는 여인 마리아와 마드리드에 가서 함께 살기를 약속하고, 미국 몬태나에 이 젊고 아리따운 신부를 데리고 가면 얼마나 행복할까를 상상하던 조던이 마리아를 떠나보내는 장면이다.

"잘 들어, 토끼."

그는 아주 서둘러야 한다는 것과 자신이 땀을 많이 흘리고 있다는 것을 알았지만 이 이야기만큼은 해야 했다. 그녀를 이해시켜야 했다.

"당신은 이제 떠날 거야, 토끼아가씨. 우리 중 한 명이 있는 한, 우리는 둘 다 있는 거야."

그녀는 뒤돌아보려 했다.

"로베르토, 남아 있게 해 줘요. 나도 남겠어요."

"안 돼, 토끼아가씨. 지금 내가 할 일은 나 혼자 해야 해. 당신과 함께 있으면 그 일을 할 수 없어. 당신이 가면 나도 가는 거야. 우리 중 한 사람이 있으면 우리 둘 다 있는 거야. 작별이란 없는 거야. 우린 함께 있으니까." (pp732~733)

도대체 사상이란 무엇이고 신념이란 무엇이기에 미국 몬태나 주에서 대학 강사로 평화롭게 살아가던 한 젊은이가 이렇게 전혀 알지도 못하는 나라 스페인의 산중에 와서 죽어가야만 하는 걸까? 이 작품을 읽는 내내 내 머릿속에서 떠나지 않는 의문이었다.

이 책을 온전히 이해하려면 우선 작품의 배경이 되는 스페인 내전을 이해하여야만 한다. 1930년대 스페인에는 '두 개의 스페인'이 상존하고 있었다. 하나는 개방적, 급진적, 범

세계적인 지식인과 진보주의자들의 스페인이고, 다른 하나는 가톨릭적, 폐쇄적, 민족주의적인 보수주의자들의 스페인이었다.

그런데 1936년 2월, 스페인 총선에서 진보주의자들이 승리하면서 인민전선 '공화정부'가 수립되었다. 그러자 다섯 달 뒤, 프랑코를 주축으로 하는 군부 세력이 스페인령 모로코에서 '공화정부 타도'를 기치로 반란을 일으키면서 내전이 발생한다. 지도상으로 보면 스페인을 절반으로 갈라서 포르투갈과 가까운 서쪽은 반군인 국민군이, 그리고 지중해에 면하고 있는 동쪽은 정부군이 장악하고 있었다.

스페인 내전은 초기 단계부터 유럽과 온 세계의 주목을 받았다. 소련, 멕시코, 유럽, 심지어는 미국까지도 공화국 정부군을 지원하였고, 독일과 이탈리아는 반란군을 지원했다. 공화국 정부군 측에서는 작가인 헤밍웨이와 조지 오웰 등이 참가한 의용군으로 이루어진 4만여 명의 국제여단이 활약해 세계적인 관심을 불러일으키기도 했다.

소련과 같은 나라가 공화국 정부군을 지원했기 때문에 책에서도 빨치산, 게릴라, 동무 같은 용어들이 등장한다. 그래서 책을 읽다보면 조던과 동무들이 속해있는 정부군이 마치 반란군인 것 같은 착각에 빠지는 것이다.

47. 벤허: 그리스도 이야기

루 월리스 저 / 김석희 역 / 시공사 / 784쪽

매년 크리스마스나 연말이면 TV에 단골처럼 등장하는 영화가 있다. 제작 기간 10년, 등장인물 10만 명에 무려 1,500만이 불이라는 천문학적 돈을 쏟아 부은 영화, 아카데미상 12개 부문을 석권한 것으로 더욱 유명한 영화이다. 영화가 나온 지 60년이 다 되어 오지만 영화 벤허가 보유한 기록은 아마 앞으로도 영원히 깨지지 않을 것이다.

이 영화는 남북전쟁 당시 영웅이었던 루 월리스 장군이 1880년에 쓴 베스트셀러 소설《벤허 : 그리스도 이야기》를 영화화한 작품이다. 원작이 그리스도의 행적에 초점을 맞춘 것과 달리 영화《벤허》의 스토리 라인은 예수 그리스도가 아닌 유다 벤허의 삶을 따라간다. 우선 영화의 줄거리를 살펴보기로 한다.

서기 26년 로마 제국 시대. 유다 벤허는 예루살렘의 제일 가는 부호이자 귀족이다. 어느 날 신임 총독이 부임하고 나서, 벤허의 옛 친구인 멧살라가 주둔지역 사령관으로 온다. 멧살라는 벤허에게 로마에 반역하는 유대인을 검거하는 일에 협조해 주기를 요청하지만, 유대민족의 자부심을 가진 벤허는 이를 거부하고, 둘은 적이 된다.

다음날 벤허는 여동생 티르자와 집 옥상에서 신임 총독의 부임 행렬을 지켜보는데, 티르자의 실수로 기왓장이 총독의 머리에 떨어지는 사건이 발생한다. 멧살라는 벤허가 무고한 줄 알면서도 유대인들에게 본보기를 보여주기 위해 그에게 총독 암살 음모를 꾸민 반역죄를 적용한다. 벤허는 노예로 팔려가고 어머니 미리암과 티르자는 감옥에 보내진다.

가족의 생사도 모른 채 갤리선 노예로 고된 삶을 이어가던 중 벤허가 타고 있는 선단이 해적선의 습격을 받게 되는데, 그때 로마의 집정관인 아리우스를 구해준 공로로 그는 노예의 신분에서 해방되고 아리우스의 양자가 된다. 자유인이 된 벤허는 고향으로 돌아가 옛 연인 에스더의 사랑을 확인하고, 자신을 파멸에 이르게 한 멧살라를 향한 복수를 계획한다.

아랍 부호의 도움으로 예루살렘에서 열리는 전차 경주에

참가한 벤허는 멧살라를 누르고 우승을 차지하게 되고, 벤허의 전차를 전복하려던 멧살라는 자신의 꾀에 빠져 죽게 된다. 한편 미리암과 티르자는 투옥살이 중 한센병에 걸렸는데, 벤허에게 피해를 주지 않기 위해 한센병 마을 골짜기로 가 숨어 지낸다.

멧살라의 유언으로 가족의 생사를 알게 된 벤허는 극적으로 가족을 만나게 되는데, 당시 나사렛에서 예수의 설교에 감화 받은 에스더의 권유로 벤허는 가족을 데리고 예수에게로 간다. 마침 그날이 예수가 골고다 언덕의 십자가에 못 박혀 처형되던 날이었는데, 벤허는 채찍을 맞으면서도 예수에게 물을 가져다주고 그가 자신이 노예일 때 나사렛에서 물을 가져다준 은인임을 깨닫게 된다. 예수가 숨을 거두고, 벤허의 어머니와 누이의 한센병이 낫게 된다. 기적을 목격한 벤허는 예수에 대한 믿음을 갖게 된다.

이상이 영화의 대략적인 소개인데 책은 어떨까? 한마디로 소설《벤허》는 영화의 명성을 능가하는 작품이다. 로마 제국을 배경으로 펼쳐지는 배신과 복수의 장대한 역사소설이자, 유대 청년 유다 벤허의 고난과 청년 예수의 운명이 절묘하게 얽이며 믿음의 근본을 파고드는 종교소설로 미국 최초의 밀리언셀러 소설인《엉클 톰스 캐빈(1852)》을 뛰어넘어 50년 동안 부동의 1위를 차지한 초대형 베스트셀러이다. 이 기록은 마가렛 미첼의《바람과 함께 사라지다(1936)》가 출판될 때까지 50년 동안 깨지지 않았다. 또한 소설로는 처음으로 교황의 축성을 받은 기념비적 작품으로도 이름을 올렸다.

그런데 사실 책의 내용은 영화와는 많이 다르다. 아마도 그렇게 다른 이유는, 무려 여섯 명의 시나리오 작가들이 소설을 시나리오로 재구성하면서 좀 더 흥행을 염두에 두고 극적인 장면을 영화에 많이 넣으려고 했기 때문이 아닌가 싶다.

이 책을 접하는 사람들은 두 번 놀란다. 그 하나는 무려 1천 페이지에 달하는 엄청난 분량이고 또 다른 하나는 이 소설이 1880년에 나온, 아주 오래된 작품이라는 사실이다. 책은 총 8권으로 되어 있는데 우선 처음 시작을 세 명의 동방박사들 이야기로부터 시작한다. 그런데 그것이 몇 줄 끄적거리는 수준이 아니라 무려 제1권 150페이지가 다 동방박사와 그리스도의 탄생 이야기이다. 책에서는 세 명의 동방 박사를 그리스인 카스파르, 인도인 멜키오르, 그리고 이집트인 바타사르라고 소개하고 있다. (실제로 성경에는 이들의 이름이 등장하지 않는데 아마도 저자는 기독교의 전승을 인용한 것 같다.)

본격적인 벤허와 유대민족의 이야기가 나오는 것은 제2권부터이다. 특이한 점은 책의 서두에 동방박사의 한 사람으로 등장한 발타사르라는 인물이 책의 끝까지 계속 나온다는 점이다. 벤허가 예수 그리스도의 처형을 지켜보면서 하는 말이다.

"아, 지혜로운 이집트인이여, 당신의 말이 옳았습니다. 저 나사렛인은 정녕 하나님의 아들이었습니다." (p960)

이렇듯 저자는 벤허와 여러 등장인물들을 예수 그리스도의 행적에 교묘히 꿰어 맞춘다. 벤허의 어머니와 누이동생이 문둥병에서 치유되는 장면도 성경에서 예수가 문둥병자들을 치유하는 장면에 접목시켰다.

"오, 주여! 당신은 저희들을 깨끗이 해 주실 수 있나이다. 주여 자비를 베푸소서."

"너희들의 믿음이 크도다. 뜻대로 이루어질지어다." (p891)

루 월리스는 1827년 인디애나 주에서 태어난 저술가이자, 군인이자, 정치가이다. 학창 시절부터 시와 짧은 소설들을 쓰기 시작하였으며 1880년 《벤허》를 세상에 내보냈다. 이 책에 감명 받은 제임스 가필드 대통령은 그를 터키 주재 공사로 임명하였고, 그는 4년 동안 외교관의 임무를 수행하기도 하였다.

48. 레 미제라블

빅토르 위고 저 / 베스트르랜스 역 / 더 클래식 / 1,833쪽

대문호 빅토르 위고가 장장 30여 년 동안 구상하고 또 고민하여 61세에 완성했다고 알려진 이 작품의 핵심 사상을 출판사는 '저주받은 인간이 예수가 되는 이야기'라는 아주 짧은 문장으로 요약하였다. 줄거리는 다음과 같다.

장발장은 빵 한 조각을 훔친 죄로 총 19년을 감옥에서 복역하고 나온다. 그러고도 하룻밤 잠자리를 마련해 준 미리엘 주교의 집에서 은촛대를 훔쳐 달아난다. 그런데 장발장이 체포되었을 때 미리엘 주교는 은촛대는 자신이 선물로 준 것이라고 말해서 장발장을 구해준다.

그러나 주교의 집에서 은촛대를 훔쳤을 당시 장발장을 체포했던 자베르 경감은 끈질기게 그를 의심한다. 때마침 한

사나이가 장발장으로 오인되어 체포되자 장발장은 자수해서 그를 구하고 대신 감옥에 간다. 곧 탈옥한 장발장은 마들렌이라는 이름으로 재기에 성공하고 마침내 몽트뢰유쉬르메르라는 파리 근교의 작은 도시의 시장이 되기까지 한다.

팡틴은 딸을 낳고 자신이 살길이 막막해지자 어린 딸 코제트를 테나르디에라는 퇴역군인이 운영하는 여관에 맡기고 자신은 공장에 취직한다. 테나르디에 부부는 어린 코제트에게 학대란 학대는 다 하면서도 팡틴으로부터는 갖은 명목으로 돈을 뜯어내는 흡혈귀들이다.

장발장은 어느 날 여공(팡틴)을 찾아간다. 그녀는 죽기 직전에 자신의 딸 코제트를 찾아서 돌보아 달라고 부탁한다. 장발장은 다시 체포되었으나 곧바로 탈옥해 코제트를 데리고 파리로 도망친다. 그곳에서 열심히 일해 다시 성공한다. 이때부터 장발장과 코제트의 평화로운 삶이 시작되는데 이 기간에 장발장은 어린 딸 코제트가 점점 성숙해 가는 모습을 지켜보면서 자신의 내면에서 자라나는 연모의 정을 두려워한다. 잘 생긴 청년 마리우스와 사랑에 빠지는 코제트를 보면서는 질투의 감정까지 느끼게 된다. 마침내 코제트는 마리우스와 결혼하게 되고 장발장은 코제트 부부가 지켜보는 가운데 숨을 거둔다.

이렇게 줄거리를 요약해 놓고 보면 마치 보통의 통속소설 같아 보이는 책이지만, 이 책이 불후의 명작인 이유는 여기에는 1800년대 프랑스의 복잡한 정치사, 수도원 생활, 비참한 사회상 등이 잘 묘사되어 있기 때문이다. 23살의 젊은 엄마 팡틴이 죽어가면서 장발장에게 자기의 어린 딸 코제트를 찾아 잘 키워달라고 부탁하는 장면, 여인숙 주인인 테나르디에 부부가 어린 종달새(코제트)를 학대하는 장면, 장발장이 점점 성숙해가는 코제트를 수양딸이 아닌 여인으로 사랑하며 연모의 정을 느끼는 대목, 자베르 경감이 양심의 가책에 못 이겨 강에 투신하는 장면, 코제트의 남편이 된 마리우스가 장발장을 찾아 장인의 임종을 지키는 장면, 등등이 모두 다 감동적이다.

무삭제판《레 미제라블》을 처음 접한 사람들은 두 번 놀라게 된다. 우선 그 방대한 분량(무려 1,830쪽)에 놀라고, 사람들이 보통 알고 있던 줄거리가 빙산의 일각에 불과하다는 사실에 또 한 번 놀란다. 장발장에 대한 이야기는 이 소설에서 3분의 1가량에 불과하며, 나머지 3분의 2에는 1800년대 초 프랑스의 사회와 풍습, 그리고 다양한 문제에 관한 저자의 견해가 서술되어 있다.

이 책의 압권이라 할 수 있는 1823년의 공화파(시민군)와

왕정파(국민군)의 전투장면을 그린 부분(뮤지컬 영화의 주요 장면이다.)만도 장장 200여 쪽이다.

이 책에서 저자는 워털루 전투의 패배 상황을 아주 자세하게 설명한다. 포병은 전날 내린 비로 진창에 빠져서 제대로 작전을 할 수 없었다. 특히 나폴레옹의 최정예인 기병대는 언덕 너머의 내리막 비탈길을 사전에 파악하지 못하고 그대로 돌진하다가 전멸하고 만다. 제1대를 제2대가 덮치고 제2대를 제3대가 덮치는 재앙이 발생하는 것이다. 기록에 의하면 2,000마리의 말과 병사들이 언덕 아래 구덩이에 묻혔다고 한다.

마지막 부분에서 장발장이 코제트와의 정을 떼려고 일부러 멀리하면서 혼자서 고뇌하는 장면은 많은 것을 생각나게 한다. 이때 장발장의 나이가 90살 이었으니 코제트 부부와 함께 살아도 1~2년 내로 죽을 터인데 구태여 그렇게 자신을 학대하면서까지 떨어져서 지낼 필요가 있었을까 하는 아쉬움이 든다.

"아, 이제 끝났다. 나는 이렇게 혼자다. 아! 나는 이제 그 아이를 만나지 못하는구나." (p1790)

노벨문학상 I

49. 내 이름은 빨강

오르한 파묵 저 / 이난아 역 / 민음사 / 760쪽

$20$06년 터키에 최초로 노벨 문학상의 영광을 안겨준 오르한 파묵이라는 작가는 어떤 사람일까? 오르한 파묵은 1952년 터키의 이스탄불에서 태어나 3년간 건축학을 공부하다 중도에 건축가(화가)가 되려는 생각을 접고 자퇴했다. 그 후 소설가가 되어 몇몇 작품을 발표하여 호평을 받다가 마침내 1998년《내 이름은 빨강》으로 프랑스, 이탈리아, 아일랜드 등, 세계의 유명 문학상을 석권하였다. 그리고 2006년 노벨문학상 수상의 영광을 거머쥐게 된다.

이야기의 시대적 배경은 1591년, 밀려오는 외국의 화풍 속에서도 자기네들의 고유한 화풍을 지키려는 궁정의 세밀화가들을 둘러 싼 이야기이다. 그런데 목차의 구조가 좀 독특하다. 1권의 예를 들어 보면 다음과 같다.

나는 죽은 몸 / 내 이름은 카라 / 나는 개입니다 / 나를 살인자라고 부를 것이다 / 나는 여러분의 에니시테요 / 나는 오르한 / 저는 에스테르랍니다 / 나는 셰큐레 / 저는 한 그루 나무입니다 / 나를 나비라 부른다 / 나를 황새라 부른다 / 나를 올리브라 부른다 / 저는 금화올시다 / 나는 죽음이다 / 내 이름은 빨강

즉, 소제목의 주인공들이 화자가 되어 이야기를 서술하는 식이다. 책의 처음 시작은 '나는 죽은 몸'이라는 망자가 서술하는 방식으로 시작한다.

나는 지금 우물 바닥에 시체로 누워있다. 마지막 숨을 쉰지도 오래되었고 심장은 벌써 멈춰 버렸다. (p13)

책 제목 '내 이름은 빨강'도 소제목 중의 하나에서 따 온 것이다. 빨강색이 자신을 설명하는 대목을 보자.

나는 빨강이어서 행복하다. 나는 뜨겁고 강하다. 나는 눈에 띈다. 그리고 당신들은 나를 거부하지 못한다. (1권 p333)

이 책은 두 명의 세밀화 화가의 죽음을 파헤치는 추리소설의 형식을 띄고 있다. 그렇지만 본격적인 추리소설과는 거리가 멀다. 오히려 이 책을 정의하자면, 아라비안나이트에 가까운 16세기의 터키와 이란을 배경으로 하는 풍속소설이

라고 하는 게 적당할 것 같다. 책의 주제는 터키의 풍속화, 그 중에서도 궁정의 세밀화를 둘러싼 화가들의 음모와 암투에 관한 이야기이다. 더 구체적으로는 두 명의 세밀화가가 의문을 죽음을 당하고 주인공 카라가 그 죽음의 원인을 파헤치는 과정이라고 할 수 있는데, 이슬람 세밀화(상대적인 기법으로 베네치아의 원근법이 나온다.)에 대한 논쟁과 논란이 커다란 비중으로 다루어지고 있다. 그 사이사이에 1590년을 전후한 터키의 풍습이나 사람들의 사고방식, 그리고 애정관이 소개된다.

아라비안나이트에도 페르시아를 배경으로 한 이야기가 많이 나오는데 여기서도 페르시아에 관한 이야기, 특히 왕서(王書: AD 1천 년 경에 페르도우시가 완성한 대작으로 아버지가 아들을 죽인다.)가 자주 등장한다.

또한 살인범이 직접 화자가 되어 살인사건에 힌트를 주는 장면이 1, 2권에 모두 여섯 군데가 나오는데 무척 흥미롭기도 하면서 작가인 오르한 파묵의 천재성을 드러내는 대목이기도 하다.

대문이 열렸다. 어둠 속에서 카라가 나오는 것이 보였다. 에니시테는 대문 뒤에 서서 잠시 카라를 다정하게 쳐다보다가 문을 닫고 안으로 들어갔다. 바보처럼 상상에 잠겨 있던 내 정

신은 눈앞에서 벌어진 광경을 보자 대번에 서글프고 자연스러운 결론 세 가지를 내릴 수 있었다.

첫째, 카라가 더 값이 싸고 위험 부담이 없기 때문에 에니시테는 우리의 책을 마무리 짓는 일을 그에게 시킬 셈이다.

둘째, 아름다운 세큐레는 카라와 결혼할 것이다.

셋째, 가련한 엘레강스가 한 말들은 모두 사실이다. 나는 그를 쓸데없이 죽인 듯하다. (P222)

이 정도만 가지고도 독자들은 살인자가 같은 화가라는 점, 세큐레를 사랑한다는 점, 그리고 이자가 엘레강스(화가)도 죽였다는 점 등을 추리해 낼 수 있을 것이다.

이 책은 터키나 페르시아의 문화에 대하여 관심을 갖고 읽지 않으면 자칫 지루해 질 수도 있는 책이다. 그래도 책의 곳곳에 16세기의 중동 문화나 그 당시 사람들의 관습을 엿볼 수 있는 장면들이 많이 나오기 때문에 굉장히 진귀한 소설임에는 틀림없다. 스웨덴 한림원에서 터키에 최초로 노벨문학상을 준 데에는 이슬람이 지배하는 중동 지방의 문화를 추리소설이라는 형식으로 전 세계에 소개한 저자에 대한 격려의 뜻이 담겨 있지 않을까 생각해 본다.

50. 이반 데니소비치, 수용소의 하루

알렉산드로 솔제니친 저 / 이영의 역 / 민음사 / 224쪽

러시아 작가 솔제니친이 경험한 강제노동수용소 8년 동안의 비인간적인 삶이 고스란히 묻어나는 작품이자 그를 노벨문학상 수상자의 반열에 올려놓은 작품이다.

이 책에서 작가는 8년이 되는 어느 날, 단 하루 동안 수용소에서 겪는 생활에 대해서만 이야기한다. 여러 날을 묘사할 필요가 없는 이유는 날마다의 생활이나 일 년의 생활이 항상 똑같기 때문이다. 또 탈출에 대한 이야기가 거의 없는 것도 충분히 이해가 된다. 즉, 벌거벗은 모습으로 영하 20~30도의 날씨에 탈출한다는 것은 죽겠다는 말과 마찬가지이기에 작품에서 배제한 것이다.

"어느 때처럼 아침 다섯 시가 되자 기상을 알리는 신호 소리가 들려온다. 본부 건물에 있는 레일을 망치로 두드리는 소

리다. 손가락 두 마디만큼이나 두껍게 성애가 낀 유리창을 통해 단속적인 음향이 희미하게 들려오는가 싶더니…. 오늘은 여느 때처럼 당번들이 변기통을 막대기에 메고 내가는 소리도 들리지 않는다."

처음 장면부터 숨이 턱 막히는 느낌이다. 손가락 두 개 정도 두께의 성애가 낀 수용소에서 변변치 못한 옷을 입고 지내는 죄수들을 생각해 보라. 그래서인지 유난히 추위를 피하려는 인간의 원초적인 행동들이 자주 등장한다.

"아, 이 순간만은 완전히 우리의 것이다. 윗사람들이 상의를 하고 있는 동안 아무 곳이나 따뜻한 곳을 찾아 불 옆에 앉아 조금 후에 시작될 고된 노동에 대비하는 것이다. 운이 좋아 난로 옆에라도 앉게 되면, 발싸개라도 풀어서 불을 쬐는 것이다. 그러면 하루 종일 발가락들이 따뜻하게 지낼 수 있다."
(p58)

이 책에는 음식과 관련된 이야기가 많이 나온다. 극한 상황에 내몰리면 인간이 가장 필요로 하는 것은 역시 식욕과 수면욕이라는 사실을 솔제니친은 여과 없이 보여준다. 조금이라도 더 먹으려고 하고 먼저 먹으려고 한다. 배급자를 속여 죽 한 그릇을 더 챙기고, 불이익을 당하지 않기 위해 뇌물을 먹이고, 좀 더 편하기 위해 동료를 밀고한다. 각자 알아서 먹을 것을 숨겨 두었다가 몰래 먹는다.

"슈호프는 하마터면 자기 손가락마저 깨물었을 정도로 빵에 정신이 팔려 있었지만, 반원형의 빵 껍질 부분은 남겨 두었다. 대접 밑바닥에 눌러 붙은 죽을 긁어먹는 데는 이 빵 껍질이 최고다." (p63)

이렇게 삭막하고 고된 수용소 생활보다 더 무서운 것은 폭력에 길들여져 가는 사람들이다. 슈호프를 비롯한 사람들은 인권적 대우를 기대하기 어려운 그런 상황에 반감을 가지기 보다는 적응을 해 나간다. 그리고 때때로는 인생의 행복까지 느낀다.

"슈호프는 어릴 적에 말에게 귀리를 먹이고는 했다. 그때만 해도 슈호프 자신이 이런 몇 숟가락의 귀리죽에 어쩔 줄 모르고 행복에 겨워하게 되리라는 사실은 꿈에도 몰랐다." (p91)

솔제니친은 책의 맨 마지막을 이렇게 장식한다.

"슈호프는 아주 흡족한 마음으로 잠이 든다. 오늘 하루는 그에게 아주 운이 좋은 날이었다. 영창에 들어가지도 않았고, 작업을 나가지도 않았으며, 점심때는 죽 한 그릇을 속여서 더 먹었다. 저녁에는 동료 체자리 대신 순번을 맡아주고 많은 벌이를 했으며 잎담배도 사지 않았는가. 그리고 찌뿌드드하던

몸도 이젠 씻은 듯이 다 나았다. 눈앞이 캄캄한 그런 날이 아니었고 거의 행복하다고 할 수 있는 그런 날이었다." (p208)

이렇게 작가 솔제니친은 슈호프라는 가상 인물을 내세워 자신이 겪은 8년(책에서는 10년, 3653일)의 수용소생활을 묘사한다.

이 책을 통하여 우리는 몇 가지를 생각해 볼 수 있다.

첫째는 극한 상황이 되면 인간이 어떻게 변해 가는가? 하는 인간의 자존감 문제이다. 그야말로 개와 같은 존재로 전락하여 강제노동과 매질에 순응하며 죽 한 그릇, 빵 한 조각에 목숨을 걸고 다투며, 조금이라도 더 일찍 자려고 잔머리를 굴리는 인간들의 모습을 보면서, 우리는 인간이 얼마나 나약한 존재인가 를 깨닫게 된다. 그리고 스탈린으로 대표되는 폭군이 얼마나 인류에게 몹쓸 짓을 했는가를 다시 한 번 생각하게 된다.

둘째는 행복의 종류는 차이가 있을지언정 행복의 강도에는 차이가 없다는 진리이다. 이 책에 나오는 수용소와 같은 극한 상황에서는 오히려 아주 소소한 것으로도 엄청난 행복감을 느낄 수 있다는 '상대적 행복감'의 소중함을 깨우칠 수 있다.

그러나 이 책의 진정한 메시지는, 상황이나 환경이 아무리 열악하더라도 우리 인간은 여전히 선한 것을 갈망하며 희망을 가지고 미래를 꿈꾸며 살아가는 존재라는 사실이 아닌가 싶다. 그런 면에서 나는 이 책을 빅터 프랭클의 《죽음의 수용소에서》와 마찬가지로 '희망을 노래하는 책'이라고 정의하고 싶다.

저자 알렉산드르 솔제니친은 1918년 카프카즈의 작은 마을에서 태어났다. 아버지는 교사였으나 솔제니친이 출생하기 여섯 달 전에 사망했다. 그는 홀어머니와 궁핍한 생활을 하며 대학에서 물리, 수학, 문학을 공부했다. 군대에 입대해 포병장교가 되고 1941년 독소전에 참전하였다. 그가 반혁명 활동을 했다는 이유로 투옥된 것은 27세 때였으며 그 죄목으로 8년을 강제수용소에서 복역하였다. 1956년부터는 러시아 랴잔시 중학교에서 수학교사로 일했으며, 1970년 노벨문학상을 수상한 그는 소련의 정치제체와 타협을 거부하고 자신과 몇몇 동료 반체제작가들에 대한 소련 당국의 냉대를 끊임없이 비판하였다. 1974년에는 반역죄로 소련에서 추방당했으며 이후 미국 버몬트 지역에 정착하였다. 2008년 89세의 나이에 심장마비로 타계 하였다.

51. 에덴의 동쪽

존 스타인 벡 저 / 정회성 역 / 민음사 / 1,165쪽(전2권)

존 스타인 벡의 대표작이라면 누구라도 《분노의 포도》 와 《에덴의 동쪽》을 꼽을 것이다.

《분노의 포도》는 1930년대 미국 대공황의 여파로 기회의 땅이라고 알려진 캘리포니아로 무려 3천여 킬로미터를 이주하는 빈털터리 '오키'들의 애환을 그린 작품이다. 가뭄으로 척박해진 정든 고향을 등지고 고물 트럭에 바리바리 이삿짐을 싣고 이주하는 불쌍한 오클라호마 사람들을 캘리포니아 사람들은 '오키'라고 멸시하며 불렀다.

《에덴의 동쪽》은 해밀턴 가와 크래스크 가의 3대에 걸친 이야기이다. 그중 2대 애덤 크래스크가 거의 주인공 역할을 하고 있으며 묘하게도 그 집안의 하인이자 집사인 중국인 리가 해설자 비슷한 역할을 하며 이 이야기의 중심을 잡고 있다. 해밀턴 가는 그저 보조적인 장치이다.

존 스타인 벡이 이 책을 쓰고 나서 '이전 작품들은 단지 이 책을 집필하기 위한 과정에 지나지 않았다.'라고 스스로 밝혔듯이, 이 책은 그의 전성기인 51세에 쓴 작품으로 노벨문학상으로 가는 징검다리 역할을 한 책이다. 그럼에도 불구하고 이 책은 해설을 붙이기가 참으로 어렵다. 왜냐하면 책을 관통하는 커다란 인물, 바로 '캐시' 때문이다.

저자도 책 속에 캐시를 설정하며 조금은 과했다고 생각했을까? 그는 이런 말과 함께 캐시를 등장시킨다.

나는 캐시 제임스가 악마적인 성격이었거나 양심이 결여된 채로 태어났기 때문에 한평생 자신을 혹독하게 몰아붙이지 않았나 생각한다. (1권 p135)

도대체 그녀는 어떤 인물일까? 스토리와 함께 그녀를 살펴보자.

애덤의 엄마는 아이를 낳고 얼마 지나지 않아 자살한다. 아버지 사이러스 트래스크는 17살 처녀와 재혼을 하고 찰스를 낳는다. 자라면서 찰스는 아버지가 형만 편애한다고 하면서 수시로 형에게 폭행을 가한다. 애덤이 군대에서 제대해 보니 아버지는 유산으로 무려 10만 불이 넘는 어마어마한 돈을 남겨놓고 돌아가셨다.

아버지로부터 막대한 유산을 물려받은 애덤은 고향인 코네티컷을 떠나 캘리포니아의 살리나스 계곡으로 이주해 온다. 그는 살리나스에서도 가장 비옥한 땅을 구해 사랑하는 아내 캐시를 위해서 에덴동산 같은 낙원을 꾸밀 계획을 세운다. 하지만 그 꿈은 이루어지지 않는다. 바로 부인 캐시 때문이다.

캐시는 태어날 때부터 악마의 기질을 갖고 태어난 여자이다. 열 살 때는 일부러 남자아이들 두 명에게 자기 팔을 묶으라고 하고는 강간놀이를 즐기다가 엄마에게 들키기도 한다. 열네 살 때는 젊은 선생을 유혹하여 권총자살을 하도록 만들고는 모른 체 시치미를 뗀다. 아버지로부터 매질을 당한 후그녀의 태도는 눈에 띄게 달라지고 착한 소녀로 변모한 것처럼 보인다. 그러나 그것은 위장술일 뿐이었다. 곧 이어 그녀는 집에 불을 질러 부모를 불태워 죽이고 가출한다.

그런 캐시가 이번에는 아주 제대로 걸렸다. 포주 에드워즈에게 몸을 의탁하던 캐시는 에드워즈로부터 죽기 직전까지 폭행을 당한다. 그녀가 겨우겨우 몸을 이끌고 와서 쓰러진 곳이 바로 애덤과 찰스가 사는 집 문 앞이었다. 여기서 형제의 극진한 간호를 받은 캐시는 마침내 회복되고 애덤과 결혼한다. 결혼신고를 하고 돌아온 날 밤, 캐시는 애덤에게 수면제를 먹여 재우고 나서 동생 찰스와 동침을 한다. 그리고 쌍둥이 아이들이 태어난다. 바로 트래스크 가문의 3대에 걸친 이야기의 마지막 3대째인 아론과 칼이다. 그리고는 젖먹이 아이들을 남겨 놓고 남편에게 권총을 쏘아 남편 애덤의 어깨를 박살 낸 후 유유히 도망친다.

애덤은 보안관 앞에서 자신이 총기관리를 잘못하여 오발사고가 난 것이라고 둘러대고 사건은 영구미제로 남는다. 캐시는 자신의 이름을 케이트로 바꾸어서 유곽으로 피신한다. 그리고는 자기를 친딸처럼 사랑해 준 유곽의 여주인을 날마다 아주 조금씩 약물을 주입하여 서서히 독살하고 그 재산을 몽땅 차지한다.

저자는 이 책 내용의 상당히 많은 부분을 성서에서 차용해 왔다.

성서를 보면, 아담과 이브가 두 아들을 낳았다. 형은 농사꾼이었고 동생은 목동이었다. 둘이 제사를 지냈으나 어찌된 일인지 하나님은 동생의 제사는 받았으나 형의 제사는 받지 않았다. 홧김에 형 카인은 동생 아벨을 죽이고 하나님으로부터 노여움을 받아 에덴에서 추방된다. 하나님은 다른 사람들이 카인을 죽이지 못하도록 낙인을 찍어준다.

성서의 차용은 우선 제목부터가 그렇다. '에덴의 동쪽'은 죄인들의 유배지이다. 아버지와 아들로 이어지는 주인공들의 이름을 애덤, 아론, 칼렙으로 붙인 것도 그렇다. 애덤의 동생 찰스의 이마에 소에게 낙인을 찍어 놓은 것 같은 흉터가 그렇고, 책의 맨 마지막 장면, 애덤의 작은 아들 칼이 형을 전쟁터에 보내어 죽게 만들었다고 자책하는 장면은 카인이 아벨을 쳐 죽인 장면을 떠올리게 한다. 애덤이 작은 아들 칼에게 축복을 내려주고 죽는 장면도, 성서에서 야곱이 죽기 전 요셉의 두 아들을 축복해주는 장면과 많이 비슷하다.

어떤 독자들은 책에 두 번 등장하는 '팀셸'이라는 용어가 이 책의 핵심이니 어쩌니 하지만, 내가 볼 때에는 거기에 그다지 큰 비중을 두지 않아도 좋을 듯 싶다. 왜냐하면, 책을 다 읽게되면 자연스레 저자가 우리들에게 말하려는 의도, 예를 들면, 캐시처럼 인간이 얼마나 사악할 수 있는가, 에이브라가 아론에게 보여주는 모성애, 부모의 비행이나 편애가 자식에게 두고두고 얼마나 큰 상처를 주는가, 등등을 파악할 수 있기 때문이다.

52. 고도를 기다리며

사뮈엘 베케트 저 / 오증자 역 / 민음사 / 176쪽

극단 산울림에서 1969년 초연이래 장장 50년동안 공연을 이어온 예술작품으로 더이상 설명이 필요없는 대작이다. 이 책은 총 158페이지 내내 에스트라공과 블라디미르 두 사람이 한 장소에서 고도를 기다린다며 지껄이는 (의미없는) 대화가 주를 이룬다. 거기에 더해서 포조라는 사람이 그의 하인 럭키를 끌고 나와서 말상대가 되어주고, 고도의 소식을 알리는 (또는 알린다고 알고 있는) 소년의 단답형 대답, 그게 전부이다.

나는 이 작품을 몇 차례 읽었지만 여전히 저자가 말하고자 하는 것이 무엇인지를 모르겠다. 주인공들이 50년 동안 기다렸다는 고도라는 사람이 사람인지조차도 분명치 않다. 모든 것이 그냥 의미 없는 말장난인 것만 같다. 다른 사람들

은 어떻게 생각할까? 우선 출판사의 서평을 보자.

사람들은 누구나 저마다의 '고도'를 기다린다. 고도를 난해한 작품이라고 하는 사람들도 있지만, 작품의 토대가 되는 기다림의 상황은 오히려 의미가 정해져 있지 않음으로 인해 보편성을 띠게 된다. 1957년에 미국의 샌 퀸틴(San Quentin) 교도소에서 공연되었을 때 1,400여 명에 달하는 죄수들은 등장인물들 중에 여성이 하나도 없음에도 불구하고 예상을 뒤엎고 열광적인 반응을 보여주었다. 그들은 고도가 "바깥세상이다!" 혹은 "빵이다!" 혹은 "자유다!"라고 외쳤다.

한편 1960년대 폴란드에서 공연을 관람한 사람들은 '고도'가 러시아로부터의 해방을 의미한다고 생각했고, 프랑스 통치 하의 알제리에서 공연되었을 당시 땅이 없는 농부들은 그들에게 약속되었으나 아예 실시되지 않은 토지 개혁에 관한 연극이라고 받아들였다고 한다.

고도가 영어의 God와 프랑스어의 Dieu의 합성어의 약자라는 해석도 있다. 하지만 베케트는 "이 작품에서 신을 찾지 말라."고 했으며 "여기에서 철학이나 사상을 찾을 생각은 아예 하지 말라. 보는 동안 즐겁게 웃으면 그만이다. 그러나 극장에서 실컷 웃고 난 뒤, 집에 돌아가서 심각하게 인생을 생각하는 것은 여러분의 자유이다."라는 메시지를 남겼다.

매년 연극이 상연되지만 연극을 보아도 역시 답을 찾을 수 없다. 그냥 무대 한가운데에 썰렁한 바위 돌 하나, 나무 한 그루가 세워져 있고, 다섯 명이 나와서 하는 의미없는 이 야기가 전부이다. 그러나 이 작품은 프랑스의 아비뇽 연극제에 초청받았을 뿐만 아니라, 사무엘 베케트의 조국인 아일랜드의 더블린 연극제에까지 출품된 작품이다.

따라서 이 작품은 영국의 연극학자 마틴 에슬린이 '부조리극(absurd drama)'이라는 명칭을 처음 부여하였듯이, 조리가 맞지 않는 소설(또는 연극)이라고 보면 이해가 쉬울 것이다. 독자들(관객들)은 등장인물들이 마치 아무 의미 없는 말들을 그냥 내뱉는 것과도 같은 느낌을 받는다. 그러나 그런 속에서도 번뜩이는 촌철살인들이 간간히 등장하니, 아마도 저자는 자신의 그런 사상을 전하려고 이 책을 기획하고 썼는지도 모르겠다. 예를 들면 이런 부분이다.

포조: "이 세상의 눈물의 양엔 변함이 없지. 어디선가 누가 눈물을 흘리기 시작하면 한쪽에선 눈물을 거두는 사람이 있으니 말이오. 웃음도 마찬가지요. (웃는다) 그러니 우리 시대가 나쁘다고는 말하지 맙시다. 우리 시대라고 해서 옛날보다 더 불행할 것도 없으니까 말이오." (p51)

소년과의 (아무 의미도 없는) 대화를 통하여서 저자는 '이 세상에 그 무엇도 확실한 건 없다.'는 이야기를 우리들에게 들려주고 싶어했던 것은 아니었을까?

"나 모르겠니? / 모르겠어요. / 너 어제도 왔지? / 아니요. / 그럼 처음 오는 거니? / 네. / 고도씨가 보낸 거지? / 네. / 오늘 밤에는 못 오겠다는 거지? / 네. / 하지만 내일은 온다는 거고? / 네. / 오다가 누굴 만나지 않았니? / 아뇨⋯."

언제 이 소년이 자기 입으로 고도가 보내서 왔다고 말했으며, 또 언제 이 소년이 고도가 내일이면 온다고 말하였나? 따라서 이 작품은 각자의 해석이 중요하다. 즉, 고도가 누굴 말하는 건지, 또는 각각의 대화들이 어떤 의미를 함축하고 있는 건지 등등을 자신의 처지에 빗대어 자신만의 언어로 재해석하는 작업이 필요하다는 말이다. 그래서 나는 이 작품을 하나의 음악 후렴부 가사 같다고 생각해 보았다.

에스트라공 "자, 가자."

블라디미르 "갈 순 없어."

에스트라공 "왜?"

블라디미르 "고도를 기다려야지."

에스트라공 "참 그렇지."

사무엘 베케트(1906~1989)는 아일랜드 출생의 프랑스 소설가이자 극작가이다. 거의 모든 노벨상 수상 작가들이 평탄치 못한 가정생활을 했지만, 베케트 만큼은 모범적인 가정을 이루었다. 그는 평생을 함께하던 부인이 죽자 모든 활동을 중단하고 다섯 달 후에 부인 곁으로 떠났다.

　스웨덴 한림원에서 그에게 1969년 노벨상을 수여하는 이유는 이렇다.

　"새로운 형식의 소설과 희곡으로 빈곤의 시대에 사는 현대인의 기품을 찾게 한다."

Group 14

노벨문학상 II

53. 눈먼 자들의 도시

주제 사라마구 저 / 정영목 역 / 해냄 / 472쪽

"**주**제 사라마구는 천재 중의 천재다."

내가 단 한 문장으로 주제 사라구마를 평하는 말이다. 그는 어떻게 세상 사람들이 '백색질병'이라는 전염병에 걸려서 그 즉시로 눈이 먼다는 생각을 했을까?

주제 사라마구(1922 ~ 2010)는 포르투갈 최초의 노벨문학상 수상 작가이자 20세기를 대표하는 문학의 거장이다. 노벨문학상 심사평에서도 알 수 있듯, 그는 현실과 상상의 세계를 능숙하게 넘나들며 인간과 사회의 본질을 꿰뚫어 이야기하는 작가이다. 《수도원의 비망록》《이 책으로 무엇을 할까요》《돌뗏목》《눈뜬 자들의 도시》등 수많은 베스트셀러를 집필하였다.

나는 저자가 이 책을 통하여 전하고자 하는 메시지를 '마음의 눈을 통하여 서로 대화하면서 살자.'라고 이해하였다. 작가는 우리들에게 만약 '세상 사람들 절반이 눈이 멀고 절반이 멀쩡하다면 어떤 세계가 펼쳐질까?'라는 질문을 던진다. 저자는 여기에 대한 답을 의사의 아내라는 여자를 통하여 제시한다. 주변의 모든 사람들이 눈이 멀었지만 그녀만은 눈이 보인다. 그런데 그녀는 눈이 먼 사람들을 수용하는 수용시설에 일부러 눈이 먼 척하며 따라 들어간다. 그녀의 눈을 통하여 바라보는 인간 군상들의 적나라한 모습, 그것이야말로 저자가 정말로 그려보려고 하는 지옥도가 아니었을까?

이 책에는 몇 가지의 독특한 장치가 눈에 띈다. 첫째는 일체의 인용부호, 설명, 대화의 경계나 구분이 없다. 따라서 문장들이 처음부터 끝까지 이어진다. 주제 사라마구의 책들(카인, 예수의 복음 등등)이 모두 그렇다. 그래도 전체적인 맥락을 파악하거나 내용을 이해하는 데에는 부족함이 없다. 둘째는 등장인물들의 이름이 나오지 않는다. 모두 직책이나 신분으로 구분될 뿐이다. 주인공인 의사와 의사의 아내, 첫 번째로 눈이 먼 남자와 그의 아내, 운전기사, 검은 색안경을 낀 여자, 검은 안대를 한 노인, 사팔뜨기 소년과 같은 식이다. 셋째는 결코 많다고는 할 수 없는 등장인물들을 통하여 우리 사회를 이루는 계층을 대변하는 모습으로 병치시킨다는 점이다. 수용소를 감시하는 경비병들(특히 상사)을 내세워서 정상적인 자, 권력자, 가진 자를 대변하며 그들의 잔학성을 폭로한다. 무기를 가진 눈먼 악당들이 식량배급권을 쥐고 금품과 여자를 요구하는 장면들을 통해서는 마치 개미들의 사회나 20:80의 법칙을 설명하는 것 같기도 하다.

나는 이 책을 읽으면서 2015년 대한민국을 강타했던 메르스 사태를 떠올렸다. 총 37명의 사망자를 내면서 20%라는 놀라운 치사율을 기록했던 2015년의 메르스(중동호흡기증후군) 사태. 당시 치료하던 의사진조차도 일반인들로부터 따돌림을 당하던 그 사태를 보면서 그게 바로 '눈먼 자들의 도시'의 축소판이었다고 생각한다.

그러나 주제 사라마구가 이 책을 통하여 비극이나 나열하고 폭력만을 고발하였다면 결코 노벨문학상이라는 엄청난 영광을 얻지는 못했을 것이다. 그가 정작 전하려고 했던 메시지는 극한 상황 속에서의 따뜻한 인간애이다. 의사의 아내라는 눈이 멀쩡한 여인을 통하여 희망의 끈을 이어가는 것이야말로 이 책의 진정한 주제이다. 자기 혼자 살기에도 버거운 상황에서 같은 병실에 갇혀있던 사람들을 위해 희생하고, 또 정신병원을 탈출하고 나서 온 도시에 있는 사람들이 눈이 멀어, 온 도시가 황폐해진 것을 본 그녀는 절망하면서도 결코 희망을 포기하지 않는다. 그리고 그 희망은 마침내 현실이 된다. 사람들이 하나, 둘씩 눈을 뜨게 되는 것이다.

저자는 맨 마지막 페이지에서 자신의 핵심 메시지를 들려준다. 즉, 우리들이 눈이 보이던 때와 눈이 멀었던 때의 차이를 말하는 것이다. 이 책을 처음부터 끝까지 다 읽은 사람만이, 그것도 정독한 사람만이 발견할 수 있는 소중한 메시지이다. 우리가 가지고 있는 것을 잃고 나서야 비로소 평소 가지고 있는 것들이 얼마나 많은지, 또 소중한지를 깨닫게 된다는 사실, 그리고 설령 나에게 어떤 불행이 닥치더라도 나는 여전히 나의 길을 갈 것이라는 의지 말이다.

나는 우리가 눈이 멀었다가 다시 보게 된 것이라고 생각하지 않아요. 나는 우리가 처음부터 눈이 멀었고, 지금도 눈이 멀었다고 생각해요. (⋯) 의사의 아내는 창으로 갔다. (⋯) 이어 그녀는 고개를 들어 하늘을 울려다 보았다. 모든 것이 하얗게 보였다. 내 차례구나. 그녀는 생각했다. 두려움 때문에 그녀는 눈길을 얼른 아래로 돌렸다. 도시는 여전히 그곳에 있었다. '끝'

54. 고요한 돈강

미하일 숄로호프 저 / 맹은빈 역 / 동서문화사 / 1,960쪽(전3권)

이 책을 읽는 내내 내게는 동족이란 무엇인가?, 주의(主義)란 무엇인가?, 국가란 무엇인가?, 그리고 가족이란 무엇인가? 같은 의문들이 떠나지 않았다.

어떤 사람들은 이 책을 두고 '톨스토이의 계보를 잇는 러시아 문학의 결정판'이라고도 하지만 그건 틀린 말이다. 이 책은 엄밀한 의미에서 보자면 러시아 문학이 아닌, 카자흐 문학이라고 해야 할 것이다.

이 책을 온전히 다 읽은 사람들은 생각만큼 많지 않은 것 같다. 그도 그럴 것이, 큰 판형(153mm x 225mm)으로 거의 2천 쪽이다. 쉽게 말하면 황석영이나 이문열의 삼국지나 조정래의 태백산맥과 같은 분량이지만, 흥미는 그런 책들에 비해서 많이 떨어진다. 그래도 이 책은 아주 훌륭한 소설(1965년 노벨문학상)일 뿐만 아니라, 우리에게 잘 알려져 있지 않은 카자흐 사람들의 생활상과 제1차 세계대전으로부터 러시아혁명이 완결될 때까지 그들이 어떤 고난을 겪었는지(적군, 백군, 반란군, 민병대 등등), 또 얼마나 많은 사람들이 죽어갔는지를 설명해주는 귀중한 민족사 자료집이기도 하다.

책에 등장하는 배경 지역은 어디인가? 현재의 지도상으로 보자면 우크라이나와 우즈베키스탄 사이에 있는 러시아의 제일 밑 부분으로 돈 강이 흘러서 크림 반도를 왼쪽에 두고 아조프 해로 흘러들어가는 주변의 지역들이다.

다음은 이 책을 가장 잘 설명하고 있는 출판사, 동서문화사에서 제공한 서평이다.

《고요한 돈강》은 러시아혁명의 일대 서사시이다. 이 작품은 남러시아의 돈 지방에 초점을 맞추어, 그곳에 사는 카자흐들이 혁명기를 보내며 겪는 파란만장한 생활을 다각적으로 그리고 있다. 혁명의 큰 물줄기를 거꾸로 거슬러 올라갔다는 의미에서 러시아 혁명의 거울이라고 할 수 있다. (⋯) 《고요한 돈강》은 카자흐 지방에서의 혁명과 반혁명의 투쟁 역사이기 때문에 그 비참성은 피할 수 없다. 온갖 인간의 눈물에 젖으면서 돈강은 조용히 낱낱의 작은 흐름을 무시하고 시간과 함께 일정한 방향으로 거대하게 흘러간다. 이 큰 강은 물이 마를 때가 없다. 이것은 일종의 운명관을 내포하면서 동시에 카자흐인의, 또한 러시아인의 불굴불멸의 민족에너지를 상징하는 것이다. 그런 의미에서 이 작품은 위대한 러시아 국민문학의 최고봉이라고 할 수 있다.

도스토옙스키(1821~1881)나 톨스토이(1829~1920)를 능가한다는 평가를 받는 숄로호프라는 작가는 어떤 사람인가?

미하일 숄로호프는 1905년, 남러시아 우크라이나의 돈 강 유역 뵤센스카야 카자흐 마을에서 태어났다. 어린 시절 제1차 세계대전과 러시아 혁명 혼란기를 겪은 그는 혁명전 카자흐인들의 생활을 거대한 흐름으로 그리고 싶다는 결심을 했다. 그리하여 대하장편《고요한 돈강》제1권을 1928년에 발표한 후 장장 12년에 걸쳐서 마지막 제4권을 1940년에 마침내 완성한다.

이 소설의 테마는 폭력과 인간성의 충돌문제이다. 20세기 들어와 인류는 두 차례의 세계대전과 수많은 혁명의 소용돌이를 겪었다. 그때마다 무력투쟁의 괴로움을 맛보았으며, 두 진영의 대립이 가져온 참상을 생생히 보아왔다. 그리하여 모든 사람들은 이 비참함에서 어떻게 하면 벗어날 수 있을지를 생각하면서도 아직 그 실마리를 풀지 못하고 있었다.

숄로호프는 《고요한 돈강》을 통해서 20세기 사회의 맹점에 비로소 빛을 쏜 것이다. 숄로호프는 러시아문학에 끼친 공로를 인정받아 마침내 1965년에는 노벨문학상을 받는 영광을 차지한 후 1984년에 74세의 나이로 세상을 떠난다.

이 책은 대하소설임에도 불구하고 주인공 그리고리를 통하여 이야기가 끊길 듯 끊길 듯 계속하여 이어진다. 이 책에서 묘사되는 남녀관계는 우리네들의 상식을 많이 뛰어넘는다. 카자흐인들은 남녀관계가 상당히 자유분방하다는 점이 눈에 띄고 말(馬)이 그들 생활의 상당부분을 차지한다는 점이 또한 특이하다. 줄거리는 다음과 같다.

남러시아 돈강 유역의 타타르스키 마을에 중농층의 자제인 그리고리 멜레호프라는 청년이 있다. 이 청년은 이웃집의 유부녀 아크시냐의 유혹에 넘어간다. 그런 생활은 그리고리가 순진한 처녀 나탈리야와 결혼을 하고 아이들을 낳고서도 계속된다. 그리고리는 제1차 세계대전이 발발하자 징집되어 서부전선으로 향한다. 몇 번의 죽을 고비를 넘기면서 마침내

전쟁은 끝나고 그리고리는 독일전선으로부터 집으로 돌아온다. 그러자 곧바로 러시아혁명의 불길이 카자흐들이 사는 돈 지방에도 불어 닥친다. 예부터 무예를 중시하던 카자흐 민족은 북쪽에서 남하해 내려오는 혁명군을 맞아 싸우는데 그리고리는 주민들에 의해 대장으로 추대되지만 그는 이것을 거절한다. 과거 전쟁터에서 사람들을 무차별적으로 죽이는 과정을 수없이 보아왔기 때문에 전쟁에 환멸을 느끼고 있던 터였다. 그러나 그는 혁명군도, 반혁명군도 다 싫어했지만 결국은 운명에 이끌리어 반혁명군의 대장이 되기도 하고 또 후일에는 혁명군 측으로 가담하기도 한다. 어쩔 수 없이 몇 차례의 전향을 거듭하면서 처참한 동족상잔의 참극을 겪고, 결국 정신적으로 더 이상 버티지 못한 그는 아크시냐와 사랑의 도피를 하게 된다. 마지막에는 토벌군에게 쫓기면서 아크시냐마저도 잃고, 거의 산송장처럼 피골이 상접한 상태로 고향집으로 돌아온다. 부모도 죽고, 아내도 죽고, 쌍둥이 남매 중에서 딸마저도 죽고, 아무도 없는 빈집 상태의 자기 고향집으로. 그리고리가 하나 남은 혈육인 아들을 안고 고향집 문앞에 서 있는 장면으로 이 책은 대단원의 막을 내린다.

55. 설국

가와바타 야스나리 저 / 유숙자 역 / 민음사

"**전**세계 사람들의 감탄을 자아낸 눈 덮인 니가타 지방의 아름다운 풍경과 순수한 서정의 세계를 감각적으로 묘사한 일본 문학 최고의 경지!"

1968년 스웨덴 한림원에서 가와바타 야스나리의 작품활동을 높이 평가하면서 그에게 노벨문학상을 수여한 이유이다. 이 작품은 일본에는 첫 번째이자 아시아에는 두 번째로 노벨문학상을(아시아 최초는 1913년 타고르의 기탄잘리[獻詩]) 안겨준 작품이다.

"국경의 긴 터널을 빠져나오자 눈의 고장이었다."로 시작되는 설국의 첫 장면, 눈(雪)으로 시작해 불(火)로 끝난다고도 하는 소설, 불과 150쪽의 길지 않은 작품이지만 숱한 뒷이야기를 만들어 낸 책,《설국(雪國)》을 소개해 본다.

이 책을 이해하려면 먼저 작가를 이해하여야만 한다.

가와바타 야스나리는 1899년 오사카에서 태어났다. 어려서 부모와 조부모, 하나뿐인 누이와 사별했다. 그는 고독을 견뎌내는 방법으로 문학을 선택하였다. 동경대 국문학과 졸업 후 신진작가들과 함께《문예시대》를 창간하고 직접 창간사까지 썼다. 이른바 일본문학계에 '신감각파'가 등장하는 것이다. 그러나 신감각파 문학은 1927년 일원이던 아쿠다가와 류우노스케의 돌연한 자살로 사실상 흐지부지 끝을 맺는다. 가족의 죽음과 동료의 죽음을 직접 경험한 그의 문학세계에 죽음의 그림자가 짙게 깔리는 이유이다.

《설국》에는 뚜렷한 줄거리가 없다. 눈이 많이 내리는 일본 동부 니가타 지방의 여관 주변에서 일어나는 소소한 일들과 주인공 시마무라의 생각이 대부분이다. 굳이 줄거리를 말하라면, 주인공 시마무라가 설국의 기생 고마코에게 끌려서 설국의 온천장을 세 번이나 찾아가는 이야기이다. 등장인물 또한 많지 않다. 부모의 유산으로 무위도식하는 시마무라와 그를 사랑하는 게이샤 고마코, 그리고 시마무라가 잠시 눈길을 준 요코라는 여성이 거의 전부라고 할 정도로 간단한 소설이다.

주인공 시마무라는 나쁘게 말하면 한량이다. 도쿄 출생인 주인공 시마무라는 서양무용평론가이다. 그것도 제대로 된 평론이나 연구도 아니고 그냥 부모가 물려 준 유산을 탕진하면서 무위도식하는 형편이다.

기생 고마코는 폐결핵에 걸린 약혼남의 요양비를 대려고 게이샤 일을 자청하여 하는 여자이다. 시마무라는 우연히 눈 덮인 시골마을 여관에 머무르다가 게이샤 수업을 듣고 있는 19살 고마코를 만난다. 그녀는 의외로 음악과 문학에 조예가 깊었고 시마무라는 그런 그녀와 정을 나누는 만남을 하게 된다. 199일 만에 다시 만난 고마코는 이제 게이샤 수업을 마치고 본격적인 게이샤가 되어 있었고 매일같이 술자리에 불려 나갔다. 그리고 술에 취해 틈틈이 시마무라가 묵고 있는 숙소를 찾아온다. 그렇다고 그녀가 그를 사랑하는 것도 아니다.

이 책은 현대 우리나라 여성의 입장에서 본다면 상당한 거부감을 느낄 수도 있는 책이다. 여자를 그냥 하나의 종속품 정도로 취급하는 장면이 곳곳에 나오기 때문이다. 그는 무의식적이든 의식적이든 두 게이샤 여성을 자신보다 열등한 존재로 인식한다. 그러나 이 작품을 1948년에 발표된 작품으로 이해하고 또 일본이라는 나라의 남성 상위 문화를 이해한다면 그러한 거부감이 조금은 사라질 것이다. 그보다는 오히려 작품의 곳곳에 묘사되어 있는 아름다운 풍경 스케치에 더 마음을 둔다면 가히 수십 장의 아름다운 그림을 보는 듯한 매력에 빠질 수도 있는 작품이다. 예를 들면 이런 곳들이다.

① 삼나무 숲: 그 삼나무는 손을 뒤로해서 바위를 짚고 가슴을 젖히지 않고서는 눈에 다 들어오지 않을 만큼 키가 컸고, 게다가 너무나 일직선으로 줄기가 뻗어 짙은 잎이 하늘을 가로막고 있는 바람에 막막한 정적이 울릴 듯 했다. (p29)

② 산골마을: 대개 집들은 지붕은 작은 판자를 이고 있고 그 위에 돌이 나란히 얹혀 있다. 둥근 돌은 해가 비치는 반쪽만 눈 속에 검게 보였는데 그 색은 축축하기보다는 오래도록 눈바람을 맞은 먹빛 같았다. 그리고 집들은 또한 그 돌 느낌과 흡사한 모습으로 북쪽 지방답게 납작하니 땅에 엎드려 있었다. (p45)

③ 죽음: 그는 곤충들이 고통스럽게 죽어가는 모습을 유심히 관찰하고 있었다. 가을 날씨가 쌀쌀해지면서 그의 방 다다미 위에는 거의 날마다 죽어가는 벌레들이 있었다. 날개가 단단한 벌레는 한번 뒤집히면 다시 일어나지 못했다. 벌은 조금 걷다가 넘어지고 다시 걷다가 쓰러졌다. 계절이 바뀌듯 자연도 스러지고 마는 조용한 죽음이었으나, 다가가보면 다리나

촉각을 떨며 몸부림치고 있었다. (p113)

④ 설경 : 이웃과 이웃이 서로 맞붙어 있는 탓에 지붕의 눈은 길 한복판으로 쓸어내리는 수밖에 없다. 그러나 실제로는 지붕에서 길에 쌓인 눈둑으로 던져 올려야 한다. 맞은편으로 건너가기 위해선 눈둑을 여기저기 뚫어 터널을 만든다. 이 고장에서는 '태내(胎內) 건너기'라고 불렀다.

⑥ 눈 바래기 : 눈 속에서 실을 만들어 눈 속에서 짜고 눈으로 씻어 눈 위에서 바랜다. 실을 자아 옷감을 다 짜기까지 모든 일이 눈 속에서 이루어졌다. (…) 지지미에는 옷감을 짠 처녀의 이름과 주소를 작은 종이표를 달아 그 솜씨를 1등, 2등 하는 식으로 품평했다. 이것이 며느릿감을 고르는 기준도 되었다. 어릴 적에 짜는 법을 배운 열대여섯 살부터 스물네 살까지의 젊은 여자가 아니고서는 품질 좋은 지지미를 만들 수 없었다. (pp130~131)

⑦ 불과 이별 : 불똥은 은하수 속으로 퍼져나가며 흩어져 시마무라는 또 한 번 은하수 쪽으로 끌어 올려지는 느낌이었다. 은하수가 쏴아 하고 흘러 내려 왔다. (…) 어느 틈에 왔는지 고마코가 시마무라의 손을 잡았다. 시마무라는 손가락 끝이 떨렸다. 시마무라의 손도 따뜻했으나 고마코의 손은 더 뜨거웠다. 왠지 시마무라는 이별할 때가 되었다고 느꼈다. (p149)

56. 이방인

알베르 까뮈 저 / 김화영 역 / 민음사 / 270쪽

페스트와 더불어 까뮈의 2대 걸작으로 알려진 이 소설은 불과 130여 페이지 정도의 짧은 작품이지만, 500여 페이지에 달하는 《페스트》와는 달리 굉장히 난해하다. 《페스트》가 전염병에 맞닥뜨린 사람들, 더군다나 도시봉쇄라는 철저한 고립무원의 상황에서 표출되는 인간들의 반응을 묘사하는 작품이라면, 《이방인》은 다른 사람들과는 단절된 삶을 사는 주인공 뫼르소를 통하여 '우리 모두는 타인이다.'라는 메시지를 전하는 작품이다. 먼저 알베르 까뮈(1913~1960)란 작가를 살펴보자.

까뮈는 프랑스 식민지였던 알제리의 가난한 농가에서 출생하였다. 그는 어렵게 공부하면서도 훌륭한 스승들(알제대학

교 철학과의 스승이었던 장 그르니에는 후일 그의 작품들을 평하여 주
는 등, 평생을 교류한다.)을 만난다. 졸업 후에는 진보적 신문에
서 신문기자로 일하기도 하고 공산당 활동을 하기도 하지만,
앙드레 지드나 장 폴 사르트르 등, 프랑스 문학계의 거장들
과 교류를 하며 꾸준히 자신의 실력을 쌓아 나간다. 1942년
에 《이방인》을, 1947년에 《페스트》를 발표하고 마침내 1957
년에 노벨문학상 수상자로 결정된다. 어려서부터 폐결핵을
앓고, 결혼생활도 순탄치 못하였던 까뮈는 1960년 46세의
한창 나이로 자동차 사고를 당하여 생을 마감한다.

어떤 사람들은 이 책을 '실존주의를 대표하는 작품' 또는
'부조리 문학의 정수'라고 평하기도 한다. 이 작품을 '부조리
문학'으로 평가하는 사람들은 대개 주인공 뫼르소가 아랍인
살인 혐의로 재판을 받게 되는데 그와 아랍인의 연관 관계를
찾아 볼 수 없다는 점을 예로 든다. 즉, 작품의 2부(p70 아랍
인 살인까지가 1부, p136 사형 직전의 독백까지가 2부)에서 뫼르소
의 변호사가 "도대체 피고는 어머니를 매장한 것으로 해서
기소된 것입니까, 아니면 살인을 한 것으로 해서 기소된 것
입니까?"라고 되묻는 장면이 대표적이다. 다시 말해서 어머
니가 돌아가시고 나서의 그의 행동들(장례식에서 보여준 냉담한

태도, 여자 친구와의 해수욕과 섹스 등등)이 당시의 사회관습과는 일치하지 않는 부조리(不條理)이기 때문이다.

또 다른 사람들은 2차 대전을 겪으면서 피폐해진 인간의 심리상태를 묘사한 작품(허무주의)이라고도 한다. 그러나 나는 이 책을 몇 차례 읽으면서 ①'죽음이란 과연 우리에게 무엇인가?', 그리고 ②'나는 나다.'라는 선언을 하는 작품이라고 나름대로의 결론을 내렸다.

내가 ①번으로 생각하는 이유는 이 책이 "오늘 엄마가 죽었다. 아니 어쩌면 어제. 모르겠다,"로 첫 문장을 시작하고, "모든 것이 완성되도록, 내가 덜 외롭게 느껴지도록, 나에게 남은 소원은 다만, 내가 사형 집행을 받는 날 많은 구경꾼들이 와서 증오의 함성으로 나를 맞아 주었으면 하는 것뿐이었다."라는 글로 소설을 완성하기 때문이며, 그 중간에 '아랍인의 죽음'이라는 또 다른 죽음이 등장하기 때문이다. 아랍인을 죽인 이유도 분명치가 않다. 태양이 뜨겁게 내리 쪼이기 때문인지, 눈 속으로 땀방울이 들어가서인지, 아니면 그가 단도를 꺼냈기 때문에 정당방위 차원이었는지 책에서는 설명이 없다.

②번 '나는 나다.'로 이 책의 또 다른 메시지를 생각해 본 이유는, 이 책에서 주인공 뫼르소는 타자의 시선에는 전혀

아랑곳하지 않고 오직 자신만의 삶을 영위하기 때문이다. 그의 삶이 다른 사람들의 시선으로 보았을 때는 분명 잘못된 것일 수 있다. 그렇지만 사람들은 때때로 주변의 지나친 관심보다는 혼자만의 편안한 단절을 원하기도 하지 않나? 어쩌면 주인공 청년은 우리보다 조금 더 많이 '편안한 단절'을 원했던 것은 아닐까? 그런 상황에서야 비로소 행복을 느꼈던 것은 아닐까?

그(사제)는 상당히 오랫동안 돌아서 있었다. (감옥)방 안에 그가 있는 것이 마음에 짐이 되고 성가셨다. (p132)

뫼르소가 자신에 대한 강한 자긍심을 토해내는 장면을 보자.

보기에는 내가 맨주먹 같을지 모르나, 나에게는 확신이 있어. 나 자신에 대한, 모든 것에 대한 확신, 그보다 더한 확신이 있어. 나의 인생과 닥쳐올 이 죽음에 대한 확신이 있어. 그렇다. 나한테는 이것밖에 없다. 그러나 적어도 나는 이 진리를, 그것이 나를 붙들고 놓지 않는 것과 마찬가지로 굳게 붙들고 있다. 내 생각은 옳았고, 지금도 옳고, 또 언제나 옳다. (p134)

사제가 나가고 나서 자신의 심경을 토로하는 장면으로 책의 끝부분이다.

참으로 오래간만에 처음으로 나는 엄마를 생각했다. 엄마가 왜 한 생애가 다 끝나 갈 때 '약혼자'를 만들어 가졌는지, 왜 다시 시작해 보는 놀음을 했는지 나는 이해할 수 있을 것 같았다 (…) 그토록 죽음이 가까운 시간 엄마는 거기서 해방감을 느꼈고, 모든 것을 다시 살아 볼 마음이 내켰을 것임이 틀림없다. 아무도, 아무도 엄마의 죽음을 슬퍼할 권리는 없는 것이다. 세계가 그렇게도 나와 닮아서 마침내는 형제 같다는 것을 깨달으면서, 나는 전에도 행복했고, 지금도 행복하다는 것을 느꼈다. (pp135~136)

나는 이 작품을 읽을 때면 늘 "아! 이 작품에도 우리들의 영원한 고향인 엄마가 주제로 등장하는구나."라는 생각을 한다. 엄마를 생각하지도 않았던 아들이 엄마를 떠올리면서 평안함을 느끼고, 그리고 엄마를 이해할 생각도 하지 않았던 아들이 엄마를 이해하면서 비로소 자신은 이 세상에서 제일 행복한 사람이 되는 것이다. 아무 관계도 없는 사제가 찾아와서 지껄인 하느님이나 천국보다는 평소에 무관심 한 척 했던 엄마를 떠올리면서 느끼는 마음의 평화는 우리가 쉽게 공감할 수 있는 장면이다.

Group 15

한국문학

57. 남한산성

김훈 저 / 학고재 / 448쪽

소설가 김훈을 가장 유명하게 만든 작품이다. 2007년에 출간된 이래로 아마 지금까지 150만 부 이상 팔려나가지 않았을까 싶다.

이 책을 여러 차례 (다섯 번?) 읽으면서 매번 읽을 때마다 우리들이 어렸을 때 교육받았던 시절이 생각났다. 그때는 끝까지 싸우자는 척화파(斥和派)를 충신이라고 배웠고, 항복하자는 주화파(主和派)를 간신이라고 배웠다. 그러나 오랜 세월 장년을 지나고 노년에 접어들면서 곱씹어 보니 세상의 이치란 그렇게 이분법적인 사고로만 판단할 수 없다는 사실을 깨닫게 되었다.

책은 남한산성으로 인조임금이 피신해 들어간 때(병자년丙子 12월 14일)부터 청태종에게 삼전도에서 항복할 때(정축년丁

표 1월 30일)까지 47일 간의 사건들을 조선왕조실록에 근거하여 풀어 쓴 소설이다.

1636년 겨울. 청나라 10만 대군이 남한산성을 에워싸고, 조선은 삶과 죽음의 기로에 놓인다. 죽어서 아름다울 것인가 살아서 더럽혀질 것인가, 그들은 47일 동안 칼날보다 더 서슬 푸른 말로써 맞선다.

이 이야기는 독자들이 너무나도 많이 읽고 들어 왔으므로 줄거리를 이야기하는 것은 별로 의미가 없다고 본다. 나는 이 책에 드러난 김훈 작가의 작법이랄까 필치에 대하여 잠시 언급해 보고자 한다.

우선 '간결하다.'라는 말로 이 책의 특징을 설명할 수 있지 않을까 싶다. 우선 목차부터가 그렇다.

눈보라 / 언 강 / 푸른 연기 / 뱃사공 / 대장장이 / 겨울비 / 봉우리 / 말먹이 풀 / 초가지붕 / 계집아이 / 똥 / 바늘 / 머리 하나 / 웃으면서 곡하기 / 돌멩이 / 사다리 / 밴댕이젓 / 소문 / 길 / 말먼지 / 망월봉 / 돼지기름 / 격서 / 온조의 나라 / 쇠고기 / 붉은 눈 / 설날 / 냉이 / 물비늘 / 이 잡기 / 답서 / 문장가 / 역적 / 빛가루 / 홍이포 / 반란 / 출성 / 두 신하 / 흙냄새 / 성 안의 봄.

제목이 거의 다 한 단어이거나 길어야 두 단어이다. 책 속의 문장들 또한 간결하다.

찬의 눈매는 날카롭고 광채가 번득였다. 상대를 녹일 듯이 뜨겁게 바라보았다. 아무도 찬과 시선을 마주하지 못했다. 찬의 결정은 신속하고 단호했다. (p23)

그래도 위의 문장들은 긴 편에 속한다.

김상헌이 방문을 닫았다. 김상헌이 들보에 목을 매었다. 버선발이 공중에 떴다. (p343)

또 다른 특징으로는 반복-대비가 많다는 점이다. 마치 노래를 부르는 것 같다.

깎고 쪼고 뚫고 파고 훑고 후비고 깨고 베고 거두고 찧고 빻고 밀고 당기는 모든 연장들이 서날쇠의 대장간에서 나왔다. (p53)

도성과 강토를 다 비워 놓고 군신이 언 강 위로 수레를 밀고 당기며 산성 속으로 들어가 문을 닫아걸고 내다보지 않으니, 맞겠다는 것인지 돌아서겠다는 것인지, 지키겠다는 것인지 내주겠다는 것인지, 버리겠다는 것인지 주저 않겠다는 것인지, 따르겠다는 것인지 거스르겠다는 것인지 찬은 알 수가 없었다. (p281)

매번 이 책을 읽을 때마다 아쉬운 점이 있었다. 책의 내용에 관한 것이 아니고 당시의 시대상황에 관한 것이다. 역사에 만약이란 없다지만, 만약 조선왕조가 문과 무가 적절히 안배되어 운영되었더라면 훨씬 더 부강한 나라를 후손들에게 물려줄 수 있지 않았을까 하는 아쉬움이 있다. 그랬더라면 이런 조롱도 당하지 않았을 것이다. 삼전도 남한산성 앞에서 청태종이 인조 임금에게 보내는 최후통첩이다.

나의 선대 황제 이래로 너희 군신이 준절하고 고매한 말로 나를 능멸함이 자심하였다. 이제 내가 군사를 이끌고 너의 담 밑에 당도하였는데, 네가 돌구멍 속으로 들어가 문을 닫아걸고 싸우려 하지 않는 까닭이 무엇이냐.

네가 몸뚱이는 다 밖으로 내놓고 머리만을 굴속으로 처박은 형국으로 천하를 외면하고 삶을 훔치려나, 내가 너를 놓아 주겠느냐. (…) 너는 살기를 원하느냐, 성문을 열고 조심스레 걸어서 내 앞으로 나오라. 너의 도모하는 바가 무엇인지를 말하라. 내가 다 듣고 너의 뜻을 펴게 해 주겠다. 너는 두려워 말고 말하라. (pp284~285)

만약 광해군이나 효종 같이 무(武)를 숭상하는 임금들이 좀 더 많이 나왔더라면 후일 조선이 일본에 의하여 치욕적인 망국을 당하지는 않았을 것이라는 생각도 해 보았다.

58. 아리랑

조정래 저 / 해냄출판사 / 전12권 4,300쪽

조 정래의 대표작으로, 모두 12권으로 되어 있는 이 책은 처음 시작을 동학이 끝난 시점인 구한말의 어지러운 상황으로부터 출발한다. 원체 긴 대하소설로 줄거리가 별 의미는 없지만 그래도 이 책의 대략적인 내용을 출판사에서 제공한 서평을 통하여 알아보자.

한일합방을 앞두고 김제군 죽산면에 사는 감골댁의 아들 방영근은 빚 20원 때문에 하와이에 역부로 팔려간다. 그 무렵 일본인들의 조선 진출이 활발해지면서 하시모토와 쓰지무라는 죽산면 일대의 땅을 모조리 차지하려는 야심을 품는다. 백종두, 장덕풍 등은 이러한 시류에 편승해 친일행위와 돈벌기에 혈안이 된 자들이다.

한편 개화사상을 지닌 양반 출신 송수익, 신세호 등은 외세에 대항해 의병활동을 전개하고 승려인 공허도 의병항쟁에 뛰어든다.

그 무렵 의병활동에 참여했던 지삼출과 손판석은 의병이 해산되자, 일본군에게 잡힐 뻔한 위기를 간신히 모면하고 가족들을 데리고 만주로 떠난다. 감골댁의 가족들도 여기에 합류한다. 감골댁의 딸 보름이와 수국이는 지주의 아들과 일본 앞잡이들의 괴롭힘을 당하며 몸을 버린 뒤, 험난한 인생을 살아간다.

송수익은 만주로 가서 독립군을 이끌며 대종교로 입교한다. 신세호는 송수익과 사돈을 맺어 그의 가족들을 돌보며 그에게 조금이나마 힘을 보탠다. 그 무렵 일제에 의해 토지조사가 실시된다. 만주와 조선을 오가며 독립자금을 모으던 공허는 송수익을 마음에 두고 있던 청상과부 홍씨와 사랑하는 사이가 되고 결국 아들을 두기까지 한다.

일본의 앞잡이가 된 양치성은 신분을 숨기고 송수익의 행방을 추적한다. 그 과정에서 수국이를 협박해 강제로 동거를 한다. 그러던 중 만주에서 일본토벌대의 조선인 살육이 자행되면서 양치성의 농간으로 감골댁도 비참하게 죽고 만다.

그 즈음 사회주의 운동이 거세지면서 정 부자집 셋째 정도규는 사회주의자가 되어 소작투쟁을 선동한다. 연해주 빨치산 이광민, 윤철훈, 윤선숙 등이 합류한다. 그러자 이미 죽산면의 땅을 반 이상 차지한 거대지주 하시모토는 공산주의자 색출에 열을 올린다.

무정부투쟁을 계획하던 송수익은 관동군에게 잡혀 징역 15년을 선고받고 결국 모진 고문 끝에 옥사한다. 송수익의 아들 송가원과 중원은 각각 아버지의 뜻을 이어 독립운동에 헌신한다. 공허는 보름이의 아들이자 혈청단원인 오삼봉을 데리고 압록강을 건너다 총에 맞아 한 많은 생을 마감한다.

그 무렵 한인 20만 명이 중앙아시아로 강제이주 당하고 동북 항일연군 소탕령이 발동되어 많은 조선독립군이 전사한다. 조국을 위해 싸우던 많은 이들이 생체실험과 강제징용의 희생자가 되어 목숨을 잃는다. 마침내 일본의 패전 소식이 들려오는데…….

이 책의 초반부는 거의 '땅 이야기'라고 해도 무방할 정도로 토지에 대한 이야기가 주를 이룬다. 일제가 토지조사령을 근거로 전라도 김제, 만경, 군산, 목포 등지의 땅을 집어삼키는 과정에서 땅을 빼앗으려는 일제와 빼앗기지 않으려는 농민들의 처절한 싸움의 대립구도라고 보면 이해가 쉽다.

책은 처음 시작을 가난을 면하려고 하와이로 팔려나가는 불쌍한 전라도 사람들의 이야기로부터 출발한다. 앞부분 (1~6권)이 토지조사령과 땅에 관한 이야기가 주를 이룬다면 뒷부분(7~12권)은 독립군들의 이야기가 주를 이룬다. 작가는 호남에서 만주로 밀려난 사람들을 주인공으로 내세워 이야기를 풀어나가는 중간 중간에 당시의 역사적인 사실들을 간략하게 설명한다. 각 권마다 나오는 중요한 예를 들어 보자.

의병들의 기세가 드높았던 3년 동안에 일본군이 학살한 의병 수는 1만6천7백여 명이었고…. 그러나 민간인들이 얼마나 죽었는지는 그 누구도 알지 못한 채 1909년은 저물어가고 있었다. (2권 p142)

그런데 일반 사람들 사이에서도 독립운동가보다 훨씬 가깝고 한결 친근하게 느껴지는 '만세꾼'이라는 말이 은밀하게 퍼지고 있었다. 어느 날 밤에 돌팔매로 주재소나 면사무소의 유리창들이 박살이 났다. 또 어느 날 밤에는 전횟줄이 수십 발씩 절단되어 버리기도 했다. 일본 농부들 집 앞에 똥이 질편하게 부어지기도 했고, 마당에 불붙은 집단들이 떨어지기도 했다. 그런 일들은 바로 만세꾼들이 하는 짓이라고 했다. (6권 p194)

12권에서는 태평양전쟁이 막바지에 다다르며 일제가 서

둘러서 조선반도의 모든 젊은이들을 총알받이로, 비행장 건설현장으로, 그리고 일본군들의 노리개로 내모는 장면이 나온다.

일제는 160여만 명을 강제 징용했고, 30여만 명의 여자들을 위안부와 정신대로 끌어갔고, 5,500여 명의 학도병을 포함해 40여만 명을 징병으로 끌고 갔다. (12권 p283)

이 책은 '항일문학'의 대표작이라고 해도 좋을 만큼 자료도 풍성하고 감칠맛도 나는 대작이다. 그러나 책의 중간 중간에 저자가 좌파적인 시각으로 기술한 부분이 있는 것은 옥에 티라고 해야 할 것 같다. 예를 들면 이런 부분이다.

"거 김일성이가 대체 누구야?"

"낸들 아나? 독립군 대장이겠지."

"어쨌거나 우리 조선 사람들 체면 단단히 세워 주었네."

"암, 그렇구말구. 우리 같은 것들이야 어디 언감생심 꿈이나 꿀 수 있겠나?" (10권 p225)

59. 7년의 밤

정유정 저 / 은행나무 / 524쪽

이 소설은 제1회 세계청소년문학상, 제5회 세계문학상 등, 수많은 문학상을 거머쥔 정유정 작가의 대표작이다. 작가는 세령댐과 세령마을이라는 가상의 장소를 설정하여 이야기를 전개한다. 2018년에 추창민 감독에 의해 영화로도 만들어졌다.

출판사에서는 이 책을 어떻게 소개하고 있을까?

'세령호의 재앙'이라 불리는 사건에서 살아남은 열두 살 서원. 세상은 그에게 '살인마의 아들'이라는 올가미를 덧씌우고, 친척집을 전전하던 끝에 결국 모두에게 버려진 서원은 세령마을에서 한집에서 지냈던 승환을 다시 만나 함께 살기 시작한다. 세령호의 재앙으로부터 7년 후, 세간의 눈을 피해

살던 승환과 서원은 야간 스쿠버다이빙을 하다가 사고를 당한 청년들을 구조하게 되고, 이 일로 세간의 관심을 받게 된 서원은 누군가로부터 한 편의 소설을 배달 받는다.

"나는 내 아버지의 사형집행인이었다."

이렇게 시작되는 책의 첫 문장은 이미 우리들이 수없이 보아왔던 글쓰기의 한 기법인 '강인한 첫 문장으로 시작하라.'는 원칙을 따른 것으로 보인다. 톨스토이의 '안나 카레니나'나 신경숙의 '엄마를 부탁해' 또는 가와바타 야스나리의 '설국'처럼.

그런데 왜 제목이 '7년의 밤'일까? 그것은 최현수 부자를 죽이려는 오영제의 계획이 7년째 계속 된다는 것, 그로 인해 최현수 부자는 7년 동안 시달림을 받는다는 것, 그리고 7년이 지나서야 모든 사건이 마무리된다는, 세 가지 이유 때문이다.

이 책에는 다양한 등장인물들이 나오는데, 그래도 일본 책 '모방범'에 비하면 10분의 1 정도? 어쨌든 그들을 중심으로 펼쳐지는 내용을 좀 더 구체적으로 살펴보자.

열두 살 서원의 아버지 최현수는 퇴직 야구선수다. 2군을 전전하다 야구를 그만두게 된 그는 술로 세월을 보내다 생활력 강한 아내가 산 일산의 33평 아파트의 대출금 이자를 감당하기 위해 세령댐의 보안팀장으로 내려오게 된다. 비 오는 날 무면허로 술에 만취된 채 운전을 하다가 오영제의 딸인 세령이를 치고 공포에 질려 그대로 세령호 호수 속으로 집어넣는다.

치과 개업의인 오영제는 이 책에서 악마의 화신으로 묘사된다. 세령마을 인근의 모든 땅이 그의 선친 때부터 내려오던, 한마디로 금수저다. 그런데 약간 사이코로 묘사된다.

세 번째 사람은 승환이다. 이 책에서는 그의 성이 나오지 않고 그냥 '승환'이다. 승환의 가정환경도 불우하다. 아버지가 한강에서 잠수부로 활동하며 시체를 건지는 일로 먹고 살았다. 잠수가 집안 내력인지 큰형도 작은형도 잠수부가 된다. 그런 경력은 계속 이어져서 승환은 군대에서도 잠수부 활동을 하게 된다. 글에 대한 열망이 있어 작은 신문의 신춘문예로 등단하지만 크게 주목받는 작가로 성장하지는 못한다.

네 번째 사람은 최현수의 아내인 은주이다. 동생 영주 대신 선을 보러 나갔다가 대타로 결혼하게 된 그녀 역시 가난이 지긋지긋한 여자이다. 그래서 33평 아파트에 목숨을 건다. 많은 융자를 끼고 아파트를 샀으니 죽으나 사나 일을 해야 할 형편이다. 오죽하면 여자의 몸으로 세령댐의 경비직으로까지 취직을 했겠는가.

옥에 티라면 책의 89쪽부터 113쪽까지가 오영제가 딸 세령을 학대하는 장면인데, 조금 지나치다는 생각이 든다.

"눈떠라."

"아빠 왔다."

"오세령."

"생일 축하해, 우리 예쁜이."

"즐거운 시간이었겠구나, 그렇지?"

"그럴 리가. 이렇게 멋진 파티를 벌였으면서, 응?"

영제는 세령의 머리를 벽에다 들이받아 버렸다. 세령은 들이박힌 반동으로 방바닥으로 굴러 떨어졌다. 벌어진 입안에서 석류 알 같은 알맹이가 두 개가 굴러 떨어졌다. 앞니겠지, 생각하며 그는 실내등 스위치를 켰다. 어디로 굴러갔는지 앞니들은 보이지 않았다." (pp104~105 축약)

이 책은 엄청나게 많이 팔린 책이다. 출간된 후 지금까지 8년 동안 계속 국내소설 상위에 랭크되어 있는 책으로, 소설을 쓰고자 하는 예비작가라면 반드시 사서 읽어야 하는 필서이다. 특히 작가 지망생들에게는 이야기의 '몰입도'를 연구해 볼 수 있는 좋은 자료이다.

60. 난장이가 쏘아올린 작은 공

조세희 저 / 이성과 힘 / 351쪽

조세희(78)는 많은 작품을 발표하는 사람이 아니다. 이 작품은 형식적으로는 단편 연작소설의 형태를 취하고 있지만 내용상으로는 장편소설이라고 불러도 무방할 정도로 그 내용이 일관성을 유지하고 있다.

이 책은 1970년대 초반, 산업발전이 막 이루어지고 있던 때에 도시개발의 그늘에 가려져 있던 힘없는 사람들의 삶을 어느 난장이(현재는 난쟁이가 표준어이다.) 가족을 통하여 고발하는 사회소설이다.

뫼비우스의 띠 / 칼날 / 우주 여행 / 난장이가 쏘아올린 작은 공 / 육교 위에서 / 궤도 회전 / 기계 도시 / 은강 노동 가족의 생계비 / 잘못은 신에게도 있다 / 클라인씨의 병 / 내 그물로 오는 가시고기 / 에필로그

책은 교사가 '뫼비우스의 띠'를 설명하는 장면으로 이야기를 풀어나간다. 저자는 책을 통하여 약한 자, 없는 자, 억눌리는 자를 대변하고 부자들을 그런 약자들을 착취하고 괴롭히는 자들로 묘사했지만, 아마도 저자가 정작 바라는 세상은 뫼비우스의 띠처럼 그렇게 계층도 없고 차별도 없는 세상이 아니었을까 생각해 본다.

두 번째 이야기인 '칼날'에서는 신애라는 여인을 통하여 약자와 정의를 이야기한다. 신애는 앞뒷집으로 좀 더 잘사는 사람들을 두고 사는 평범한 주부이다. 앞집은 세무서에 다니는 공무원의 집이고 뒷집은 제과회사 차장의 집이다. 작가는 두 집의 살림살이와 신애의 살림살이를 비교하면서 사회의 부조리를 에둘러 고발한다. 여기에 난장이가 수도꼭지를 갈아주는 사람으로 등장한다. 수도꼭지를 낮추어 달면 밤에 밤새워가면서 물이 나올 때를 기다리며 잠을 설치는 고생을 하지 않아도 된다는 것이다. 그 일을 해 준 대가로 난장이는 동네의 수도업자(힘센 자)로부터 엄청난 폭행을 당하는데, 신애는 그런 난장이가 불쌍해서 부엌칼을 들고 나와서 그 악당을 물리친다.

세 번째 이야기인 '우주여행'에서는 윤호라는 잘사는 집의 고등학생에게 과외를 가르칠 선생으로 지섭이라는 명문대학 학생을 등장시킨다. 지섭은 윤호 할아버지 친구의 손자이다. 지섭의 할아버지는 독립운동을 하며 풍찬노숙을 하고 일본 군에게 잡혀 모진 고문도 당했지만 그에게 돌아온 것은 가난 뿐이었다. 이런 짧은 이야기를 하면서 작가는 넌지시 독립운 동가의 후손은 가난하고 친일파의 후손은 잘 산다는 암시를 던진다.

네 번째 이야기인 '난장이가 쏘아 올린 작은 공'은 3개의 토막으로 구성되어 있다. 1의 화자는 장남인 영수이다. 여기 서는 입주권을 둘러 싼 이야기, 영수가 중학교 때 처음으로 사랑했던 명희와의 이야기가 나온다. 작가는 포도, 라면, 빵, 사과, 계란, 고기, 쌀밥, 김, 같은 것들을 먹고 싶다던 명희가 자라면서 다방 종업원이 되고, 고속버스 안내양이 되고, 골 프장 캐디가 되고 급기야는 음독자살하는 이야기를 하면서 우리 사회의 변천사를 들려준다.

두 번째 토막인 2에서는 아버지의 직업이 화자인 둘째 영 호의 입을 통하여 채권 매매, 칼 갈기, 고층건물 유리 닦기, 펌프 설치하기, 수도 고치기의 다섯 가지라고 소개된다. 여 기에 아버지가 지섭으로부터 빌린 책에 영향을 받아서 달나 라에 간다는 꿈같은 이야기를 믿는 장면이 등장한다.

세 번째 토막인 3에서는 화자인 막내딸 영희의 삶이 소개된다. 열일곱 살, 학교를 중퇴한 영희는 젊은 부동산 졸부와 관계를 맺고 그로부터 아파트 입주권을 되찾아 온다. 집으로 돌아 온 영희는 아버지가 벽돌공장의 굴뚝 꼭대기에서 떨어져서 죽었다는 사실을 전해 듣는다.

내가 이 책에서 가장 관심 있게 본 부분은 마지막 이야기인 '내 그물로 오는 가시고기'였다. 여기에서 본격적으로 재벌 측과 노동자 측의 대립관계가 조명된다. 여기서 '나'는 은강그룹의 후계자가 될 경훈이라는 젊은이이다. 그는 집에서 일하는 여자아이를 섹스비디오를 보며 성폭행하고, 아버지에게 요트를 만들어 달라고 하고, 막내이면서도 형제들과의 경쟁에서 우위를 차지하여 아버지의 눈에 들려고 노력하는 탐욕스런 젊은이로 묘사된다. 여기 단편에서 난장이의 장남인 영수가 경훈의 작은 아버지를 회장인 줄로 착각하고 살해하여 재판을 받는 장면에 지섭이 변호인 측 증인으로 나온다. 이 책의 처음에 등장했던 지섭은 그 사이에 공장 노동자가 되어 손가락을 두 개나 잃고 노동운동의 대부가 되어 살인자 영수를 변호한다.

이 책은 자칫하면 가진 자를 혐오하게 만드는 도구가 될 수도 있는 책이다. 아들을 좋은 학교에 보내는 일이라면 고액과외건 컨닝이건 가리지 않는 윤호의 아버지, 돈을 위해서는 기꺼이 몸을 허락하는 여성들, 폭력을 마구 행사하는 등장인물들, 등등은 독자들에게 잘못된 가치관을 심어 줄 수도 있을 것이다. 그럼에도 불구하고 이 책이 1976년에 발표된 이래로 지금까지 무려 100만 부가 훨씬 넘게 팔렸다는 사실은 자못 의미심장하다.

이 책은 1960년~1970년대의 사회상을 잘 반영하는 책이다. 난장이, 꼽추, 앉은뱅이, 아파트 입주권, 딱지, 철거계고장, 예비고사, 차력술과 약장수, 칼갈이, 달동네, 새벽에나 졸졸 나오는 수도, 월급봉투, 자가용 운전사, 가정부, 아래 폭이 넓은 바지, 줄서서 기다리는 공중전화 부스, 등등은 가히 사회학 교과서로서도 전혀 손색이 없는 책이라고 할 수 있겠다.

Group 16

단편문학

61. 오 헨리 단편선

오 헨리 저 / 김희정 역 / 클래식레터북 / 207쪽

오 헨리(본명 Willian Sydney Porter)의 작품들은 만화, 영화, 동화, 드라마 등으로 각색되면서 대중에게 더욱 친숙하게 알려졌다. 하지만 그토록 유명한 작품들을 남긴 오 헨리가 작가가 되기 전 은행원이었다는 사실, 은행원 시절 공금횡령 혐의로 체포되어 옥살이를 하면서 본격적으로 글을 쓰기 시작했다는 사실 등은 그다지 알려져 있지 않다.

석방 후에는 뉴욕으로 거처를 옮겨 정착했는데, 이때부터 대도시 뉴욕은 오 헨리 문학에서 하나의 아이콘으로 자리를 잡아 그의 작품의 주요 소재와 주제가 되었다. 현대인들의 꿈과 욕망이 시시각각 피어났다 스러져가는 대도시에서 오 헨리는 진부하다 싶을 만큼 평범한 일상 경험을 가지고 기발

한 이야기들을 만들어냈다. 48세로 생을 마감하기까지 남긴 300편의 이야기들은 한 편의 드라마 같은 오 헨리 인생의 집약이다.

위의 설명을 요약하면 그의 단편문학의 특징은 다음과 같은 세 가지로 압축할 수 있을 것이다. 첫째, 그의 작품들은 거의 다가 뉴욕을 배경으로 하고 있다. 둘째, 인간애가 넘쳐흐른다. 셋째, 비록 짧은 단편이지만 후반부에는 항상 반전이 있다. 이러한 특징을 염두에 두고 이 책에 수록되어 있는 총 13편의 단편소설 중 다음 세 편을 소개해 본다.

① **마지막 잎새**: 존시와 수는 가난한 예술가이다. 그들은 워싱턴 스퀘어의 서쪽에 있는 구역 중에서도 그리니치 빌리지라고 하는 가난한 예술가들이 많이 사는 곳에 산다. 존시와 수는 한 식당에서 만나 서로 취향이 비슷하여 의기투합하게 되고 함께 작업실을 쓰는 사이가 되었다. 11월이 되자 폐렴이 예술가 부락에 퍼지게 된다. 존시는 폐렴에 걸려 점점 더 쇠약해져 간다. 의사는 존시가 살 수 있는 가망이 별로 없는데, 그나마도 그녀가 살아갈 의욕이 있을 경우에나 가능하다고 한다. 어느 날부터 존시는 창 밖의 담쟁이덩굴에 붙은 잎들을 세고 있었다. 그녀는 마지막 이파리가 떨어지면 자신

도 죽을 것이라며 삶을 체념하려고 한다. 수는 존시를 살릴 방법을 고민하던 중에, 아래층에 사는 늙은 예술가인 버먼에게 자신의 고민을 털어 놓는다. 그는 지난 40년 동안 자신이 걸작품을 그리겠노라고 큰소리만 쳐 왔지, 변변한 작품 하나 없이 날마다 술에 찌들어 사는 별 볼일 없는 그림쟁이이다. 그렇게 죽음을 준비하던 와중에 존시는 다음 날이 되어도 마지막 잎새가 떨어지지 않은 것을 보고 죽으려 하는 것은 죄악이라는 사실을 깨닫는다. 드디어 존시는 점점 기력을 되찾게 된다.

수가 존시에게 버먼 영감의 걸작품을 설명해주는 마지막 장면이 이 이야기의 압권이다.

"그리고 자, 창밖을 내다 봐. 벽에 붙어 있는 저 마지막 담쟁이 잎새를 말이야. 벽에 붙어 있는 잎새가 바람이 부는데 왜 조금도 움직이지 않는지 이상하지 않니? 아, 존시, 저건 버먼 할아버지가 그린 걸작품이야. 마지막 잎새가 떨어지던 날 밤, 그분이 저기에 그려 놓으신 거거든. "

② **크리스마스 선물**: 델라는 침대에 누워 엉엉 울고 있다. 내일이 크리스마스인데 남편에게 선물을 사 줄 돈이 없기 때문이다. 그녀는 자신이 그토록 자랑스러워하던, 그리고 남들

도 탐스러워 하던 자신의 머리칼을 팔아 남편의 시곗줄을 산다. 그러면서 이런 행복한 고민에 빠진다. "그의 시계에 이 시곗줄을 단다면 짐은 이제 누구 앞에서도 떳떳하게 시계를 꺼내 볼 수 있으리라."

그러나 그날 저녁, 집에 돌아 온 짐은 자기의 시계를 팔아 아내가 그렇게도 갖고 싶어 하던 머리빗 세트를 사 와서 탁자 위에 턱하니 올려놓는다.

반전의 명수 오 헨리는 이렇게 자신의 탐스러운 머리칼을 자른 부인에게는 머리빗이 소용없고, 시계를 팔아 버린 남편에게는 시곗줄이 소용없는 상황을 만들어 버린다.

③ **경관과 찬송가**: 겨울이 닥쳐오는데 메디슨 스퀘어에서 벤치에 앉아 불안해하는 소우피라는 젊은이가 있다. 그의 꿈은 아주 소박하다. 이 추운 겨울을 따뜻한 형무소에서 석 달만 지내다 왔으면 하는 것이었다. 그는 형무소에 가기로 작정하고 고급 식당에 들어가서 진탕 먹고 '내 배 째시오.' 하고 버티어 보기로 했다. 그러나 그는 식당 문에 들어서자마자 웨이터의 억세고 민첩한 손에 의해 밖으로 내 쫓기고 만다. 두 번째 작전은 6번가에 있는 고급 상점의 유리창을 박살내는 것이었다. 그것까지는 성공하여 곧바로 순경과 구경꾼들

이 몰려들었다. 순경에게 아무리 내가 그 장본인이라고 해도 순경은 곧이들으려 하지 않는다. 이번에는 어느 식당에 들어 가서 비프스테이크뿐만이 아니라 핫케이크, 도우넛, 파이를 먹어 치웠다. 그러고 나서 웨이터에게 자신은 빈털터리이니 지체 말고 순경을 불러서 자신을 잡아가라고 배짱을 부렸다. 그러자 웨이터는 소우피를 흠씬 두들겨 패고는 길바닥에 내 던졌다.

경관 바로 앞에서 젊은 여성을 희롱해도 안 되고, 고성방가를 해도 안 되고, 남의 물건을 훔쳐도 인되고, 소우피는 이제 자신은 도저히 잡혀 갈 팔자가 아니라고 포기해 버린다.

그러던 중, 어느 교회 앞을 지나치는데 자신의 심정에 갑자기 변화가 일기 시작했다. 자기의 삶을 되돌아보면서 이제까지와는 전혀 다른 새 사람이 되어서 열심히 세상을 살아야겠다는 결심이 불끈 솟아오르는 것이었다. 내일은 일자리를 알아봐야지. 이렇게 결심을 굳히고 막 돌아서려는 순간 어떤 경관이 옆에서 자기 팔을 잡는 것이 아닌가. 그리고는 다음 날 아침, 소우피는 즉결재판소에서 금고 3개월의 징역형에 처한다는 판결을 받게 된다. 결국 그의 꿈은 이루어졌다. 이상한 방법으로.

62. 픽션들

호르헤 루이스 보르헤스 저 / 송병선 역 / 민음사 / 251쪽

아 르헨티나 문학을 대표하는 작가이자 기호학자, 해체
주의자, 포스트모더니즘 등, 현대 사상을 견인한 호르
헤스는 허구를 주제로 가상과 현실 사이에서 변화하는 의미
의 이미지를 보여주는 소설들을 선 보였다.

출판사에서는 여기에 수록된 열일곱 편의 단편들을 이렇
게 평했다.

"그의 작품들은 치밀한 구성과 충격적인 결말을 통하여
기억과 환상, 허구와 사실의 경계를 넘나들며 현실에 대한
독자들의 믿음을 배반한다."

사실 책을 꽤 읽는다고 자부하는 나 자신에게도 보르헤스
의 작품은 아주 어려운 편이다. 소설이라고는 하지만 내 생
각에는 오히려 심리학 소논문이라고 하는 편이 더 적합하다

는 생각이 들 정도이다. 이런 생각은 나뿐만이 아닌 모양이다.《광기의 역사》《성의 역사》로도 유명한 미셸 푸코조차도 이렇게 말 한 것을 보면 말이다.

"보르헤스의 문장을 읽고 나는 내가 지금까지 익숙하게 생각한 모든 사상의 지평이 산산이 부서지는 것을 느꼈다."

난해하기는 하지만 그의 책을 반드시 읽어야 하는 이유는 그의 작품들이 미셸 푸코, 자크 데리다, 움베르토 에코, 밀란 쿤데라 등, 수많은 사람들에게 영향을 끼쳤기 때문이다.

《픽션들》에 수록된 '남부'라는 불과 11페이지짜리 아주 짧은 단편의 줄거리를 잠시 소개해 본다.

1871년 부에노스아이레스에 요하네스 달만이라는 이름의 개신교 목사가 배에서 내린다. 한참 세월이 흐른 후인 1939년, 코르도바 시립도서관에서 비서로 일하는 후안 달만이라는 사람이 이 소설의 주인공으로 등장하는데 그는 요하네스 달만의 손자이다. 후안 달만은 자기 친가와 외가의 명예를 아주 자랑스럽게 생각하는 사람이다. 외할아버지는 제2전투 보병대의 용사였으며 나중에 원주민의 창을 맞고 전사한다.

달만은 남부의 농장에 산다. 그는 자신이 '남부'에 산다는 사실에 커다란 자부심을 느낀다. 어느 날《천 하루 밤의 이야기》를 손에 넣는다. 책을 읽고 싶은 조급한 마음에 층계를 뛰어올라가다가 열어 놓은 창문 모서리에 이마를 부딪쳐서 상처가 난다. 그 상처로 인하여 그는 병원에 입원하게 되고 급기야 패혈증으로 죽기 일보 직전의 상황으로까지 내몰린다.

죽을 고비를 넘기고 퇴원하여 승합마차를 타고 기차역을 향한다. 기차역 대합실에서 아직도 기차 시간이 30분이나 남아있어 달만은 역 앞 브라질거리에 있는 어느 카페에 고양이 한 마리가 있었다는 기억을 떠올리고는 그 카페로 향한다. 그는 커피 한잔을 시켜 놓고 고양이를 쓰다듬으며 '순간'과 '영원'을 떠올린다.

그는 기차에 타서《천 하루 밤의 이야기》를 읽기 시작하면서 자기의 불행했던 시간도 이제 영원히 끝났다고 잠시 기쁨에 잠긴다. 점심 식사가 나왔다. 고기수프를 먹으며 그는 '나는 내일 농장에서 잠을 깰 거야.'라는 생각을 한다. 그는 마치 두 사람이 된 것만 같았다. 한 사람은 농장에서 가을 햇볕을 쬐는 사람, 또 다른 한 사람은 병원 쇠창살 안에 갇혀 있는 사람. 기차는 끝없이 남부를 향해 달린다.

차장이 차표검사를 하더니 (차표가 잘못되었는지) 달만을 조그마한 시골 역에 내려준다. 사람도 별로 없는 썰렁한 촌에 내려진 달만은 힘들게 식당을 하나 찾아 들어가서 주인에게 자기가 가는 곳까지 데려다 줄 마차를 구해달라고 부탁한다. 그가 마차를 구해올 때까지 달만은 식사를 하기로 작정하고 테이블에 앉는다. 주인이 내 온 정어리 고기와 포도주를 마신 달만은 동네 사람들이 던진 빵부스러기에 얼굴을 맞는 수모를 당한다. 그러나 공연히 싸움에 휘말리기 싫어서 그냥 《천 하루 밤의 이야기》를 꺼낸다. 그러자 아까 시비를 걸어 온 사람들이 껄껄대며 달만을 조롱한다.

이때 맞은 편 테이블에 앉아 있던 '남부' 사람으로 보이는 노인이 (달만은 그를 남부 출신이라고 믿었다. 왜냐하면 판초와 가우초 바지를 입고, 가죽 장화를 신고 있었기에) 칼집에서 칼을 뽑아 달만에게 던졌고 그 칼은 달만의 발치에 떨어졌다. 그건 마치 '남부'가 자신에게 남부의 명예를 지키라고 명령하는 것처럼 보였다.

달만은 몸을 숙여 칼을 집으면서 두 가지를 생각한다. 하나는, 이제 결투를 해야겠다는 것이었고, 또 하나는, 그 칼이 자기를 지켜주는 무기가 아니라 상대방이 자기를 죽이는 데 정당방위의 구실을 주는 도구라는 사실을.

이렇게 소설은 (어떻게 칼을 잡는지조차도 잘 모르는) 달만이 칼을 들고 식당 밖으로 결투에 응하려고 나가는 장면에서 끝난다.

나는 이 단편을 읽으면서 나도 모르게 무릎을 치며 과연 보르헤스는 천재라는 생각을 했다. 그는 이 작품을 통하여 운명(멀쩡한 사람이 졸지에 환자가 되고), 시간의 흐름(기차를 내린 건 아침, 결투는 저녁), 어쩔 수 없는 상황(남부의 자존심을 지키기 위해 결투에 응해야만 하는), 일상을 상징하는 도구(천 하루 밤의 이야기라는 책) 등이 교차한, 마치 잘 짜여진 '털목도리'를 보는 것만 같은 감동을 받았다.

20여 년 가까운 세월을 아르헨티나 국립도서관장을 역임하였고, 도쿄대학, 로마대학, 위스콘신대학, 소르본느대학, 옥스퍼드대학 등, 세계 유명 대학에서 앞 다투어 명예박사 학위를 준 것만 보아도 그가 얼마나 훌륭한 인물인지를 짐작할 수 있기에 우리 모두는 그의 작품들을 '힘들어도 읽어야만' 한다.

윌리엄 셰익스피어 저 / 셰익스피어연구회 역 / 아름다운 날 / 741쪽

윌리엄 셰익스피어(1564 ~ 1616)는 너무나 유명한, 세계 최고의 대문호(大文豪)라서 저자에 대하여는 더 이상 설명이 필요 없을 것 같다. 그의 대표작품 중 4대 비극과 5대 희극의 줄거리를 아주 짤막하게 적어 보았다.

① **햄릿**: 덴마크의 왕자 햄릿은 갑작스럽게 아버지를 잃는다. 어머니마저 평소 자신이 싫어하던 숙부와 결혼을 해 충격을 받는다. 그러던 어느 날 아버지의 유령을 만나게 되면서 아버지가 독살 당했다는 사실을 알게 된다. 이에 햄릿은 그 사실을 확인하기 위하여 짐짓 미친 척 한다.

② **오셀로**: 아름다운 마음씨를 가진 데스데모나는 흑인 장

군 오셀로의 힘들었던 과거 이야기를 들으면서 어느 새 자신도 모르게 오셀로를 사랑하게 된다. 그래서 그녀는 아버지의 허락도 받지 않은 채 결혼을 한다. 이 사실을 알게 된 아버지 브라반쇼는 노발대발하지만, 때마침 터키군의 침공을 받아 오셀로 장군이 꼭 필요한 참이라서 마지못해 결혼을 허락한다.

③ **리어왕**: 늙은 리어왕은 세 딸에게 나라를 나누어주기로 결정하는데, 그 조건으로 딸들이 얼마나 자기를 사랑하는지에 따라 땅을 배분하겠다고 말한다. 그러자 고네릴과 리건은 이 세상의 어느 누구보다 더 아버지를 사랑한다는 말과 과장된 표현으로 땅을 차지하고, 거짓말을 하지 못하는 막내 딸 코델리아는 자식으로서 효성을 다 할 뿐이라고 말해 지참금 없이 프랑스 왕에게 시집을 가게 된다.

④ **맥베스**: 스코틀랜드의 장군 맥베스와 뱅쿠오는 반군과의 싸움에서 승리해 돌아오던 중 세 마녀를 만난다. 마녀들은 맥베스에게 장차 왕이 될 것이라는 예언을 하고, 이 예언을 들은 맥베스는 왕권을 향한 야심에 사로잡힌다. 집으로 돌아 온 그는 아내와 함께 선정을 베풀고 있는 던컨 왕을 살

해 할 계획을 세운다. 그러나 자신의 성에 온 왕을 보며 양심 때문에 갈등을 하던 맥베스는 아내의 호통에 못 이겨 결국 왕을 살해하고 왕위에 오른다.

① **베니스의 상인**: 돈을 빌려주는 대신 갚지 못하면 1 파운드의 살 한 덩어리를 달라고 하는 계약을 하면서 이야기는 시작된다. 안토니오는 바다에 떠 있는 배를 담보로 하여 유대인 고리대금업자 샤일록으로부터 돈을 빌린다. 그리고 증서를 써 준다. 배는 파선되고 샤일록은 안토니오의 살을 도려내기 위해 칼을 꺼낸다. 이때 남자로 변장한 애인 포셔가 법정의 재판관으로 등장하여 "살은 베어내되 피는 한 방울도 흘려서는 안 된다."고 선언함으로써 샤일록을 굴복시킨다.

② **말괄량이 길들이기**: 부자인 밥티스타의 큰딸 카타리나는 천방지축인 데다 성격이 까다롭다. 반면에 동생 비앙카는 성품이 온순하여 뭇 남성들의 사랑을 한 몸에 받는다. 문제는 아버지 밥티스타가 큰딸을 시집보내야 작은 딸을 시집보낼 수 있다고 선언하면서 생겨난다. 비앙카를 좋아하던 호텐쇼와 그레미오는 서로 카타리나의 남편감 찾기에 바쁘다. 그

러던 중에 호텐쇼의 친구인 페트루치오가 적극적으로 청혼한다. 페트루치오는 카타리나와 결혼한 뒤 그녀보다 더 거친 언동으로 그녀를 길들인다.

③ **한여름 밤의 꿈**: 멘델스존은 이 작품을 읽고 감명을 받아 극음악 '한여름 밤의 꿈'을 작곡하였을 정도로 다른 어느 셰익스피어의 작품들보다 자주 공연되고 있는 작품이다. 마을의 처녀 허미아는 아버지의 뜻에 따라 디미트리어스와 결혼을 해야 한다. 하지만 그녀가 사랑하는 사람은 라이샌더다. 결국 허미아는 라이샌더와 함께 아테네 근처의 숲으로 도망치고 디미트리어스는 그녀의 뒤를 쫓아간다. 디미트리어스를 짝사랑하는 허미아의 친구 헬레나 역시 숲으로 간다. 네 사람이 모인 숲의 요정 퍽의 손에는 사랑의 묘약이 담겨 있다. 이 약은 처음 눈을 떴을 때 처음 눈에 띈 사람을 사랑하게 만드는 힘을 갖고 있다.

④ **뜻대로 하세요**: 프레드릭 공작은 자신의 형을 내쫓고 권력을 거머쥔다. 이때 공작의 딸 실리아는 사촌언니(내쫓긴 왕의 딸) 로잘린드와 헤어져서는 살 수 없다며 공작을 애원해 로잘린드는 궁에 머물게 된다. 한편 마을 청년 올란도는 형

인 올리버의 미움을 받으며 하루하루 짐승처럼 살아간다. 그러던 어느 날 공작이 주최한 씨름대회에서 찰스를 이기게 되고 이 모습을 본 로잘린드는 올란도에게 첫눈에 반해 사랑에 빠지고 만다.

⑤ **십이야**: 세비스찬과 바이올라는 일란성 쌍둥이다. 어느날 세바스찬과 바이올라는 항해를 하던 중 폭풍우를 만나 배가 난파되면서 일리리아 근처 해안에서 헤어진다. 파도에 휩쓸려 내동댕이쳐지는 오빠를 바라보며 겨우 목숨을 부지한 채 뭍에 오른 바이올라는 세자리오로 변장을 하고 오시노 공작의 시종으로 들어간다. 오시노 공작은 올리비아를 연모하여 계속 청혼을 한다. 오빠를 죽은 줄로 알고 있는 올리비아는 7년 동안 아무도 사랑하지 않겠다고 다짐하지만, 변장한 바이올라를 보는 순간 불같은 사랑에 빠져들고 만다.

64. 우동 한 그릇

구리 료헤이 저 / 최영혁 역 / 청조사 / 127쪽

내가 아는 펀드매니저이자 작가인 후배는 이 소설을 자기 나이만큼이나 읽었다고 한다. 지금 40대 중반이니 아마도 40차례는 읽었다는 말이 아닐까? 이 책은 그만큼 감동적인 내용을 담고 있다.

동화작가이기도 한 저자 구리 료헤이는 북해도 사람이다. 그래서 책의 배경도 북해도의 어느 마을이다. 책은 단편 중에서도 극히 초단편이라고 할 만큼 겨우 33페이지 밖에 되지 않는다. 그런데도 이 책이 그렇게도 많은 사람들의 사랑을 받는 이유는 일본인들 특유의 친절한 마음씨와 상대방을 배려하는 정신이 전편에 묻어나기 때문이라고 본다. 내용은 다음과 같다.

유명한 우동 집, 북해정(北海亭)에 일 년에 한번 섣달 그믐 날이면 어린 아들 둘과 어머니가 찾아와 우동 한 그릇을 시킨다. 한 그릇으로는 세 명에게 당연히 부족하리라고 생각한 주인 내외는 그들이 미안해하지 않을까 염려되어 1인분에 반 정도를 더 넣어 내놓는다.

그 다음해 같은 날, 가게 문을 막 닫으려고 할 때 쯤, 또 그 아들 둘과 어머니가 찾아온다. 작년 그 날과 같이 세 명이 우동 1인분을 시킨다. 안타까운 마음에 안주인은 3인분을 주자고 하지만 바깥주인은 오히려 손님들을 생각해서 주문대로 1인분 반을 내놓는다.

그 다음해 저녁 9시 반을 넘기자 주인 내외는 안절부절 어쩔 줄을 모른다. 겉으로 표현은 하지 않지만 내심 그들을 기다리는 것이다. 그들이 항상 앉았던 2번 테이블에는 '예약석'이라는 팻말을 올려놓은 지 오래다. 종업원을 귀가시킨 후, 그들은 벽에 붙어있는 메뉴판을 뒤집어 놓는다. 거기에는 올해 인상한 200엔이 아닌 인상 전의 가격 150엔이 적혀 있다.

10시 반이 되자 그들 세 모자가 들어와서 이번에는 2인분을 시킨다. 즐겁게 3인분 같은 2인분을 셋이서 나누어 먹으면서 하는 그들의 이야기를 주인 내외는 주방에서 몰래 엿듣는다. 듣자니 그동안 돌아가신 아버지가 일으킨 교통사고 때문에 다친 여덟 명의 배상금을 매달 5만 엔씩 갚아 나갔던 것이었다. 빚을 갚느라 고생한 세 모자의 이야기, 그리고 어머니를 생각하고 형제가 서로 아끼며 사랑하던 이야기에 주인 내외는 눈물을 흘리며 감동한다.

그 다음해 같은 날 자리를 비워두고 세 모자를 기다리지만 그들은 나타나지 않는다. 그 다음 해에도, 또 그 다음 해에도 그들은 오지 않는다. 가게를 리뉴얼하고 세련되게 바꾸어 놓았어도 2번 테이블은 그대로 놓아둔다.

몇 년의 세월이 흘러 다시 섣달 그믐이 되었다. 그날 저녁 북해정에서는 동네의 상조회 회원들이 회식을 하고 있었다. '섣달 그믐날 예약석'인 2번 테이블 만은 비워둔 채, 상조회 회원들과 주인 내외는 비좁은 자리에서 몸을 좁혀 앉아 함께 음식을 먹고 술을 마시며 이런 저런 이야기꽃을 피우고 있었다.

그때 입구의 문이 드르륵 열리면서 양복을 입은 남자 둘과 기모노를 입은 여자가 들어온다. 그들은 14년 전 우동 한 그릇을 나눠먹던 세 모자였다. 그들은 그 날 이후 이사를 가게 되었고, 열심히 공부하고 잘 성장해 두 아들은 성공하고 어머니를 위해 먼 곳에서 다시 우동 집 북해정을 찾아 온 것이었다. 그들이 지난 14년의 이야기를 짤막하게 들려주자 함께 있던 동네 상인들은 환성을 지르며 박수를 친다. 그리고 이야기는 끝이 난다.

어쩌면 이렇게 짧은 글 속에 이다지도 감동적인 이야기를 넣을 수 있는지 그저 작가의 능력과 심성에 감탄을 보낼 뿐이다. 책의 처음부터 끝까지가 다 감동적이지만 그중 한 두 대목만 소개하면 다음과 같다.

북해정은 장사가 번창하여 가게 내부수리를 하게 되자, 테이블이랑 의자도 새로 바꾸었지만, 그 2번 테이블 만은 그대로 남겨 두었다. 새 테이블이 나란히 놓여 있는 가운데 낡은 테이블이 중앙에 놓여 있는 것이다.

'어째서 이것이 여기에?' 하고 의아해 하는 손님에게 주인 내외는 '우동 한 그릇'의 사연을 이야기해 주었다.

"어느 날인가 그 세 사람의 손님이 와 줄지도 모릅니다. 그때 이 테이블로 맞이하고 싶습니다."

그 이야기는 '행복의 테이블'로, 이 손님에게서 저 손님에게로 전해졌다. (p27~28)

"이봐요, 주인아줌마! 뭐하고 있어요! 10년간 이날을 위해 준비해 놓고 기다리고 기다린 섣달 그믐날 10시 예약석이잖아요. 어서 안내해요, 안내를!" (p33)

Group 17

라이트 노벨

65. 삼미슈퍼스타즈의 마지막 팬클럽

박민규 저 / 한겨레출판사 / 324쪽

"**박**민규는 '무규칙 이종격투기의 문장가'라는 별칭에서 알 수 있듯 감각적이고 유쾌한 문장과 구성을 유지하고 있다."

이 글은 인터넷 지식백과에서 박민규 작가를 평하는 말이다. 나 역시도 그를 '대한민국에서 가장 글을 재미있게 쓰는 작가'라고 평하고 싶다. 한마디로 그의 글들은 장편이건 단편이건 유머와 위트가 넘친다.

지금은 사람들이 삼미슈퍼스타즈라는 야구팀을 기억하지 못하겠지만 프로야구 원년인 1982년에 창단된 여섯 개 팀 중의 하나로 청보 핀토스로, 태평양 돌핀스로, 그리고 현대 유니콘스로 이름이 바뀐 후, 2007년에 해체된 팀이다.

박민규는 43p~46p에서 삼미슈퍼스타즈 선수들의 특이한 이름을 나름의 위트를 섞어 재미있게 열거하고 있다.

①금광옥: 어떤 광물의 일종이라고 생각하기 쉽지만⋯

②인호봉: 인수봉 주변의 어떤 산봉우리의 명칭일 것 같지만⋯

③감사용: 새로 발견된 공룡의 학술적 명칭인가 하겠지만⋯

④장명부: 장부나 숙박부의 일종이라 착각하기 쉽지만⋯

⑤정구선: 정구 경기장의 라인을 일컫는 말 같지만⋯

⑥정구왕: 정구의 챔피언을 뜻하는 말일 수도 있지만⋯

또 58p~61p에서는 삼미슈퍼스타즈의 진기록들을 나열하고 있다.

①최저 승률: 82년 후기 5승 35패

②팀 최다 실점: 82년 6월 12일 20점

③특정 팀 상대 연패 기록: 82년 대 OB 16연패

④한 게임 최다 피안타: 82년 4월 대 삼미 전 38개

⑤투수 연패 기록: 감사용 투수 82년 12연패

⑥시즌 최다 병살타: 삼미 이영구 84년 16개.

이 책은 삼미슈퍼스타즈의 어린이 팬클럽으로 등록하게 된 '나'와 조성훈의 입을 통하여 1982년부터 2002년까지의 20년 굴곡진 인생사를 이야기한다. 이 책을 통하여 우리는 1982년은 국민교육헌장을 달달 외워야 했고 차렷 자세로 국기 하강식을 지켜보아야 했다는 사실을 알게 되며, 교복자율화가 시작된 해였고 프로야구가 출범한 해였다는 사실과, 김 트리오라는 보컬팀의 '연안부두'라는 노래가 히트하던 해였다는 사실도 알게 된다.

책은 처음 시작을 이렇게 하고 있다.

1982년이 시작되던 1월, 나는 초등학교 졸업을 앞둔 12살의 소년이었다. 위로는 작은 무역회사의 과장인 아버지와 집안일을 돌보는 어머니가 계셨고, 아래로는 각기 2살과 4살 터울의 여동생들이 있었다. 여동생 중 하나가 코를 흘린다는 사실을 제외하면, 그야말로 우리 집은 '평범하다.'는 말을 쓰는 것 자체가 낭비일 만큼 평범한 가정이었다.

초등학교 졸업을 앞두고 아버지가 '엘리트 학생복지'로 학생복을 맞추어 주면서 아이의 장래를 기대하는 장면은 한창 고도 성장기였던 당시 우리 대한민국 아버지들의 마음을 대변한다고 할 만하다. 부모님의 기대에 걸맞게 '나'는 열심히 공부해서 대한민국 최고의 대학이라는 S대학을 갔다. 그리고 건강문제로 회사를 퇴사한 아버지를 대신하여 가정교사로 집안 살림을 돕는다.

그러나 누가 알았으랴? 그렇게 장래가 촉망되던 젊은이가 졸업도 하기 전에 취직한 대한민국 굴지의 대기업에서 '나'는 오히려 역차별을 당하게 된다. 위의 상사들이나 동기들 중 주류를 이루고 있는 학벌은 일류대가 아닌 B대 출신들이었다. 주인공이 IMF 외환위기를 맞게 되는 장면을 들여다보자.

과장이 나를 괴롭히는 근저에는 자신이 일류대 출신이 아니라는 콤플렉스가 있다. 따져보면 이사와 국장과 부장과 과장과 2명의 동기와 4명의 신입이 같은 B대 출신이다. 어찌된 영문인지 이곳은 그렇다. 사람이 왜 그렇게 눈치가 없나? 그래서 더욱 노력했다. 시키는 것도 제대로 못하나? 지난 4년을 그래서 더욱 노력했다. (pp226~227)

여전했던 어느 날 아침, 나는 한 통의 메일을 받았다. 3차 구조조정의 대상자임을 통보하는 메일이었다. 순간 눈앞의 재떨이나 달력을 볼 새도 없이 뜨거운 눈물이 솟구쳤다. 그 순간 알 수 있었다. 나는 일찍 일어난 새가 아니라, 일찍 잠을 깬 벌레였다는 사실을. (p239)

뛰어난 재담꾼 박민규가 슬픈 이야기만 나열한다면 박민

규가 아닐 것이다. 이 책은 에필로그를 다음과 같은 해피엔딩으로 장식한다.

뭐랄까, 자세한 기분은 알 수 없었지만 나는 그 두근두근한 배 속의 생명이 지켜보는 앞에서 나의 공, 나의 야구를 보여주고 싶었다. 이 프로의 세계에서 이제는 사라진 그 마지막 야구를. 그리고 나의 2세가 지치고 힘이 들 때면, 언제라도 회상하며 마음의 위안을 삼을 수 있을 아버지의 야구를.

플레이볼.

조성훈이 소리쳤다.

재구성된 지구의 맑고 푸른 하늘을 지나

공이 날아왔다.

만삭의 아내가 손을 흔들었다.

저 두근거림 앞에서

이제 나는 저 공을 어떻게 잡아야 하는 지를 잘 알고 있었다.

자, 플레이볼이다.

66. 창문 넘어 도망친 100세 노인

요나스 요나슨 저 / 임호경 역 / 열린책들 / 672쪽

1905년 스웨덴의 한 시골 마을에서 태어난 알란 칼손이라는 주인공이 살아 온 삶을 코믹하게 그린 작품이다. 이 작품은 이제 막 100살이 된 노인 알란이 양로원에서 준비하는 100번째 생일 파티를 피해 도망치는 현재에서 시작하는 사건과, 그가 지난 100년간 살아온 인생이라는 두 갈래의 이야기로 진행된다. 100살 생일날 새로운 인생을 찾아 떠나면서 벌어지는 해프닝과 백 년의 세계사가 교차하는 이야기를 읽다보면 독자들은 마치 한편의 코믹 영화, 미스터리 탐정소설, 그리고 세계사 다이제스트를 동시에 보거나 읽는 것과 같은 묘한 기분을 느끼게 된다.

2013년에 출간되어 베스트셀러의 자리에 오른 뒤 6년이 지난 2019년 현재까지도 스테디셀러로 독자들의 사랑을 받

고 있는 작품이다.

스웨덴의 한 소읍 양로원에서 백 살 생일 파티를 앞둔 알
란은 창문을 넘어 화단으로 뛰어내린다. 그는 '이제 그만 죽
어야지.'라고 되뇌는 대신 덤으로 남은 인생을 즐기기로 한
것이다. 그런 그가 처음 간 곳은 버스 터미널. 그곳에서 그는
한 예의 없는 청년의 트렁크를 충동적으로 훔치고, 돈다발이
가득 차 있었던 이 트렁크로 인해 큰 말썽이 벌어지게 된다.

노인이 도피 과정에서 겪는 모험과 쌍을 이루는 소설의
다른 한 축은 그가 살아온 백 년의 이야기이다. 어린 시절 아
버지를 여의고 일찍이 폭약 회사에 취직했던 알란은 어머니
마저 돌아가시자 세상을 한번 둘러보는 것도 좋겠다는 가벼
운 마음으로 고향을 떠난다. 그러나 이후 그는 가는 곳마다
의도치 않게 세계사의 굵직굵직한 사건들에 휘말리게 된다.
스페인 내전에서는 프랑코 장군의 목숨을 구하는가 하면, 미
국에서는 과학자들에게 핵폭탄 제조의 결정적 단서를 주고,
중국에서는 마오쩌둥의 아내를 위기에서 건져 내고, 소련에
서는 스탈린에게 밉보여 블라디보스토크로 노역을 갔다가
북한으로 탈출해 김일성과 김정일을 만나기도 한다. 그의 인
생을 따라가는 것만으로도 현대사의 주요 사건들을 죽 훑을

수 있는 셈이다.

저자인 요나스 요나손은 1961년 스웨덴에서 태어나 예테보리 대학교에서 어학을 전공한 뒤 일간지 기자, 미디어회사 대표 등을 하며 나름대로 성공적인 삶을 살아 왔다. 그러던 중 건강상의 이유도 있고 자신의 능력도 시험해 볼 겸 처음으로 쓴 소설 《창문 넘어~》가 전 세계에서 500만부 이상(아마도 현재는 거의 1천만 부 가까이?) 팔리며 일약 세계적인 베스트셀러 작가의 반열에 오른 행운아이다.

이 책이 그렇게나 독자들의 사랑을 받은 이유는 무엇일까? 내 나름대로 생각해 보면 다음의 몇 가지로 압축할 수 있지 않을까 싶다.

① **자유분방함**: 한마디로 주인공 알란 노인의 삶은 자유분방하다는 말로 대변될 수 있다. 스페인에 돈키호테가 있고 그리스에 조르바가 있다면 스웨덴에는 알란이 있다고 말해도 좋지 않을까? 그의 인생관을 요약해 주는 다음 구절을 보자.

알란은 앞으로 일어날 일에 쓸데없는 기대를 하는 사람이 아니었다. 또 반대로 쓸데없는 걱정을 하지도 않았다. 어차피 일어날 일은 일어나게 될 터, 쓸데없이 미리부터 골머리를 썩

일 필요가 없기 때문이었다. (p271)

② **우리 모두가 역사의 주인공**: 자신의 운명이 어떻게 펼쳐질지 아무도 모른다는 점은 이 책이 암시하는 교훈이다. 알란은 양로원을 도망쳐 나와 무작정 떠나고자 찾아간 버스 터미널에서 우연히 갱단의 돈다발이 들어있는 가방을 수중에 넣게 된다. 알란은 추격자들을 피해 버스에 올라 한적한 마을에 내리고 거기서 여행의 동반자인 율리우스 등등을 만나서 노란 버스를 타고 여행을 떠난다. 그 여행에서 스페인의 프랑코 장군, 장개석의 부인 송미령, 모택동의 부인 강청, 미국의 트루먼, 아인슈타이의 동생 헤르베르토 아이슈타인, 북한의 김일성 그리고 소년 김정일까지 만나고 그들에게 중요한 영향력을 끼친다.

③ **삶은 현재와 과거의 조합이다**: 소설의 주인공 알란 칼손은 1905년 스웨덴에서 태어나 부모를 여의고 혼자서 세계 각국을 다니며 100년을 살았다. 책은 2005년 5월 2일 현재에서부터 시작된 노인의 양로원 탈출소동을 그려내면서 다른 한 축으로는 1905년부터 2005년까지의 노인의 삶과 함께 현대사를 축약하고 있다. 어릴 때 생계를 위해 배운 폭탄 제조

기술이 그를 현대사의 소용돌이에 휩쓸리게 한다.

④ **현재의 상황에 너무 전전긍긍하지 말라**: 저자가 강조하는 교훈이 아닐까 싶다. 그렇기에 책의 앞부분에서 알란의 어머니의 말을 인용해 이 점을 강조하고, 그것도 모자라 책의 중반에 알란의 성격묘사를 통하여 또다시 강조한다.

⑤ **우리 모두는 늙고 병들어 죽는다**: 책의 전편을 흐르는 주제는 이것이 아닐까 싶다. 그런 사상을 압축한 장면이다.

"우리 모두는 자라나고 또 늙어가는 법이지." 알란은 철학자처럼 말했다.

"어렸을 때는 자기가 늙으리라고는 상상도 하지 못해……. 자, 그 어린 정일이를 예로 들어보자고. 내 무릎위에 앉아서 엉엉 울어대던 그 불쌍한 녀석이 이제는 자라서 일국의 우두머리가 되었고……." (p442)

67. 나미야 잡화점의 기적

히가시노 게이고 저 / 양윤옥 역 / 현대문학 / 456쪽

이 책의 저자는 일본 추리소설의 최고봉이라고 평가되는 히가시노 게이고이다. 그가 쓴 책들 중《비밀》《용의자 X의 헌신》은 한국 독자들에게도 너무나 친숙한 작품들이다.

《나미야 잡화점의 기적》은 세 명의 빈집털이 도둑들이 한때 나미야 잡화점이었던 폐가에 숨어들면서부터 이야기가 시작된다. 세 명의 백수 청년들, 쇼타, 고헤이, 그리고 아쓰야에서 시작된 이야기가 네 개의 에피소드(달 토끼, 생선가게 뮤지션, 길 잃은 강아지, 폴 레논)를 거쳐 결국 자신들의 이야기로 마무리되는 구조이다.

이들이 이곳에 숨어들고서부터 기묘한 일이 벌어지기 시작한다. 사방에 널려있는 온갖 잡동사니들, 40년 전의 잡지, 수북이 쌓인 먼지투성이의 집 우편함에 난데없이 한 통의 편

지가 도착하는 것이다. 휴대폰의 시간을 보니 새벽 2시 30분! 새벽에 폐가에 편지가 배달되다니? 그런데 편지를 살펴보니 그냥 대충 몇 자 적은 게 아니라 두툼한 봉투에 구구절절이 쓴 '달토끼'의 상담편지였다. 자기는 현역 운동선수인데 자신이 사랑하는 사람이 중병에 걸려서 운동을 포기하고 애인을 간호할까, 아니면 운동을 계속해야 하나로 심각한 고민에 빠져있다는 내용이었다. 나미야 잡화점에 상담을 하면 충고를 들을 수 있을 것 같아서 편지를 보냈다고 했다.

이 편지에 도둑들은 잠시 당황하여 이곳저곳을 뒤져보다가 드디어 낡은 잡지에서 나미야 잡화점의 비밀을 알아낸다. 거기에 실린 기사에는 '인기 폭발 – 나미야(고민이라는 일본말)'라는 제목의 기사가 실려 있었던 것이다. 가게 주인 나미야(72) 씨가 처음에는 아이들에게 장난삼아 해 주던 상담이 이제는 소문이 나서 아이, 어른 할 것 없이 계속 상담편지가 도착한다는 내용이었다. 방법은 고민이 있는 사람이 밤중에 가게 앞의 우편함에 사연을 넣으면, 다음날 아침에는 어김없이 가게 뒤편의 우유 상자에서 나미야 씨의 답장을 찾아갈 수 있다는 것이었다.

세 명의 백수들은 편지에 적힌 사연에 이끌려 답장을 하는데, 그저 장난이라고만 생각하고 써 보낸 편지에 대한 답장이 도착하자 진지해지기 시작한다. 그들이 답장을 우유통에 넣자마자 곧바로 또 다른 편지가 집 앞의 우편함에 도착했다. 걸린 시간은 대략 5분? 편지를 보낸 달토끼는 40년 전의 사람으로 '휴대폰'이라는 걸 모르고 있었다. 이들은 휴대폰을 검색해서 일본이 모스크바 올림픽을 보이콧한다는 사실을 알고 있으므로 달토끼에게 훈련을 포기하라고 설득한다. 그러나 달토끼는 애인의 관심을 저버릴 수 없다며 자기는 훈련을 계속하겠다고 답장을 보내온다. 이렇게 몇 차례 편지가 오간 후, 달토끼의 시간으로는 6개월이 더 지난 시점(세 명의 시간으로는 같은 밤)에 다시 잡화점으로 편지가 온다. 거기에는 일본이 정식으로 올림픽을 보이콧하기로 결정했다는 내용과 남자친구가 결국은 세상을 떠났다는 이야기가 들어 있다. 달토끼와의 상담이 끝나며 제1장은 막을 내린다.

제2장은 음악을 좋아하는 가쓰로라는 학생(그리고 어른)의 이야기이다. 가쓰로는 음악을 사랑하는 학생이다. 그는 대학 공부까지 중도에 포기하고 음악에 매달렸지만 성공하지 못한다. 도쿄에서 지내던 중 할머니가 돌아가셨다는 소식을 듣고 시골로 내려온다. 그곳에서 가쓰로는 할아버지가 하고 계신 생선가게를 물려받아야 하나, 아니면 음악을 계속하여야 하나를 두고 고민에 빠진다. 고민 속에 가쓰오는 고향마을을

배회하다 이윽고 나미야잡화점 앞에까지 와서 추억에 잠긴다. 그러면서 그 옛날에 잡화점 할아버지에게 이런 저런 질문들을 했던 기억을 떠올린다. 딱히 상담이랄 것도 없는 사백 미터 계주에서 일등을 할 수 있는 비결을 알려 달라거나 세뱃돈을 더 많이 받을 수 있는 방법을 알려달라는 것들이었다.

산책 도중 가쓰로는 자전거를 타고 온 여자를 만난다. 그녀로부터 아직도 나미야 잡화점에 편지를 보내면 대답을 들을 수 있다는 이야기를 들은 후 집에 돌아와서 상담편지를 쓰기 시작한다. 다음날 다시 가보니 정말로 '생선가게 예술가님께'라는 답장이 들어 있는 게 아닌가! 대답은 당장 기타를 내려놓고 생선가게를 물려받으라는 것이었다. 이런 편지가 몇 차례 왕복하는 사이 잡화점 안의 시간으로는 몇 시간이 지난다.

이 책은 추리소설은 아니지만, 일본 추리소설계의 대가가 쓴 책인 만큼 추리소설의 기법이 여기저기에 등장한다.

가쓰로가 '환광원'이라는 복지시설에서 세리와 동생을 구해주는 장면, 그리고 후일 세리가 유명가수가 되어 수만 명이 운집한 원형경기장에서 노래 '재생'을 부르며 그 옛날의 남매의 생명의 은인이자 재생의 작곡가인 가쓰로를 회상하는 제2장의 마지막 장면이 바로 그런 대목이다.

"이 노래는 저를 가수가 되게 해 준 곡이죠. (…) 이 노래를 작곡하신 분은 제 하나밖에 없는 동생의 생명을 구해주신 은인이에요. 그분을 만나지 못했다면 지금 이 자리에 가수 세리는 없겠지요…." (p149)

소설을 읽다보면 역시 일본 소설답게 감동, 친절, 배려, 그리고 인간의 선량함과 같은 장치들이 책의 곳곳에 등장하는 것을 보게 된다.

각 에피소드에 등장하는 고민을 상담하는 인물들은 '환광원'이라는 아동복지시설에 머무른 적이 있던 불우한 아동 혹은 청년들이라는 특징이 있다. 세 명의 도둑은 누구도 자신들을 필요로 하지 않는다는 자책감에 점점 더 위축되어 가고 있던 중이었다. 그러던 중 나미야 잡화점에서 편지 상담을 해주면서 비로소 자신들도 누군가에게 도움이 될 수 있다는 생각에 희망을 발견하게 된다. 이들은 익명의 힘을 이용하여 대담하게 상담자로 나설 수 있었으며, 그로 인해 편지를 보낸 사람들도 힘을 내어 살아갈 수 있었다.

"지금까지 살아오면서 오늘 밤 처음으로 남에게 도움 되는 일을 했다는 실감이 들었어. 나 같은 게. 나 같은 바보가."

(p330)

68. 웃음

베르나르 베르베르 저 / 이세욱 역 / 열린책들 / 899쪽(전2권)

유독 한국에서 인기있는 작가가 있다. 바로 프랑스의 소설가 베르나르 베르베르이다. 그가 발표하는 작품마다 본국인 프랑스보다 한국에서 더 인기가 좋다. 여기에 선정한 웃음은 그의 해학적인 면이 엿보이는 작품이지만 작품의 구성이나 내용은 전작인 《개미》에는 훨씬 못 미치고 상상력 측면에서는 《파피용》에 많이 뒤떨어진다.

그래도 내가 이 책을 100종의 명품도서 반열에 올려 놓은 것은 베르나르 베르베르의 작품이 하나 정도는 들어가야 하겠다는 생각과 이 챕터의 제목인 '라이트 노벨'(가볍게 읽을 수 있는 책이라고 내가 자의적으로 분류하였다.) 범주에 들어맞기 때문이다.

먼저 열린책들 출판사에서는 이 책의 줄거리를 다음과 같이 간단히 요약해 놓았다.

이야기는 한 코미디언의 의문사에서 시작된다. 프랑스인에게 가장 사랑받는 연예인 1위, 국민 개그맨 다리우스가 분장실에서 변사체로 발견된 것이다. 분장실은 문이 안으로 잠겨 있었고 침입의 흔적조차 없다. 유일한 단서는 그가 사망하기 직전 폭소를 터뜨렸다는 것뿐. 경찰은 과로로 인한 돌연사로 단정 짓고 수사를 종결하지만, 그 죽음 뒤에 놓인 의문을 추적하는 두 사람이 있다. 민완 여기자 뤼크레스 넴로드, 은자의 풍모를 지닌 전직 과학 전문 기자 이지도르 카첸버그. 두 기자는 갖가지 위기를 헤쳐 나가며, 코미디언 다리우스의 실체, 웃음 산업과 유머를 둘러싼 음모, 그리고 역사의 배후에 감추어져 있던 거대한 비밀 조직에 다가간다.

내가 볼 때에 이 책은 쉽게 말하면 몇 가지 소설기법이 합쳐진 퓨전소설이다. 당대 최고의 코미디언인 주인공의 갑작스러운 죽음을 파헤치는 여기자의 활동이라는 측면에서 보면 셜록 홈즈의 추리소설 류에 가깝고, 수도원, 수련생, 구원의 성모 등의 장치를 보면 움베르토 에코의 '장미의 이름'과 비슷하다. 또한 BQT라는 글자와 '절대로 읽지 마시오.'라는 문장이 적힌 파란 목갑이라는 장치를 내세우고 주인공들이 그것을 찾아서 모험을 한다는 측면에서는 영화 '인디아나 존스'와도 흡사하다.

그래도 이 책이 독자들의 사랑을 받는 이유는 전체적으로 현대인들의 잃어버린 유머라는 기제를 되찾아 주었기 때문이 아닌가 싶다. 작가는 책의 중간 중간에 고딕체로 유머의 역사나 재미있는 유머들을 많이 삽입해 놓았다. 대표적인 장면 한 군데만 예를 들어 보자.

술에 취한 여자가 위스키를 마시면서 아프리카의 사바나를 헤매고 있다. 악어 한 마리가 다가와서 그녀를 놀린다.

"주정뱅이!"

여자는 무어라고 구시렁거리다가 술을 한모금 마시고 계속 나아간다.

"주정뱅이!"

악어가 또 놀리자 여자가 돌아보며 으름장을 놓는다.

"그 말 한 번만 더 하면 너를 잡아서 장갑처럼 뒤집어 버린다."

여자가 걸음을 옮기자 악어도 그녀를 따라간다. 여자가 다시 술을 마신다. 그것을 본 악어가 다시 놀린다.

"주정뱅이!"

그러자 여자는 악어를 잡고 소리친다.

"내가 경고했지."

그러고는 악어의 아가리 속으로 팔을 디밀어 깊이깊이 쑤셔 넣은 다음 안쪽에서 꼬리를 잡고 홱 당긴다. 그러자 악어가 완전히 뒤집어지면서 속살이 겉으로 드러난다. 여자는 만족한 표정으로 악어를 강물에 던져 버리고 가던 길을 계속 간다. 그때 그녀의 등 뒤에서 들려오는 소리.

"이뱅정주!" (2권 pp256~257)

또 책의 여기저기에 (사실이기도 하고 아니기도 한) 지식들을 많이 삽입해 놓았다. 예를 들면 이런 것이다.

"지그문트 프로이트는 뛰어난 유머 수집가였네. 그는 웃음을 내부의 압력을 조절하기 위한 안전밸브로 생각했지. 그가 보기에 유머란 인간을 심리적인 압박에서 벗어나게 하고 억눌린 감정을 풀어 주고 나아가서는 무의식을 표출하게 해 주는 것이었네. 그래서 환자들을 치료하기 위해서라면 주저 없이 유머를 사용했지." (2권 p233)

작가는 이 소설의 기원을 자신이 열일곱 살 때 친구들과 함께 피레네 산맥으로 등산을 갔을 때 경험했던 일에서 찾고 있다. 갑작스러운 악천후로 인하여 거의 죽을 지경에까지 이르렀을 때 한 친구가 들려준 유머 덕분에 여덟 명 친구들 모두가 생기를 되찾고 무사히 산행을 마쳤다는 것이다. 이것 역시도 믿거나 말거나이다.

Group 17

젠더문학

69. 베로니카 죽기로 결심하다

파울로 코엘료 저 / 이상해 역 / 문학동네 / 303쪽

2009년 세계에서 가장 많은 언어로 번역된 작가로 기네스북에 등재된 사람, 세계에서 가장 유명한 현재 활동중인 작가, 그리고 한국 독자가 가장 사랑하는 외국작가로 알려진 사람, 또 성경 다음으로 많이 팔렸다고 자타가 공인하는 책 《천로역정》의 저자인 존 번연과 《앵무새 죽이기》의 하퍼 리에 도전하는 작가, 누구인가? 바로 브라질 태생의 파울로 코엘료이다.

대표작 《연금술사》로 유명한 파울로 코엘료는 1947년 브라질 리우데자네이루에서 태어났다. 가톨릭 집안 출신으로 어린 시절부터 작가를 꿈꿨으나 부모의 반대로 우울증에 시달리며 급기야는 17세부터 정신병원 신세를 지게 된다. 대학 시절에는 법학을 전공하다 중퇴하고 세계 곳곳을 여행한다.

1970년대에는 히피문화에 심취해 록밴드를 결성하여 작곡가로 활동하기도 하고 무정부주의자를 자처하기도 했다. 이로 인해 브라질 군부독재 시절에는 체제전복 혐의로 수감되는 고초를 겪기도 한 사람이다.

'현존하는 세계 최고의 작가'라는 찬사를 받고 있는 파울로 코엘료이지만, 첫 작품인 《지옥의 기록》과 두 번째 작품인 《흡혈귀의 실용 매뉴얼》은 별로 주목을 받지 못하고 실패한다. 영적 체험과 신비주의에 몰두했던 파울로 코엘료는 38세 때에 스페인의 산티아고 순례길에 나선다. 그 700마일에 달하는 순례길을 기록한 작품이 1987년에 발표된 《순례자》이다. 다음해인 1988년에 발표한 《연금술사》가 엄청난 성공을 거두면서 비로소 세계적인 베스트셀러 작가가 되는 것이다.

그의 대표작 《연금술사》가 만물의 정기로 이루어지는 연금술을 통해 인간의 영혼에서부터 시작되는 마음가짐의 중요성을 반추하고 있는 작품이라면, 《베로니카, 죽기로 결심하다》는 자살을 기도했다가 정신병원에 갇히게 된 20대 젊은 여성 베로니카가 열흘 동안 정신병원에 있으면서 그 안에서의 경험과 느낌을 고백하는 소설이다. 작가 자신이 10대 후반에 여러 차례 정신병원에 드나든 경험이 있기 때문에 이러한 소재의 발굴이 가능하지 않았을까 싶다. 움베르토 에코가 '내 마음에 꼭 드는 작품'라고 극찬한 소설로 그 처음은 이렇게 시작한다.

1997년 11월 21일, 베로니카는 드디어 목숨을 끊을 순간이 왔다고 생각했다. 그녀는 세들어 살고 있는 수녀원의 방을 구석구석 청소하고, 난방을 끈 다음, 이를 닦았다. 그리고 침대에 누웠다.

그녀의 표면적인 자살 이유는 두 가지이다. 첫째는, 자신의 삶이 너무나 뻔하기 때문이고, 둘째는, 세상에서 일어나는 일은 점점 나빠지고 그것을 막을 힘이 자신에게는 없기 때문이다. 그러나 끝내 자살에 실패하고, 눈을 뜬 곳은 정신병원 빌레트이다. 의식이 돌아온 베로니카는 원장인 이고르 박사로부터 수면제의 부작용으로 심장에 발작이 일어났고, 그 발작은 심장기능의 상실로 이어져 자신의 삶이 채 일주일이 남지 않았다는 진단을 받는다.

베로니카는 기왕 일주일이라는 시한부 삶을 살 바에야 좀 더 치열하게 살아보기로 작정한다. 베로니카는 그녀가 평소 가치 없다고 생각했던 것들의 의미를 찾게 되면서 죽기 전에 더 많은 것을 하고 싶다는 욕망과 집념을 가지게 된다.

"내가 깨어 있을 수 있도록, 내게 남은 일분 일분을 즐길

수 있도록 약이든 주사든 무엇이든 주세요. 잠이 쏟아지지만 난 자고 싶지 않아요. 할일이 너무 많아요. 내 삶이 영원하다고 믿었을 때 항상 나중으로 미루어왔던 것을요. 내 삶이 살아볼 만한 가치가 없다고 믿기 시작하면서 더 이상 내 관심을 끌지 못했던 것을요." (P.199)

그녀의 남을 의식하지 않는 모습, 하고 싶은 일을 뒤로 미루지 않는 태도에서 같은 정신병원의 수용자들 중 몇몇은 도전을 받는다. 모든 것을 포기하고 타인의 이해를 구하기를 그만둔 채 자신만의 세계에서 살아가던 사람들이 베로니카의 죽음을 지켜보며 삶에 대해 생각하게 되었다는 것이다.

그런데 책의 끝부분에 나오는 이고르 박사에 대한 내용을 읽고 나서야 독자들은 비로소 베로니카에게 일주일(또는 열흘)이라는 시한부 삶을 선고한 이고르 박사의 판정이 사실은 자신의 연구논문을 완성시키기 위한 계획이었다는 사실을 깨닫게 된다. 여기에서 어떤 독자들은 허탈감을 느끼기도 하고, 또 다른 독자들은 저자에게 갈채를 보내기도 한다.

아마 다른 치료법이 있기는 했을 것이다. 하지만 이고르 박사는 그가 가고 있던 길에 본의 아니게 뛰어든 한 젊은 아가씨 덕분에 그가 과학적으로 실험해 볼 기회를 얻게 된 치료법만을 논문에서 다루기로 마음먹었다. 그녀는 아주 심각한 상태

로 수면제 중독에 의한 초기 혼수상태로 병원에 도착했다. 그
녀는 거의 일주일 동안 삶과 죽음 사이를 헤맸다. 이고르 박사
가 그 기발한 실험을 구상하기에 충분한 시간이었다. 단 한 가
지, 그녀가 살아남을 수 있느냐 없느냐, 거기에 모든 게 달려
있었다.

그녀는 살아남았다. 심각한 후유증도, 돌이킬 수 없는 문제
도 없이, 건강을 잘 보살피기만 한다면, 그녀는 박사 자신만큼
이나 오래, 아니 훨씬 더 오래 살 수 있을 것이었다. (p295)

나는 이 책을 읽으면서, 자신이 하고 싶은 일을 해야만 행
복해 진다는 것, 우리가 살아가는데 필요한 사람은 진정으로
자기를 이해하여 주는 단 한 명으로 족하다는 것, 이 두 가지
평범한 진리를 독자들에게 일깨워 주려고 파울로 코엘료가
이 책을 쓰지 않았나 하는 생각을 해 보았다.

70. 여자의 일생

기 드 모파상 저 / 이동민 역 / 소담 / 286쪽

기드 모파상(1850~1893)은 자신의 대표작인 《여자의 일생》의 맨 마지막을 이렇게 마감한다.

"따지고 보면 인생이란 사람들이 생각하는 것처럼 그렇게 행복한 것도, 불행한 것도 아닌가 봅니다."

이 문장이야말로 '여자의 일생' 전체를 압축하는 말이라 할 수 있다. 하녀 로잘리가 어린 손녀를 안고 있는, 이제는 몰락하여 비참하게 된 전 주인의 모습을 보면서 위로랄까 또는 한탄 비슷한 말을 하는 장면이다. 이 책을 읽고 나면 정말 여자의 운명이란 어떤 배우자를 만나느냐에 따라서 좌우된다는, 동서고금 불변의 진리(요즘은 혼자 사는 여성들도 많아 이제는 더 이상 진리가 아닐지도 모른다.)를 깨닫게 된다.

정말 책의 제목대로 여자의 한 평생을 이 책만큼 리얼하게 그린 작품이 있을까 싶다. 별로 두껍지 않으면서도 가장 짜임새 있게 만들어진 최고의 작품이다.

귀족의 딸로 태어나 남부러울 것이 없이 자란 소녀 잔, 수녀원 부속 여학교를 졸업할 때만 해도 온 세상의 행복은 모두 독차지 할 것만 같았던 꿈 많던 소녀, 그러나 그녀의 행복은 줄리앙을 만나면서 산산조각난다.

그는 부모도 없다. 그런 그를 사위로 맞으면서 잔의 아버지 시몽 자크 남작은 딸에게 이렇게 말한다.

"그러니 네가 그 사람과 결혼하면 우리 집안에 아들이 하나 들어오는 셈이고, 반대로 다른 사람과 결혼하면, 네가 남의 집으로 들어가는 셈이 될 것이다. 그 청년은 우리 마음에 든다. 넌 어떠냐?" (p65)

이렇게 모두의 마음에 들어 한 결혼이었건만 남편 줄리앙은 그들의 기대를 저버리고 방탕한 생활을 하며 잔을 파멸의 구렁텅이로 내몰고 만다. 줄리앙은 자기가 번 돈도 아니면서 아내나 가족에게는 인색하고 자신은 돈을 물 쓰듯이 낭비하는 이중성격자이다.

그러나 가장 충격적인 장면은 바로 하녀 로잘리가 줄리앙의 아기를 낳는 장면이다.

어느 겨울 날, 침대를 정돈하고 있던 로잘리가 돌연 주저 앉아 고통에 힘겨워하고 있는 것이다. 그리고 주저앉은 그녀의 옷 밑으로부터 무언가가 꿈틀거리며 흘러나오고 있었다. 고양이의 가냘픈 울음소리 같은 이상한 소리와 함께.

로잘리로부터 모든 사실을 알게 된 잔은 충격에 빠져 심신이 아주 쇠약해 지는데 그런 와중에서도 잔은 아들을 잉태하고 출산을 하게 된다. 아들에게 마음을 주고 견디며 살고 있는 잔을 비웃기라도 하듯 남편 줄리앙은 또다시 외도를 한다. 이번에는 어느 백작의 부인이었다.

비바람이 온 세상을 집어 삼킬 듯이 몰아치던 5월의 어느 날, 자기 부인이 줄리앙과 불륜의 관계를 맺고 있음을 확인한 백작은 완전히 미친 사람이 되어 두 사람이 정사를 벌이고 있는 오두막을 덮친다. 이동식 오두막의 문을 밖에서 잠근 채 있는 힘을 다하여 그것을 절벽 밑으로 굴러 떨어뜨려 박살내기에 이른다. 이리하여 잔의 인생을 파멸의 구렁텅이로 몰아간 희대의 탕아 줄리앙은 이 세상과 작별을 고하게 된다.

그러나 잔의 비극은 여기서 끝나지 않는다. 아들 폴은 성장하면서 점점 자기 아버지 줄리앙을 닮는다. 낭비벽이나 도박벽, 그리고 여자의 편력이 모두 그대로 아버지를 빼닮았다. 수시로 아들로부터 오는 편지는 모두 돈을 보내달라는 내용이었다.

"사랑하는 어머니, 저는 런던에 있습니다. 염려하지 마세요. 그러나 돈이 필요합니다."

"사랑하는 어머니, 저는 파멸했습니다. 그래서 8만 5천 프랑의 빚을 지고 있습니다."

그런 폴에게 잔은 모든 재산을 다 팔아서 헌신하게 되고 결국은 빚에 빚을 진 폴의 뒷바라지에 남아 있는 재산마저 모두 날리고 빈털터리가 되고 만다.

사랑하던 이모마저 죽고 이모의 장례식에서 돌아 와 쓰러져 있는 잔의 희미한 의식 속에서 누군가 옆에서 간호해주는 여인이 있었다. 누구일까? 그녀는 바로 그 옛날의 하녀 로잘리였다. 24년이나 떨어져 있던 하녀 로잘리는 그때부터 다시 전 주인 잔의 하녀 겸 보호자가 된다.

그녀는 얼마 남지 않은 잔의 재산을 관리하며 잔의 동반자로 생활한다. 로잘리의 남편은 아주 성실한 사람이었는데 폐병으로 죽었고 둘 사이에서 태어난 아들은 결혼하여 자기 어머니의 농장에서 성실히 일하고 있다. 결국 잔은 로잘리에게 이끌려 그녀의 집으로 이사하여 얹혀사는 신세가 되고 만다.

마지막까지도 아들은 어머니 잔을 괴롭힌다. 아내가 딸을 낳다가 거의 죽을 지경이 되었다는 말로 어머니를 겁박하며 돈을 요구하는 것이다.

이 책의 마지막 장면은 하녀 로잘리가 잔의 아들 폴이 낳은 딸을 파리까지 가서 데리고 오는 장면이다. 기차역에서 마차를 타고 돌아오는 길에 마차 위에서 갓난아기의 얼굴을 들여다보면서 갑자기 잔의 기쁨이 넘쳐흐르는 감동어린 얼굴을 그리면서 이 책은 끝이 난다. 자기 아들의 딸인 따뜻한 생명체, 그 오물거리는 입과 파란 눈, 잔은 아기에게 키스를 퍼붓기 시작한다. 로잘리가 그런 그녀에게 자신의 생각을 말하듯이 하는 말이 바로 맨 처음에 소개한 문장이다.

《여자의 일생》이 한 여인의 기구한 삶을 소박하게 그린 장편이라면 그보다 3년 전에 발표한 《비계 덩어리》는 모파상의 필력을 느끼게 하는 단편으로, 각 계층의 사람들, 즉, 부자, 귀부인, 가난한 사람, 수녀, 군인 등이 극한 상황에서 어떻게 반응하는지를 나타내는 심리극의 걸작이라고 보아도 좋을 듯하다.

71. 삶의 쉼표가 필요할 때

꼬맹이여행자 저 / 행복우물 / 320쪽

저자 장영은은 19세의 어린 나이에 금융감독원 고졸 공채 1기로 입사하여 주변의 부러움을 한 몸에 받았다. 그러나 그녀는 직장생활이 결코 행복하지 않았다고 고백한다. 오히려 극심한 스트레스에 대상포진까지 걸리고 '이대로 가면 죽을지도 모르겠다.'는 생각이 들자 그녀는 입사 5년차인 24세에 '신의 직장'이라는 안정적인 금융공기업을 퇴사하고 더 넓은 세상을 경험해보자며 해외여행을 떠난다.

이 책은 그녀가 428일간 6대륙 44개국을 여행한 경험을 사진과 함께 기록한 여행에세이 묶음이다. 퇴사를 결심하기까지의 갈등과 고뇌, 해외여행지에서 있었던 경험, 그리고 1년 반이라는 긴 공백을 채워주는 가족이라는 안식처에 대한 소회 등등은 우리들에게 행복이 무엇인지, 삶이 무엇인지를 다시 한 번 생각하도록 만들기에 충분하다.

좋아하는 시 한두 편쯤은 외우고 있어야 한다는 동유럽 아이들의 맑은 눈망울, 인도에서 만난 선재와의 철학적 대화, 눈을 보며 말하라는 쿠바의 낙천주의자들, 불볕더위 속에서 돌소금에 망치질을 하는 에티오피아의 아이들, 어릴 적 화가의 꿈을 찾기 위해 이국땅 크로아티아에 와서 그림을 그리며 만족해하는 중년의 여성, 등등은 지금까지 성공과 안정적인 생활만을 추구해온 그녀의 가치관에 큰 충격을 가져다준다.

이 책에는 이제 겨우 스물일곱의 초보 작가가 쓴 글이라고는 도저히 믿어지지 않는 아름다운 글들이 도처에 등장한다. 한두 군데만 소개하겠다.

"영은, 너 에펠탑이 좋다고 했지? 과거의 파리 사람들은 에펠탑을 흉측하다고 싫어했던 것 알아?"

"정말?"

"응. 철골로 된 구조물이 파리의 정경을 망친다고 생각했거든. 그래도 에펠탑은 항상 그 자리에 있었어. 물론 발이 달린 게 아니니까 어쩔 수 없기는 했겠지만."

피식. 갑작스레 던진 그의 싱거운 농담에 눈을 흘겼다. 세드릭은 아랑곳하지않고 계속 말을 이어나갔다.

"지금은 어때? 에펠탑은 파리를 대표하는 명물이 되었잖아!" (p191 '에펠탑처럼 빛나는' 중에서)

라면을 끓이려고 냄비를 찾고 있는데 갑자기 주방이 시끌시끌해진다. 뒤를 돌아다보았더니 열두 개의 눈동자가 나를 향하고 있었다. 여섯 명의 꼬마 친구들에게 어색하게 인사를 했다. 그들은 종교행사에 참여하기 위하여 러시아와 우크라이나에서 왔다고 했다. 이젠 내 차례다. 영어도 잘 못하는 아이들에게 내 상황을 설명해봤자 이해하지 못할 것 같았다. 그래서 한국에서 온 대학생이라고 간단하게 소개했다. 그러자 금발 머리의 꼬마 아가씨가 똘망똘망한 눈으로 물어 온다.

"우와, 대학교에 다닌다고? 너는 읊을 줄 아는 시가 뭐야?"

잠시 말문이 막혔다. 생전 처음 들어보는 질문이었다. 혹시라도 영어를 잘못 알아들은 것일까봐 한 번 더 되물었다.

"시? 시(poem)를 말하는 거야?"

"그래, 시 말이야. 예를 들면 푸시킨이나 셰익스피어가 쓴 시 말이야. 세계적인 시인이 아니더라도 한국에서 유명한 시를 듣고 싶어."

생각지도 않은 질문 앞에서 도저히 떠오르는 게 없었다. 진지한 표정으로 내 대답만 기다리는 아이들을 바라보니 뭐라도 말을 해줘야 할 것 같은데.

"나는… 읊을 줄 아는 시가 없는데…."

쭈뼛거리며 솔직하게 털어놓자 아이들의 얼굴에 실망한 기색이 역력하다.

"너희들은 학교에서 시를 배워?"

"당연하지. 우리는 어렸을 때부터 성인이 될 때까지 배워. 시를 외워서 낭송하는 것이 매번 시험으로 나오는 걸. 그래서 성인이 되면 누구나 하나쯤은 읊을 줄 아는 시가 있어."

바쁘게 돌아가는 요즘 세상에 시라는 것이 무슨 소용이 있겠냐고 생각해 왔다. 하지만 동유럽에서 만난 반짝이는 눈망울의 아이들은 그 가치를 알고 있는 듯 했다. (p166~167 '너 읊을 줄 아는 시가 뭐야?' 중에서)

72. 나는 나로 살기로 했다

김수현 저 / 마음의 숲 / 288쪽

나는 이 책이 엄청 많이 팔렸다는 사실을 우연히 알게 되었다. 구입하여 읽고 난 후 한참이 지난 어느 날, 우리가 거래하는 파주의 인쇄소에 막 신간의 인쇄가 끝나서 책을 인수하려고 들렀다. 그런데 사장과 식사 도중에 우연히 자기네가 이 책을 인쇄하였다고 하는 것이 아닌가. 2016년에 나왔는데 지금도 매월 3만 부씩 찍는다고 알려주었다.

그래서 더욱 호기심이 일어 다시 한 권을 사서 읽었다. 그 사이에 책 표지 색깔도 바뀌어 있었다. 2년 전에는 보라색이었던 것 같은데 지금은 포도주 색깔로 다시 만들었다. 아마도 계절에 따라 표지 색깔을 달리 한 것이리라. 다시 읽어보니 과연 요즘 젊은 세대들이, 특히 여성들에게 용기를 줄 내용들이 넘쳐난다는 사실을 알 수 있었다. 2년 전 당시에는 그

다지 감흥이 없었던 책이었는데 묘하게도 두 번째 사서 읽으니까 느낌이 달라지는 것이었다.

이 책은 30대의 작가가 자신이 살면서 부대끼고 느낀 점을 솔직히 기록한 책이다. 아주 짧게 요약한다면 '괜찮아, 네가 잘못한 건 없어. 너는 너일 뿐이야. 주눅들 필요 없어!'라고 자신의 동료들인 젊은 여성들에게 외친다고나 할까?

이 책에서 요즘 젊은 여성들이 좋아하는 몇 가지 공통적인 특징을 발견할 수 있었다. 우선 글자가 많지 않다는 점(3시간이면 OK), 둘째로 예쁜 삽화가 들어가 있다는 점(저자가 직접 그린), 셋째로 표지가 아름답다는 점(선물하기 딱 좋아), 넷째로 독자들의 마음을 어루만진다는 점(여성이 여성에게) 등을 들 수 있을 것이다.

그래도 나름대로 철학이나 여성학에 상당한 식견이 있는 사람이 쓴 책이라는 느낌을 받았다. 책에는 구구절절 젊은 여성독자들이 읽으면서 공감할 내용들이 넘쳐난다. 몇 군데 예를 들어 보겠다.

"내가 처음으로 배정된 팀에서 만난 주임은 나를 하인처럼 대했다고 할까? 갑질이 적당할 듯. 자기 앞에 있는 모니터를 10㎝ 옮기는 것도 나를 시켰고…. 그런데 내가 정말 참을 수 없었던 건, 그녀가 나에게 한 행동이 아니라 그런 상황에서도 표정 한 번 구기지 않은 나 자신이었다." (p15 '내게 친절하지 않은 사람에게 친절하지 않을 것' 중에서)

"예전에 친구가 소개팅을 했던 남자는 친구에게 좋아하는 운동이 있느냐고 물으며 골프나 승마 같은 건 안 좋아하냐고 물었다고 한다…. 사는 집을 확인하고 연락이 없었다는 사람, 부모님 직업을 확인하는 것에 모든 대화를 쏟는 사람. 그런 상대들 앞에서 누군가는 답안지를 제출한 아이처럼 상대가 나에 대해 내릴 평가에 불안하다고 했다." (p52 '나를 평가할 자격을 주지 않을 것' 중에서)

"인생도 닌텐도 게임처럼 리셋하고 다시 시작될 수 있다면 얼마나 좋을까. 이번 생은 망한 것 같으니, 죽은 듯이 살아가야 할까. 내게도 그런 순간이 있었다. 하지만 그런 생각을 하다가도 끝내는 '그래도 나는 살아가고 싶다.' 는 결론에 닿았다. 몇 가지 사건들로 내 삶 전체를 포기하는 건 너무 억울했고, 남들이 보기엔 내 삶이 별거 아닐지라도 내겐 전부이므로. 드라마 《또 오해영》에서 해영의 말처럼, 나는 여전히 애틋했고 내가 잘되길 바랐다. 당신도 그럴 수 있다…." (p126 '문제를 안고도 살아가는 법을 배울 것' 중에서)

"(…) 하지만 비정상적인 건 과연 무엇일까? 소수인 쪽이 비정상이 되는 걸까? 한 톨의 결핍도 없는 상태가 정상이라면 과연 결핍 없는 삶은 존재하는가? 프로이트가 규정한 정상의 기준이 약간의 히스테리, 약간의 편집증, 약간의 경박증이듯, 정상이란 완전무결한 것이 아니리라." (p130 '자신만의 문제라고 착각하지 말 것' 중에서)

"결혼은? 취업은? 연애는? 저축은? 사람들은 이런 질문이 불편하다고 한다. 사실은 질문이 불편한 게 아니다. 그 질문 뒤에, 나에 대해 내리는 타인의 판단이 불편한 거다."

(p151 '모든 이에게 이해 받으려 애쓰지 말 것' 중에서)

"10대에서 20대로, 그리고 다시 30대로 넘어오며 나의 친구 리스트는 몇 차례 개편이 있었다. 한결 같이 높은 랭킹을 차지하는 친구도 있고 이제는 멀어져 연락처조차 사라진 친구도 있으며 새롭게 인연을 맺어 많은 부분을 공유하게 된 친구도 있다. 지나온 관계들을 곱씹어 생각하면 언제까지 장수할 것 같던 우정이 조기 종영을 맞이했을 때, 그 관계를 유지하지 못한 것에 대한 자책감과 함께 불안감이 든다. 과거의 나는 왜 더 성숙하지 못했을까? 지금의 나는 과연 얼마나 달라졌을까? 하지만 생각해보면 상대방에게도 한계가 있었듯이, 나에게도 한계가 있었을 뿐이고, 살며 맺은 모든 관계를 누적시키며 살 수는 없기에…." (p184 '지금의 관계에 최선을 다 할 것' 중에서)

이 책은 꼭 여성 독자들만이 아니라 남성들이 읽어도 좋은 책이다. 이 책을 통하여 여성들의 아픈 마음이 무엇인지를 들여다 볼 수 있기 때문에 연애나 신혼에 훌륭한 참고서가 될 것이다.

Group 18

추리소설

73. 장미의 이름

움베르토 에코 저 / 이윤기 역 / 열린책들 / 906쪽(전3권)

움베르토 에코(1932~2016)는 이탈리아어를 비롯해 영어, 프랑스어, 독일어, 라틴어, 그리스어, 러시아어, 에스파냐어까지 통달한 언어의 천재이다. 그는 레오나르도 다 빈치 이래 최고의 르네상스적 인물로 평가받는 저술가인 동시에 철학자, 역사학자, 기호학자이다.

1932년 이탈리아에서 태어나서 토리노대학교 문학부를 졸업했으며, 《열린 작품》《제임스 조이스의 시학》《예술의 정의》 등 새로운 이론서를 발표해 문학계에 신선한 충격을 주었다.

그는 1976년에 《기호학이론》을 발간함으로써 세계적인 기호학자로서의 명성을 얻게 된다. 1975년부터는 볼로냐대학교에서 기호학 교수 및 커뮤니케이션 연구소장으로 활동하였다.

그가 1980년에 발표한 첫 번째 장편소설《장미의 이름》은 아리스토텔레스의 논리학, 토마스 아퀴나스의 신학, 프란시스 베이컨의 경험주의 철학과 자신의 기호학 이론을 유감없이 발휘한 작품으로 출간되자마자 세계적인 베스트셀러가 되었다.

출판사에서는 이 책을 '가히 만 권의 책이 집약된 결정체' 그리고 더 나아가서는 '책 중의 책'이라고까지 극찬한다. 그러나 이 책을 두 차례나 읽은 나로서도 솔직히 이 책은 읽기도 어려울뿐더러 이해하기도 어려웠다. 그 이유는 이 책이 추리소설의 형식을 띄고 있으면서도 우리들이 흔히 접해 왔던 애거사 크리스티의 '오리엔트 특급살인'이나 아서 코난 도일의 '셜록 홈즈' 류의 탐정소설과는 많이 다르다는 데에 있다. 이 책과 가장 유사한 책은 아마도 댄 브라운의 '다빈치 코드'가 아닐까 싶다. 분위기나 배경 등이 거의 비슷하지만 댄 브라운의 소설이 쉽게 읽히는데 반하여 이 책은 하여튼 만만치가 않다. 책의 처음을 성경의 천지창조로부터 시작하는 것부터가 여간 예사롭지 않다.

아주 짧게 요약한 줄거리는 다음과 같다.

1300년대 초에 교황 클레멘스 5세는 교황청을 아비뇽으로 옮기고 얼마 지나지 않아 72세의 자크를 교황으로 선출한다. 그가 곧 이 책에 등장하는 요한22세이다. 반면, 독일의 다섯 제후들은 바이에른의 루트비히를 제국의 최고통치자로 선출한다. 뒤이어 루트비히가 정적이었던 프리드리히를 제거하자 교황은 루트비히를 파문했고, 루트비히 황제는 교황을 배교자라고 비난하며 양 진영의 싸움이 본격화된다.

교황청(프랑스)과 프란체스코 수도회(이탈리아)가 서로 반목이 극심한 상황에서 양 측은 1327년 11월 말 이탈리아의 한 수도원에서 화해를 위한 모임을 갖는데, 이 책은 그 7일간의 와중에 발생하는 연쇄살인(말라키아, 베렝가리오, 세베리노…) 사건을 다룬 소설이다. 양측의 화해라는 거창한 임무를 황제로부터 부여받고 수도원에 도착한 영국 출신 윌리엄 수도사와 이 책의 화자인 이탈리아 출신의 아드소 시자(侍者)가 주인공이다.

여기에 나오는 수도원은 수도사가 60명, 거기에 딸린 하인들이 150명 정도 있는 곳이다. 영국 수도사 윌리엄은 사건을 수사하는 도중, 이 연쇄살인과 수도원의 장서관이 관련되어 있음을 알게 된다. 수도원의 장서관은 저주가 걸려있어 들어가는 사람마다 죽어나간다는 소문이 있었다. 그러나 과거에도 영국과 이탈리아에서 여러 가지 종교 사건들을 해결한 바 있던 명수사관인 윌리엄은 그런 소문은 누군가가 지어 낸 거짓임을 믿고, 장서관의 비밀문서를 해독하여 장서관의 비밀구역으로 들어가는 통로를 찾아낸다. 윌리엄은 장서관 비밀구역에 어떤 책이 있으며 누군가가 그 책이 유출되는 것을 막기 위해 장서관 비밀구역에 들어온 사람들을 죽였을 것이라고 추리한다. 그 범인은 바로 장님 노수도승인 호르헤였으며 문제의 서책은 그동안 없어졌던 아리스토텔레스의 시학 제2권이었다.

평소 노수도승 호르헤는 웃음을 긍정적으로 보아야 한다는 주장을 기록한 아리스토텔레스의 시학 제2권 '희극'같은 저속한 책(실제로 2편 '희극'은 존재하지 않는다. 단지 1편 '비극'만 있다.)은 세상 밖으로 나가면 절대로 안 된다고 생각하였고, 그런 생각은 곧 광기로 변질되어 수도사 네 명을 살해하기에 이르렀던 것이다. 윌리엄에게 모든 비밀을 들킨 호르헤는 자신이 서책을 아예 삼켜버림으로써 문서를 이 세상에서 없애려 한다. 윌리엄 수도사가 이를 필사적으로 막으려 하는 중에 호르헤는 장서관에 불을 질러 결국 지식의 보고인 장서관과 수도원은 불에 타서 없어진다.

내가 이 책을 어렵다고 하는 이유는, 위에서 예를 들었던 그런 추리소설이나 탐정소설들처럼 시원시원하게 읽히고 재미가 있는 것이 아니라 중세 수도원의 칙칙한 분위기 속에서 미궁 속을 헤매고 헤매다가 하권이 거의 끝나갈 즈음에야 실타래가 풀린다는 데에 있다, 한마디로 '진을 빼고 나서야 결말을 보여주는' 책이다. 또 다른 이유는 이 책에는 묵시록(개신교에서는 요한계시록)의 내용이 자주 언급되는데 성경을 20독 이상 한 나로서도 쉽게 이해가 되지 않는 책이 바로 요한계시록이다. 그렇다면 일반 독자들은 매우 고생하면서 읽을 가능성이 많다고 하겠다.

그럼에도 불구하고 이 책이 전 세계 수십 개 국의 언어로 번역되어 무려 3천만 부 이상이나 팔려나간 이유는, 출판사의 평대로, 이 책이 책 중의 책이고 이 책 속에 그리스 철학은 물론, 중세 신학, 기호학, 언어학 등, 무궁무진한 지식이 숨겨져 있기 때문이다. 또한 책 속에는 당시의 처참했던 마녀사냥이 맛보기 형식으로 나오기도 하고(pp729~730) 예수님의 유품에 관한 이런 저런 이야기도 나온다.(p755) 한마디로, 고생한 만큼 소득이 있는 책이라고 하겠다.

74. 코너스톤 셜록 홈즈

아서 코난 도일 저 / 바른 번역 역 / 코너스톤 / 전10권 4,000쪽

추리소설의 최고봉이라고 불리는 아서 코난 도일의 작품 중, 베스트 10권을 하나로 묶은 전집이다. 우선 10권 세트의 구성을 살펴보자.

1. 주홍색 연구
2. 네 사람의 서명
3. 바스커빌 가의 사냥개
4. 공포의 계곡
5. 셜록 홈즈의 모험
6. 셜록 홈즈의 회고록
7. 셜록 홈즈의 귀환
8. 그의 마지막 인사

9. 셜록 홈즈의 사건집

10. 셜록 홈즈의 모든 것

셜록 홈즈라는 캐릭터를 만들어 낸 추리소설의 최고봉 아서 코난 도일은 1859년 스코틀랜드 에든버러에서 태어났다. 그는 에든버러 대학에서 의학을 공부하고 안과를 개업했으나 본업인 안과 의사로는 별로 성공하지 못하였고, 오히려 추리소설의 작가로 더 유명해진 사람이다. 안과를 개업하기 전에는 부친의 알코올 중독 치료를 위하여 어린 나이에 포경선도 타고 화물선도 탔다. 그래서 그의 작품에는 유독 선상에서의 이야기가 많이 나온다. 그는 셜록 홈즈라는 탐정이 주인공으로 등장하는 수많은 작품을 통하여 스티븐 스필버그, 미야자키 하야오, 애거사 크리스티, 움베르트 에코 등에게 번뜩이는 영감을 선사한 인물이다.

우선 《주홍색 연구》를 살펴보자. 이 책은 셜록 홈즈가 세상에 처음으로 등장하는 소설이다.

이 책 제1부 '영국 군의관 출신 존 왓슨 박사의 회고록'에서 왓슨 박사가 처음으로 소개된다. 그는 모든 셜록 홈즈 시리즈의 화자로 등장하는 친한 친구로 마치 우리 영화의 오달수와도 같은 역할을 한다. 그와 홈즈가 인연을 맺게 된 사연도 여기에서 처음으로 소개된다. 그런 면에서 보면 이 책은 진정한 '셜록 홈즈의 첫 출발선'이라고 보아야 할 것이다. 책의 제목을 '주홍색 연구'라고 지은 이유는 '인생은 무색의 실타래 속에 살인이라는 주홍색 실이 한 가닥 섞여 있다.'는 홈즈의 말에서 따온 것이라고 한다.

런던 남동부 지역 빈집에서 살해당한 시체가 발견된다. 홈즈는 피해자가 독살 당했다는 것과, 범인의 키가 180센티미터이며, 인도산 담배를 피우며, 얼굴빛은 약간 붉은 색에 건장한 사람이라고 추리를 한다. 이렇게 하여 한참을 레스트레이드와 그레그슨이라는 당대 최고의 형사들까지 가세하여 수사가 진행되어 가는 도중에 책은 갑자기 2부 '성도들의 나라'로 바뀌면서 종교소설 같기도 하고 아메리카 인디언 이야기 같기도 한 몰몬교의 이야기로 넘어간다. 여기서 독자들은 약간 혼란스러울 수도 있겠으나 이 사건의 범인이 결국은 미국에서 자기의 약혼녀를 죽이고 유럽으로 탈출한 몰몬교의 우두머리라는 사실을 알고는 무릎을 치게 되는 것이다.

홈즈가 처음으로 등장하는 이 책은 머리를 빙글빙글 돌리며 범인이 누구일까를 추리해 내는 그런 복잡한 소설이 아니다. 오히려 아득한 옛날 인디언들의 이야기처럼, 마치 영화

'가을의 전설'을 보듯이 전혀 부담 없이 읽을 수 있는 책이다.

두 번째로 소개할 책《바스커빌 가의 사냥개》는 셜록 홈즈 시리즈의 가장 전형적인 배경인 영국의 음습한 날씨와 짙은 안개가 드리워진 황량한 벌판이라는 장치가 전편에 걸쳐서 여러 번 나온다. 이 책은 1901년에 아서 코난 도일이 친구와 노픽으로 여행을 떠났다가 다트무어에 전해지는 '괴물 같은 개' 이야기를 들은 후 거기에 착안하여 구상하고 집필한 장편소설이라고 전해진다.

영국의 대 지주인 바스커빌 가문은 500년이란 오랜 전통을 자랑하는 집안이다. 자신의 가문을 둘러싼 끔찍한 운명을 믿고 살았던 찰스 바스커빌은 어느 날 자신의 집 정원에서 산책 도중 의문의 죽음을 당한다. 사인은 심장마비이다. 그리고 현장에는 거대한 사냥개의 발자국만이 어지럽게 찍혀 있다. 유일한 상속자인 헨리 바스커빌은 캐나다에서 급거 런던으로 돌아온다. 그러나 호텔에서 기다리고 있는 것은 '삶이나 이성의 가치를 믿는다면 황야에서 멀어져라.'라는 협박 편지였다.

찰스 경의 주치의이자 친구인 모티머 씨, 저택의 집사인 배리모어와 그의 아내, 이웃에 사는 박물학자 스테이플턴 씨와 여동생, 황야에 숨어 있던 탈옥수 셸던. 그리고 단골손님인 왓슨 박사와 홈즈, 경시청의 명 형사 레스트레이드와 그레그슨….

결국은 우리의 명탐정 셜록 홈즈에 의해 이 복잡한 사건은 유산상속을 노리고 벌어진 살인사건이라는 결론에 도달하게 되지만, 그렇게 되기까지 등장인물들이 펼치는 속고 속이는 숨 막히는 도피와 추격, 그리고 기만전술은 진정으로 추리소설을 사랑하는 사람들에게 가슴 벅찬 감동을 선사하기에 충분하다.

코너스톤 셜록 홈즈 시리즈는 우선 번역이 완벽하다. 내용 중 잘못된 번역이나 오류를 딱 두 군데 밖에 발견하지 못했다. 그 정도면 가히 '완벽한 책'이라고 불러도 손색이 없겠다. 삽화를 보면 그야말로 예술적이다. 이 삽화들은 모두가 다 시드니 패짓이라는 화가가 그린 것인데(s.p.라는 이니셜) 어쩌면 그 작은 그림 안에 그렇게 섬세한 터치로 사실을 묘사하여 표현할 수 있는지 그저 신기하기만 할 뿐이다.

75. 모방범

미야베 미유키 저 / 양억관 역 / 문학동네 / 1,536쪽(전3권)

추리소설의 줄거리를 요약한다는 건 별 의미가 없지만 그래도 출판사에서 제공한 서평을 읽어보자.

도쿄의 한 공원에서 쓰레기통에 버려진 여자의 오른팔과 핸드백이 발견된다. 핸드백의 주인은 삼 개월 전에 실종된 후루카와 마리코라는 20세 여성. 그러나 범인은 오른팔과 핸드백의 주인이 각각 다른 사람이라는 사실을 텔레비전 방송국에 알려오고, 피해자의 외할아버지 아리마 요시오를 전화로 농락한다.

요시오는 있는 힘을 다해 범인에게 대응하지만, 끝내 마리코의 유해가 세상에 공개된다. 방송을 통해 자신의 범죄행각을 자랑하는 범인의 목소리에 전 일본은 경악을 금치 못하고, 경찰 수사는 난항을 거듭한다.

이 책은 일본 최고의 추리소설 작가라고 알려진 미야베 미유키의 2001년도 작품으로 원래는 잡지에 5년 동안 연재했던 분량을 단행본 3권으로 묶어 출간한 것이다. 추리소설임에도 분량이 상당하여(1,536p) 결코 간단하게 공략할 수 있는 책은 아니지만, 책을 읽기 시작하면 마지막 장을 덮을 때까지 거의 놓을 수가 없을 정도로 흡입력이 대단한 책이기도 하다.

한 가지 아쉬운 부분은, 10여 명에 달하는 연쇄살인사건을 기획하고 총 지휘하며 경찰이나 기자들과 싸움을 벌이는 범인 고이치의 활동 내용이 1,500쪽에 달하는데, 그의 정체가 발각되고 경찰에 체포되는 장면은 단 30쪽 정도로 급하게 처리하여 책을 종결시킨 이 책의 구성상의 문제이다.

그와는 별도로 내가 이 책을 읽으면서 느낀 부러운 점이 있었다. 그 하나는 일본인과 한국인의 '가업'을 대하는 태도상의 차이점이었다. 책 속에서는 여러 등장인물들이 아주 당연하다는 듯이 부모의 직업을 계승하는 이야기가 나온다. 이 책의 처음부터 끝까지 여러 사건들을 추적하고 있는 르뽀작가 시게코의 배우자는 아버지가 하던 철공소에서 일하며 그 철공소를 계속 운영한다. 토막살해를 당하여 최초로 등장하는 피해자 마리코의 외할아버지는 두부공장 겸 두부가게를 한다. 그는 대를 이을 아들이 없어서 두부 사업을 물려주지 못하는 것을 애석해 한다. 계속 함께 일했던 직원에게 물려주고 싶지만 그나마도 사업이 여의치 않아 결국은 폐업을 하고 만다. 범인(종범) 중 한 명인 히로미의 집안은 약국을 한다. 그 약국도 아버지의 아버지로부터 물려받은 것이라고 되어 있다. 또 다른 범인(종범, 그러나 사실은 범인이 아니라 피해자일 뿐이다.) 가즈아키의 집은 메밀국수집을 한다. 그도 거기에서 배달 일을 하고 주방 일을 하면서 가업을 돕는다.

또 하나 부러운 점은 인쇄매체를 대하는 일본인들의 태도이다. 이 책은 연쇄살인사건을 파헤쳐나가는 추리소설이다. 그런데 사건이 터질 때마다 또는 진전이 있을 때마다 어김없이 TV나 라디오라는 방송매체들이 등장하지만, 그에 못지않게 사람들이 관심을 갖고 구독하는 신문이나 잡지의 이름이 계속하여 등장한다. 많은 사람들이 《도큐먼트 저팬》이라는 주간지를 애독하고, 일주일이 지나 새 잡지가 나오면 나오자마자 그것을 사서 돌려보고 서로 거기에 실린 내용에 대하여 이야기하며 정보를 공유하는 대목이 나온다. 우리나라와 비교하면 참 부러운 부분이다.

그런데 책 제목은 왜 《모방범》일까? 그것은 바로 이 책 3

권의 가장 끝부분에 나온다.

르뽀작가 시게코는 방송에서 수많은 사람들을 살해하고도 태연하게 TV에 등장하고 사건의 해설가로서 유명세를 탄 고이치와 인터뷰를 한다. 그녀는 이 생방송에서, 과거 미국에서 이와 비슷한 사건이 있었고 그것을 뉴욕타임스 기자가 책으로 냈다는 이야기를 한다. 그 내용 그대로 고이치가 흉내 내어 지금까지의 사건을 기획하고 집행하였다고 폭로를 한 것이다. 그런데 고이치가 그녀의 폭로에 발끈하여 자신은 그 사건을 흉내 낸 게 아니라 순전히 자신의 독창적인 아이디어로 일을 벌였다고 '자백' 한다.

"실제로 그 주장에는 꽤 설득력이 있어서 매스컴은 그것을 크게 다룹니다. 사망한 청년이 범인이라고 지목한 주 경찰도 재조사에 들어가고, 연방수사국도 움직이기 시작합니다. 그런데, 최종적으로 판명된 사실이 정말로 충격적입니다. 사실은, 죽은 용의자는 결백하고, 그가 살인자가 아니라고 주장해 화제를 모았던 그 친구가 바로 사건의 진범이었던 것입니다. 그리고 결정적인 물증이 또 몇 가지 발견되어 도망칠 수 없게 된 그는, 왜 그런 짓을 했느냐는 질문에 이렇게 대답합니다. '재미있었으니까. 정의의 편을 드는 척하면서 사람들의 주목을 받는 게 유쾌했으니까.'"

"당신은 내가 흉내를 냈다는 건가?"

시게코를 손가락으로 가리키며 고이치가 소리쳤다.

(pp462~465)

위의 인용부분은 이 책의 끝을 불과 30페이지 남겨 놓은 대단원의 마지막 부분이다. 바로 내가, 작가가 결론부분을 너무 급하게 처리했다고 지적하는 이유이다. 이런 사소한 아쉬움에도 불구하고 이 책은 일본 추리소설을 대표하는 명푸 도서이다.

76. 그리고 아무도 없었다

애거사 크리스티 저 / 해문출판사 / 272쪽

추리소설의 여왕이라는 찬사가 전혀 아깝지 않은, 추리 소설계의 최고봉 에거사 크리스티는 1890년 영국에서 태어나서 1976년 86세 나이로 별세하였으며, 한 평생 동안 장편 66편과 단편 20편을 발표하였다. 이 작품은 원래 영국에서 《열개의 인디언 인형》이란 제목으로 출간되었는데 인종차별 논란으로 제목을 현재의 《그리고 아무도 없었다》로 바꾼 책이다.

작가는 유명한 미국의 동요 '한 꼬마, 두 꼬마, 세 꼬마 인디언…'에 착안하여 이 소설을 썼다고 알려진다. 책의 아주 간단한 줄거리는 다음과 같다.

다양한 사연을 가진 여덟 명의 손님들과 하인 부부까지

총 열 명이 오웬 이라는 사람에 의해 인디언 섬으로 초대된다. 그들은 초대자인 오웬이라는 사람과 뚜렷하게 친했다거나 확실히 안다고도 할 수 없는 애매한 관계이다. 그저 기억을 잘 더듬어보면 '오웬이 그 사람이었나?'하는 정도로 아는 사이인데 호기심도 발동하고 또 이런저런 사유로 인하여 어쨌든 초대에 응한다. 인디언 섬은 멀리서 본 섬의 풍경이 인디언의 옆얼굴을 닮았다고 해서 지역 주민들이 붙인 이름이다. 그러나 그들이 막상 인디언 섬에 도착하고 나니, 그들을 초대한 사람은 보이지도 않고 하인 부부만 있을 뿐이다. 그리고 폭풍우가 몰아닥쳐서 이들 초대받은 사람들은 꼼짝없이 섬에 갇히는 신세가 된다. 여기서 손님들은 이상한 점들을 발견하게 되는데, 식탁 위에 사람 수와 같은 인디언 인형이 있고 손님들이 묵었던 방마다 인디언 동요가 벽에 적혀있는 것이다.

열 명의 인디언 소년이 식사를 하러 밖으로 나갔다 / 한명이 목이 막혀 죽어서 아홉 명이 되었다 / 아홉 명의 인디언 소년이 밤늦게까지 자지 않았다 / 한 명이 늦잠을 자서 여덟 명이 되었다 / 여덟 명의 인디언 소년이 데븐을 여행했다 / 한 명이 거기에 남아서 일곱 명이 되었다 / 일곱 명의 인디언 소년이 장작을 패고 있었다 / 한 명이 자기를 둘로 잘라 여섯 명이 되었다 / 여섯 명의 인디언 소년이 법률을 공부했다. / 한 명이 대법원으로 들어가서 네 명이 되었다 / 네 명의 인디언 소년이 바다로 나갔다 / 한 명이 훈제된 청어에 먹혀서 세 명이 되었다 / 세 명의 인디언 소년이 동물원을 걷고 있었다 / 한 명이 큰 곰에게 잡혀서 두 명이 되었다 / 두 명의 인디언 소년이 햇빛을 쬐고 있었다 / 두 명이 햇빛에 타서 한 명이 되었다 / 한 명의 인디언 소년이 혼자 남았다 / 그가 목을 매어 죽어서 아무도 없게 되었다.

섬에 초대된 사람들은 그 동요 가사를 따라 한 명씩 죽어가고 그럴 때마다 인형도 하나씩 없어진다. 그러나 그 섬에 다른 사람은 없다. 과연 그들을 초대한 사람은 누구이고, 차례차례 한 명씩 그들을 살해한 사람은 누구일까?

이 책을 읽다보면 혹시 이 책의 기반이 요한복음 8장7절의 '너희 중에 죄 없는 자가 먼저 돌로 치라 하시고…'라는 성서의 한 부분이 아닐까 하는 생각도 든다.

그러나 이 책의 묘미는 단연 책의 제일 말미에 있는 에필로그와 그 뒤, 정말 책의 마지막 장인(책은 16장 + 에필로그 + 트롤 어선… 으로 구성되어 있다.) '트롤 어선인 에마 제인 호의 선장이 런던 경시청에 보낸 고백서'라는 다소 긴 제목의 결론부분에 있다. 16장까지가 열 명이 차례차례 죽어나가는 내용이라면, 그래서 '도대체 누가 범인이지?'라는 궁금증을 거의 폭발 직전까지 끌어올리고, 그런 후에 정말 제일 마지막에 와서야 사건의 전모를 밝혀주는 구조이다.

내가 애거사 크리스티를 추리소설의 여왕이라고 극찬하는 사람들의 세평에 100% 동의하는 대목이 바로 이 부분이다.

사건의 전모를 밝혀주는 이 부분에서도 트롤 어선의 선장이 사건 해결 당사자에게 무슨 투서를 하는 형식이 아니다. 사건의 범인인 워그레이브 판사가 자신이 그 범죄를 기획하고 실행하였다는 사실을 고백하면서 그러한 내용의 고백서를 작성 한 후 병에 담아서 바다에 던졌다고 '우리가 추리하게 만들고' 또 그 병을 트롤 어선의 선장이 건져서 런던 경시청에 전달했다는 내용을 '우리가 추리 할 수 있게끔' 만들어놓은 것이다. 이런 구성이나 장치는 정말 아무나 할 수 있는게 아니다.

Group 20

경제경영

77. 국부론

아담 스미스 저 / 유인호 역 / 동서문화사 / 1,152쪽(전2권)

대학교에서 무역학을 전공하며 이 책을 원서강독 시간에 원서로 읽었던 기억이 있다. 그러나 그때는 경제에 대한 지식이 거의 없었던 때인지라 원서는커녕 한글로 번역된 책도 제대로 이해하지 못할 때였다. 세월이 흐르면서 수차례 이 책을 읽은 지금 나에게 이 책을 평가하라면, 나는 주저없이 '세계 최고의 명저'라는 찬사를 보내고 싶다.

아담 스미스는 1723년 스코틀랜드 근교에서 유복자로 태어났다. 즉, 태어날 때 아버지가 이미 사망하였다는 말이다. 그는 글래스고 대학을 거쳐 옥스퍼드 대학에서 수학했다.(영국 대학들을 여럿 방문해 보았지만 아마도 내 생각에, 당시는 초급-중급의 단계로 구분되어 있지 않았나 싶다.) 그는 옥스퍼드를 마친 후 모교인 글래스고 대학에서 논리학, 도덕철학 교수로 후학들을 가르친다.

이 책은 그가 40세 때인 1763년부터 시작하여 1773년까지 10년에 걸쳐 집필한 책이며 그 후 수정에 수정을 거듭하여 제5판(미국판)이 나오기까지는 무려 26년이 걸린, 아담 스미스 필생의 역작이다. 이 책에는 그가 정치경제학자, 도덕철학자, 세관공무원, 교수, 대학총장 등을 경험하며 살아 온 전 생애의 경험과 사상이 그대로 농축되어 있다.

이 책의 처음은 독자들이 모두 알고 있듯이, 핀 제조공장의 분업에 대한 이야기로 시작한다. 그가 유심히 관찰하여 본 바로는 한 사람이 전 공정을 혼자서 감당할 경우 20개도 제대로 못 만들을 것을, 분업을 통하여 작업을 하게 되면 무려 4,800개를 만들어 낼 수 있다는 것이다. 철사를 똑바로 펴고, 자르고, 그 끝을 뾰족하게 하고, 머리를 만들고, 그것을 철사에 붙이고, 그것을 하얗게 빛나게 하고, 완성된 제품을 포장하고…. 지금 우리가 생각하면 당연하고 타당하다는 생각을 하지만 무려 150년 전에 그런 생각을 해 냈다는 것이 그저 신기하기만 할 따름이다.

2장에서 그는 아주 유명한 말을 한다. 아래의 말이야 말로 자본주의 사상의 핵심이라고 할 수 있다.

   "우리가 저녁 식사를 기대하는 것은 푸줏간, 술집, 빵집 주

인들의 자비심이 아니라, 그들 자신의 이익에 의해서이다."

(p27)

4장에서 그는 물과 다이아몬드의 예를 들어가면서 사용가치와 교환가치에 관하여 명쾌한 설명을 한다. 일종의 역설이다. 즉, 최대의 사용가치를 가진 물건의 교환가치는 거의 또는 전혀 가지지 않는 경우가 때때로 있고, 반대로 최대의 교환가치를 가진 것이 사용가치는 거의 또는 전혀 가지지 않는 일도 있다는 것이다. 물만큼 유용한 것도 없지만 그것으로는 아무것도 구매할 수 없고, 그와 반대로 다이아몬드는 사용가치가 거의 없지만 때때로 매우 많은 양의 재화와 교환할 수 있지 않은가.

7장에서는 지금 현재도 매년 되풀이 되고 있는 농산물의 가격 파동에 대하여 양파와 배추의 예를 들면서 명쾌한 설명을 하고 있다. 여기서 그는 유효수요, 시장가격, 자연가격이라는 개념을 소개하고 있다.

10장에서 아담 스미스는 노동임금을 설명하면서 현재의 우리들이 들어도 무릎을 칠만큼 탁월한 진리를 설파한다. 즉, 단순노동과 전문노동의 가격 차이를 설명하는 것이다.

여러분의 아들을 구둣방의 도제로 보낸다고 치자. 그는 의심할 여지없이 한 켤레의 구두를 만드는 기술을 익힐 것이다.

그러나 그를 법률 공부하러 대학에 보낸다면, 그가 과연 그 일로 성공할 수 있을 만큼 숙달될지 어떨지는 기껏해야 20 대 1이다. 완전히 공정한 복권에서 당첨되는 사람은 당첨되지 않는 사람들이 잃어버리는 모두를 획득하는 것이 당연하다. 한 사람이 성공하는 대신 20명이 실패하는 작업에서는 그 한 사람이 20명이 실패한 모든 것을 획득해야 한다. (p119)

오늘날 민노총 등 노동조합의 폐해에 대하여도 그는 이미 탁월한 식견으로 150년 후를 내다 본 것처럼 이렇게 썼다.

동업조합의 배타적인 특권은 같은 직업 안에서조차 노동이 한 곳에서 다른 곳으로 자유롭게 이동하는 것을 방해한다. (p149)

그는 경쟁이 없는 곳엔 발전도 없다는 진리를 일찌감치 터득한 듯하다.

400년 이상의 경험으로 보아, 그 자체의 성질상 자질구레하게 제한 할 수 없는 엄격한 규제를 두고자 하는 모든 노력은 이제 그만두어야 할 시기인 것 같다. 왜냐하면, 같은 종류의 일에 종사하는 모든 사람들이 똑같은 금액의 임금을 받도록 하면 경쟁은 사라질 것이고, 부지런함과 창의를 위한 여지도 사라질 것이기 때문이다. (p156)

아담 스미스는 철저한 자유무역주의자였다. 그의 사상이

책의 이곳저곳에 나타나지만 여기 단적으로 두드러진 대목이 있다.

수입을 줄이기 위해 부과되는 세금은 무역 자유에 있어서와 마찬가지로 관세 수입에 있어서도 명백하게 파멸적일 것이다. (p482)

또한 기업에 지나치게 세금을 물릴 경우, 그 회사는 세금이 더 싼 나라를 찾아 떠날 것이라는 그의 예견은 마치 오늘날 동남아로 떠나는 우리나라 기업들의 사정을 150년 전에 예측한 것만 같아 안타깝기 그지없다.

(…) 그가 성가신 세금 사정을 위해 번거로운 조사를 받아야 하는 나라를 버리고, 더 편하게 자신의 사업을 영위하거나 재산을 누릴 수 있는 다른 나라로 자신의 자산을 이동시킬 수 있다.(p890)

아무튼 이 책의 내용을 소개하자면 끝이 없는데, 나는 《국부론》을 네 차례 읽으면서 이제야 진정으로 이 책의 가치를 깨닫게 되었다는 사실을 독자 여러분들에게 솔직히 고백하는 바이다. 왜 40년 전, 20년 전에는 이 책이 그렇게 훌륭하다는 생각을 하지 못했을까? 아마도 이 책은 세상을 경험하면서 읽어야만 비로소 그 진가를 알 수 있는 책이 아닐까 하는 생각을 해 본다.

78. 오리지널스: 어떻게 순응하지 않는 사람들이 세상을 움직이는가

애덤 그랜트 저 / 홍지수 역 / 한국경제신문사 / 464쪽

이 책은 독창성(creativity)에 관한 여러 연구들을 집대성한 책이다. 저자인 애덤 그랜트는 세계 최고의 MBA로 꼽히는 펜실베이니아 대학교의 와튼 스쿨에서 서른한 살이라는 나이에 최연소 종신교수로 임명된 사람이다.

책은 처음을 온라인 안경판매업을 시작하여 2015년도에 '세계에서 가장 혁신적인 기업' 1위에 오른 와비파커라는 회사를 소개하면서 시작한다. 과거 이 리스트의 1위에 오른 기업들은 구글, 나이키, 애플 등이었다. 여기에 종업원 겨우 500명의 창업 5년차인 와비파커가 선정된 것이다.

이렇게 시작한 책은 그 다음 400여 페이지를 창조적 파괴란 무엇인지, 독창적인 아이디어란 어떤 것인지, 왜 초기에 내 놓은 아이디어는 실패하고 후발주자의 아이디어는 성공

하는지, 집단사고가 어떻게 창조성을 말살하는지 등등을 여러 학자들의 연구사례를 들어가면서 소개하고 있다.

책의 저자는 와비파커의 성공 요인 중 가장 큰 것을 단연 호기심으로 꼽고 있다. 와비파커의 공동 창업자 중 하나인 데이브 길모어는 어느 날 문득 아이폰과 안경의 가격을 비교하게 되었다. 데이브는 안경처럼 단순한 상품이 어째서 아이폰처럼 그렇게 복잡한 상품보다도 더 비싼 값에 팔릴까? 하는 의문을 품게 되었다. 그때부터 그는 친구들 세 명과 함께 안경 산업에 대하여 알아보기 시작했다. 그래서 알아낸 결과 ①안경 산업은 룩소티카라는 유럽 기업이 지배하고 있다는 것 ②그들은 생산비용의 20배로 안경 가격을 책정한다는 것 ③그렇게 만들은 안경을 그들의 독점적 지위를 이용하여 판매한다는 것, 등을 밝혀냈다.

그들이 온라인으로 안경판매업을 시작하겠다고 했을 때 그들 중 한 명이 자신의 강의를 듣고 있는 학생이었다고 저자는 밝힌다. 저자는 그들로부터 이야기를 들었을 때 보통 세상의 기준으로 보면 그들의 사업은 실패할 수밖에 없었다고 한다. 그 이유는 ①그들 네 명 모두가 학생인데 학업을 포기하지 않고 인턴십을 하면서 사업을 한다는 점 ②만약에 잘못되면 네 명 모두 인턴십을 계속할 수도 있고 원래 다니던 직장으로 복귀할 수도 있다는 점 ③그래서 자신들이 하려고 하는 사업에 올인하지 않는 태도가 결국은 실패를 부를 것으로 보았다.

그러나 이런 일반적인 관측에도 불구하고 그들은 성공했다. 그 이유를 애덤 그랜트는 다음 장들의 여러 사례들을 들어가면서 친절하게 설명하고 있다. 그러면서 다른 학자들이 5,000명을 추적하여 조사한 사례를 인용하여 사업실패를 대비하여 대안을 갖고 있는 사람이 그렇지 않고 자기 사업에 올인하는 사람보다 실패할 가능성이 적다는 통계를 소개한다. (p45)

즉, 증권에서처럼 사업도 위험을 분산시키면 실패할 가능성이 줄어든다는 것이다. 이 말은, 한 분야에서 의식주가 해결되어 안정감을 확보해 놓으면 다른 새로운 사업 분야에서 자유롭게 독창성을 발휘하게 되고 결국 성공으로 이어진다는 것이다. 다시 말해, 경제적으로 안정되면, 어설픈 책이나 예술품을 낸다는 중압감을 벗어 버릴 수 있을 뿐만 아니라, 아무도 시도해 보지 않은 일에도 과감히 도전해 볼 수 있다는 이론이다.

그가 위의 이론을 입증하는 가장 적절한 사례로 든 것은 포드 자동차에 관한 이야기이다. 100여 년 전, 헨리 포드는 토머스 에디슨의 수석 엔지니어로 일하면서 자신의 자동차 제국 건설에 착수하였다. 포드가 자동차에 대한 이런 저런 시도를 해 보는 동안, 에디슨은 그의 경제적 뒷받침을 해 준 셈이다. 포드는 카뷰레터를 만들고 나서 2년 동안, 그리고 특허를 획득하고 나서 1년 동안 계속 에디슨 밑에서 일했다고 한다.

이와 같이, 우리들이 지금까지 당연하다고 생각해 왔던 신념들이 사실은 상당히 많이 틀렸다는 점을 이 책은 예를 들어가며 설명하고 있다.

그중 하나를 들어보면, 흔히 사람들은 사업의 성공요인을 아주 기발한 아이디어로 꼽거나 그 아이디어를 사업으로 전환하는 능력이나 그를 뒷받침하는 재정적인 면을 꼽는다. 그러나 전문가의 연구결과는 이와는 아주 딴판이다.

100여개의 기업을 창립하는데 관여한 '아이디어 랩'이라는 회사의 창업자 빌 그로스는 무엇이 성공과 실패를 가르는지 분석했다. 그 결과, 가장 중요한 요인은 아이디어의 독창성도, 팀의 재능과 실행 능력도, 사업 모델의 질도, 가용자금이 있는지의 여부도 아니었다. 가장 중요한 것은 '시기 포착'이었다.

"적절한 시기를 포착하는 일이 성공과 실패를 가름하는데 42%의 비중을 차지했다." (p181)

저자는 여기서 '개척자'와 '정착자'라는 개념을 소개하면서, 차라리 두 번째나 세 번째로 시장에 진입해서 선발주자가 어떻게 하는지 살펴보고 더 나은 방법을 모색하는 것이 좋지 않겠느냐고 조언한다.

우리들이 흔히 알고 있는 말, "천재는 번득이는 영감으로 세상을 바꾸어 놓는다."는 진리도 이 책을 읽고 나면 더 이상 진리가 아니라는 사실을 알게 된다. 즉, 우리들이 알고 있는 천재들도 사실은 수많은 다작 중에 한 두 개가 성공하여 유명해 진 케이스라는 것이다. 베토벤은 650곡을, 바흐는 1,000곡을 작곡했다고 알려지는데 그중에서 우리들의 사랑을 받는 작품은 소수이다. 또한 피카소는 1만2천 점의 작품을 그리거나 만들었지만 그 중에서 우리들의 사랑을 받는 작품은 별로 많지 않다. 아인슈타인 역시도 250편의 논문 중에서 겨우 몇 편만이 세상에 알려졌고 그들 논문 때문에, 그를 세계적인 천재로 인식하게 했다는 것이다. 그러면서 저자는 "큰 영향력을 미치거나 성공적인 아이디어를 생산해 낼 확률은 창출해 낸 아이디어의 총수에 비례한다."는 사이먼튼 교수의 견해를 소개한다.

이 밖에도 이 책에는 천재는 왜 창조적인 발명가가 되기보다는 의사나 변호사처럼 안정적인 직업을 가진 사람들로 변할까? 등등, 읽을거리가 넘쳐난다.

79. 아웃라이어

말콤 그래드웰 저 / 노정태 역 / 김영사 / 352쪽

1만 시간의 법칙(이것을 그가 처음 주장한 것은 아니다.)으로 유명한 말콤 그래드웰은 이 책에서 성공한 사람들의 일반적인 성공 이유가 그동안 우리들이 알고 있던 성공방정식인 ①선천적 재능, ②높은 IQ, 또는 ③개천에서 용이 난다는 식의 반전 드라마가 아니라고 주장한다.

불과 352쪽 밖에 되지 않는 얇은 책이지만 이 책 속에서 내가 가장 흥미를 느낀 대목은 바로 부자들이 성공하게 된 이유는 쉽게 이야기하면 운칠기삼(運七技三)이라는 대목이다. 다시 말해, 세계적인 대부호들은 그들이 태어난 나라나 그들이 살아온 시대의 덕을 톡톡히 보았다는 주장이다.

그는《포브스》지가 선정한 인류역사상 가장 돈 많은 75인의 부호 명단을 놓고 예리한 분석을 펼친다. 지금까지 2천 년

인류역사상 가장 돈이 많았던 사람들은 누구일까? 현재의 화폐가치로 환산하면 러시아 황제 니콜라스2세는 3위, 영국의 엘리자베스1세 여왕은 15위, 이집트의 클레오파트라 여왕은 21위이다. 그런데 이 통계에 재미있는 부분이 있다. 75명 중 무려 14명이 1830년대에 미국에서 태어나고 1870년대에 미국에서 활동했던 사람들이라는 점이다.

(1위) 존 D. 록펠러 / 3,183억 달러 / 1839년 미국 출생

(2위) 앤드루 카네기 / 2,983억 달러 / 1835년 미국 출생

(28위) 프레드릭 와이어하우저 / 804억 달러 / 1834년 독 → 미

(33위) 제이 굴드 / 671억 달러 / 1838년 미국 출생

(34위) 마셜 필드 / 663억 달러 / 1834년 미국 출생

(35위) 조지 베이커 / 636억 달러 / 1840년 미국 출생

(36위) 헤티 그린 / 588억 달러 / 1834년 미국 출생

(44위) 제임스 페어 / 472억 달러 / 1831년 미국 출생

(54위) 헨리 로저스 / 409억 달러 / 1840년 미국 출생

(57위) J. P. 모건 / 398억 달러 / 1837년 미국 출생

(58위) 올리버 페인 / 388억 달러 / 1839년 미국 출생

(62위) 조지 풀먼 / 356억 달러 / 1831년 미국 출생

(64위) 피터 브라운 / 334억 달러 / 1834년 미국 출생

(65위) 필립 댄포스 아미어 / 334억 달러 / 1832년 미국 출생

어떻게 2천 년의 역사에서 한 나라에서만, 그것도 동일한 시대인 1830년대에 태어난 사람들 중에 이렇게나 많은 부자들이 나올 수 있었을까? 그 답은 의외로 쉽게 풀린다. 이들이 정력적으로 활동하던 1860년~1870년대는 미국이 세계 1등 국가로 발돋움을 하려던 시기였다. 철도가 건설되고 자동차 산업이 발달하기 시작했으며 석유가 무진장으로 필요하였다.

그러므로 이 책의 핵심은 바로 이것이다. 즉, 아무리 똑똑한 천재라도 아프리카의 르완다에서 태어나면 재벌이 될 수 없고, 아무리 노력을 많이 해도 북한과 같은 폐쇄사회에서 활동한다면 세계적인 부호가 될 수 없다. 그러므로 어느 시기에 어느 나라에서 태어나느냐(운 70%)가 얼마나 열심히 노력했느냐(기술 30%) 보다 더 중요하다는 말이다.

우리가 흔히 마이크로 소프트의 빌 게이츠가 대학을 중퇴하고 사업에 뛰어들어 성공한 천재라고 알고 있지만, 저자인 말콤 그래드웰은 그도 이미 고등학교 시절부터 컴퓨터를 접할 시간이 충분했다고 주장한다. 비틀즈 역시도 세계적으로 명성을 날리기 전에 이미 함부르크 등지에서 수도 없이 많은 시간을 연습과 실전을 거듭한 멤버였다는 것이다. 그렇게

1만 시간 이상을 충분히 연습한 사람들이 어떤 기회가 왔을 때(컴퓨터 붐 또는 락 음악의 전성기) 그 기회를 놓치지 않고 잡은 것이 성공의 비결이었다는 것이다.

그렇게 보면 대한민국의 요즘 젊은이들이 '3포세대'라고 자조하는 게 충분히 이해가 된다. 내가 대학을 졸업할 때인 1978년만 해도 보통 대기업 서너 군데서 졸업예정자들을 서로 모셔가겠다고 아우성이었으니 말이다. 그렇다고 우리가 비관만 하며 세월을 보낼 수는 없는 일이다.

이 책에는 흥미로운 이야기들이 많이 나오지만, 그중에서는 우리 한국인들의 이야기도 있다. 바로 1997년 8월 괌에서 일어났던 대한항공 747기의 추락사고이다. 그 사고로 탑승자 254명 거의 전원이 죽었다. 이 사고를 분석하면서 저자는 문화의 차이가 추락의 주 원인이라고 결론짓는다. 당시 기장은 40대 중반의 나이로 비행시간이 1만 시간에 달하는 베테랑 조종사였다. 따라서 이 추락 사고를 1만 시간의 법칙(신경과학자인 다니엘 레비틴이 어느 분야든 세계적인 베테랑 또는 전문가가 되려면 1만 시간의 연습이 필요하다고 주장한 이론)에 적용할 수는 없다.

문제는 의사소통이었고 거기에는 한국 특유의 유교문화가 자리 잡고 있었다. 당시 괌에는 비가 오고 있었고 레이저로 착륙을 유도해주는 장치(글라이드 스코프)도 고장나 있었다. 그러나 이것이 결정적인 문제는 아니었다. 그날 이미 괌 공항에는 1,500편의 다른 비행기들이 안전하게 착륙했던 것이다.

주 원인은 이렇다. 747점보기는 설계 당시부터 기장, 부기장, 기관사 이렇게 3명이 공동으로 협력하여 조종하도록 설계되어 있었다. 그러나 당시까지의 대한항공의 조직문화에서는 공군의 군대문화가 상당부분 그대로 남아 있었다. 아랫사람이 윗사람에게 직언을 하지 못하게끔 되어 있었다는 말이다. 다른 두 명의 협력자가 제대로 자기 의사표현을 하지 못하고 소극적으로 말한 것이, 다시 말해, 기체가 거의 땅에 닿을 때까지도 부기장이 Go Around(착륙포기)라는 말을 하지 못한 것이 충돌의 원인이었다는 분석이다.

이밖에도 이 책에는 1월생에 유독 베테랑 운동선수들이 많은 이유, 아시아인이 수학을 더 잘하는 이유, 긍정적이고 느긋한 삶을 사는 사람들이 장수하는 사례 등등, 우리들이 흥미를 가질만한 내용들이 넘쳐난다. 바로 그런 이유 때문에 이 책이 출간된 지 어언 10년이 되었지만, 지금까지도 롱런하며 독자들의 사랑을 받는 것이다.

80. 초격차

권오현 저 / 샘앤파커스 / 335쪽

지난해인 2018년 약 70억 원의 연봉을 받아 또다시 전문경영인으로서는 대한민국 최고의 수입을 올린 권오현 삼성종합기술원 회장이 쓴 책이다.

이 책은 미국 스탠포드 대학교 전자공학 박사 출신의 공학도가 쓴 책답지않게 (실제로 책을 쓴 사람은 김상근 연세대 신학대 교수) 어려운 표현이나 용어가 등장하지 않는다. 마치 평생을 삼성전자의 경영일선에서 근무한 사람이 자기의 경험을 후배들에게 들려주는 형식의 담담한 이야기가 주를 이룬다. 그래도 이 책은 독자들에게 많은 배울 거리를 제공해 주고 있다.

내가 나름대로 이 책을 읽고 느낀 점을 몇 가지로 요약해 보고자 한다.

첫째, 그의 인생 전체적인 개괄이다.

권오현 회장은 자신의 현재가 있게끔 만들어준 동기를 '어린 시절의 꿈'이라고 말한다. 1952년생이니까 우리나라 나이로 치면 현재 68세이다. 그런 그가 내세우는 꿈은 바로 어린 시절 읽었던 만화《정의의 사자, 라이파이》였다. 저자는 이 책을 읽으면서 거기에 등장하는 '윤 박사'라는 인물에 특히 매료되었다고 술회한다. 윤 박사는 라이파이의 애기(愛機)인 '제비기'라는 비행기를 비롯하여 라이파이가 필요로 하는 장비라면 무엇이든 척척 만들어주는 만능박사이다. 그때 품었던 꿈으로 인하여 그는 공대로 진학했고 학교를 졸업한 후 실리콘 밸리에서 반도체를 연구하기 시작하였다. 그리고 얼마 안 있어 삼성의 이병철 회장이 반도체 산업에 진출하면서 해외인재를 스카우트하는 과정에서 삼성에 몸담게 되었던 것이다.

저자는 삼성으로 옮기고 나서 얼마 지나지 않아 메모리사업부(주력)에서 비메모리사업부(비주력) 분야의 책임자로 발령 받았을 때의 막막했던 이야기를 들려주면서 자신의 이야기를 풀어나간다. 경영학을 전공하지도 않은 연구전문가가 갑자기 퇴출 직전의 적자 사업부를 맡게 되었으니 얼마나 막막하였을까? 그러나 그런 몇 차례의 위기를 잘 극복하고 나니 그 다음부터는 어떤 상황에 어떤 자리로 가더라도 조직을 잘 운영할 수 있는 노하우가 축적되었노라고 술회한다.

둘째, 책의 구성상에서 주목해야 할 부분들이다.

이 책은 구성상 4개의 장으로 되어 있는데, 1장 리더: 탄생과 진화, 2장 조직: 원칙과 시스템, 3장 전략: 생존과 성장, 그리고 4장 인재: 원석과 보석으로 되어 있다.

그는 '본성과 훈련'이라는 꼭지를 통하여, 리더는 타고나는가 아니면 훈련되는가? 라는 질문을 던지고 있다. 그가 강조하는 점은, 자신의 경험으로 비추어 보건대, 회사에서 리더가 어떤 형태로든지 손실을 끼쳤다면 그것은 그의 자라난 환경이 좋지 않았을 수가 있다는 것이다. 나 역시도 권 회장과 거의 비슷한 시기에 현대그룹에 입사한 상황인지라 (당시는 현대, 삼성, 대우가 3강을 이루고 있을 때였다.) 그의 관점에 수긍하는 바가 있다. 우리가 입사할 당시인 1970년대 말경에는 삼성의 면접시험장에는 이병철 회장이 점장이를 안 보이는 곳에 두고 지원자들의 '관상'을 본다는 소문이 있었다.

이 장에서 그는 조직의 리더는 '뇌'처럼 일해야 한다는 점을 강조한다. 우리의 몸은 자율신경계가 거의 지배한다. 그러므로 뇌가 신체 각 부위의 모든 행동을 일일이 간섭하며 명령하지 않는 것처럼, 조직의 리더는 조직원을 사사건건 통제하지 말아야한다는 점을 강조한다.

그는 리더를 강조하는 1장에서 독서의 중요성을 새삼 이야기하고 있다. 그가 지금껏 살아오면서 경험한 바로는 훌륭한 경영자는 대체로 다독가였다는 사실을 강조한다. 그러면서 자신은 진화에 관한 책을 많이 읽는다고도 했다. 그 이유는 생명체가 진화해가는 과정이 기업이 경쟁시장에서 살아남기 위하여 분투하는 과정과 매우 흡사하다는 것이다.

셋째, 이 책의 가치이다. 리더의 역할이란 바로 이런 것이 아닐까 싶다. 구성원들의 눈에는 잘 보이지 않지만 전체적으로 멀리 아득하게 있는 큰 산을 보고 그 산을 향하여 뚜벅뚜벅 걸어가는 것, 그래서 나는 권오현 회장이 80억을 받거나 또는 100억을 받거나 하는 것이 전혀 잘못되었다고 보지 않는다. 따라서 이 책은 큰 경영이론을 내세우지는 않지만 경영을 하는 사람들이라면 반드시 필독해야 할 책이라고 보아 '명품도서'의 반열에 올려놓아도 전혀 손색이 없다고 생각한다.

정치외교-북한학

81. 정관정요: 열린 정치와 소통하는 리더십의 교본

오긍 저 / 김원중 역 / 휴머니스트 / 672쪽

정관정요(貞觀政要)는 당 태종(599 ~ 649) 이세민의 '소통하는 리더십'을 보여주는 정치철학서이다. 정관은 태종의 연호이고 정요는 정치요체의 줄임말이다. 이세민의 사후 40~50년에 오긍에 의해 지어진 것으로 알려져 있다.

수나라를 멸망시킨 절대적인 공은 당시 18세의 어린 나이였던 이세민에 있었다. 그러나 이세민의 아버지 고조 이연은 맏아들을 황태자로 삼았다. 이에 분개한 이세민은 형제의 난(玄武門의 變)을 일으켜 형제들을 주살하고 28세 되던 해인 626년에 아버지로부터 제위를 물려받아 당의 2대 황제가 된다.

태종은 즉위하면서부터 현명한 신하들의 보좌를 받으며 집권 23년 동안 중국역사상 최고의 황금기를 이룬다. 이 시기를 일컬어 '정관의 치'라고 하는데 정관정요는 태종 자신이 수시로 밝히는 통치철학과 신하들과의 대담이나, 신하들의 상소 중 중요한 내용들을 발췌하여 10권의 책으로 묶은 것이다.

태종의 사후에 측천무후의 전횡(고종 - 중종 - 예종 시기에 50년 가까이 국정을 농단하였다.)이 있었다. 이러한 폐해를 직접 목격한 오긍은 최고통치자의 잘못이 국가에 얼마나 큰 해악을 끼치는지를 뼈저리게 통감하여 이 책을 집필하게 된다. 목차를 요약하면 다음과 같다.

제1편 군도(君道): 군주의 도리

제2편 정체(政體): 정치의 핵심

제3편 임현(任賢): 현명한 관리를 임명하라.

제4편~제5편 구간(求諫) 및 납간(納諫): 좋은 말은 적극 구할 것

제6편 군신감계(君臣鑑戒): 군주와 신하가 경계해야 할 내용

제7편 택관(擇官): 관리의 선발

제8편 봉건(封建): 봉건제를 운영하는 요령

제9편~제12편: 태자를 세우고 교육하는 문제를 기술

제13편 인의(仁義)~제20편 인측(仁惻): 충성, 의리, 겸손, 효도, 우애, 공평, 성실, 인자, 측은지심 등 군주의 마음가짐

제21편 신소호(愼所好)~제26편 탐비(貪鄙): 아첨, 탐욕, 언어의 절제 등 군주가 삼가야 할 것들

제27편 숭유학(崇儒學)~제29편 예악(禮樂): 유학을 숭상하고 예절과 음악에 대하여 지켜야 할 항목

제30편 무농(務農): 농사는 나라의 근본

제31편 형법(刑法): 형벌의 집행에서 주의할 것

제32편 사령(赦令): 사면령을 남발하지 말라는 내용

제33편 공부(貢賦): 공물과 조세

제34편 변흥망(辯興亡): 흥망을 경계하라.

제35편 정벌(征伐)~제36편 안변(安邊): 정벌의 시기

제37편 행행(行幸)~제39편 재상(災祥): 임금의 지방순시, 사냥, 재해와 상서로움

제38편 신종(愼終): 책의 결론으로 중요사항을 모두 요약

이 책에는 태종이 방현령, 위징 등 10여 명의 중신들과 대화하는 내용이 많이 나온다. 그러나 그중 절반 이상은 위징과의 대화이거나 그의 상소문(일종의 가르침)이다. 당 태종은 위징이 병으로 죽자 이렇게 한탄하였다고 한다.

"무릇 구슬로 거울을 만들면 의관을 단정히 할 수 있고, 옛날로 거울을 삼으면 흥망을 알 수 있으며, 사람으로 거울을 삼

으면 득실을 알 수 있다. 짐은 일찍이 이 세 가지를 가져 내 허물을 막을 수 있었다. 그러나 지금 위징이 세상을 떠나니 거울 하나를 잃어 버렸도다." (p93)

정관 6년, 태종이 측근 신하들에게 이렇게 말했다.

"주 왕조는 건국 후 선을 행하여 8백 년이란 오랜 기간 동안 왕조를 유지할 수 있었소. 반면, 진 왕조는 나라를 통일 한 후 사치와 음란을 일삼았으며, 형벌을 좋아하여 불과 2대를 지나서 멸망하고 말았소. 이것은 바로 선한 일을 하는 자는 수명이 길고 악한 일을 하는 자는 수명이 짧다는 뜻 아니겠소?" (p180)

다음은 위징이 정관 14년에 올린 상소문의 일부이다.

"순자는 '군주는 배고 백성은 물이다. 물은 배를 띄울 수도 있지만 배를 뒤엎을 수도 있다' 라고 했으며, 공자는 '물고기는 물을 떠나면 죽지만, 물은 물고기가 떠나도 여전히 물이다' 라고 했습니다. 그런 까닭에 요임금과 순임금은 언제나 전전긍긍하며 두려워했고 매일매일 신중하고 삼갔습니다."

지금으로부터 무려 1,500년 전의 통치철학이지만 지금 시점에서도 이 가르침대로만 나라를 운영한다면 나라가 참 편안하겠다는 생각을 해 본다.

82. 군주론

니콜로 마키아벨리 저 / 강정인 역 / 까치 / 267쪽

우 리가 흔히 권모술수를 이야기할 때면 '마키아벨리처럼'이라든지 '마키아벨리식의'이라는 말을 쓰는데, 마키아벨리의《군주론》이란 어떤 책일까?

니콜로 마키아벨리(1469 ~ 1527)는 이탈리아의 피렌체 사람으로 레오나르도 다 빈치, 단테와 동시대에 활동하였다. 그는 자수성가하여 메디치 가문의 높은 공직에까지 올랐다가 메디치 가문의 복잡한 사정에 의해 권력에서 쫓겨났다. 그 후 짧은 감옥생활을 마치고 나서 피렌체 남쪽 10km 근방의 농장에서 은둔하게 된다. 그러나 그는 실의에 빠져 방황하지 않고 재기를 노리며 자신의 능력을 서면으로 정리하여 당시의 실권자이던 우르비노 공작인 로렌초 디 피에로 데 메디치에게 우리들이《군주론》이라고 알고 있는 180쪽 정도의

짧은 책략서를 만들어 보낸다.

당시 영국, 프랑스, 스페인은 강력하지는 못해도 어엿한 왕국이었다. 그러나 이탈리아는 그런 왕이란 구심점이 없고 베네치아, 밀라노, 제노아, 피렌체, 나폴리 등, 소규모의 도시들이 서로 대립하고 전쟁을 벌이는 일이 끊이지 않았다. 정치체제도 군주국, 공화국, 신정체제로 다양하여 시민들은 하나의 강력한 통일 이탈리아가 나오기를 고대하는 상황이었다.

군주론은 처음을 "나 마키아벨리라는 사람은 이러이러한 사람입니다. 저는 바칠 것이 아무것도 없어 이 작은 책자를 바칩니다."라는 헌정사로 시작한다. 그러니까 《군주론》은 공직에서 쫓겨난 마키아벨리가 메디치 정권에서 다시 중용되기를 꿈꾸며 자기 역량을 홍보한, 일종의 건의서라고 보면 될 것이다. 중요한 내용들을 정리하여 본다.

1장은 군주국의 종류와 그 획득방법에 대하여 말하고 있다. 군주국들은 세습군주국, 신생군주국, 그리고 복합군주국이 있다고 설명하면서 여기서 그 유명한 마키아벨리식의 '무자비한 통치' 개념을 소개한다. 그러면서 이런 저런 다른 케이스들을 소개한다.

"인간들이란 다정하게 대해주거나 아니면 아주 짓밟아 뭉개버려야 한다는 것입니다. 왜냐하면 인간들이란 사소한 피해에 대하여는 보복하려고 들지만, 엄청난 피해에 대하여는 감히 복수할 엄두조차 내지 못하기 때문입니다." (p22)

4장에서는 알렉산드로스 대왕이 정복했던 다리우스 왕국의 예를 들어, 정복하기는 어려우나 일단 정복하면 통치하기 쉬운 경우와 그 반대의 경우를 설명하고 있다.

5, 6, 7장에서는 정복한 국가들을 다스리는 방법에 대하여 이런 저런 유형을 소개하고 있다. 8장과 9장에서는 옛날 로마의 경우를 예로 들면서 인민(백성)들의 환심을 사려면 어떻게 해야 하는지에 대하여 소개하고 있다.

10장과 11장에서는 군주국의 국력은 어떻게 측정되어야 하는가의 문제와 교회형 군주국의 제도의 장단점을 설명하고 있다.

12, 13, 14장에서는 군대의 종류와 통솔 방법에 관해 설명한다. 용병은 좋은가 나쁜가, 지원군을 받으면 이익일까 손해일까, 등등을 이런 저런 도시들(당시 이탈리아가 여러 개의 도시국가로 나뉘어 있었으므로)의 예를 들어가면서 설명하고 있다.

15장부터 19장까지는 군주의 덕목과 성품에 대하여 말하고 있다. 군주가 칭송받거나 비난받는 일들을 설명하고, 관후함과 인색함은 통치행위에 어떤 영향을 주는지를 말한다. 여기에서 마키아벨리의 기발하고 흥미로운 주장을 접할 수 있다. 바로 다음 대목들이다.

"전리품, 약탈품, 배상금 등으로 군대를 지탱하는 군주는 타인의 재물을 처분하여 씁니다. 이 경우 그는 씀씀이가 넉넉해야 합니다. 그렇지 않으면 병사들이 그를 따르지 않을 것이기 때문입니다." (P113)

그는 17장에서 몇몇을 잔인하게 죽여서 기강을 바로잡는 것이 공동체 전체적으로는 마냥 인자한 행동보다 더 큰 이익이라고 설득한다.

이렇게 보면 마키아벨리식의 통치방법은 상당히 교묘하고 권모술수적인 면이 많다고 할 수 있다. 그러나 책의 내용 전체를 보면 그가 대체로 당시의 상황을 제대로 파악하고 있었음을 알 수 있다. 20장에서 지적한, 옛 통치에 불만을 가진 자들은 새로운 통치에 대해서도 불만을 품는다거나, 군주에게 최선의 요새는 인민들이 그를 미워하지 않는 것이라는 구절은 마치 순자(荀子 BC298 ~ BC238)의 사상, 즉, "백성은 물이고 임금은 배이니, 강물은 배를 뜨게 하지만 화가 나면 배를 뒤집을 수도 있다."는 뜻의 군주민수(君舟民水)를 접하는 것만 같다.

이 책에서 특히 나의 눈길을 끄는 대목은 마지막 26장 바로 직전인 25장에서 '운명은 대담한 자들과 벗한다.'면서 인간의 성공여부가 운과 실력이 반반으로 작용한다고 하는 주장이다. 그러면서 그는 운명에 대비하여 미리미리 준비할 것을 건의한다.

"저는 운명의 여신을 험난한 강에 비유합니다. 강은 노하면 평야를 덮치고, 나무나 집을 파괴하며, 이쪽 땅을 들어 저쪽으로 옮겨놓기도 합니다. (…) 운명은 자신에게 대항하기 위해서 아무런 역량이 갖추어져 있지 않은 곳에서 그 위력을 떨치며, 자신을 제지하기 위해 아무런 제방이나 둑이 마련되지 않은 곳을 덮칩니다." (PP167~169)

이 책이 욕을 먹는 이유는 공공선보다는 군주라는 한 개인의 이익을 장려하며, 그 이익에 편승하여 자신의 출세를 염두에 두고 집필하였기 때문이다. 그러나 나는 이 책의 끝부분, "이탈리아가 이제 희망을 걸 대상은 오직 영광스러운 전하의 가문 뿐입니다.~"로 시작하는 대목을 보면서 숙연한 마음을 금할 수가 없었다. 직장을 구하기 위해서 고군분투하는 우리 청년들이 생각났기 때문이다.

83. 정의란 무엇인가?

마이클 샌델 저 / 김선욱 역 / 와이즈베리 / 444쪽

20 14년 이후 한국 사회에 '정의' 돌풍을 일으킨 책, 출간 후 지금까지 200만 부를 돌파한 책, 바로 하버드대학교에서 정치철학을 강의하는 금세기 최고의 명강사, 마이클 샌델 교수의 《정의란 무엇인가?》라는 책이다. 이 책은 '정의'가 무엇인지에 대하여 확실한 답을 내리지 않고 있다. 대신 이런 주장도 있고 저런 사례도 있다고 예를 들어 가며 독자들의 판단을 구한다.

이 책이 그렇게까지 한국인들에게 사랑을 받은 이유는 우리 사회가 정의롭지 않다고 하는 공감대가 형성되어 있기 때문이 아닌가 싶다. 모두가 동의하듯이 우리 사회는 가진 자와 가지지 못한 자, 젊은이와 늙은이, 보수와 진보, 심지어는 남성과 여성으로 편이 갈리어 있다. 이 책에서 소개하는 몇

가지 재미있는 사례를 통하여 무엇이 정의인지, 어떤 사회가 공정한 사회인지를 함께 생각해 보고자 한다.

① **미 해군 네이비 실(Navy Seal)과 탈레반 이야기**: 2005년 6월, 미 해군 네이비 실 소속의 루트렐 하사와 팀원 3명이 아프가니스탄에서 작전을 수행하고 있었다. 그들의 임무는 150여 명의 중무장한 반군을 지휘하는 탈레반 지도자의 위치를 파악하는 것이었다. 작전 중 그들은 험한 산악에서 양 떼 100여 마리를 몰고 내려오는 마을 목동 3명을 만났다. 그중 한 명은 14살 정도의 소년이었다. 루트렐 하사는 긴급 작전회의를 열었다. 그런데 대원들의 의견이 갈렸다. 팀원 중 한 명은 모두 죽여야만 후환이 없다는 생각이었고, 또 다른 한 명은 놓아 보내자고 했다. 그리고 다른 한 명은 기권을 했다. 모두가 팀장의 얼굴만 쳐다보는 상황, 그런데 평소 독실한 기독교인이었던 루트렐은 이들을 도저히 죽일 수가 없었다. 그래서 놓아 보냈는데 불과 두 시간도 되지 않아서 이들은 탈레반 무장 세력에게 포위당하고 말았다. 결국 이날의 치열한 교전으로 4명 중 3명은 현장에서 죽고 루트렐만 기적적으로 낭떠러지에서 떨어져 마을 사람들의 보호를 받다가 후일 구조되었다. 뿐만 아니라 이들을 구조하러 온 해군 헬

기 한 대가 격추되었고 거기에 탑승해 있던 16명의 구조대원들도 모두 사망하였다. 결과적으로 기독교신앙을 믿는 어떤 군인의 판단(잘잘못 여부는 제쳐두고)으로 말미암아 19명의 미군이 죽은 것이다. 여기서 저자는 이런 질문을 던진다. 당시에 그 민간인들을 현장에서 죽여서 후환을 없애는 것이 정의였는가? 아니면 기독교 양심에 따른 것이 정의였는가?

② **미뇨네트 호 구명보트 사건**: 1884년 여름, 영국 선원 네 명이 구명보트에 탄 채 육지에서 1,600km 떨어진 남대서양에서 표류하고 있었다. 보트에는 마실 물도 없었고 달랑 순무통조림 2캔 외에는 아무것도 없었다. 순무를 아주 작은 양씩 정해진 순서에 따라 나누어 먹으면서 버티던 중, 4일째 되는 날에 바다거북을 한 마리 잡아서 또 며칠을 버텼다. 그리고 이후 8일 동안은 아무것도 먹지 못했다. 이제 구조선을 만나지 못하면 그냥 죽는 길밖에는 없었다. 그런데 네 명 중에는 17살의 파커라는 소년이 이었다. 이 소년은 원양어선 선원의 꿈을 꾸며 항해 경험을 쌓고자 미뇨네트 호에 취직하여 잔심부름을 하고 있었다. 그런데 파커는 항해 경험이 없다보니 갈증을 못참고 바닷물을 마셔서 배탈이 나 있었고, 계속되는 표류에 이제는 죽을 날만 기다리는 신세가 되어 있

었다. 선장 더들리는 다른 사람을 위하여 누군가 희생제물이 될 사람을 제비로 뽑기로 의논하던 중, 어차피 다 죽어가는 파커 소년을 제물로 삼기로 하고 그를 죽였다. 이렇게 하여 나머지 세 사람이 그 소년의 살과 피를 먹고 또 4일을 버티었다가, 표류 24일째가 되던 날 극적으로 구조되었다.

여기서 저자는 파커 소년을 죽인 것은 과연 용납될 수 있는 행위인가?라는 질문을 던진다.

③ **인도의 농부 이야기**: 인도 어느 마을에 겨우 입에 풀칠이나 하고 사는 정도의 가난한 농부가 있었다. 그는 자신의 아이를 대학에 보내고 싶어한다. 그러나 돈이 없어 어쩔 수 없이 자신의 신장을 부자에게 팔아서 아이를 대학에 보냈다. 그런데 두 번째 아이를 대학에 보낼 때가 되었다. 이제 나머지 신장마저도 팔려고 한다. 그렇다면 그가 자신의 신장 두 개를 모두 떼어서 파는 것은 자신의 신체를 자기 마음대로 처분하는 행위이므로 (자유지상주의자들의 주장대로) 타당하다고 해야 할 것인가?

④ **빌 게이츠 이야기**: 미국은 빈부격차가 심한 나라이다. 상위 1%의 부자가 보유한 재산이 나머지 99%의 국민이 보유

한 재산과 거의 같다. 저자는 이런 가정을 해 본다. 최고 부자인 빌 게이츠의 재산 중 $100만 정도의 돈을 강제로 빼앗아서 가난한 사람들 100명에게 $10,000씩 나누어 주면 어떨까? 그러면 빌 게이츠의 공리(公利)는 다소 줄겠지만 ($600억 재산의 0.0017% 정도 줄어든다.) 가난한 사람들 100명은 $10,000의 횡재를 하는 것이니 그들의 공리는 크게 증가할 것이다.

이 책에는 소크라테스-플라톤-아리스토텔레스(그리스 학파), 장 자크 루소(사회계약론), 제러미 밴덤(공리주의), 존 스튜어트 밀(자유주의), 밀턴 프리드먼(자유시장주의), 이마누엘 칸트(이성주의), 존 롤스(정의론), 알렉스데어 맥킨타이어(서사론) 등, 수많은 철학자들과 사상가들이 등장한다.

그러나 이 책의 묘미는 무엇보다도 이러저러한 문제를 제기하고 우리들에게 치열한 논쟁을 요구한다는 데에 있다. 예를 들어 보면, 국가란 항상 옳은 것인가? 개인의 자유는 어디까지인가? 인간의 탐욕을 찍어 누르는 것이 좋은가? 징병제와 모병제는 정당한가? 대리모와 성매매를 어떻게 볼 것인가?, 다수결은 항상 옳은가?, 자유시장제는 어디까지 허용되어야 하는가? 로빈 후드 식의 소득 재분배는 타당한가? 우리는 과거 세대에 대하여도 책임이 있는가? 등등, 생각해 보아야 할 문제들이 무궁무진하다.

84. 3층 서기실의 암호

태영호 저 / 기파랑 / 544쪽

아, 자유란 얼마나 소중한 것인가! 이 책을 읽는 내내 나의 머리에서 떠나지 않았던 생각이다. 지금까지 탈북자들의 증언을 《요덕 스토리》같은 책을 통하여도 읽고 방송이나 유튜브를 통하여도 많이 접했다. 그런 내가 이 책에서 느낀 자유의 소중함은 약간 다른, 바로 이런 것이었다.

독자들은 모두 직장생활을 해 보았거나 또는 지금 하고 있으리라고 생각한다. 직장에서 매사를 자신이 결정하지 못하고 상사에 의존하고 또는 해외지사의 경우라면 본사의 결정이 나올 때까지 기다리기만 해야 한다면 얼마나 짜증이 나는 일일까?

태영호 선생의 증언이 딱 그런 식이다. 나는 이 책에서 북한의 외교관을 양성하는 시스템, 그리고 그들이 외무성이거나 또는 해외공관에 나가서 활동하는 과정에서 자유가 없다는 사실에 많이 놀랐다. 북한 외교관들은 조금이라도 중요한 일이라고 생각되면 평양에 보고하고 3층서기실에서 지시가 내려올 때까지 며칠씩이고 기다려야 한다고 한다. 3층서기실이란 말할 것도 없이 김정은(과거 김정일)의 집무실을 지칭한다.

독자들도 다 이해하고 있는 바와 같이 북한 외교는 강하다. 그들은 해외공관도 별로 없고 외교관의 수도 대한민국에 비하여 턱없이 부족하지만, 그래도 나름대로의 철학이 있고 일관성이 있다. 모두가 그 분야에서는 베테랑이다. 저자는 북한외교가 강한 이유 또는 남북외교가 맞닥뜨리면 남측이 백전백패하는 이유를 ①벼랑 끝 전술 ②일사분란 ③한우물만 파는 데에 있다고 주장한다.

다시 말해, 북한의 외교는 그야말로 '죽기살기식'이라는 것이다. 또한 모든 지시가 최고지도자(서기실)로부터 나오기 때문에 우왕좌왕하는 일이 없다는 것이다. 그러나 진짜 핵심 이유는, 외교의 총 사령탑인 최고지도자가 수십 년씩 장기집권이 가능하기 때문이라는 것이다. 그런 베테랑(?)이 모든 정보를 종합, 분석, 지시하고 외교관들은 그의 손발 노릇을 한다.

북한 외교관들의 귀국선물로 양초가 인기라는 점은 북한의 전력사정이 얼마나 열악한가를 입증해 주는 좋은 에피소드이다. 그밖에도 이 책에는 우리들이 알지 못했던 북한의 내막이 상세히 소개되어 있다.

그중 몇 가지를 들어 보면, 과거 광주 민주화 운동을 전후한 이야기, 또 고난의 행군 시절 김대중 정부의 도움으로 파국을 면한 이야기 등이 있다. 여기서 광주민주화 운동에 관한 이야기를 인용하여 본다.

"5.18광주민주화운동 직후에는 김정일이 오판했다. 전두환 대통령만 제거하면 친북정권을 수립할 수 있을 것이라고 믿었다. 1983년 아웅산 테러 사건을 일으킨 것도 그 이유에서이다. 그러나 한국은 박정희나 전두환 같은 지도자 한 사람이 제거된다고 해서 급변하는 체계가 아니다." (p431)

재미있는 대목도 눈에 띈다. 8장에는 저자의 어린 시절 이야기가 나온다. 부친의 고향이 함경북도 명천인데, 그 옛날 명천에 살던 태서방이라는 사람이 물고기를 잡아 임금님께 진상하자 그 맛이 너무 좋아서 임금님께서 그 생선 이름을 '명태'라고 붙여 주셨다는 것이다. 그것이 바로 우리가 흔히 식탁에 올리는 생태, 동태, 북어 등의 이름으로 불리는 생선이다.

9장에는 맏이를 데리고 스웨덴 생활을 하던 시절 이야기가 있다. 하루는 아이가 방과 후 '이순신이 누구냐?'고 묻더란다. 그날은 반에서 '침략자로부터 나라를 구해낸 영웅'을 발표하는 시간이었는데 한국에서 온 아이는 '이순신 장군님'이라고 했고 아들은 당연히 '김일성 원수님'이라고 했다는 것이다. 아이는 그때까지 이순신이라는 사람을 전혀 몰랐기 때문에 집에 돌아오자마자 그것을 물더라는 이야기이다.

장성택을 처형하게 된 내막도 눈여겨 볼만하다. 그는 그 원인을 장성택이 ①평소부터 김정은의 생모인 고영희를 업신여겼던 데 대한 원한 ②이복형 김정남을 은밀히 후원하고 있는 점 ③국가의 모든 경제권을 그와 측근들이 장악하고 있다는 사실이 작용하였다고 주장한다.

고모부 장성택을 처형하던 다음의 대목은 차라리 잔혹사의 극치라고 해야 할 것이다.

"장성택 측근인 장수길과 리용하를 총살하던 날, 이날 당과 군의 간부들은 평양 교외 강건군관학교 사격훈련장에 모였다. 사격장에는 평소 총살할 때 사용하던 자동소총 AK-47 대신 처음 보는 4신 고사기관총 8정이 설치되어 있었다. 흰 천이 벗겨졌다. 장수길과 리용하가 말뚝에 묶여 있었다. 8정의 4신 고사기관총이 두 명을 향해 불을 뿜었고 고위 간부들은 얼

이 나갔다." (p331)

김정은은 장성택 뿐만 아니라 인민무력부장이던 현영철도 고사기관총으로 처형했다. 이 총은 비행기 격추용이라 그 파괴력이 어마어마하다. 이런 무기를 여덟 대씩 배치하여 (총 32정의 기관총이다.) 사람들이 보는 앞에서 고모부를 죽이는 잔학성을 가진 인물이 바로 지금 대한민국과 화해를 한다면서 미소를 짓고 있다. 대한민국 국민들은 그런 독재자를 "소탈하다." 또는 "친근감이 든다."라고 평가한다.

태영호 전 영국주재 북한대사관 공사는 이 책의 핵심내용을 책의 뒷 표지에 압축하여 놓았다. 정말 우리들이 그냥 지나칠 수 없는 대목이 아닐까 싶어 그대로 인용한다.

"지도자로서의 정통성과 명분이 부족한 김정은이 선택할 수밖에 없었던 것이 핵과 대륙간 탄도미사일, 그리고 공포정치다. 이것으로 카리스마를 형성하고 신적인 존재가 되지 않으면 김정은 자체는 몰락한다. 김정은이 그토록 핵과 ICBM에 집착하고 장성택 숙청으로 대표되는 공포정치를 휘두르는 이유가 여기에 있다."

Group 22

전기-자서전

85. 월트 디즈니:
미국적 상상력의 승리

닐 개블러 저 / 김홍옥 역 / 여름언덕 / 1,239쪽(전2권)

타임지의 표지 모델로 두 번이나 등장한 사람, 디즈니 캐릭터가 들어간 옷, 가방, 신발, 모자가 없이는 아이를 키울 수 없는 세상, 디즈니 놀이공원이 없이는 살 수 없는 세상을 만든 사람, 이 책은 바로 그러한 큰 궤적을 그린 월트 디즈니(형 로이 디즈니 포함)의 자서전이다.

요즘은 놀이동산이 원체 흔하다보니 디즈니랜드의 가치가 많이 퇴색하였지만, 30여 년 전까지만 해도 LA 근처의 디즈니랜드는 미국여행을 다녀오는 사람이라면 누구나 한번은 꼭 구경하고 와야 하는 명소였다.

디즈니랜드는 1955년 개장 이후 총 입장자 수 2억 명을 넘어섰으며 매년 1,000만이 넘는 사람들이 찾는 곳이다. 놀이동산에 들어서면 메인스트리트가 나오고 거기에서 환상의

나라, 모험의 나라, 개척의 나라, 미래의 나라를 선택하게끔
되어 있다.

월트 디즈니는 그의 할아버지 대에 영국에서 미국으로 건
너 온 이민 3세로 1901년 시카고에서 태어났다. 월트는 어린
시절부터 동물들을 무척이나 좋아했다고 한다. 개는 말할 것
도 없고 심지어는 돼지들과도 진흙탕 속에서 뒹굴며 함께 놀
았다는 것이다. 또한 그림그리기와 이야기 만들어내기에도
소질이 다분했다고 전해진다. 이런 어린 시절의 취미가 평생
그의 성격을 형성하여 '미키 마우스'라는 엄청난 보물을 만
들어 낸 것이다.

월트는 아버지가 차린 신문보급소에서 일하며 신문에 연
재되는 만화를 즐겨 보며 그림을 공부하기 시작한다. 월트는
만화가가 되기 위해 꾸준히 작품을 투고했지만 번번이 실패
했다. 스튜디오에서 애니메이터로 일하던 중에 애니메이션
인생의 동반자인 어브 아이웍스를 만난다. 그 후 둘은 회사
에서 해고당한 김에 아예 직접 아이웍스-디즈니사를 설립했
다. 월트는 자기 집 차고에 작은 스튜디오를 만들어 회사일
이 끝난 후 밤마다 애니메이션의 기본을 공부한 끝에 《래프
오 그램》이라는 제목의 1분짜리 애니메이션을 제작해 극장
에서 상영했다. 자신감이 생긴 월트는 1922년 회사를 설립했

으나 얼마 못가 파산하고 빚쟁이가 되고 만다.

1923년 할리우드로 간 월트는 실사와 애니메이션의 합성 작품 《앨리스의 이상한 나라》를 들고 여러 제작사들을 찾아 다녔고, 마침내 6편의 시리즈물을 제작하도록 계약을 맺게 되었다. 그러나 이전 회사의 파산으로 인해 인력이 없던 월 트는 형 로이의 도움을 받아 그 해 10월 '월트 디즈니 브라더 스 스튜디오'를 설립했다.

《앨리스의 이상한 나라》가 여러 극장을 통해 개봉되고 초 기에 비해 점차 작품 수준이 향상되면서 일감이 많아져 옛 동료인 아이웍스도 함께 작품 제작에 합류하게 되었다. 아 이웍스의 투입으로 월트는 경영에 더욱 전념할 수 있었다. 1925년에는 스튜디오에서 함께 일하던 릴리언 바운즈를 아 내로 맞이했다.

월트는 《토끼 오스왈드》를 제작해 호응을 얻자 스튜디오 에는 꾸준히 작품 의뢰가 들어와 일감이 끊이지 않았으나 받 은 돈은 모두 제작비로 사용되어 환경은 여전히 열악했다. 새 로운 캐릭터가 필요했던 월트는 형 로이, 친구 아이웍스와 함 께 현재의 미키마우스를 만들었다. 여러 번 실패를 거듭한 끝 에 1928년 《증기선 윌리》를 개봉했는데, 미키마우스를 주인 공으로 한 이 작품은 최초의 유성 애니메이션으로, 캐릭터의 효과음, 배경 음악 등 소리를 도입해 매우 큰 주목을 받았다.

이에 월트는 뉴욕의 거상이던 조지 보그펠트와 손잡고 캐릭터 상품을 출시했다. 미키마우스는 1934년 미국에서만 3,500만 달러를 벌어들였고, 이로써 진정한 애니메이션 산업이 시작되었다. 이후 디즈니 스튜디오는 재정적인 능력을 갖추고 180여 명의 사원을 거느린 기업으로 성장했다. 이 때의 미키마우스 열풍이 얼마나 대단했는지를 뉴욕타임즈는 이렇게 평가했다.

쇼핑하는 사람들마다 미키 마우스가 그려진 가방을 들고 다닌다. 그 가방은 선물용 미키 마우스 포장지에 싸이고 미키 마우스 리본까지 맨 미키마우스 비누, 사탕, 카드, 게임용품, 머리빗, 도자기, 알람시계, 보온용 물통 등으로 터져 나갈 듯하다. (…) 국가 경제에는 '대공황'이라는 먹구름이 끼었지만 미키마우스가 튀어 다니는 곳은 어디에나 먹구름이 걷히고 번영의 태양이 빛난다. (1권 388쪽)

디즈니 스튜디오는 애니메이션 역사상 '최초'라는 이름으로 많은 작품을 제작하였다. 1928년 제작된 최초의 유성 애니메이션《증기선 윌리》, 1932년 최초의 컬러 애니메이션《꽃과 나무》, 1937년 최초의 극장용 장편 애니메이션《백설공주》, 1959년 개봉한 최초의 70mm 필름 애니메이션《잠자는 숲속의 공주》 등등이다.

1966년 12월, 폐암으로 사망한 월트 디즈니는 생전에 "모든 것은 한 마리의 쥐로부터 시작되었다."라고 말하곤 했는데, 한 마리 생쥐에서 시작한 월트 디즈니 그룹은 교육(Cal Arts), 영화(픽사), 텔레비전(ABC, ESPN), 케이블/위성, 음악/라디오, 출판, 뉴미디어, 테마공원, 여행/레저, 스포츠, 소매/개발 등을 총망라하는 글로벌 미디어그룹이 되었다.

놀이공원의 예를 들어 보면, 1971년 플로리다 주 올랜도에 디즈니랜드의 100배가 넘는 넓은 부지에 월트 디즈니월드를 개설했고(최소 사흘은 보아야 한다.) 1983년에는 일본에, 1992년에는 파리에, 2005년에는 홍콩에, 2016년에는 상하이에 디즈니랜드를 개장하였다.

1, 2권 1,300여 쪽에 달하는 이 책에는 월트 디즈니(사업 전반)와 로이 디즈니(재정 담당)가 성공과 실패를 넘나들며 함께하는 뜨거운 형제애, 그리고 친구 아이웍스(기술 담당)와의 우정 등이 자세히 설명되어 있다. 이 책이 더욱 진귀한 것은 책 속에 우리가 여간해서는 접하기 힘든 초창기 월트 디즈니의 활약상과 역사가 담긴 사진들이 수십 장 들어있다는 점이다.

86. 나의 투쟁

아돌프 히틀러 저 / 조행복 역 / 동서문화사 / 1,114쪽

미국 하버드대학교 심리학과 교수 스티븐 핑커가 쓴 책 《우리 본성의 선한 천사》에 의하면, 지금까지 인류 역사에서 제일 많이 사람을 죽인 인물은 구 소련의 스탈린으로 6,200만 명, 2위는 중화인민공화국의 창시자인 모택동으로 3,500만 명, 그리고 3위는 나치독일의 히틀러로 2,100만 명이라고 한다.

이 책은 히틀러가 쓴 자신의 전기이자 사상집이다. 이 책을 읽어보면 그가 어떤 생각을 품고 있었는지, 그의 집권과정은 어땠는지, 등등을 소상히 알 수 있다. 출판사에서는 이렇게 책을 소개하고 있다.

1923년 뮌헨 폭동은 미수에 그치고, 히틀러는 유죄판결을

받아 란츠베르크 교도소에 수감되었다. 그는 이 기간을 그냥 흘려보내지 않고 집필에 매진하여 《나의 투쟁》을 완성하였다.

히틀러는 《나의 투쟁》에 자신이 앞으로 실행하려는 것들 모두를 낱낱이 밝혀두었다. 얼버무리거나 난해한 말로 달아나는 것이 아니라 공포정치의 프로그램, 인종차별과 전체주의의 수행계획, 세계 정복의 야망까지 모든 것을 담아냈다.

히틀러는 1889년 독일과의 국경부근에 있는 오스트리아의 작은 마을 브라우나우에서 세관원의 아들로 태어났다. 어린 나이인 13세 때에 아버지, 18세 때에는 어머니를 잃었다. 그는 화가가 되기로 결심하고 다니던 실업학교를 그만두고 미술대학에 지원하지만 성공하지 못했다. 그는 빈에서 그림 엽서 등을 팔면서도 매일 도서관을 다니며 독학으로 지식을 습득하였다.

책의 앞부분에서 히틀러는 자신이 태어난 오스트리아는 잡종들의 나라이기 때문에 싫다는 점, 역사과목을 좋아하고 바그너를 숭배한다는 점, 그리고 부모가 모두 돌아가시고 난 후 빈에서 5년 동안 노동을 하며 그림을 그리며 어렵게 살았다는 점 등을 이야기한다. 또 자신이 연설에 타고난 재능이 있다는 사실을 확인한 후에는 이런 고백도 하며 책의 곳곳에서 선전과 선동의 중요성을 여러 차례 강조하고 있다.

대다수의 민중은 무엇보다도 먼저 늘 연설의 힘에 의해서만 움직인다. 민중의 운명은 오로지 뜨거운 정열의 흐름만이 전환시킬 수가 있다. 그리고 정열은 다만 정열을 스스로 안에 간직하고 있는 자만이 일깨울 수 있는 것이다. (p234)

제1부에서 가장 주목하여 볼 장은 제11장 '민족과 인종'이라는 부분이다.

우리가 오늘날 인류 문화로서, 이를테면 예술, 과학 및 기술의 성과에 대해서 눈앞에 보이는 것은 거의 모두가 오로지 아리아 인종의 창조적 산물이다. 바로 이 사실은 아리아 인종만이 애초부터 고도한 인간성 창시자이며, 그렇기 때문에 우리가 인간이라는 말로 이해하고 있는 거의 원형을 만들어 냈다고 하는 (…) 그들(아리아 인종)은 정복자로서 열등한 인간을 거느리고 (…) 아리아 인종과 가장 심하게 대조적인 입장을 취하고 있는 것은 유대인이다. 유대인은 언제나 다른 민족의 체내에 사는 기생충에 지나지 않는다. 더욱이 그들이 지금까지 살고 있던 생활권을 포기한 이유는 그들이 악용한 숙주인 민족에 의해서 추방당했기 때문이다. 이것은 일찌기 쇼펜하우어

로 하여금 유대인을 '거짓말의 명수'라고 말하게 한 것이다. (pp432~437)

제2부 '국가사회주의 운동'에서는 제1부에서의 생각을 구체적으로 옮겨가려는 행동지침들이 나와 있다. 독일어를 말한다고 해서 다 같은 독일인이 아니고 순수한 피를 가진 자들만이 독일인이라는 사실을 재차 강조한다.

그는 제2부의 거의 말미에 뮌헨 폭동 때 자신의 행동대원들인 돌격대가 어떻게 영웅적으로 투쟁하였는지를 자세히 기술하고 있다. 바로 이 조직이 후일 돌격대(SA)와 친위대(SS)가 되어 유대인 학살 등 무자비한 만행을 저지르는 것이다.

이 책을 다 읽고 나서 드는 의문은 바로 이것이다. 즉, 고작 군대에서 3년여를, 그것도 상병으로 제대한 그가 어떻게 군대에 대하여 그렇게나 자세히 알고 있으며, 별다른 학력도 없는 그가(우리로 치면 그저 고등학교 정도?) 어떻게 그렇게 독일, 유럽은 물론 전 세계의 역사를 꿰뚫고 있었을까?

따지고 보면 당시의 시대가 바로 히틀러와 같은 독재자를 요구했는지도 모른다. 당시 독일 국민들은 그 누군가를 간절히 기대하고 있었다. 바로 전쟁에 패배한 분함과 굴욕적인 평화조약의 체결, 그리고 극심한 경제난이 바로 그것들이었다.

　히틀러가 총리가 되고(44세) 그 이듬해에 힌덴부르크 대통령이 세상을 떠나자 대통령의 권한까지 쥐게 되어 명실 공히 총통(총리+대통령)이 되었으니 이제는 아무도 그의 광기를 막을 사람이 없게 되었다. 실제로 그는 집권하자마자 넘쳐나던 실업자들을 모두 구제하였다. 아우토반을 건설한 것도 그였다. 독일 국민들이 어? 어? 하는 사이에 그는 막강한 권력을 손에 쥐었고 이제 그에게 반대한다는 것은 곧 죽음을 의미하게 되었다. 그러는 사이 600만에 달하는 유대인들이 죽었고, 1천 만이 넘는 독일의 젊은이들이 전쟁터에서 목숨을 잃었다.

　우리가 이 1천 쪽에 달하는 책을 통하여 얻을 교훈은, 그런 독재자를 원한 사람들이 결국 독일 국민이었다는 사실과, 삐뚤어진 생각을 가진 지도자를 잘못 선출하면 결국에는 엄청난 재앙을 당한다는 사실, 바로 그 두 가지이다.

87. 벤저민 프랭클린 자서전

벤저민 프랭클린 저 / 이계영 역 / 김영사 / 306쪽

미국 보스턴에서 양초제조업자의 17자녀 중 15번째로 태어나서 독학으로 프랑스어, 이탈리아어, 스페인어, 아랍어를 익힌 사람, 미국 철학협회와 펜실베이니아 대학의 전신인 필라델피아 아카데미를 창설하여 미국 교육계에 큰 공헌을 한 사람, 피뢰침, 시계초침, 이중초점안경 등을 발명한 발명가, 미국 독립을 이끌어 내고 미국 헌법의 초석을 세우는 등, 링컨 못지않게 미국 역사에 커다란 영향을 미친 사람, 바로 벤저민 플랭클린(1706~1790)에 관한 아주 간략한 전기이다.

그는 12살 때인 1716년부터 형 제임스 프랭클린의 인쇄소에서 견습공으로 일한다. 그 후 인쇄(책, 출판)이라는 분야

는 그의 한평생을 관통하는 키워드가 된다. 후일 그가 체신 장관이 되고, 정치가가 되어 식민지(당시는 미국이 독립 전이었으므로) 대표로 영국에 파견되기도 하고, 독립전쟁에 깊이 개입하기도 하고, 미국과 영국 간 체결된 평화조약에서 주역을 맡기도 하지만, 그 밑바탕에는 그가 인쇄 사업을 통하여 일군 부(富)가 자리 잡고 있는 것이다.

그가 본격적으로 인쇄업을 자신의 사업으로 차린 것은 21살 때인 1727년부터이다. 이때부터 그는 《펜실베이니아 가제트》라는 신문도 발행하고(1927), 결혼도 하고(1730), '가난한 리처드의 딜력'이라는 달력을 만들어서 떼돈을 벌기도 한다. 그런 재력과 인맥을 배경으로 하여 의회에도 진출하고(1736), 당시 미국인의 생활을 획기적으로 개선하는 '프랭클린 난로'도 발명하고(1742), 방위군도 조직하며 미국 독립의 초석을 놓는다.

1748년 42세의 나이로 인쇄업에서 은퇴한 프랭클린은 펜실베이니아 대학 설립에도 참여하고(1749), 연을 날리는 실험으로 번개와 전기가 같은 것이라는 사실을 확인하고 피뢰침을 발명하기도(1752) 한다. 양전하와 음전하를 비롯해서 배터리, 충전, 전기적 중성, 도체 등의 전기 관련 용어도 대부분 프랭클린이 처음 제안한 것이었다.

무엇보다도 프랭클린이 후일 다른 사람들의 귀감이 되는 이유는 독서를 매우 사랑했으며 시간관리에 철저했다고 알려지기 때문이다. 그가 평소에 붙여 놓았다는 13가지의 덕목이라는 좌우명을 살펴보자.

① 절제: 배부르도록 먹지 말라. 취하도록 마시지 말라.
② 침묵: 자신이나 남에게 유익하지 않은 말은 하지 말라.
③ 질서: 모든 물건은 제자리에 두라.
④ 결단: 해야 할 일은 꼭 실행하라.
⑤ 절약: 자신과 남에게 유익한 일 이외에는 낭비하지 말라.
⑥ 근면: 시간을 허비하지 말라.
⑦ 진실: 남을 일부러 속이려 하지 말라.
⑧ 정의: 남에게 피해를 주거나 남의 이익을 가로채지 말라.
⑨ 중용: 극단을 피하고 상대에게 상처를 주는 말을 삼가라.
⑩ 청결: 몸과 의복 등, 모든 것을 불결하게 하지 말라.
⑪ 평정: 침착함을 잃지 말라.
⑫ 순결: 건강과 자손을 위해서만 성관계를 가지라.

⑬ 겸손: 예수와 소크라테스를 본받으라.

죽기 직전에 그는 자식들에게 자신의 묘비명에 '인쇄인 프랭클린'이라고만 간단히 적으라고 당부했다고 전해진다. 그만큼 실용적이고 검소한 사람이었다. 어렸을 적에 그가 아버지로부터 교훈을 듣는 장면을 소개하며 해설을 마치려고 한다.

나는 천성적으로 검소했는데 어릴 적부터 아버지에게 숱하게 들었던 말씀이 있다.

"네가 자기 사업에 근실한 사람을 보았느냐? 이러한 사람은 왕 앞에 설 것이요, 천한 자 앞에 서지 아니하리라." 라는 솔로몬의 잠언이다. 이 때문에 나는 어려서부터 열심히 일하는 것이 부귀영화를 차지하는 길이라는 신념을 갖고 있었고, 이 말씀은 내게 늘 힘이 되었다. 하지만 '왕 앞에 서리라.' 는 말은 곧이곧대로 믿지 않았다. 그런데 실제로 그런 일이 일어났다. 일생 동안 나는 다섯 왕 앞에 섰고, 그 중의 한 분인 덴마크 왕과는 저녁을 함께 하는 영광까지 누렸다. (p151)

88. 손정의 300년 왕국의 야망

스키모토 다카시 저 / 유윤한 역 / 서울문화사 / 597쪽

재일 한국인 3세로 태어나 일본에서 소프트뱅크라는 거대한 기업군을 일으키고 전 세계를 상대로 거액의 M&A 베팅을 하며 돌풍을 일으키는 인물, 손정의는 과연 어떤 사람일까? 이 책은 그런 궁금증을 가장 확실하게 풀어주는 정통 전기로, 저자는 일본 니혼 게자이 신문의 스기모토 다카시라는 기자이다.

책은 처음 시작을 2016년 소프트뱅크가 영국의 반도체 설계회사 암(ARM) 홀딩스를 3조 3천억 엔(33조 원)에 인수하는 장면으로부터 시작한다. 당시 연간매출액이 2,000억 엔 정도의 기업체를 무려 15배가 넘는 금액을 주고 사들인 이유가 무엇일까? 저자는 그 이유를 손정의가 소중히 간직하고 있는 가치인 '플랫폼'이라는 단어에서 찾는다.

손정의는 플랫폼 비즈니스의 전형을 동서고금을 통하여 최고의 갑부로 알려진 존 D. 록펠러로부터 찾는다. 1865년 록펠러는 석유산업의 판도를 결정할 경매에서 경쟁자와 500달러에 시작한 경매를 무려 75,000달러까지 끌어 올린 끝에 마침내 석유사업권을 따낸다. 그러나 당시 석유란 가정의 등잔을 밝히는 용도로 밖에는 사용되지 않던 때였다. 그로부터 20년 후, 독일의 벤츠와 다임러가 자동차를 개발하였고, 또 다시 20년 후, 헨리 포드가 대량생산을 시작한다. 그런 석유를 록펠러는 40년 앞을 내다보며 장차 산업계의 패러다임을 바꿀 자원으로 본 것이다.

이러한 교훈을 본받아 손정의는 컴퓨터, 특히 사물인터넷(IoT)을 기반으로 한 모바일 컴퓨터 시대가 앞으로 21세기 산업의 패러다임을 바꿀 것으로 보고 일반인들로서는 아무도 상상하지 못할 거액의 베팅을 한 것이다. 그렇다면 왜 암 홀딩스인가? 그 이유는 바로 이 회사가 반도체를 설계하는 설계회사로서 독보적인 존재였던 것이다. 손정의가 구상하고 있던 연결고리는 이렇다. 즉, 사물인터넷은 컴퓨터가 있어야 되고, 컴퓨터는 반도체가 있어야 하고, 반도체는 설계회사가 있어야 한다는 개념이었다. 그는 이미 반도체 생산 쪽에 투자해서는 승산이 없다는 현실을 직시하고 있었다.

U.C.버클리를 졸업하고 일본으로 돌아와서 단 두 명의 아르바이트 직원을 데리고 시작한 회사가 1982년에는 매출 45억 엔으로 급성장한다. 호사다마(好事多魔)였을까? 바로 그해에 손정의는 당시만 해도 불치병이었던 만성간염이라는 판정을 받는다. 의사로부터 받은 5년이라는 시한부 인생, 이제 어떻게 할 것인가? 꿈은 좌절될 것인가?

그러나 손정의는 병마를 뿌리치고 재활에 성공한다. 그가 건강을 되찾을 수 있었던 원인은 자신의 우상이었던 사카모토 료마의 전기《료마가 간다》를 수없이 반복하며 읽었기 때문이었다고 한다. 손정의가 16세 때에 미국으로 유학을 떠난 것도 료마처럼 자신도 무언가 세상을 바꾸어보고자 한 것이었다. 31세의 젊은 나이에 세상을 떠난 료마도 마지막 5년 동안 중요한 일을 했다. 그러니까 자신도 5년이라는 시간이 있다면 얼마든지 세상을 바꿀만한 일을 할 수 있을 것이다. 그는 이런 각오를 하고 미친 듯 책을 읽었다. 병실에서 무려 3천 권의 책을 독파하자 어느덧 자신의 병이 거의 치료되었다는 의사의 판정을 받게 된다. 그는 2년 만에 퇴원을 하고 현업에 복귀하였다.

이 책에는 손정의가 가장 존경하는 사카모토 료마의 이야기, 일본 경영계의 거물인 혼다 소이치로 회장과의 만남, 미국 컴퓨터 계의 아이콘인 스티브 잡스와의 우정, 빌 게이츠로부터 받은 충고, 그리고 사우디아라비아의 실세 무하마드 빈 살만으로부터의 투자 유치 이야기 등등, 흥미로운 읽을거리들이 넘쳐난다. 그중 가장 나의 눈길을 끄는 대목은 반도체 칩의 연산능력이 2018년쯤에는 인간의 두뇌를 넘어설 것이라고 계산한 손정의의 탁월함이었다.

"사람의 두뇌에는 300억 개의 세포가 있다고 한다. 그럼 집적회로의 트랜지스터 수는 18개월 만에 2배가 된다는 무어의 법칙에 따라 계산했을 때, 컴퓨터는 언제쯤 인간의 두뇌를 넘어서게 될까? 그것은 2018년이었다." (p105)

이러한 계산을 한 시점이 소프트뱅크를 설립하고 나서 얼마 지나지 않을 때였다고 하니, 그저 놀랍기만 할 뿐이다. 실제로 2017년에 인공지능 알파고가 인간의 대표인 이세돌을 이기지 않았던가.

손정의는 1957년 손삼헌의 아들 4형제 중 둘째로 내어났다. 할아버지 손종경은 대구에서 일본으로 돈을 벌겠다고 건너왔다. 손씨 일가가 정착한 곳은 철로 옆 판자촌이었다. 원래 국가 땅이었지만 갈 곳 없던 조선인들이 그냥 그곳에서 무단 점거하여 살아왔던 곳이다. 그의 선조는 그곳에서 돼지를 키우며 살았다고 전해진다.

　"내가 지금도 가장 존경하는 사람은 아버지입니다. 아버지는 완전히 제로라기보다는 마이너스에서부터 시작한 사람입니다. (…) 어른의 눈높이에서 아이를 달래듯 칭찬하면 아이들은 금방 압니다. 아버지는 그렇지 않으셨습니다. 늘 의자에서 굴러 떨어질 기세로 '대단해! 넌 천재다!' 라고 진심에서 우러나는 칭찬을 해 주셨습니다. 그렇게 되면 아이도 자연스럽게 그 말을 믿게 됩니다." (pp584 ~ 586)

　1981년 직원 두 명과 함께 출발하여 2018년 9월 《포브스》지가 선정한 일본 부자 랭킹 1위에 오른 입지전적인 '손 마사요시'라는 이름의 한국인 3세 손정의, 그가 19세 때 세웠다는 '인생 50년 계획'은 거의 다 현실이 되어간다.

- 30대에 사업 자금을 모은다.
- 40대에 사업에 큰 승부를 건다.
- 50대에 사업을 완성시킨다.
- 60대에 사업을 다음 세대에게 물려준다.

Group 23

기초과학

89. 뷰티플 마인드

실비아 나사르 저 / 신현용 역 / 승산 / 754쪽

무려 750 쪽에 달하는 이 책은 천재수학자 존 내쉬 (1928~2015)와 그의 아내 엘리샤의 인간승리 보고서 이며, 프린스턴 고등학문연구소의 세계적인 석학, 아인슈타 인, 노이만, 오펜하이머, 튜링의 삶을 들여다 볼 수 있는 몰래 카메라이기도 하다. 또한 카네기 멜론, 프린스턴, 랜드연구 소, MIT 등의 연구풍토를 견학해 볼 수 있는 현장르뽀이기도 하다.

존 내쉬는 1928년 미국 웨스트 버지니아에서 태어났다. 어려서부터 수학에 천재성을 보인 그는 카네기 공대를 졸업 한 후 프린스턴 대학원 수학과에 입학한다. 프린스턴 대학원 수학과는, 하버드가 매년 25명을 선발하는데 반해 프린스턴은 단 10명만을 선발하는, 그야말로 최고의 수학천재들만이 갈 수 있는 곳이었다. 그 뒤 내쉬는 랜드연구소를 거쳐 MIT 교수로 가게 된다. 그리고 불과 31세의 나이에 수학과 종신 교수직을 받게 된다. 내쉬의 정신분열증이 본격적으로 발병하기 시작한 것은 랜드연구소에서부터이다. 냉전시대 미국을 위협하는 소련의 암호를 풀며 국방 프로젝트에 참여하던 내쉬는 본격적으로 암호 해독 비밀 업무에 착수한다. 하지만 이 일을 시작한 뒤부터 그는 소련 스파이들이 자신을 해칠지도 모른다는 강박관념에 시달린다.

이때부터 40년 동안 내쉬는 미국과 프랑스의 대학과 연구소 들을 오가며, 교수직을 잡기도 하고 잃기도 하면서 정신분열증과 끈질긴 투쟁을 하게 된다. 마치 카프카의 《변신》에 나오는 그레고르 잠자처럼 주변의 온갖 눈총을 받으며 세상으로부터의 은둔과 세상으로의 복귀를 반복하는 것이다.

40대 중반이던 1970년 경, 10여 년을 정신분열증에 시달리다 보니 이제는 주변의 모든 사람들도 다 지쳐버렸다. 그러던 그에게 서서히 좋아지는 조짐이 보이기 시작하였다. 그에게 가장 큰 힘이 되어주었던 사람들은 역시 어머니와 여동생과 아내였다. 그리고 1994년 10월, 내쉬는 마침내 노벨 경제학상의 영예를 거머쥐게 되는 것이다. 노벨상을 받은 후로는 상태가 많이 호전되어 다시 프린스턴에서 연구를 계속하는 한편, 미국과 전 세계의 다른 유명대학들을 순회하면서 강의활동을 하다가 2015년 삶을 마감한다.

내쉬에게 노벨경제학상을 안겨 준 '내쉬 균형이론'이란 무엇인가? 이 이론은 그 전에 발표된 폰 노이만과 모르켄슈테른의 '최소정리 이론'을 발전시킨 것이다. 우리가 흔히 '죄수의 딜레마'로 잘 알고 있는 이론으로 그 내용을 요약하면 이렇다.

① 두 명의 용의자가 각각 다른 방에서 심문받는다.
② 선택은 세 가지: 자백하기, 상대에게 떠넘기기, 침묵하기
③ 솔직하게 자백할 때 상대가 침묵하면 자기만 손해를 본다.
④ 서로 묵비권을 행사하면 모두에게 이익이 된다.
⑤ 그러나 상대 용의자가 자백을 할 것만 같다.
⑥ 그러니 나도 자백하는 게 더 유리하다.
⑦ 따라서 두 용의자 모두 자백이 합리적인 선택이 된다.
⑧ 결과적으로 상대가 무죄가 되면 나는 유죄가 된다.

이 이론은 아담 스미스의 '보이지 않는 손'과 정반대로 배치되는 일종의 '제로섬 게임'이다. 그러나 존 내쉬의 '균형이

론'은 세 명 이상의 참여자(죄수 또는 국가)가 있을 경우, 상대가 최선의 전략에 따라 행동할 것이라고 가정하여 각 참여자가 최선의 전략을 추구하면 '윈윈' 게임이 될 수도 있음을 수학적으로 설명한 이론이다. 미국과 소련의 냉전 해소에도 크게 기여한 이 이론을 좀 더 설명하면 다음과 같다.

"내쉬 균형이란 게임의 각 참여자가 어떤 특정한 전략을 선택해서 하나의 결론에 도달했을 때, 모든 참여자가 이에 만족하고 더 이상 전략을 변화시킬 의도가 없는 경우이다. 내쉬 균형은 게임의 결과가 유일할 수도 있고 여러 가지일 수도 있다. 내쉬 균형을 확인하기 위해서는 그 어느 참여자도 자신의 전략을 바꿈으로 인하여 일방적인 이익을 볼 수 없다는 것을 확인하면 된다."

노벨경제학상 수상 소감을 끝으로 책 소개를 마치려고 한다. 결국 세상에서 가장 큰 힘은 '사랑'이라는 이야기이다.

"내 인생의 가장 중요한 발견은 신비로운 헌신적 사랑이었습니다. 당신(아내)은 내가 존재하는 이유 그 자체입니다."

90. 파인만씨, 농담도 잘 하시네

리처드 파인만 저 / 김희봉 역 / 사이언스북스 / 460쪽(전2권)

리처드 파인만(Richard P. Feynman, 1918~1988)은 아인슈타인 이후 20세기 최고의 천재물리학자로 평가되는 사람이다. 뉴욕 출신으로 MIT와 프린스턴 대학에서 물리학을 공부했으며, 2차 대전 중에는 원자폭탄 제작에 참여하기도 했다. 코넬 대학의 교수를 거쳐, 1951년부터 1988년 사망할 때까지 칼텍(캘리포니아 공과대학)에서 교수로 재직했으며, 1965년에 양자전기역학 이론으로 노벨 물리학상을 수상했다.

리처드 파인만은 재기 넘치는 유머와 익살, 짓궂은 장난의 달인이자 훌륭한 봉고 드럼 연주자였으며, 말년에는 중앙아시아 여행계획을 세울 정도로 끝없는 열정의 소유자였다.

두 권으로 되어 있는 이 책은 그의 일대기이면서도 그냥 재미있는 이야기 묶음이다. 원체 유머가 많은 사람인지라 나는 두 권의 책(모두 합쳐봐야 500쪽이다.)을 읽는 내내 마치 무슨 코미디 연극을 보는 것 같다는 생각을 했다.

미국으로 이주한 유대인 가정에서 태어 난 파인만은 아버지의 영향을 많이 받았다. 아버지는 어린 파인만에게 스스로 발견해내는 기쁨을 느끼게 해주었고, 파인만은 아버지의 독특한 가르침 속에서 과학이 흥미롭다는 생각을 갖게 되었다. 무엇보다 파인만이 아버지로부터 크게 영향을 받은 것은 상상하는 방법이었다. 파인만이 어렸을 때 아버지는 이런 이야기를 했다고 한다.

"지구에 화성인이 왔다고 치자. 그런데 그들은 잠을 자지 않고 하루 종일 움직인다. 그래서 지구인인 너에게 잠을 잘 때는 어떤 기분이 드느냐고 묻는다면 너는 무어라고 대답해야 할까?" (p59)

그래서 파인만은 여기에 대한 답을 찾아보려고 한 달 내내 하루 몇 차례씩 잠만 자기도 했다고 한다.

MIT를 마치고 프린스턴으로 대학원 공부를 갔을 때 사이클로트론(입자가속기의 일종)을 예로 들면서 MIT와 프린스턴을 비교하는 대목을 보자.

"MIT에서는 내가 학생일 때 사이클로트론을 만들었다. 제어는 다른 방에서 했고 전선들은 지하의 도관에 묻혀있었고 제어실에는 단추와 계기들이 늘어선 금빛으로 도금된 콘솔이 있었다." (p81)

"나는 지하실로 내려가서 문을 열고 들어섰는데, 10초도 안돼서 프린스턴이 최고라는 것을 금방 알아차렸다. 이 방에는 전선들이 사방에 널려 있었다. 스위치는 전선에 매달려 달랑대고, 밸브에서는 냉각수의 물이 뚝뚝 떨어지고, 이런 저런 물건들이 어지럽게 널려 있으면서 완전히 개방되어 있었다. 여기 저기 탁자에는 공구들이 수두룩하게 널려 있었는데, 한 마디로 완전 난장판이었다!" (p82)

프린스턴 대학원에서는 식사할 때 항상 그룹별로 앉았는데 파인만은 물리학자들과 함께 식사를 하도록 되어 있었다. 그럼에도 그는 자신의 호기심을 주체할 수가 없어서 매주 돌아가며 다른 그룹들과 식사를 하며 그들의 토론에 끼어들려고 노력한다. 한 주는 철학과 그룹과 식사를 하면, 그 다음 주는 생물학과 교수들과 식사를 하는 식이다.

다음은 프린스턴 시절, 파인만이 아인슈타인을 처음 만나던 장면이다.

지도교수와 연구 과제를 의논하던 중 농담 반, 진담 반으로

'반은 앞서고 반은 뒤처진 퍼텐셜'이라는 가설을 제시했는데 뜻밖에도 그가 아주 독창적인 아이디어라면서 그것으로 연구 과제를 정해보라고 하는 것이 아닌가. 지도교수는 너무 독창적인 아이디어라면서 바로 다음 주에 유진 위그너 교수, 헨리 러셀 교수, 폰 노이만 교수, 그리고 아인슈타인 교수까지도 초대하겠다고 하였다. 그의 발표에 대하여 한 두 명의 교수가 반대의견을 제시했지만 아인슈타인은 이렇게 평했다.

"나는 단지 여기에 대응되는 중력이론을 만들려면 참 힘들겠다는 생각만 하고 있습니다…"

아인슈타인은 사물이 자기 생각과 다를 수도 있다는 것을 인정했다. 그는 다른 사람들의 생각에 매우 관대했다. (pp107~108)

이 책에는 1943년 경 로스앨러모스에서 맨해튼 프로젝트의 연구원으로 일했던 당시의 회상도 실려 있다. 그는 거기서 최초로 원자로를 개발한 엔리코 페르미(1938년 노벨상 수상)도 만났고, 원자폭탄의 아버지이자 지금까지의 인간 중에서 최고의 천재라는 폰 노이만, 양자론의 창시자 닐스 보어(1922년 노벨상 수상), 그의 아들 아게 보어(1975년 노벨상 수상) 등과 함께 일하는 행운을 누리게 된다. 아게 보어는 어느 날 파인만과의 대화에서 자기 아버지가 예전에 자신에게 했던 말을 들려준다.

"저 뒤에 있는 작은 친구는 유일하게 나의 아이디어가 잘 못 되었으면 그걸 지적해 주는 친구야. 다음에 아이디어에 관해서 토의할 일이 있으면 '예, 알겠습니다, 박사님.' 이런 말만 하는 친구들은 필요 없어. 먼저 저 친구를 불러서 의논 하란 말이야."

이 책에는 파인만이 수학 방정식을 이용하여 비밀금고를 마치 병뚜껑 열듯이 쉽게 여는 이야기, 술집에서 여자를 유 인하는 방법을 터득하기 위하여 술집 주인에게 조언을 구하 는 이야기, 코넬 대학 시절 브라질에 교환교수로 갔을 때의 에피소드, 라스베이거스에서 도박사와 나눈 이야기 등등, 재 미있는 이야기들이 넘쳐난다. 마치 재미있는 이야기 속에 과 학 이야기가 간간히 뒤섞여 있는 책이라고 하는 게 좋을 듯 싶다.

파인만은 1988년 2월, 5년에 걸친 암 투병 끝에 69세의 나 이로 사망했다. 그가 죽기 전 마지막으로 남긴 "두 번 죽기는 싫어. 그건 정말 지루하단 말이야."라는 말은 그가 살아온 인 생의 모습을 가늠하기에 충분하다.

91. 악령이 출몰하는 세상

칼 세이건 저 / 이상헌 역 / 김영사 / 503쪽

어린 시절 누구라도 외계인 또는 화성인 이야기에 빠져 보지 않고 성장한 사람은 없을 것이다. 원제 Demon-haunted World는 《코스모스》로 우리들에게 너무나 잘 알려진 칼 세이건의 작품으로, 한마디로 요약하자면 "외계인 또는 화성인은 없다."라고 선언하는 책이다.

이 책은 아주 재미있다. 그 이유는 칼 세이건의 글쓰는 재주가 탁월하기 때문이다. 과학책이라기보다는 오히려 소설을 읽고 있는 느낌마저 들 정도이다. 재미있게 글을 쓰는 재주는 도킨스와 난형난제(難兄難弟)라고 할 만 하다. 이 책과 비교해 보면 《코스모스》는 많이 딱딱하다.

이 책의 주된 내용은 사이비 과학(반 과학 또는 비 과학)을 타파하고자 하는 것이다.

"사이비 과학은 틀린 과학과 다르다. 과학은 오류를 하나씩 제거해 나가는 방식으로 발전한다. 계속되는 대안적 가설들도 실험이나 관찰을 통해서 교정될 수 있다. 과학자는 자신이 세운 가설이 반박될 경우, 마음이 상하기는 하지만, 그러한 반증은 과학의 발전에 핵심적인 것으로 간주된다."

그 예로 그는 뉴턴의 역학 → 아인슈타인의 특수상대성 이론 → 양자역학의 순서로 나중에 발견된 이론이 기존의 이론을 약간씩 보완하는 과정을 들었다. 그는 사이비 과학을 이렇게 정의하였다.

"사이비 과학은 이와는 정반대이다. 사이비 과학의 가설들은 흔히 어떠한 실험이나 이론으로도 공격할 수 없도록 정교하게 짜여 있다. 심지어는 가설을 무효화하는 것조차 원리상 불가능하다. 사이비 과학 종사자들은 방어적이며 만반의 경계태세를 갖추고 있다. 자기네들의 가설이 과학자들을 흥분시키는 데에 실패할 경우, 그 원인을 과학자들의 억압 또는 음모라고 주장한다. 한마디로, 믿고 싶은 것만 믿게 하는 것이 사이비 과학이다."

칼 세이건이 예를 든 사이비 과학은 다음과 같은 것들이다.

① 맹신적인 종교 또는 과학적인 접근을 막는 창조론

② 점성술

③ 중세시대의 마녀사냥

④ 외계인 이야기

저자는 1500년 ~ 1700년대에 극성을 부렸던 마녀사냥을 '잘못된 믿음'의 한 예로 들면서 극렬하게 비판한다.

"영국에서는 검침자들이라는 마녀 탐색자들을 고용하였고 그들은 소녀와 여자를 넘긴 대가로 한 사람 당 20실링의 보상금을 받았다. 1600년대 중반의 한 검침자는 잉글랜드와 스코틀랜드에서 무려 220명의 여자들을 교수대에서 화형에 처하게 하였다. 우리들이 이미 익히 알고 있는 바와 같이 중세의 마녀재판은 잘못된 종교 교리, 성직자들의 음탕함, 군중들의 잔인성 등이 빚어 낸 합작품이다."

칼 세이건은 중세의 마녀사냥이 20세기의 UFO 신드롬으로 이어졌다고 주장한다. 그는 토마스 블라드라는 민속학자가 1989년에 쓴 글을 이렇게 인용하였다.

"과학은 유령과 마녀를 우리의 믿음으로부터 쫓아냈지만, 곧바로 똑같은 기능을 가진 외계인이 그 빈자리를 채웠다. 시간과 공간만이 다를 뿐, 그것을 다루기 위한 모든 공포와 구성요소는 똑같다."

저자는 만약 외계인의 지구방문 목적이 지구의 위험(환경 파괴 등)을 경고해 주려는 의도, 지구인의 과학수준을 탐색하기 위한 접근, 또는 지구를 정복하기 위한 사전 정찰 중의 하나라면, 왜 떳떳하게 TV나 유엔총회장 같은 데 나와서 자기네들의 목적을 설명하지 못하느냐고 비난한다. 외계인의 시체와 같은 확실한 증거가 하나도 존재하지 않는다는 사실이 외계인 또는 UFO는 없다는 증거라고 주장한다. 그러므로 그의 책을 종합하면 외계인 신화는 모두가 다 허구이며 우리 지구인들이 빚어 낸 가상의 시나리오일 뿐이라는 것이다. 여기서 그가 주장하는 몇 가지 사례들을 소개하면 다음과 같다.

① **영국 사우샘프턴에서 발생한 들판의 곡식 그림**: 이 사건은 보어와 콜리라는 두 농부가 UFO 기사에 흥미를 느끼고 장난삼아 해 본 것이다. 처음에는 자신들이 경작한 밀밭에 집 뒤에 세워 둔 방범용 강철막대기를 이용하여 밀밭을 가로, 세로로 쓸어서 모양을 내다가(월드컵 잔디구장을 생각해 보라.) 사람들이 그것을 외계인의 짓이라고 믿게 되자 점점 더 대담하고 정교한 작품(?)을 만들기 시작한다. 그러는 사이 몇 년이 지나자 이제 60대의 나이로 밤에 몇 시간씩 그 일을 하

는 것이 너무 힘에 부치자 그들은 고백을 했다. 자신들이 만들은 가장 정교한 곤충그림을 그리는 시범을 기자들 앞에서 보인 것이다.

② **로스웰 사건**: 1947년 미국 뉴멕시코 주의 로스웰 부근에서 부서진 비행접시를 발견하였다는 이야기가 퍼져 세상을 떠들썩하게 만든 사건이 있었다. 후일 미국 공군은 해제된 기밀문서를 인용하며 그 사건은 '별 것 아닌' 사건이 세인들의 관심에 관심을 불러 일으켜 크게 확대된 것뿐이라고 발표하였다. 아마도 근처 비행장이나 군사기지에서 발사된 고고도 정찰 기구들이 로스웰 근처에서 추락한 것 같다는 공식 입장을 확인하였다.

③ **달 표면에 거대한 인공운하가 있다는 이야기**: 아폴로 호가 달에 착륙했을 즈음 아마추어 관측자들과 UFO 마니아들이 달 표면에 거대한 운하와 라틴어 문자가 있다고 소동을 벌인 일이 있었다. 하지만 이런 주장들도 달에서 자연적으로 형성된 지형이고 아마추어 분석가들이 오인한 것임이 나중에 우주비행사들이 찍어서 전송한 사진으로 판명되었다.

92. 호킹의 빅 퀘스천에 대한 간결한 대답

스티븐 호킹 저 / 배지은 역 / 까치 / 286쪽

스티븐 호킹은 내가 특별히 존경하는 인물이다. 그 이유는 그가 엄청난 장애를 지니고 있으면서도 과학사에 위대한 공헌을 하고 떠났다는 게 하나이고, 또 그런 유명한 인물을 내가 직접 면전에서 볼 수 있었다는 게 두 번째 이유이다.

아마도 1995년이었을 것이다. 당시 외국의 유명대학 도서관을 견학하면서 그들의 도서관 문화를 점검하던 때가 있었는데 케임브리지 대학 도서관 열람실에서 건너편에 앉아있는 그를 본 적이 있었다. 거기서 내가 크게 놀란 것은 그렇게 유명한 학자인데도 그가 일반 학생들과 함께 자리를 하고 있다는 사실이었다. 물론 그의 연구실이 별도로 있기야 하겠지만 일반 학생들도 아무렇지 않게 그에게 특별난 관심을 두지 않고 있었고, 그 역시도 그냥 학생 중 하나인양 행동하고 있었다.

이 책은 그의 유작(遺作)이라고 할만하다. 그가 죽기 직전에 남긴 작품(밴텀북스 2018)을 한국어로 번역하여 펴낸 작품이기 때문이다. 깊이 있는 내용을 원하는 독자라면 이 책을 읽으면서 조금은 실망할 수도 있겠다. 그 이유는 수없이 많은 전문용어들이 나오는데도 정작 책은 280쪽 정도에 불과하기 때문이다.

예를 들면, 가상입자, 거대 강입자 충돌기, 국제우주정거장, 끈 이론, 램 이동, 맨해튼 프로젝트, 밀도 요동, 반입자, 불확정성 원리, 블랙홀, 빅뱅, 사건 지평선, 숨은 변수 이론, 슈뢰딩거 방정식, 슈메이커 레비 혜성, 시간여행, 아인슈타인 방정식, 알파 센타우리, 양자역학, 엔트로피, M이론, 연대기 보호가설, 열역학, 우주검열가설, 우주 마이크로파 배경복사, 유클리드 기하학, 정보모순, 정상우주론, 지구 종말 시계, 초대칭, 초신성, 카시미르 효과, 퀘이사, 특이점, 파동함수, 평행이동 대칭, 플랑크 상수, 호킹 복사, 회전 대칭, 힉스 입자, 등등, 예를 들자면 끝이 없다. 여기에 나열한 각각의 용어들 중 하나만 가지고도 책 한 권 분량인데 이 많은 것들을 다루고 있으니 자연 내용이 충분할 수가 없다. 그럼에도 불구하고 내가 이 책을 선정한 이유는 이 책을 통하여 그의 천재성과 사상을 엿볼 수 있기 때문이다. 우선 목차를 살펴보자.

① 신은 존재하는가?
② 모든 것은 어떻게 시작되었는가?
③ 우주에는 다른 지적 생명체가 존재하는가?
④ 우리는 미래를 예측할 수 있는가?
⑤ 블랙홀 안에는 무엇이 존재하는가?
⑥ 시간여행은 가능한가?
⑦ 우리는 지구에서 살아남을 것인가?
⑧ 우리는 우주를 식민지로 만들어야 하는가?
⑨ 인공지능은 우리를 능가할 것인가?
⑩ 우리는 미래를 어떻게 만들어가야 하는가?

1번의 질문에 대하여 호킹은 리처드 도킨스와 의견을 같이 하고 있다. 도킨스는 신은 우리 인간에 의해서 만들어졌다고 주장한다. 호킹 역시도 타임이나 가디언 등의 잡지에 "신은 우주를 창조하지 않았다."라고 밝혀서 논란이 된 바 있다.

3번의 질문에 대하여 그는 칼 세이건과 일맥상통하는 주장을 펼친다. 그는 이렇게 썼다.

"나는 외계생명체들이 UFO를 타고 왔다는 일각의 주장은 무시하는 쪽을 택했다. 그렇다면 왜 여태 우리를 방문한 이들이 아무도 없는 것일까? 어쩌면 생명이 저절로 발생할 확률이 낮아서 은하 안에서 생명이 발생한 행성은 지구가 유일한 것인지도 모른다. 아니면 자기복제가 가능한 시스템, 그러니까 세포 같은 생명체가 형성될 확률은 어느 정도 있었지만, 이런 생명체들 대부분이 지적능력을 가질 때까지 진화하지 못했을 수도 있다." (p126)

9번의 질문에 대하여 그는 언젠가는 인간의 지능을 능가하여 자기 스스로 자신을 발전시키는 컴퓨터가 등장할 것으로 예측했지만, 지혜로운 인간이 그것을 통제할 수 있을 것으로 전망하였다. 마치 인간이 불을 사용하게 되자 소화기를 발명한 것처럼.

이 책의 곳곳에는 '근 위축성 측삭 경화증(ALS)'이라는 병마에 시달리면서도 우리 인류를 끝없이 사랑했던 그의 정신이 나타나 있다. ALS란 뇌와 척수의 신경세포가 위축되는 질병이다. 이 병에 걸린 사람들은 스스로의 운동을 통제할 능력은 물론이고, 말하고 먹고, 결국에는 숨 쉬는 능력까지 서서히 잃어간다. 그는 1985년 폐렴으로 기관지 절개수술을 받은 뒤로는 가슴에 꽂은 파이프를 통해서 호흡을 하고 휠체어에 부착된 고성능 음성합성 장치를 이용하여 의사소통을 한다. 처음에는 손가락을 사용하다가 나중에는 눈썹의 움직임이나 뺨의 움직임, 말년에는 동공 추적을 통한 음성 변환 방식으로 자신의 의사를 타인에게 전달하였다.

이 책에서 내가 가장 감명 깊게 읽은 부분이 있어서 잠시 소개할까 한다. 10번 '우리는 미래를 어떻게 만들어가야 하는가?'라는 장에 나오는 이야기이다.

"지금 우리에게는 지구위의 모든 생명체를 파괴할 기술적 능력이 있다. 최근 북한에서 일어난 사건들을 보면 이런 이론이 이론에 그치지 않을 것 같아 참으로 걱정스럽다." (p270)

이 책을 읽고 만족하지 못하는 독자들은 그의 위대한 저서 《시간의 역사》를 정독하기 바란다. '블랙홀'이라는 개념도 이 책에서는 이곳저곳에서 간간히 설명되고 있지만 '시간의 역사'에는 모두 2개의 장에 걸쳐서 자세히 설명하고 있다.

Group 24

생명과학-진화론

93. 진화: 시간의 강을 건너온 생명들

칼 짐머 저 / 이창희 역 / 웅진지식하우스 / 552쪽

다윈의 진화론을 이 책만큼 실감나게 소개하는 책이 또 있을까? 이 책의 저자인 칼 짐머는 유명한 과학 칼럼니스트이다.

이 책은 스티븐 제이 굴드, 제인 구달, 케네스 밀러 등, 이 시대를 대표하는 과학자들이 수년에 걸쳐 참여하고 자문하여 완성한 PBS TV 프로그램의 도서 버전이라고 할 수 있다.

이 책은 단순한 생물 진화 이야기에서 한 걸음 더 나아가 유전자 이론, 성의 문제, 인간 언어의 기원, 사회심리학의 여러 문제들까지도 파헤치며 진화론이 내포한 놀라운 암시들을 낱낱이 보여준다. 결국 이 책은 진화의 산물이기도 한 인간이 현재 저지르고 있는 반 진화적 행위에 대한 엄중한 경고의 책이기도 하다.

저자는 찰스 다윈이라는 사람의 이야기로 책을 시작한다. 우여곡절 끝에 비글호라는 배를 얻어 타게 된 이 영국 청년은 여행의 과정에서 장차 온 세상을 뒤집어엎을 책의 바탕이 될 경험을 한다. 소심한 청년이었던 다윈은 오늘날 생명으로 넘치는 지구의 모습이 사실은 자연선택이라는 힘이 작용한 결과이지 신의 의지가 구현된 결과가 아니라는 생각을 갖게 된다. 그러나 당시로서는 너무나 엄청난 생각이었기에 감히 세상에 밝힐 엄두를 내지 못하고 마음속에만 담고 있으면서 생명의 계통수라고 할 만한 것을 노트에 몰래 그려 보았다.

다윈이 그린 계통수는 뿌리로부터 큰 가지, 거기서 작은 가지, 다시 더 작은 가지로 갈라져나가는 나무의 모습이었다. 이 나무의 가장 작은 가지 끝에 인류가 자리 잡고 있다. 사실 38억 년에 걸친 생명의 역사에서 인류의 역사를 3백만 년이라고 한다면 그것은 하루 24시간의 그저 1초 정도밖에 되지 않는 짧은 시간이다.

여기에 이르기까지 생명은 많은 갈림길을 거쳐 왔고 매번의 갈림길마다 선택을 하여야만 했다. 원시 박테리아로부터 몇 번의 갈림길을 지나 지금의 인류까지 왔을까? 10번을 지나 왔다면 1천 개의 다른 계통이 있다는 이야기이고, 20번을 갈라져 왔다면 100만 개의 다른 계통이 있다는 이야기가 된다. 이렇게 긴 여정을 지났는데도 태초의 유전자는 끈질기게 자신의 모습을 유지한다.

우선 책의 목차를 보기로 하자.

제1장 다윈과 비글호

제2장 살인을 자백하듯: '종의 기원'의 기원

제3장 까마득한 옛날을 찾아서: 생명의 역사책에 연대 매기기

제4장 변화 들여다보기: 유전자, 자연선택, 진화

제5장 생명의 나무의 뿌리를 찾아서: 생명의 새벽에서 미생물의 시대까지

제6장 우연히 얻은 도구상자: 동물 진화의 기회 및 제약

제7장 생물은 어떻게 사라지고 다시 태어나는가?

제8장 공진화: 생명의 그물 짜기

제9장 의사 다윈: 유전학 시대의 질병

제10장 애정의 논리학: 양성의 진화

제11장 수다 떠는 원숭이: 인간 진화의 사회적 뿌리

제12장 5만 전의 삶: 현대인의 새벽

제13장 신에 관하여

이 책의 모든 장이 다 훌륭하지만 특히 내가 재미있게 읽은 부분은 맨 마지막 장인 제13장 '신에 관하여'라는 부분이다. 지금 이 시대에 우리가 찰스 다윈이 살고 본격적으로 활동하던 1850년대를 이해하기는 어렵다. 내가 제일 공감하는 부분은 다윈이 자신의 종교와 자신의 학문 사이에서 고뇌하는 장면이다. 책에는 이렇게 썼다.

"다윈은 성인이 된 이후 죽을 때까지 영성의 문제와 씨름했지만 이런 갈등을 내면에만 꾹 눌러놓고 있었다. 22세에 비글호를 타고 세계일주를 마칠 때까지 그는 독실한 성공회 신자였다. 남아메리카의 지질학적 변화를 눈으로 본 후 그는 창세기를 문자 그대로 해석하는 것을 의심하기 시작했다. 그럼에도 불구하고 다윈은 피츠로이 선장이 주관하는 예배에 매주 참석했고 뭍에 내렸을 때는 교회를 반드시 찾아보았다. 남아프리카에서 다윈과 피츠로이는 태평양에서 활동 중이던 선교사들에게 찬사를 보내는 편지를 쓰기도 했다. 영국으로 돌아온 다윈은 교구 사제가 되려는 꿈을 버린 뒤였지만 그렇다고 무신론자는 결코 아니었다.

영국으로 돌아온 후 다윈은 비밀노트를 쓰기 시작했는데, 이 노트에서 그는 자연선택에 의한 진화의 모든 가능성을 모색했다. 얼마나 이단적인가는 상관이 없었다. 눈이나 날개가 설계자(신)의 도움 없이 진화할 수 있었다면 행동이 그렇지 못할 이유는 무엇인가? 그리고 종교는 행동의 한 모습에 불과한 것 아닌가? 모든 사회는 제 나름의 종교를 갖고 있고 이 종교들 간의 유사성은 가끔 놀라울 정도이다. 아마 종교는 인류의 조상들 사이에서 진화했을 것이다." (pp459~460)

찰스 다윈의 시대(1809 ~ 1882)에는 종교가 모든 것을 지배했던 시대였다. 지금처럼 교회에 나가고 싶은 사람은 교회에 가고 절에 가고 싶은 사람은 절에 가고, 아니면 신앙이 필요 없는 사람은 일요일에 TV를 보거나 등산을 가도 되던 시기가 아니었다는 말이다. 그 당시에 창조론에 정면으로 반박되는 연구를 할 (위험한) 생각을 한 것만 가지고도 찰스 다윈은 인류 역사상 최고의 과학자요 선구자라는 평가를 받아야만 한다. 이런 나의 주장에 공감하는 사람은 이미 예전부터 있었다. 철학자인 다니엘 데넷은 이렇게 썼다.

"좋은 생각에 대해 단 한 사람만 상을 주어야 한다면 나는 뉴턴도, 아인슈타인도 아닌 찰스 다윈에게 주겠다."

94. 스케일: 생물, 도시, 기업의 성장과 죽음에 관한 보편 법칙

제프리 웨스트 저 / 이한음 역 / 김영사 / 664쪽

生물, 도시, 기업의 생성, 발전, 소멸 사이에 어떤 공통점이 있을까? 즉, 이 책은 모든 것의 성장, 발전 또는 쇠퇴에는 일정한 법칙(스케일)에 따라 규모가 커지기도 하고 줄어들기도 한다는 사실을 설명하는 25년 연구 결과물로, 복잡계 과학의 대부 제프리 웨스트 박사(스탠퍼드 대학)와 샌터페이 연구진이 밝혀낸 놀라운 사실들로 가득 찬, 그야말로 경이로운 책이다.

이 책에는 많은 그래프가 등장하는데 내가 가장 놀랍게 본 것은 어떤 포유동물이든 심장이 평생 뛰는 평균 횟수는 거의 같다는 사실을 나타낸 그래프이다. 즉, 겨우 몇 년을 사는 생쥐나 100년을 사는 고래나 그것들의 심장이 평생 동안 뛰는 횟수는 동일하게 약 15억 번이라는 연구 결과이다.

이 책에서는 독자들이 흥미를 느낄만한 수많은 질문들이 등장한다.

① 생쥐는 15시간을 자고 코끼리는 4시간을 자는데, 인간은 왜 8시간을 잘까?

② 큰 나무는 왜 1킬로미터 넘게 자라지 못하고 수십 미터를 자랄 뿐일까?

③ 대 기업은 왜 자산이 500억 달러에 이르면 성장을 멈추는 것일까?

④ 도시나 기업이 2배로 커지면 범죄 건수, 특허 건수도 2배로 늘어날까?

⑤ 동물의 몸무게가 반으로 줄면 먹이를 먹는 양도 반으로 줄어들까?

⑥ 기업의 매출이 2배로 늘면 이익도 2배로 늘어날까?

이러한 질문들에 답하기 위하여 저자는 수많은 통계를 인용하며 사람들(과학자도 있고 성직자도 있고 정치인도 있다.)의 이야기를 들려준다.

우리가 잘 아는 고질라에 관한 이야기도 흥미롭다. 어느 날, 어떤 기자가 자신에게 '스케일링' 이론을 흥미 있게 읽었다면서 일본판 고질라(키 50m)보다 두 배는 큰 미국판 고질라(키 108m)가 곧 나올 예정인데 그것이 가능한지 의견을 묻더라는 것이다. 그는 이에 대한 답을 들려주면서 이미 400년 전에 나온 갈릴레오 갈릴레이(1564~1642)의《새로운 두 과학에 대한 논의와 수사학적 논증》을 설명한다. 갈릴레오의 책 속에는 세 사람의 논객(심플리치오, 사그레도, 살비아티)이 나와서 치열한 과학적 논쟁을 한다.

이미 밝혀진 것들로부터 기술에서든 자연에서든 구조물의 크기를 방대한 차원으로 늘린다는 것이 불가능함을 쉽게 알 수 있습니다. 즉, 노, 활대, 들보, 쇠못, 등, 모든 부위가 하나로 결합되는 방식으로 엄청난 크기의 배, 궁전, 사원을 짓기란 불가능합니다. 게다가 나뭇가지들이 자신의 무게로 부러질 테니 자연도 아주 거대한 크기의 나무를 만들지 못합니다. 또 사람이나 말 같은 동물들이 엄청나게 커진다면, 형태를 유지하고 정상적인 기능을 수행할 수 있도록 뼈대 구조를 구축하기가 불가능할 겁니다. 키가 터무니없이 커지면 그 자신의 무게로 무너지고 짓눌릴 테니까요. (p328)

7장에서 우리들이 잘 아는 '150명 이론'에 대한 설명도 다시 읽어 볼만하다.

진화심리학자 로빈 던바와 연구진이 밝혀낸 개인의 사회

관계망 이론에 따르면, 어느 사람이나 가장 핵심적인 가족의 수는 5명이라고 한다. 조금 더 나가면 15명의 절친이 있다. 더 확장하면 50명의 직장 동료, 이웃 주민, 자주 못 보는 친척 들이 있다. 여기서 최대한으로 확장하면 가끔씩 접촉을 유지하는 사람들 150명이 된다. 이 150명을 '던바 수'라고 한다. 이 숫자들은 5 - 15 - 50 -150로 3의 배수라는 일정한 스케일링의 법칙을 따른다.

그는 이렇게 150명이 되는 이유를 뇌의 인지구조 진화 과정으로 설명한다. 즉, 우리에게 이 크기를 넘어서면 더 이상 효율적으로 관리할 계산 능력이 없기 때문이라는 것이다. 만약 이 숫자를 넘어서면 사회적 안정성, 일관성, 연결성이 줄어들면서, 궁극적으로 관계가 붕괴되는 악영향이 나타난다는 것이다.

참으로 훌륭한 책이다. 나는 시간 관계상, 또는 능력상 일부분 밖에 설명을 못 했지만, 과연 올해의 책, 베스트셀러, 최고의 책이라는 찬사를 받을 만하다.

95. 디지털 유인원

나이절 섀드볼트 저 / 김명주 역 / 을유문화사 / 496쪽

"**만**약 점보제트기가 마이크로 프로세스의 처리속도 만큼, 다시 말해 인텔의 창업자 무어가 말한 대로 매 18개월마다 2배씩 속도가 증가하였다면, 지금은 단 1초 만에 런던에서 뉴욕까지 날아가야 할 것이다."

이 책은 이처럼 엄청나게 많은 과학 이야기들을 풀어내는 엄청나게 재미있는 책이다. 그것도 마구잡이 나열식이 아닌 고고학, 생물학, 인류학, 등을 컴퓨터과학의 기반으로 설명하여 놓은 책이다.

저자인 나이절 섀드볼트는 인공지능 분야에서 주목받는 영국 최고의 컴퓨터 과학자이다. 공동 저자인 로저 햄프슨은 영국의 저명한 이론 경제학자이자 사회정책 분야 장관을 역임한 사람이다. 책은 총 9개의 장으로 되어 있다.

① 생물학과 테크놀로지

② 초 복잡 생활환경

③ 디지털 유인원의 출현

④ 사회적 기계

⑤ 인공 지능과 자연 지능

⑥ 새로운 동반자

⑦ 거대한 짐승

⑧ 데이터의 도전

⑨ 확장된 지혜?

제1장 '생물학과 테크놀로지'는 《벌거벗은 유인원》의 저자인 레즈먼드 모리스의 이야기로 시작한다. 저자는 인간이 인간다움을 유지하고 문명을 이루게 된 주된 동기를 '불'에서 찾고 있다. 즉, 수많은 영장류 중에서 호모 사피엔스가 털을 상실하게 된 이유는 수천 년에 걸쳐서 불을 능숙하게 다루게 된 때문이라는 것이다. 불의 사용으로 음식을 조리할 수 있게 됨으로 해서 몸 밖에서 이루어진 사전소화 작용으로 인하여 에너지를 덜 사용하게 되었고, 이렇게 하여 남아도는 에너지를 뇌로 돌려 주먹도끼와 같은 도구들을 개발했다는 것이다.

제2장의 '초 복잡 생활환경'에서 저자들은 스티븐 호킹 박사의 활동을 도와주는 컴퓨터 보조 장치들을 설명하면서 그의 유명한 경고, 즉, '우리의 미래는 발전하는 기술 성능과 그것을 사용하는 우리 지혜 사이의 경주가 될 것이다.'라는 문구를 인용하며, 기술발전의 속도를 경계할 것을 권한다.

박식한 학자이자 현재 구글의 기술 이사인 레이 카즈와일과 그 밖의 존경할 만한 과학자들은 현재 형태의 인류가 어떻게 사라질 것인가에 대한 대답이 이미 나와 있다고 생각한다. 그들은 그 대답을 '특이점' 또는 '추월' 이라고 부른다. (p84)

제3장 '디지털 유인원의 출현'에서는 다윈의 사촌이었으며 우생학이라는 용어를 창시한 빅토리아 시대 영국 과학자 프랜시스 골턴의 우생학을 설명하면서 과학의 발달이 과학자를 압도하는 일이 실현될 경우, 그것은 생물학에 바탕을 둔 수학의 문제일 것이라고 진단한다.

과학자가 '이것 또는 저것'을 하는 유전자를 신중하게 알아내기 위해서는 수년이 걸리는 산업적 규모의 복잡한 계산이 필요하다. 필요한 과학은 이미 존재한다. 우리는 유전자와 건강, 유전자의 육체적 장애의 관계를 원리상으로는 정확하게 이해하고 있다. 그리고 유전자의 성격, 유전자의 미묘한

능력의 관계도 어느 정도 이해하고 있다. 무엇보다 노화의 원리를 이해하고 있다. 여기서 더 완전한 이해로 가는 것은 데이터와 수학적 분석의 문제이다. 유전체 연구는 디지털의 새로운 단계가 거둔 최대 승리 중 하나이고, 그와 동시에 최대 위험 중 하나이다. (p148)

제4장 '사회적 기계'에서는 디지털 유인원과 테크놀로지의 결합으로 탄생한 장치들을 설명하고 있다. 저자들이 대표적으로 든 것은 다름 아닌 위키피디아이다. 모든 사람들이 저자요 편집자로 참여하는 위키피디아가 어떻게 230년의 장구한 역사를 가진 《브리태니커 백과사전》을 몰락시켰는지를 설명하면서 이와 유사한 사례들을 여러 개 소개하고 있다.

아마도 저자들이 가장 신경 써서 집필한 부분이 바로 제5장 '인공지능과 자연지능'이 아닐까 싶다. 이 장에서 저자들은 '로봇'이라는 용어가 1920년 체코 극작가 카렐 차페크가 발표한 희곡 《로섬의 만능 로봇》에서 유래되었다는 설명과 함께, 앨런 튜링의 암호해독을 아울러 설명한다. 이어서 인공지능이 인간지능을 초월하고 인간의 감응능력까지 겸비한 기계가 탄생할 수 있다는 학자들의 주장을 소개하면서 AI의 연혁을 설명한다.

우리는 AI의 생일을 1956년에 열린 다트머스 회의로 본다.

마빈 민스키와 클로드 섀넌이 뉴햄프셔에서 소집한 6주간의 자유토론이었던 그 회의가 이 분야에 AI라는 이름을 주었기 때문이다. 철학자, 논리학자, 수학자, 심리학자 들은 컴퓨터가 출현하기 한참 전부터 지능을 기호로 조작하는 능력으로서 이해할 수 있다고 생각했다. 아리스토텔레스의 삼단논법부터 조지 불의 사고의 법칙까지, 이 세계에는 추론을 체계화하고 싶다는 열망이 존재했다. (pp199~200)

이어서 1996년의 인간 카스파로프와 IBM 딥블루의 대결 과정을 소개하며 대결 후 가스파로프가 타임지에 기고한 말을 들려준다.

"많은 컴퓨터와 대결했지만, 이런 게임은 지금까지 한 번도 경험하지 못했다. 마치 새로운 종류의 지능이 탁자 맞은편에 앉아 있는 것처럼 느껴졌다." (p207)

이어서 제퍼디와 IBM 왓슨의 대결, 그리고 알파고와 이세돌의 대결을 소개하면서 딥러닝의 원리를 공학적으로 자세히 소개해 주고 있다.

그 밖에도 이 책에는 독자들의 관심을 끌만한 내용들이 너무 많지만 한정된 지면상 여기에서 그쳐야 할 것 같다. 지나치게 과학적이지도 않으면서 풍부한 내용을 담고 있는 책이다.

리처드 프럼 저 / 양병찬 역 / 동아시아 / 596쪽

저명한 조류학자인 그는 한평생을 조류관찰을 통해 수집한 사례들을 총동원하여 독자들을 흥미진진한 지적 탐험의 세계로 안내한다. 2017 뉴욕 타임스 올해의 책, 2018 퓰리처 상 최종 후보작 등등의 찬사가 말해 주듯, 이 책은 이미 그 가치를 인정받은 도서인데, 거기에 읽는 재미와 보는 재미까지 겸비하고 있으니, 가히 '명품도서'의 반열에 서기에 충분하다고 할 수 있겠다.

예일대학교 조류학과 교수로 재직하고 있는 동시에 피바디 자연사박물관의 척추동물 수석 큐레이터로 활동하고 있는 저자는 자신이 조류학자가 되게 된 계기를 어린 시절 부모님이 사주신 쌍안경 때문이라고 밝히고 있다.

이 책은 논증의 바탕을 찰스 다윈의 《종의 기원 (1859)》과

《인간의 유래와 성 선택 (1871)》에 두고 있다. 거기서도 특히 두 번째 책을 자주 인용한다.

"동물의 배우자 선택에 수반된 미적 평가는 자연계에서 독립적으로 작용하는 진화의 원동력이다. 따라서 진화는 적자생존에 관한 것만이 아니라, 개체가 주관적 경험에서 느끼는 매력과 감각적 기쁨에 관한 것이기도 하다."

리처드 프럼은 자신이 그동안 관찰하고 연구해 온 1만여 종의 새들이 두 가지 과제, 즉 '이성 간 의사소통과 상대방의 눈길 끌기'라는 임무를 수행하기 위해 독자적이고 독특한 미적 레퍼토리를 장식하였다고 주장한다. 모든 동물의 행동을 일부 동물행동학자들이나 진화생물학자들의 주장대로 '자연선택' 또는 '적자생존'의 시각으로만 바라 볼 경우, 설명하기 힘든 점이 너무 많다는 것이다. 그러면서 상당히 긴 분량을 할애하여 소개하는 새가 바로 '청란'이다.

청란은 닭 목, 꿩 과의 조류로 '큰푸른목도리꿩'이라고도 알려져 있다. 말레이 반도, 수마트라, 보르네오의 열대우림에 서식하는데 이 세상에서 가장 아름다움을 자랑하는 동물이다. 수컷이 깃털을 모두 펼쳤을 때, 그 길이가 무려 1미터 80센티미터나 된다고 한다. 조심성이 매우 강한 짐승인지라 야생에서는 거의 관찰하기가 불가능한 조류인데, 그럼에도 불구하고 학자들은 이 청란을 매우 자세하게 관찰하였다. 그러면서 저자를 포함한 동료들이 품은 의문은 이것이었다.

평소에 날개를 접은 상태로 있을 때는 그냥 평범한 한 마리의 꿩인데 날개를 펼치면 그 어떤 화려한 수식어로도 표현할 수 없는 엄청난 아름다운 깃털을 가진 청란, 그는 왜 그렇게 거추장스러운 깃털을 달고 다니려고 할까? 날개깃의 화려한 배열은 깃털 하나만도 얼룩말 한 마리, 표범 한 마리, 열대어 한 마리의 패턴만큼이나 화려하고 복잡하다. 각각의 날개깃마다 다채로운 띠, 점, 소용돌이가 빽빽이 자리 잡고 있어, 그것을 다 펼칠 경우, 그 화려하다고 알려진 수컷 공작의 깃털 따위는 감히 견줄 수가 없고, 페르시아 융단의 화려한 문양도 그 근처에 이르지 못할 정도이다.

그들의 연구 결과, 오늘날에는 대다수의 생물학자들도 청란 수컷의 경우에도 배우자선택 시 다윈의 '성 선택 이론'을 받아들였다고 한다.

"청란의 장식용 깃털과 구애행동은 암컷의 성적 선호와 욕구(즉, 성 선택)를 통해 진화했다. 장식물이 진화하는 것은, 개체들이 자신의 배우자를 선택할 수 있는 능력과 자유를 갖고 있으며, 실제로 자신이 선호하는 장식물을 보유한 배우자를 선택하기 때문이라는 데 동의하고 있다." (pp96~98)

이 책에서는 동물들이, 특히 조류 수컷의 경우에 점점 더 화려하게 치장하고 눈에 띄게 행동하는 현상을 암컷에게 더 좋은 정보를 주려고 하는 '맞선 용 신상명세서'라고 정의하고 있다. 즉, 가문은 어떤가? 좋은 알에서 부화했나? 좋은 둥지에서 자랐나? 식성은 좋은가? 몸 관리는 잘하고 있나? 성병은 없나? 영토를 지켜낼 힘은 있나? 나를 먹이고 새끼들을 보호해 줄 수 있나? 자식들에게 좋은 아빠가 될 수 있나? 남편으로서 정조를 지킬까? 등등에 대한 의문을 풀어주기 위한 현상이라는 것이다.

7장 '로맨스 이전의 브로맨스'라는 장에서는 조류의 군집 행동의 원인을 설명하고 있는데 이 역시도 흥미롭다. 저자는 마나킨 새와 바우어 새의 경우를 예로 들면서. 이들이 일정 기간에 일정한 장소에 모여서 구애활동을 하는 것도 그 이유가 다 배우자와 만날 기회를 좀 더 많이 갖기 위한 것이라는 주장이다. 이 구애장소의 경우는 조류뿐만이 아니라 물고기, 곤충, 도롱뇽, 개구리, 박쥐 등등도 동일하다고 한다. 다윈 역시도 이런 점에 일찌기 주목하였다고 한다. 저자에 의하면 새들이 구애장소(영토)에 모여서 떼창(합창)을 하는 이유는 개별적으로 흩어져서 독창을 할 경우보다 더 많은 암컷들을 초청할 수 있기 때문이라는 것이다. 그러면서 그는 이 대목에서 초야권의 유래와 내용(초야권이란 중세에 영주가 자기 영지 내에 있는 모든 처녀와의 첫날밤을 남편보다 앞서서 치를 수 있는 권리를 말한다.)도 설명한다.

11장에서는 나치 시절 유행했던 우생학을 삽화와 곁들여 설명하기도 하고, 여성의 오르가즘을 설명하면서는 그리스 신화의 제우스와 헤라를 등장시키기도 한다. 제우스와 헤라 사이에 서로 상대방이 더 많은 성적쾌락을 누린다고 다투는 장면에서 순차적 자웅동체인 테레시아스를 등장시켜 그 문제를 해결해 달라고 했다는 것이다.

결론적으로 평가해서, 이 책은 평생을 조류 연구에만 몰두한 사람의 학설이자, 우리들이 좋아하는 진화생물학의 조류 편이라고도 할 수 있기 때문에 독자들이 흥미를 느낄만한 부분이 많이 있다고 본다.

Group 25

첨단과학-미래학

97. 특이점이 온다

레이 커즈와일 저 / 김명남 역 / 김영사 / 840쪽

레이 커즈와일이 쓴《특이점이 온다 - The Singularity is Near》는 '기술이 인간을 초월하는 순간'이란 부제가 말해 주듯 매우 충격적인 내용들을 많이 담고 있는 책이다.

내가 10대 때이던 1960년대에 나온 공상과학만화에서 인간은 먼 훗날이 되면 밥을 먹지 않고 하루에 알약 하나만 먹고 산다는 그야말로 '만화' 같은 이야기가 있었다. 레이 커즈와일은 2045년이 되면 그런 일이 현실이 될 것이라고 주장한다.

'에디슨의 계보를 잇는 천재 발명가' 또는 '미국을 이끌어 갈 최고의 혁신가'라는 수사가 말해주듯, 그는 학자가 아니라 발명가이다. 그러나 여러 학자들의 연구 성과를 종합 분석하여 과학이 나아갈 미래를 가장 정확이 예견하는 탁월한 능력이 있다는 평가를 받는 세계적인 저술가이기도 하다.

특이점(Singularity)이란 무엇인가? 그것은 과학의 발전이 임계치를 넘어서 폭발적으로 늘어나는, 즉, 기술이 기술을 만드는 시점을 의미한다. 그는 앞으로 2045년이 되면 인간의 수명이 최소한 200세 이상으로 늘어날 것이라고 예측하고 있다. 인간의 수명은 크로마뇽 시대 18세, 고대 이집트 25세, 1400년대 유럽 30세, 1800년대 미국 37세, 2010년대 일본 80세와 같이 끊임없이 증가하여 왔다.

200세 이상의 수명을 가능하게 하는 것은 과학기술의 발전이다. 앞으로의 미래는 물리학-화학-전자공학-신소재공학-생명공학-의료공학-나노공학-컴퓨터공학-웹공학 등이 서로 발전에 발전을 돕는 선순환이 반복되어 인공지능의 성능을 무한대로 발전시키게 된다.

독자들은 2016년 3월에 벌어졌던 이세돌과 알파고의 대결을 기억하고 있을 것이다. 그때는 운이 좋아서 인간을 대표하는 이세돌이 1승4패라는 기록을 올렸지만, 이제 2년 반이 지난 시점에서 인간이 인공지능과 대결을 하여 이길 가능성은 완전히 제로(0)이다. 그 이유는 인간의 인지능력은 거의 발전이 없는 반면, 인공지능은 무어의 법칙에 따라 매 2년(또는 18개월)마다 2배의 성능개선이 되기 때문이다.(2019년 12월에 한돌(AI)과 이세돌(인간)의 대결에서 이세돌이 1승을 거둔 이유는, 국산 인공지능 한돌의 수준이 3년 전 알파고의 수준이었기 때문이다.)

2045년이 되면 몸의 모든 장기는 교체가 가능하게 된다. 지금 인간이 죽는 원인의 절반은 혈관질환이다. 앞으로 20년 정도가 지나면 모래알보다도 작은 나노봇(Nano Robot의 준말)들이 혈관 속을 들아 다니면서 노폐물들을 제거하게 된다. 이때에는 사람이 꼭 심장을 달고 있어야 할 필요도 없게 된다. 심장의 기능은 혈액을 몸속으로 공급만 해 주면 되는 것이기 때문에 그런 장치를 어딘가에 부착하고 다니면 된다는 주장이다.

인공 심장으로 교체하는 기술이 발달 중이지만, 보다 효과적인 접근법은 심장을 아예 없애는 것이다. 프라이타스의 설계안 중에는 스스로 움직이는 혈구 나노봇들이 있다. 피가 저절로 흐를 수 있다면 막대한 압력을 내뿜는 심장이라는 중앙 펌프가 필요 없어지는 것이다. (p421)

같은 논리로 입의 기능도 먹는 용도는 거의 없어지고 말하고 노래하는 기능으로만 사용될지도 모른다고 한다.

예를 들어 우리가 영양공급 기기가 달린 특수 벨트나 속옷을 입으면, 영양소를 실은 나노봇들이 피부나 기타 몸의 구멍

들을 통해서 몸속으로 들어가는 것이다. (p419)

평균수명이 200세, 300세가 되면 그 많은 인구를 이 지구가 어떻게 다 수용할까? 그들이 사용할 에너지는 어디에서 얻을까? 여기에 대해서도 저자는 명쾌한 해답을 제시한다. 태양 에너지를 지금보다 10%만 더 활용하면 다 해결될 뿐만 아니라, 앞으로의 인류는 광속을 돌파하며 살아 갈 것이기에, 이 우주에 널려있는 수 조(兆)개의 지구와 같은 푸른 별 아무 데서나 살면 된다는 것이다. 나노기술을 이용한 태양에너지의 활용에 대한 가설을 소개해 본다.

나노기술로 태양에너지의 0.03 퍼센트만 거두더라도 2030 년의 에너지 수요인 삼십 조 와트는 너끈히 만들어 낸다. 매우 싸고, 가볍고, 효율적인 나노 태양열 집열관을 설치하고, 수확한 에너지를 나노 연료 전지로 저장, 운반하면 된다. (p607)

760쪽에 달하는 이 책은 과학에 상당한 지식이 있어야만 이해가 가능하지만 그래도 끈기를 갖고 읽어 볼 가치는 충분히 있는 책이다.

98. 인듀어런스: 우주에서 보낸 아주 특별한 1년

스콧 캘리 저 / 홍한결 역 / 클 / 500쪽

이책의 거의 끝부분에 나오는 이야기를 먼저 소개해 본다.

어느 금요일, 나는 백일홍 몇 송이를 러시아 구획에 가져가 테이블 중앙에 장식 삼아 고정한다. 세르게이가 의아하다는 표정으로 묻는다.

"스콧, 이 꽃들은 왜 키우는 거야?"

"백일홍이야."

"백일홍을 왜 키우는 거야?"

나는 나사에서 언젠가 토마토를 재배하려고 연구 중이며, 이런 재배 실험을 통해 장기 우주비행에 필요한 지식을 축적하고 있다고 설명해준다. 미래에 화성 여행을 떠날 대원들은 신선식품을 먹고 싶어도 이곳에서처럼 보급에 의존할 수 없다. 만약 상추 재배가 가능하다면 백일홍 재배도 가능할지 모르고, 백일홍 재배가 가능하다면 토마토 재배도 가능할지 모르며, 토마토라면 화성행 우주인들에게 충분히 영양 공급원이 될 수 있다고 말해준다.

활짝 핀 백일홍 사진을 처음 SNS에 올리자, 사용자들의 관심이 폭발하면서 노출횟수가 600만 회를 기록한다. (…) 사람들은 우주에서 벌어지는 일에 관심이 많으며, 다만 공감하기 쉽게 전달해주는 것이 관건임을 다시금 깨닫는다. (p452)

이들이 우주에서 머물면서 가장 그리워하는 것이 바로 자기 집 정원의 푸른 잔디이고, 문을 열고 들어가면 환하게 미소 지으며 반겨주는 가족이라는 사실은 새삼 가정의 소중함을 일깨워준다.

국제우주정거장(ISS: International Space Station)은 2000년 11월에 건설되어 지금까지 16개국에서 200명 이상이 방문했다. 이 책은 500일 이상을 ISS에서 살다 지구로 귀환한 스콧 켈리의 회고록이다.

우선 ISS의 외관부터 살펴보자. 켈리는 ISS의 외관을 거대한 음료수 캔 여러 개를 줄줄이 연결한 듯한 모양이라고 서술한다. 즉, 다섯 개의 모듈이 길게 일렬로 연결되어 있고, 그중 세 개는 미국 것이고 두 개는 러시아 것인데, 여기에 미국, 유럽, 일본의 모듈들이 좌현과 우현에 달려 있고, 러시아 모듈 세 개가 위쪽과 아래쪽으로 달려 있다고 한다.

우리는 이 책을 접하면서 몇 가지 익숙하지 않은 사실을 알 수 있다.

그 하나는 우주선을 띄워 보내는 작업이 과거처럼, 서로 경쟁의식에만 사로잡혀서 누가 더 빨리, 더 멀리 우주선을 쏘아 보낼 수 있느냐 하는 대결의 장에서, 이제는 미국, 러시아, 일본과 같은 선진국들이 서로서로 협력하여 이 거대한 프로젝트를 추진해 나가고 있다는 사실이다. 이들을 우주정거장(ISS)까지 실어다 줄 소유즈FG 로켓도 러시아 것이고, 켈리의 동료 두 명도 러시아인이며, 그것이 발사되는 바이코누르 기지는 카자흐스탄에 있다.

다른 하나는, 최첨단 과학의 총집합체인 우주선을 타러 가는 도중에 버스에서 내려 오른쪽 뒷바퀴에 대고 소변을 보는 따위의, 과학과 미신의 동거이다. 유리 가가린(러시아 우주비행사 1934~1968)이 처음으로 그렇게 소변을 보고나서 우주선을 탄 후, 무사히 귀환하고 나서부터 하나의 전통이 되었다고 한다. 우리 인간은 결정적인 순간에는 이렇게 무언가를 의지하고 싶어하나보다.

또 다른 하나는, 이제는 우주선 사업을 상당 부분 민간에서 주도한다는 사실이다. 우주왕복선 퇴역 전부터 이미 나사(NASA)는 민간 기업들과 계약하여 우주정거장으로 화물을 운송하고 미래엔 승무원까지 운송할 우주선 개발을 추진해 오고 있는데, 그 대표적인 기업이 우리가 잘 아는 스페이스X이다. 그 외에 러시아의 프로그레스, 미국의 시그너스, 일본의 HTV 등이 있다. 보급선인 드래곤을 포획하기 전에 켈리가 기록한 내용을 살펴보자.

어제 드래곤 한 대가 케네디 우주센터에서 발사에 성공했고, 현재 우주정거장에서 10km 떨어진 안전거리에서 궤도를 돌고 있다. 오늘 오전 우리의 목표는 이 드래곤을 우주정거장에 달린 로봇 팔로 붙잡아, 우주정거장의 계류 포트에 갖다 붙이는 일이다. 우주선을 포획하는 일은 인형뽑기 기계 조작과 좀 비슷한데, 다만 붙잡을 대상이 엄청난 속도로 움직이는 수백 억 원짜리 진짜 장비라는 점이 다르다. (p100)

지구 주변 300km~400km를 시속 28,000km의 속도로 달리는 우주선 안에서 이들이 하는 일은 무엇일까? 켈리의 원정기간 중에 총 400회의 실험이 수행되었는데, 그것들은 크게 나누면 인간의 우주생활을 지속 가능케 하기 위한 실험들과 그런 일을 수행할 수 있는 장비와 기계들에 대한 성능 테스트이다. 그래서 실험용 쥐를 가지고 골격이나 혈액에 미치는 영향을 연구하기도 하고, 식물을 재배하는 실험을 하기도 한다. 우주인 자신이 실험대상이 되어 장기간의 우주생활이 눈, 심장, 혈관 등, 인체에 미치는 영향을 연구하고, 심리적, 사회적 측면을 분석하기도 한다.

그러나 이 책의 진정한 가치는 1964년생인 스콧 켈리가 어린 시절 거의 불량 학생으로 그저 그런 인생을 살다 갈뻔하다가, 우연한 기회에 접한 책 한 권으로 인하여 그의 인생이 송두리째 바뀌었다고 고백하는 대목에 있다.

어느 날 교내 서점에 군것질거리를 사러 들어갔다가 진열된 책 한 권에 시선이 끌렸다. 표지에는 마치 미래를 향해 거침없이 달려가는 듯한 글씨체로《영웅의 자질》이라고 쓰여 있었다. 나는 독서에 취미가 없었다. (…) 그때까지 살면서 내 손으로 골라 읽은 책은 많지 않았다. 하지만 이 책은 왠지 끌렸다. 책을 집어 들었다. 첫 대목이 나를 플로리다 잭슨빌의 해군항공기지, 매캐한 연기가 자욱한 비행장으로 이끈다.(p17)

99. 의료인공지능

최윤섭 저 / 클라우드나인 / 456쪽

포항공대에서 컴퓨터공학과 생명과학을 복수전공하고 스탠퍼드대학교 방문연구원, 서울의대 암연구소 조교수 등을 역임한 저자가 저술한 '인공지능의 과거 - 현재 - 미래'에 관한 책이다.

이 책에서 우리는 확실하게 배울 것이 있다. 바로 기계학습, 인공지능, 딥러닝 등의 용어이다.

딥러닝(deep learning)에서 딥이라는 말은 신경망 구조에서 은닉층(hidden layer)의 수를 늘려 깊이 쌓는다는 뜻이다. 일반적으로 은닉층을 더 깊게 쌓을수록 인공지능의 성능은 향상된다. 그런데 그러기 위해서는 더 많은 계산을 할 수 있도록 소프트웨어 및 하드웨어 리소스가 뒷받침되어야 한다. 2012년 이미지넷에서 우승한 제프리 힌튼 교수팀의 알렉스넷은 고작 8개 층에 불과했으나, 2014년 우승한 구글의 구글넷은 22층, 2015년 우승한 마이크로소프트의 레즈넷은 152개의 층을 쌓았다. 더 나아가 최근 연구에서는 1,000개 이상의 층을 쌓기도 했다. (pp45~46)

위에 나온 용어 중 은닉층이란 무슨 말인가? 이 책의 5장 '딥러닝, 딥러닝, 딥러닝'을 보면 그에 대한 설명이 자세히 나와 있다.

생물의 신경망은 뉴런이라는 단위의 신경 세포로 구성된다. 이 뉴런의 특징은 다른 여러 뉴런으로부터 신호를 전달받아서 또 다른 뉴런에게 신호를 보낸다는 것이다. 결국 동물의 뇌는 이러한 수많은 뉴런의 연결로 이우어진 거대한 네트워크라고 할 수 있다.

그런데 우리의 뇌는 어떻게 배우고 어떻게 지식을 기억할까? 컴퓨터는 정보를 메모리의 특정 위치에 저장한다. 하지만 뇌에는 정보를 저장하는 부위가 별도로 있는 것이 아니다. 뇌의 신경 세포, 즉, 뉴런에도 정보를 저장하는 공간이 따로 없다. 그저 한 뉴런은 다른 여러 뉴런에서 오는 신호를 받아서, 그 신호가 어떤 임계치를 넘어서면, 그 뉴런은 '활성화' 되어 자신의 신호를 또 다른 뉴런에 보내는 역할을 할 뿐이다.

그렇다면 이런 단순한 기능을 하는 뉴런이 어떻게 정보를 저장하는 것일까? 수많은 뉴런이 네트워크를 이룬 '연결 상태' 자체가 바로 저장된 정보를 나타낸다고 할 수 있다. 즉, 개별 뉴런은 신호를 받고 보내는 단순한 기능만 하지만, 이런 뉴런들이 거대한 네트워크를 이루면 인간의 뇌가 될 만큼 강력해지는 것이다. 바로 '신경망'이다. (pp173~174)

인공신경망을 구성하는 계층은 크게 세 가지로 구분할 수 있다. 처음에 신호를 받아들이는 입력층, 그것을 쌓아두는 은닉층, 그리고 결과를 내 보내는 출력층이다. 인공신경망은 이러한 은닉층을 더 깊게(deep) 쌓아두는 또는 학습시키는 (learning) 방식으로 발전해 왔다.

인공신공망 아이디어는 미국 일리노이 대학교 의대 정신과 교수인 워런 맥컬록과 당시 의대생이었던 월터 피크가 1943년에 발표한 논문 '신경 활동에 내재한 개념들의 논리적 계산'에서 처음으로 제시되었다. 이때의 인공신경망은 입력층과 출력층만 있는 '단층 신경망'이었다. 이후 1980년대에 은닉층이 하나만 있는 '얕은(shallow) 신경망'이 개발되었고, 이후 2000년대에 와서야 두 개 이상의 신경망을 갖춘 '심층(deep) 신경망'으로 발전하였다.

딥러닝의 학습방법을 설명한 대목이다.

딥러닝 이전의 기존 기계학습 방법으로 컴퓨터를 학습시키

기 위해서는 데이터의 어떤 특징을 기준으로 볼 것인지를 사람이 정해주었다. 이 특징을 기계학습에서는 피처(feature)라고 부른다. 비유하자면 개와 고양이의 사진을 컴퓨터에게 구분하는 법을 가르친다면, 눈의 모양, 털의 색, 꼬리의 길이 등의 기준을 사람이 판단하여 지정해 주어야 했다. 그러므로 과거의 기계학습 방법에서는 해당 데이터에 대해서 연구자가 가지고 있는 사전 지식이 중요했다. 개와 고양이의 특성에 대해서 잘 알수록 유의미한 기준을 컴퓨터에게 알려줄 수 있기 때문이다.

이를 의료 영상에 빗대어 설명해 보자. 컴퓨터에게 유방 엑스레이 사진에서 유방암 의심 병변을 골라내거나 조직 검사 사진에서 암세포와 정상 세포를 구분하기 위한 특징을 정해주어야만 했다. 그러려면 암에 대한 배경 지식이 필요했다. 하지만 딥러닝의 위력은 이런 데이터의 특징을 사람이 미리 알려 줄 필요가 없다는 점이다. 딥러닝은 스스로 학습한다. 이를 위해서 필요한 것은 그저 많은 데이터뿐이다. 예를 들어 개와 고양이를 구분하고자한다면 수만, 수십만 장의 개와 고양이 사진을 딥러닝에게 보여주면, 특징을 스스로 파악해서 학습할 수 있다는 것이다. (pp184~185)

상당히 많은 내용을 담고 있는 책이라 그것들을 다 설명할 길이 없어서 딥러닝을 설명하는 데에 그쳤지만, 이 책에서는 우리나라 의료계에서 인공지능을 활용하는 사례, 그리고 외국의 최근 인공지능 연구 성과, 과거의 인공지능의 역사 등이 아주 상세히 나와 있다. 특히 인공지능을 의료분야에 적용하는 사례(Watson for Oncology가 자세히 설명되고 있다.) 뿐만이 아니라, 인공지능의 미래가 어떻게 될 것인지를 수많은 학자들의 의견을 예로 들어가며 설명하고 있다. 의료 분야에 종사하는 독자뿐만이 아니라 컴퓨터의 미래에 관심이 많은 일반 독자도 충분히 읽어 볼만한 가치가 있는 책이라고 평가된다.

100. 초예측: 세계석학 8인에게 인류의 미래를 묻다

유발 하라리 외 7인 / 정현옥 역 / 웅진지식하우스 / 232쪽

앞으로 인류는 어떻게 될까? 누구나 한번은 품어봄직한 질문이다. 이 책은 세계의 지식을 선도하는 여덟 명의 리더에게 인류의 미래에 관하여 던진 질문들에 대한 대답을 정리한 인터뷰집이다. 지면 관계상 여덟 명의 주장을 다 소개할 수는 없고, 《사피엔스》의 저자 유발 하라리, 《총균쇠》의 저자 제레드 다이아몬드, 《슈퍼 인텔리전스》의 저자 닉 보스트롬, 그리고 윌리엄 페리 전 미국 국방장관의 견해만을 소개하기로 한다.

① 인류는 어떤 운명을 맞이할 것인가? - 유발 하라리

옥스퍼드 대학에서 전쟁사로 박사학위를 받은 그는 물질 경제가 막을 내리면서 전쟁의 명분도 사라졌다고 한다. 그의

주장을 요약하면 대략 다음과 같다.

과거에는 이웃나라를 침략하면 그 나라의 금광을 빼앗는다든가 노예를 얻을 수 있었다. 그러나 지금은, 가령 중국이 미국을 침략하여 캘리포니아의 실리콘밸리를 점령한다고 해보았자 얻을 이익이 없다. 실리콘밸리의 부는 구글이나 페이스북 같은 IT기업의 엔지니어나 경영자의 머릿속에 있기 때문이다. 그러므로 전쟁은 일어나지 않을 것이다. 얻는 것보다 잃는 것이 더 많기 때문이다. 그러나 테러나 기후변화의 위험성은 그 어느 때보다도 더 크다. 특히 기후변화의 위험성은 아무리 강조해도 지나치지 않다.

인공지능은 발전에 발전을 거듭할 것이다. 앞으로 많은 수의 인간이 무용계급(無用階級)으로 전락할 것이다. 가령 트럭 운전사가 필요 없는 경우를 생각해 보자. 인공지능 때문에 운전대를 잃어버린 50대의 트럭 운전사에게 3D나 VR교육을 시킨다고 했을 때 그가 그 내용을 배워서 재출발할 가능성이 있을까? 현재 의사 업무의 90%는 진단하는 일인데 앞으로는 그 일을 거의 다 인공지능이 하게 될 것이다. 거의 모든 의사가 20년, 30년 후에 직업을 잃을지도 모른다. 따라서 결론적으로, 사람들이 무용계급의 출현과 같은 위험을 사전에 인지하는 것이 매우 중요하다.

② 인구감소는 손뼉치며 환영할 일이다. - 재레드 다이아몬드

《총군쇠》《어제까지의 세계》《문명의 붕괴》로 유명한 제레드 다이아몬드는 인구감소가 국력의 쇠퇴로 이어지지는 않는다고 결론짓는다. 그는 인구감소는 오히려 쌍수를 들고 환영할 일이라고까지 말한다. 왜 그럴까? 그 이유는 사람이 늘면 그에 비례하여 자원을 소비하게 되고 그 결과 환경을 파괴하게 된다는 것이다. 그 대안으로 그가 제시하는 방법은 정년 제도를 폐지하라는 것이다. 세계 여러 문명권의 쇠망사를 연구해 온 다이아몬드는 미국 UCLA 대학의 예를 든다. UCLA의 교수진은 4천 명이 넘지만, 20년 전에 정년제를 폐지하고 나서 현재까지 80세, 90세가 된 교수들이 학생들을 가르쳐도 그동안 (나이 때문에) 문제가 생긴 것은 단 두 건뿐이었다고 말한다. 그러므로 저출산-고령화를 탓할 것이 아니라 정년 제도를 폐지하고 노령인구를 잘 활용할 방안을 연구하는 것이 인류 미래를 위하여 지속가능한 방법이다.

③ 인공지능을 어떻게 통제할 것인가? - 닉 보스트롬

옥스퍼드 대학교 철학과 교수이자 인류 미래 연구소 소장인 닉 보스트롬은 분석철학 만을 공부한 것이 아니라, 물리학, 계산신경과학, 수학논리학을 연구한 학자이다.

그는 인공지능개발자들의 과도한 경쟁을 막기 위한 장치로 이런 의견을 제시한다. 즉, 우리 모두가 걱정하는, 과학자들의 과도한 경쟁으로 인하여 인간을 지배하는 인공지능이 탄생하지 못하도록 사전에 방지하자는 것이다. 기계의 지능이 급속도로 증가하여 기계(AI)가 기계(AI)를 만들고 우리 인간들이 인공지능의 지배를 받아야 한다면, 생각만 해도 끔찍한 일 아닌가.

"인공지능을 개발하는 사람들에게 인류 전체의 공익에 부합하도록 길을 제시하면 다 같이 득을 보는 시나리오가 실현될 수 있습니다. 예를 들어, 인공지능 개발팀 50개가 서로 경쟁한다고 하면, 그중에 누가 먼저 개발하든 마지막 반년 혹은 1년 정도는 전반적인 안정성을 검토하는 룰이 마련되면 좋겠죠. 그런 팀이 최종적으로 성공했을 때에 비로소 모두 함께 이익을 볼 수 있다는 확신을 가진다면 불가능한 일도 아닙니다." (p109)

④ 핵 없는 동북아는 가능한가? - 윌리엄 페리

클린턴 행정부 시절 국방장관을 역임했던 페리는 1994년 북한을 완전히 파괴함으로써 핵무장한 북한의 존재를 아예 지워버릴 수도 있었다고 했다. 그러나 그럴 경우, 한국이나 일본에 엄청난 피해가 갈 것이기에(최소 백만 명 이상) 미국은 결국 가능한 선택지가 아니라고 그 작전계획을 포기했다는 것이다. 그는 또 《포린 어페어스》 잡지에 '김정은은 가장 성공한 CEO'라는 기사를 올려서 논란이 되기도 했다. 그는 현재의 김정은을 이렇게 평가한다.

"우선 북한 체제가 미쳤다고, 상식을 벗어났다고 주장하는 사람이 있는데, 냉철하게 보면 단순이 미쳤다고 보기에 김정은은 너무도 성공적으로 목표를 달성했습니다. 그는 자신의 카드를 매우 교묘하게 이용해 대부분의 목적을 이루어냈으며, 우리는 그 점을 인정할 수밖에 없지요. 그에게 가장 중요한 가치는 오직 체제 유지이므로 섣불리 핵무기를 사용해버리면 그 목적을 달성하지 못하게 됩니다. 오히려 그는 이성적인 계획까지 준비해 놓고 그 계획에 따라 움직이고 있습니다. 목적대로 일이 잘 진행되는 한, 일방적으로 핵무기를 사용하는 일은 없을 것입니다. 김정은이 합리적으로 자기 목적을 추구하고 있다는 점에서는 그는 미치지 않았습니다." (p225)

아무리 세계적인 석학이라고 해도 누가 감히 인류의 미래를 예측할 수 있을까? 그러므로 미래를 준비하는 것은 오롯이 우리 자신의 몫일 것이다.

책을 마치며…

책을 다 끝냈다.

돌이켜보니 지난 1년, 참으로 행복했다. 총 100종(144권)에 무려 78,244쪽에 달하는 방대한 분량의 책들을 모두 다시 읽고(어떤 책들은 처음 읽고) 해설을 하였다. 실제로는《한 권으로 백 권읽기 I》에 넣기 보다는 II나 III에 넣는 것이 좋겠다고 생각하여 뒤로 미룬 책들도 있으니, 그런 것들까지 계산하면 훨씬 더 많은 책을 읽었다. 게다가 출판을 하면서 또 읽어야 할 책들도 있었다. 그래도 해설 하나 하나를 추가하면서 나의 해설을 읽고 뿌듯해 할 독자들을 생각하니 저절로 힘이 솟았고, 그래서 전혀 힘든 줄도 모르고 지낸, 어찌 보면 내 인생에서 가장 행복했던 나날이 아니었나 싶다.

책을 만들 때는 항상 설렌다. 혹시라도 책이 잘못 나오지는 않을지, 이 책을 몇 명의 독자들이 읽어 줄지, 웃음거리는 되지 않을지, 제작비는 건질 수 있을지…. 이런 모든 불확실성에 도전하는 것이 출판사업이다.

　나는 이 책이 몇 권이 팔리든 판매 여부와 상관없이 계속하여 II와 III을 낼 계획이다. 그것이 내가 이 세상에 이바지하고 갈 수 있는 나의 소명이라고 생각하기 때문이다.

　이 책을 만드는 과정에서 교정 작업에 동참하여 주신 국문학자 최연수님, 마포 광염교회 김창주 목사님, 불문학자 김명선님께 특별한 감사를 드린다. 세 분의 도움으로 책이 한층 더 깔끔하게 되었다.

　어려운 형편 속에서도 나를 믿어주고 후원해 준 아내와 아들, 그리고 친지들에게 감사한 마음을 전한다.

- 가평 경반계곡에서
다니엘 최